GOLDMANN

W0022870

Buch

Cameron Colley steht auf schnelle Autos, harte Drogen und schöne Frauen. Er ist abgebrüht, egoistisch, clever und hat ein Verhältnis mit der Frau eines engen Freundes. Außerdem ist er Journalist und einer ganz heißen Sache auf der Spur. Ein Informant versorgt ihn mit Hinweisen auf einige mysteriöse Todesfälle: fünf Männer, die allesamt mit der Atomindustrie oder den Geheimdiensten zu tun hatten und plötzlich und unerwartet aus dem Leben geschieden sind. Alle hatten sie anscheinend mit einem Geheimprojekt namens Ares zu tun. Cameron wittert die ganz große Story. Daß zur gleichen Zeit ein Killer umgeht, der verdiente Bürger und Honoratioren auf äußerst bizarre Weise vom Leben zum Tode befördert, interessiert ihn eigentlich nur am Rande. Bis die Polizei bei ihm vorstellig wird. Denn bei den Toten handelt es sich ausschließlich um Leute, die Cameron in seinen Artikeln öffentlich angegriffen hat. Cameron muß herausfinden, wer es auf ihn abgesehen hat – und dabei stolpert er in einen Alptraum aus Wahnwitz, Mord und alles erstickendem Haß.

Ein literarischer, unglaublich packender Thriller von Iain Banks, dem Autor des Welterfolgs *Die Wespenfabrik*.

Autor

Iain Banks, geboren 1954 in Dunfermline, Schottland, schrieb 1984 seinen ersten Roman *Die Wespenfabrik*, der in zwanzig Sprachen übersetzt wurde und ihn weithin berühmt und berüchtigt machte. Seitdem ist er als Verfasser von zwölf Romanen, die allesamt auf den englischen Bestsellerlisten zu finden waren, in Erscheinung getreten. Weitere Romane sind bei Goldmann in Vorbereitung.

IAIN BANKS

VERSCHWOREN

ROMAN

Aus dem Englischen
von Ute Thiemann und Sky Nonhoff

Nachwort
von Sky Nonhoff

GOLDMANN VERLAG

Die englische Originalausgabe
erschien 1993 unter dem Titel »Complicity«
bei Little, Brown and Company, London

Für Ellis Sharp

Umwelthinweis:
Alle bedruckten Materialien dieses Taschenbuches
sind chlorfrei und umweltschonend.
Das Papier enthält Recycling-Anteile.

Der Goldmann Verlag
ist ein Unternehmen der Verlagsgruppe Bertelsmann

Deutsche Erstveröffentlichung 9/95

Umschlaggestaltung: Design Team München
Satz: Uhl + Massopust, Aalen
Druck: Elsnerdruck, Berlin
Verlagsnummer: 42931
Lektorat: Sky Nonhoff
Herstellung: Peter Papenbrok
Made in Germany
ISBN 3-442-42931-5

3 5 7 9 10 8 6 4 2

1 Abschreckung und Verteidigung

Nach anderthalb Stunden hörst du den Wagen. Währenddessen hast du hier in der Dunkelheit auf dem kleinsten Telefonhocker neben der Eingangstür gesessen und gewartet. Nur einmal, nach einer halben Stunde, hast du dich gerührt, als du zurück in die Küche gegangen bist, um nach dem Hausmädchen zu sehen. Sie war noch da, ihre Augen schimmerten weiß im Halbdunkel. Ein strenger, scharfer Geruch hing in der Luft, und du dachtest an Katzen, obwohl du weißt, daß er keine Katzen hat. Dann wurde dir klar, daß sich das Mädchen in die Hose gemacht hatte. Für einen Moment fühltest du dich unangenehm berührt, dann ein bißchen schuldig.

Sie wimmerte hinter dem schwarzen Klebeband, als sie dich bemerkte. Du hast das Klebeband überprüft, das sie an den kleinen Küchenstuhl fesselte, dann den Strick, mit dem du den Stuhl am noch warmen Herd befestigt hattest. Das Klebeband saß noch genauso wie vorher; entweder hatte sie keinen Befreiungsversuch unternommen, oder er war ohne Ergebnis geblieben. Der Strick saß bombenfest. Du hast einen Blick zu den zugezogenen Fenstern geworfen, dann die Taschenlampe auf ihre an die hinteren Stuhlbeine gefesselten Hände gerichtet. Ihre Finger sahen in Ordnung aus; wegen ihrer olivfarbenen Filipinohaut war es nicht ganz so einfach zu beurteilen, aber es sah nicht so aus, als hättest du ihren Blutkreislauf abgeschnürt. Auch ihre winzigen Füße in den schwarzen Slippern mit den niedrigen Absätzen schienen okay zu sein. Ein Tropfen Urin fiel in die Pfütze auf dem gekachelten Boden unter dem Stuhl.

Sie zitterte vor Angst, als du ihr ins Gesicht gesehen hast. Die schwarze Motorradmaske war furchterregend, das war dir klar, aber daran ließ sich nichts ändern. Du hast ihr so beruhigend wie möglich die Schulter getätschelt, dann bist du wieder zu dem Telefon neben der Eingangstür zurückgekehrt. Drei Anrufe waren aufgezeichnet; du hast den Anrufbeantworter eingeschaltet.

»Sie wissen, was Sie zu tun haben«, kam seine kratzig aufgenommene Stimme; sein Tonfall klang schnell, kurz angebunden und leicht nach Oberschicht. »Tun Sie es nach dem Pfeifton.«

»Tobias, alter Junge. Wie zum Teufel geht's dir? Hier ist Geoff. Frage mich gerade, was du nächsten Samstag vorhast. Wie wär's, wenn wir zu viert ins sonnige Sunningdale rausfahren? Gib doch mal Bescheid. Bye.«

(Pfeifen)

»Äh... ja, äh, Sir Toby. Hier ist noch mal Mark Bain. Äh, ich habe vorhin schon mal angerufen, wie auch in den letzten Tagen. Nun, Sir Toby, ich würde Sie nach wie vor gern interviewen, und ich weiß auch, daß Sie normalerweise keine Interviews geben, aber ich versichere Ihnen, daß ich voll und ganz hinter dem stehe, was Sie in die Wege geleitet haben, und würde wirklich gern mehr über Ihre Ansichten herausfinden. Natürlich hängt das alles von Ihrer Zustimmung ab, und ich respektiere das. Ich... äh, ich versuch's morgen noch mal in Ihrem Büro. Danke. Nochmals besten Dank. Guten Abend.«

(Pfeifen)

»Tobes, du mieser alter Bastard. Ruf mich mal an wegen dieser Tagebuchgeschichte; so ganz gefällt mir das immer noch nicht. Und laß endlich dein verdammtes Autotelefon reparieren.«

Darüber mußtest du lächeln. Über den rauhen Befehlston dieser Kolonialoffiziersstimme im Vergleich zu der elitären Dicketuerei des ersten Anrufers und dem speichelleckerischen Ersuchen des mittleren. Der Verleger. Das wäre ein Mann, den du wirklich mal gern treffen würdest. Du hast einen Blick ins Dunkel geworfen, hinüber zu der Wand am Fuße der Treppe, wo sich verschiedene gerahmte Fotografien befinden, unter anderem eines, das einen lächelnden Sir Toby Bissett mit einer lächelnden Mrs. Thatcher zeigt. Du hast ebenfalls gelächelt.

Dann hast du einfach nur so dagesessen, langsam durchgeatmet, nachgedacht, Ruhe bewahrt. Einmal hast du nach der Pistole gegriffen, nach hinten unter deine dünne Leinenjacke gelangt und die Waffe zwischen Hemd und Jeans hervorgezogen. Zwischen deinen dünnen Lederhandschuhen fühlte sich die Browning warm an. Du hast das Magazin ein paarmal raus- und reinschnappen lassen und bist mit dem Daumen über den Sicherungshebel gefahren, um zu prüfen, ob er an seinem Platz war. Du hast die Waffe wieder zurückgesteckt.

Dann hast du nach unten gelangt, das rechte Hosenbein deiner Jeans hochgezogen und das Marttini aus seiner leicht geölten Scheide gezogen. Die schlanke Schneide des Messers glänzte kein bißchen, bis du sie leicht gedreht hast und sie das kleine rote Blinklicht des Anrufbeantworters reflektierte. Auf der Klinge befand sich ein kleiner schmieriger Fleck. Du hast darübergehaucht und mit einem behandschuhten Finger darübergerieben, dann noch mal einen prüfenden Blick darauf geworfen. Zufrieden hast du das Messer wieder in seiner Lederscheide verstaut und das Hosenbein heruntergezogen. Und gewartet, bis draußen der Jaguar vorfuhr und dich das Geräusch des leerlaufenden Motors wieder in die Gegenwart zurückbrachte.

Du stehst auf und spähst durch den Spion in der massiven Holztür. Du siehst den dunklen Platz draußen, verzerrt durch die Linse. Du kannst die Stufen sehen, die zur Straße hinunterführen, das Eisengitter zu beiden Seiten der Stufen, die am Bürgersteig geparkten Wagen und die dunklen Umrisse der Bäume, die in der Mitte des Platzes stehen. Der Jaguar befindet sich hinter den parkenden Wagen direkt gegenüber von dir. Das orangefarbene Licht der Straßenlampen spiegelt sich auf der hinteren Wagentür, als diese aufschwingt. Ein Mann und eine Frau steigen aus.

Er ist nicht allein. Du beobachtest, wie die Frau den Rock ihres Kostüms glattstreicht, während der Mann etwas zu dem Fahrer sagt und dann die Tür des Jaguars zuschlägt.

»Scheiße«, flüsterst du. Das Herz schlägt dir bis zum Hals.

Der Mann und die Frau gehen auf die Stufen zu. Der Mann hat einen Aktenkoffer bei sich. Er ist es: Sir Toby Bissett, der Mann auf dem Anrufbeantworter mit der schnellen, kurzangebundenen Stimme. Als er und die Frau die Treppe betreten, greift er nach ihrem rechten Ellbogen, um sie zu der Tür zu geleiten, durch die du sie gerade beobachtest.

»Scheiße!« flüsterst du abermals und wirfst einen Blick zurück in Richtung der Treppe und der Küche, wo sich das Hausmädchen befindet und das Fenster, durch das du eingestiegen bist, immer noch halb offen steht. Du hörst ihre Schritte auf den Stufen. Du kannst spüren, wie sich auf deiner Stirn unter der Motorradmaske Schweißperlen bilden. Er läßt den Ellbogen der Frau los, nimmt den Aktenkoffer in die andere Hand und greift in seine Hosentasche. Sie befinden sich jetzt auf der Mitte der Treppe. Panik steigt in dir hoch, während du auf die schwere Kette neben der Tür starrst. Dann hörst du, wie sich der Schlüssel, bestürzend nah, im Schloß dreht und hörst ihn etwas sagen, hörst das nervöse Lachen der Frau und weißt, daß es zu spät ist, und du wirst ganz ruhig, während du von der Tür wegrückst, bis du mit deinem Rücken gegen die Mäntel an dem Garderobenständer stößt und du deine Hand in die Tasche der Leinenjacke gleiten läßt, wo sie sich um den schweren, lederbezogenen Totschläger schließt.

Die Tür öffnet sich. Du hörst, wie sich das Motorgeräusch des Jaguars entfernt. Das Flurlicht wird angeschaltet. »Da wären wir«, sagt er.

Dann schließt er die Tür, und da sind sie, direkt vor dir, und in dieser Sekunde siehst du, wie er sich leicht wegdreht und den Aktenkoffer auf dem Tischchen neben dem Anrufbeantworter ablegt. Das Mädchen – blond, sonnengebräunt, Mitte zwanzig, eine schmale Aktenmappe in der Hand – starrt dich an, ohne etwas zu begreifen. Du lächelst hinter der Maske und hebst einen Finger an die Lippen. Sie zögert. Du hörst den Anrufbeantworter zurückspulen. Als das Mädchen den Mund öffnet, trittst du von hinten einen Schritt auf ihn zu.

Du schwingst den Totschläger und schmetterst ihn gegen seinen Hinterkopf, eine Handbreit über seinem Jackettkragen. Er sackt augenblicklich zusammen, prallt gegen die Wand und reißt den Anrufbeantworter mit sich, als du dich dem Mädchen zuwendest.

Sie blickt auf den zusammengekrümmten Mann auf dem Teppich und öffnet den Mund. Sie sieht dich an, während dir durch den Kopf schießt, daß sie losschreien wird, und du dich anspannst, bereit, sie ebenfalls niederzuschlagen. Dann läßt sie die schmale Aktenmappe fallen und hält dir ihre bebenden Hände hin, während sie einen Blick auf den Mann wirft, der regungslos auf dem Boden liegt. Sie zittert.

»Hören Sie«, sagt sie. »Tun Sie mir nichts.« Ihre Stimme ist fester als ihre Hände und ihre Lippen. Sie sieht abermals zu dem Mann auf dem Teppich hinunter. »Ich weiß nicht, wer...«, sie schluckt, und ihre Augenlider zucken nervös, »...wer Sie sind, und ich werde auch nicht schreien... aber tun Sie mir nichts. Ich habe Geld bei mir; Sie können es haben. Aber das hier hat nichts mit mir zu tun, richtig? Tun Sie mir nichts. In Ordnung? Bitte.«

Sie hat eine kultivierte Stimme, die nach Eliteuniversität klingt. Halb verabscheust du ihr Verhalten, halb bewunderst du es. Du siehst zu dem Mann hinunter, wie tot liegt er da. Der neben ihm auf dem Teppich liegende Anrufbeantworter schaltet sich ab; das Band ist zu Ende. Du richtest den Blick wieder auf sie und nickst langsam. Du machst eine Kopfbewegung zur Küche hin. Zögernd sieht sie in die angegebene Richtung. Du weist mit dem Totschläger zur Küche.

»In Ordnung«, sagt sie. »In Ordnung.« Sie bewegt sich rückwärts durch den Flur, die Hände immer noch vor sich haltend. Sie stößt gegen die Küchentür, die zur Gänze aufschwingt. Du folgst ihr und machst das Licht an. Sie geht weiter rückwärts, bis du ihr mit einer Handbewegung zu verstehen gibst, daß sie stehenbleiben soll. Sie sieht das mit dem Stuhl an den Herd gefesselte Hausmädchen. Du weist auf einen anderen der roten Küchenstühle. Sie sieht wieder zu dem Hausmädchen hinüber, kommt dann anschließend zu einem Entschluß und setzt sich hin.

Du gehst an die Arbeitsplatte, wo sich die Rolle mit dem schwarzen Klebeband befindet. Du richtest die Pistole auf sie, während du die Maske über den Mund schiebst und mit den Zähnen ein Stück Band von der Rolle ziehst. Sie blickt ruhig und gefaßt auf die Pistole, auch wenn sie ziemlich blaß geworden ist. Du proßt die Waffe in ihre Seite, während du das Klebeband um ihre schlanken, mit goldenen Armreifen geschmückten Handgelenke wickelst. Immer wieder spähst du durch die Tür zu dem zusammengekrümmten Schatten vor der Haustür, in dem Wissen, daß du ein zusätzliches, unnötiges Risiko auf dich nimmst. Dann legst du die Waffe beiseite und fesselst ihre schwarzbestrumpften Knöchel. Sie riecht nach *Paris*.

Du klebst ihr einen Zehn-Zentimeter-Streifen über den Mund und schließt die Küchentür hinter dir, nachdem du das Licht ausgemacht hast.

Du gehst zurück zu Sir Toby. Er hat sich nicht bewegt. Du ziehst dir die Maske vom Kopf und steckst sie in die Jackentasche, holst deinen Sturzhelm hinter dem Garderobenständer hervor und setzt ihn auf, dann packst du ihn unter den Achselhöhlen und hievst ihn die Treppe hinauf, an den gerahmten Fotografien vorbei. Seine Schuhe schlagen auf jedem Absatz auf. Der Helm läßt dich deinen Atem deutlich hören; er geht heftiger, als du gedacht hättest. Sir Toby riecht nach etwas Teurem, das du nicht näher identifizieren kannst; eine Strähne seines langen grauen Haars fällt über seine eine Schulter.

Du schleifst ihn in das Wohnzimmer im ersten Stock und stößt die Tür mit der Schulter zu, als du eintrittst. Der Raum wird nur von den Straßenlampen draußen erleuchtet, und du stolperst im Halbdunkel beinahe über einen Kaffeetisch; irgend etwas fällt zu Boden und zerbricht.

»Scheiße«, flüsterst du, zerrst ihn aber weiter in Richtung der großen, bis zum Fußboden reichenden Flügeltüren, die auf einen Balkon führen, von dem aus man den Platz überblicken kann. Du lehnst ihn gegen die Wand neben den Türen und siehst nach draußen. Ein Pärchen flaniert über die Straße; du gibst ihnen zwei Minuten zum Verschwinden und läßt ein paar Wagen vorbeifahren, dann öffnest du die Türen und trittst nach draußen, hinaus in die warme Nacht. Der Platz liegt still da; die Stadt ist nur als entferntes Hintergrundgeräusch in der orangefarbenen Dunkelheit wahrzunehmen. Du siehst hinunter zu den zur Eingangstür führenden Marmorstufen und den beiden massiven Eisengittern mit den federartig aufragenden, schwarzen Spitzen, dann gehst du wieder hinein, packst ihn wieder unter den Armen, zerrst ihn durch die Flügeltüren und lehnst ihn gegen die steinerne Brüstung des hüfthohen Balkons.

Ein letzter Rundblick: ein Wagen fährt am oberen Ende des Platzes vorbei. Du hievst ihn hoch, bis du ihn in sitzender Position auf der Brüstung hast; sein Kopf fällt nach hinten, und er stöhnt. Schweiß rinnt in deine Augen. Du fühlst, wie er sich schwach in deinen Armen regt, während du ihn in die richtige Position manövrierst und auf den Gitterzaun drei oder vier Meter unter dir blickst. Dann stößt du ihn rückwärts über die Brüstung.

Er fällt genau auf das Gitter, schlägt mit Kopf, Hüfte und Bein auf; ein überraschend trockener, knirschender Laut ist zu hören, und als sich sein Kopf zur Seite neigt, ragt eine der Eisenspitzen aus seiner rechten Augenhöhle hervor.

Sein Körper hängt auf dem Gitter, die Arme baumeln zu den Seiten herab; sein rechtes Bein hängt über den Stufen der Marmortreppe. Ein weiteres leises Knirschen ist zu hören, als der Körper ein letztes Mal zuckt und dann erschlafft. Blut rinnt schwarz aus seinem Mund über den Kragen seines weißen Hemds und beginnt auf den verwaschenen Marmor zu tröpfeln. Du trittst von der Brüstung zurück und siehst dich um. Ein paar Fußgänger sind am anderen Ende des Platzes unterwegs, vielleicht vierzig Meter entfernt, und kommen näher.

Du wendest dich ab und gehst zurück in das Wohnzimmer, schließt die Fenster und achtest auf den Kaffeetisch und die zerbrochene Vase auf dem Teppich. Du gehst die Treppe hinunter und in die Küche, wo die beiden Frauen gefesselt auf ihren Stühlen sitzen. Du verläßt das Haus durch dasselbe Fenster, durch das du gekommen bist, und gehst ruhig durch den kleinen Garten auf der Rückseite zu der dahinter liegenden Gasse, wo du dein Motorrad geparkt hast.

Du hörst die ersten entfernten Schreie, als du gerade den Zündschlüssel aus der Tasche nimmst. Plötzlich bist du erleichtert.

Du bist froh, daß du den Frauen nicht wehtun mußtest.

* * *

Es ist ein klarer, kalter Oktobertag, strahlend blau mit ein paar kleinen Schäfchenwolken, die auf der eisigen Brise über die Berge huschen. Ich spähe durch den Feldstecher auf die wie mit dem Geodreieck gezogenen Straßen von Helenburgh unter mir, dann schwenke ich das Sichtfeld wieder auf die jenseits davon liegenden Hänge und Wälder, dann nach links, über die Hügel auf der gegenüberliegenden Seite der Bucht und die Berge dahinter. Noch ein Stück weiter zum Kopf der Bucht hin kann ich die Türme, Molen und Gebäude des Marinestützpunkts ausmachen. In der Ferne hört man Rufe und das Plärren von Tröten über dem Dröhnen von Boots- und Hubschraubermotoren; ich schaue nach unten auf den schmalen Kiesstrand direkt mir gegenüber, wo sich einige hundert Demonstranten und Einheimische versammelt haben und Spruchbänder schwenken, während sie mit den Füßen stampfen, um sich warm zu halten. Über uns rattert ein Hubschrauber. Ich blicke hinaus auf den Firth of Clyde, wo drei weitere Hubschrauber über dem schwarzen Koloß des U-Boots kreisen. Der Schlepper, die Polizeibarkassen-Eskorte und die kreisenden Schlauchboote bewegen sich langsam in die Traube von CND-Booten hinein. Ein Jet-Ski braust durchs Sichtfeld, gefolgt von einem hoch aufspritzenden Wasserschweif.

Ich nehme den Feldstecher herunter und lasse ihn vor

meiner Brust baumeln, während ich mir eine weitere Silk Cut anzünde.

Ich stehe auf dem Dach eines leeren Frachtcontainers auf einem Flecken Brachland nahe der Küstenlinie in einem Dorf namens Roseneath, den Blick auf Gare Loch gerichtet, wo ich das Eintreffen der Vanguard beobachte. Ich hebe wieder den Feldstecher an die Augen und blicke hinüber zu dem U-Boot. Es nimmt nun das gesamte Sichtfeld ein, schwarz und beinahe konturenlos, obgleich ich vage die verschiedenen Oberflächenstrukturen des Rumpfes und der Aufbauten erkennen kann.

Die Schlauchboote der Atomwaffengegner sausen um den Perimeter des Satellitensystems aus Schiffen herum, die das U-Boot eskortieren, und suchen nach einem Schlupfloch, durch das sie eindringen können; die MOD-Schlauchboote sind größer als die CND-Boote, und sie haben stärkere Motoren; die Soldaten tragen schwarze Barette und dunkle Overalls, während die CND-Leute grelle Schwimmwesten anhaben und große gelbe Fahnen schwenken. Das gigantische U-Boot pflügt in ihrem Flankenschutz gemächlich auf die Meerenge zu. Ein graues Patrouillenboot der Fischereikontrolle folgt der Flottille. Die großen Hubschrauber donnern in der Luft darüber.

»Hallöchen! Hilf mir mal rauf, du Bastard.«

Ich spähe über den Rand des Containers und sehe die Arme und Beine von Iain Garnet. Er winkt.

»Wie üblich einen Schritt hinter uns, was, Iain?« frage ich ihn, während ich ihn vom Deckel desselben Ölfasses hochhieve, das auch ich als Trittleiter benutzt habe.

»Leck mich, Colley«, gibt Garnet gutmütig zurück und beugt sich hinunter, um sich den Staub von den Knien seiner Hosenbeine zu klopfen. Iain arbeitet für unseren Glasgower Rivalen, den *Dispatch*. Er ist Ende Dreißig und setzt um die Taille herum langsam an, als Ausgleich für sein immer spärlicher werdendes Haupthaar. Er trägt eine augenscheinlich Ende der Siebziger erstandene Skijacke über seinem zerknitterten grauen Anzug. Er deutet mit einem Nicken auf die Zigarette in meinem Mund. »Kann ich eine schnorren?«

Ich biete ihm eine an. Er schneidet eine verächtliche Grimasse, als er die Schachtel sieht, greift aber trotzdem zu. »Mann, Cameron, mal ehrlich, Silk Cut? Die Zigarette für die Leute, die morgen früh aufhören wollen. Und ich habe dich immer für einen der letzten standhaften Lungenverpester gehalten. Wo sind denn die Marlboros geblieben?«

»Die sind für echte Cowboys wie dich«, erkläre ich ihm, während ich ihm Feuer gebe. »Wo sind denn *deine* Lullen geblieben?«

»Hab sie im Wagen vergessen«, sagt er. Wir drehen uns um und schauen schweigend hinaus über die glitzernden Wellen auf die kleine Armada, die das riesige U-Boot umgibt. Die Vanguard ist sogar noch größer, als ich erwartet hatte; gewaltig, fett und schwarz, wie die größte, schwärzeste Schnecke der ganzen Welt, aus der hier und dort ein paar dünne Flossen ragen, so als hätte man sie nachträglich noch schnell angeklebt. Sie sieht aus, als wäre sie viel zu groß, um durch die Meerenge vor uns zu passen.

»Ein ganz schönes Monster, was?« bemerkt Iain.

»Eine halbe Milliarde Mäuse wert, sechzehntausend Tonnen...«

»Ay, ay«, fällt mir Iain gelangweilt ins Wort. »Und so lang wie zwei Fußballfelder. Fällt dir auch was *Eigenes* dazu ein?«

Ich zucke mit den Achseln. »Das kannst du dann in meinem Artikel nachlesen.«

»Lackaffe.« Er schaut sich um. »Wo ist dein Mann mit der Instamatik und den hahnebüchenen Verzichtserklärungsvordrucken?«

Ich deute mit einem Nicken auf ein kleines Schnellboot, das neben dem Eingang zur Meerenge wartet. »Der schaut sich das ganze aus der Fischperspektive an. Wo ist denn deiner?«

»Ich habe zwei«, protzt Iain. »Einer treibt sich irgendwo herum, der andere teilt sich mit den Jungs von der BBC einen Hubschrauber.«

Wir blicken beide zum Himmel auf. Ich zähle vier Navy Sea Kings. Iain und ich schauen einander an.

»Der Hubschrauber läßt wohl auf sich warten, oder?« frage ich.

Er hebt die Schultern. »Vermutlich streiten sie sich darüber, wer das Trinkgeld für den Piloten ausspucken muß.«

Wir starren wieder hinüber zu dem U-Boot. Die Schlauchboote der Demonstranten greifen die Vanguard unablässig an, doch sie werden jedesmal von den MOD-Booten abgedrängt. Ihre Gummi-Rümpfe prallen gegeneinander, dann hüpfen sie wieder über die aufgewühlten Wogen. Gelotst vom Schlepper gleitet die Knollennase des Trident-U-Boots majestätisch auf die Meerenge zu. Matrosen in gelben Rettungswesten stehen in bequemer Haltung auf dem Deck des riesigen Schiffes, einige vor dem hoch aufragenden Kommandoturm, andere dahinter. Die Leute auf dem Kiesstrand vor uns rufen und johlen. Einige jubeln vielleicht sogar.

»Leih mir mal deinen Gucker«, sagt Iain.

Ich reiche ihm das Fernglas, und er späht hindurch, während der Navy-Schlepper, der das U-Boot lotst, sich langsam durch die Meerenge bewegt. *Roisterer* verkündet der Namenszug.

»Wie läuft's denn dieser Tage so beim *Caley*?« fragt Iain.

»Ach, dasselbe wie immer.«

»Mann!« ruft er aus. »Ganz ruhig; bist du auch sicher, daß du das sagen willst? Ich meine, du weißt, du sprichst mit einem Reporter.«

»Du wirst bald darum betteln müssen, daß du Zeitungen *austragen* darfst, du Schmierfink.«

»Ihr Jungs von der Ostküste seid nur neidisch auf unser Computersystem, weil es funktioniert.«

»Das wird's sein.«

Wir beobachten, wie der langgezogene, obszön phallische Koloß in die Meerenge gleitet. Der hohe Rumpf verdeckt die Menschenmenge auf dem Kiesstrand uns gegenüber. Winzige bemützte Köpfe lugen aus dem Kommandoturm hervor und schauen zu uns herüber. Ich winke. Einer von ihnen winkt zurück. Ein sonderbares, schuldbewußtes Glücksgefühl überkommt mich. Die Hubschrauber kreisen lärmend über uns; die weitläufige Formation von CND- und MOD-Booten wird von der Meerenge zusammengedrückt; die Schlauchboote tanzen und hüpfen umeinander, stoßen zusammen. Es sieht aus, als würden Spastiker versuchen, einen Eightsome Reel zu tanzen, aber das ist nicht das Bild, das ich in meinem Artikel benutzen werde.

»War 'ne tolle Demo gestern in London, was?« sagt Iain und reicht mir meinen Feldstecher zurück.

Ich nicke. Gestern abend hatte ich mir die Fernsehberichte über die durchnäßten Menschenmassen angesehen, die sich langsam durch die Londoner Straßen wälzten und gegen die Zechenschließungen protestierten.

»Jeah«, bestätige ich. Ich trete die Zigarette auf dem rostigen Dach des Containers aus. »Jetzt geht den Leuten endlich ein Licht auf, daß Scargill recht hatte, bloß ist es jetzt sechs Jahre zu spät.«

»Ay, aber er ist immer noch ein riesiges aufgeblasenes Arschloch.« Garnet grinst mich an.

Ich schüttle den Kopf und deute mit einem Nicken auf das Patrouillenboot der Fischereikontrolle, das der kleinen Flotte folgt, die sich gerade durch die Meerenge zwängt.

»Würdest du sagen, das Boot da bildet die Nachhut, oder kommt es im Schlepptau der Vanguard? Ich meine, so unter uns alten Nautikern.«

Iain späht mit zusammengekniffenen Augen auf das Schiff, während der gigantische Leib des U-Boots weiter an uns vorbeigleitet. Ich kann sehen, daß er nach einer bissig-witzigen Erwiderung sucht, irgend etwas in der Richtung von: Nein, es nimmt die Vanguard von hinten, oder etwas ähnlich Gewolltes über die Flotte Vanguard, aber beides sind miserable Aufmacher, und das ist ihm offensichtlich selbst bewußt, denn er zuckt nur mit den Achseln, holt sein Notizbuch heraus und sagt: »Woher soll ich das wissen, Kumpel?«

Er fängt an, unidentifizierbares Gekrakel auf das Papier zu kritzeln. Er muß einer der letzten Stenographen sein, während die meisten von uns auf Olympus Pearlcorder vertrauen.

»Du bist also noch immer der Lumpensammler der Redaktion, was, Cameron?«

»Yeah, Cameron Colley, der rasende Reporter für alles.«

»Mhm-hm. Wie ich höre, hast du dieser Tage ein kleines blindes Tierchen, das dir Geheimnisse ins Ohr flüstert, stimmt's, Cameron?« bemerkt Garnet gelassen, ohne von seinem Gekritzel aufzublicken.

Ich schaue ihn an. »*Häh*?«

»Ein Schnitzel für den Spitzel«, sagt er und zeigt mir grinsend all seine Zähne.

Ich starre ihn an.

»Der Lauscher an der Wand hört seine eig'ne Schand«, feixt er. »Herr Spion ans Telefon. Noch immer nicht kapiert?« Er schüttelt den Kopf über meine unglaubliche Begriffsstutzigkeit. »Ein *Maulwurf*«, erklärt er geduldig.

»Ach?« sage ich und hoffe, daß es angemessen verblüfft klingt.

Er schaut verletzt drein. »Also ist es wahr?«

»Was?«

»Daß du einen Maulwurf beim Geheimdienst oder irgend jemand ähnlich streng Vertraulichen hast, der dich mit schmackhaften Brocken über dräuende Skandale füttert.«

Ich schüttle den Kopf. »Nein«, erkläre ich ihm.

Er sieht enttäuscht aus.

»Von wem hast du das überhaupt?« frage ich ihn. »Von Frank?«

Er zieht die Augenbrauen hoch, sein Mund wird zu einem großen O, und er holt tief Luft. »Tut mir leid, Cameron, ich kann meine Quellen nicht preisgeben.«

In der Ferne hört man schwachen Jubel, als es einem der CND-Schlauchboote endlich gelingt, den Schutzring des Militärs zu durchbrechen. Es weicht gekonnt den Polizeibarkassen aus und braust auf das geschwungene schwarze Heck des Trident-U-Boots zu. Das Schlauchboot schiebt sich kurz den Rumpf hinauf wie eine Mücke, die versucht, einen Elefanten zu bespringen, bevor es augenblicklich wieder verscheucht wird. Ein Fernsehteam hält den großen Moment fest. Ich grinse zufrieden, stellvertretend für die Atomwaffengegner. Nach einer Weile zieht der hohe graue Rumpf des Patrouillenbootes *Orkney* vorbei, im Kielwasser des riesigen U-Boots.

»Orkney«, sagt Garnet nachdenklich. »Orkney…«

Ich kann beinahe hören, wie sein Gehirn arbeitet und versucht, eine Verbindung zu dem großen morgigen Lokalaufmacher zu ziehen, wenn der Ermittlungsbericht über das Orkney-Kindesmißbrauchs-Fiasko veröffentlicht wird. So wie ich Garnet kenne, könnte es sehr wohl etwas mit Sextanten sein.

Ich halte den Mund, um ihn nicht noch zu ermutigen.

Er wirft seine Zigarettenkippe weg. Jemand auf dem Achterschiff der *Orkney* winkt uns zu, vielleicht weil er die Geste mißverstanden hat. Iain winkt fröhlich zurück.

»Ay, mögen eure Torpedos immer aufrecht stehen!« ruft er, aber nicht laut genug, daß jemand auf dem Boot ihn hören könnte. Er klingt äußerst selbstzufrieden.

»Brüllend komisch, Iain«, bemerke ich und trete an den Rand des Containers. »Wie wär's nachher mit 'nem Bierchen?« Ich klettere über das Ölfaß nach unten.

»Du gehst schon?« erwidert Iain. Dann: »Nee. Hab noch 'n Interview mit dem Faslane-Kommandanten, dann geht's zurück in die Redaktion.«

»Ja, ich bin auch auf dem Weg zum Stützpunkt«, erkläre ich. »Bis später dann.« Ich drehe mich um und gehe über das Brachland zum Auto.

»Mach bloß keine Hand krumm, um mir von diesem Scheißding runterzuhelfen, du arroganter Edinburgher Mistkerl!« ruft er mir nach.

Ich halte im Weggehen eine Hand hoch. »Okay!«

* * *

Eine Minute später komme ich an dem U-Boot vorbei, während ich aus dem Dorf heraus und auf den Kopf der Bucht und den Marinestützpunkt auf der anderen Seite zufahre. Das U-Boot sieht im strahlenden Sonnenschein seltsam und zugleich bedrohlich schön aus, ein schwarz schillerndes Loch in der Kulisse aus Land und Wasser. Ich schüttle den Kopf. Zwölf Milliarden Mäuse, um irgendwelche vermutlich längst leeren Silos auszulöschen und ein paar Millionen russischer Männer, Frauen und Kinder zu verbrennen... die ja nun nicht mehr unsere Feinde sind, so daß das, was immer schon obszön – und abscheulich, absichtlich nutzlos – war, nun auch noch sinnlos ist; eine noch größere Verschwendung.

Ich halte an einem höhergelegenen Stück der Straße, die an Garelochead vorbeiführt, blicke hinunter auf die Bucht und schaue zu, wie sich das U-Boot dem Dock nähert. Rechts und links stehen noch ein paar Autos, und kleine Grüppchen von Leuten begaffen das Spektakel; schließlich haben sie das Ganze mit ihren Steuergeldern bezahlt.

Ich zünde mir eine Zigarette an und kurble das Fenster herunter, damit ich den ganzen ungesunden Rauch hinausblasen kann. Meine Augen brennen vor Müdigkeit; ich war den größten Teil der letzten Nacht wach, habe an einer Story gearbeitet und *Despot* am Computer gespielt. Ich sehe mich um, um mich zu vergewissern, daß auch niemand herschaut, während ich in meiner North-Cape-Jacke herumwühle und eine kleine Tüte mit Speed heraushole. Ich stippe einen angeleckten Finger in das weiße Pulver und lutsche dann lächelnd und seufzend den Finger ab, während meine Zungenspitze taub wird. Ich stecke die Tüte wieder weg und rauche weiter.

... Es sei denn, man betrachtete den Einsatz des Trident-Systems im geopolitisch-wirtschaftlichen Rahmen, als einen Teil der gigantischen Aufrüstung des Westens; jener Aufrüstung, die den Zusammenbruch der kommunistischen Finanzwirtschaft brachte und so ein sowjetisches System zerschlug, das nicht mehr konkurrenzfähig war (es hat auch die USA in den Bankrott getrieben und binnen zweier kurzer Präsidentenamtszeiten den größten Kreditgeber der Welt in den größten Schuldner verwandelt, aber in der Zwischenzeit wurden eine Menge Dividenden ausgezahlt, und über die Schulden müssen sich die nächsten Generationen den Kopf zerbrechen, also scheiß drauf).

Und jetzt, wo der Kommunismus und die Bedrohung einer völligen globalen Vernichtung von uns genommen sind und uns nur all die anderen Dinge bleiben, über die wir uns Sorgen machen müssen, und während sich die saftigen, verlockenden Märkte des Ostens öffnen und der alte Haß zwischen den ethnischen Gruppen, die von den Genossen in eine Union gezwungen worden waren, wieder hochkocht und schon bald den Siedepunkt erreichen wird... vielleicht konnte da diese gigantische schwarze Schnecke, dieser potentiell städtegeile, ländergeile, planetengeile Riesenschwanz, der sich gerade zwischen die Schenkel der Bucht schob, etwas von den Lorbeeren dafür für sich beanspruchen.

Zum Teufel, ja.

Ich starte den Wagen. Ich bin wieder elektrisch geladen und wach, alle Zylinder laufen auf Hochtouren und brummen nur so von dem guten, großartigen gottverdammten Treibstoff der Entschlossenheit, auf geradem Weg zu diesem verfluchten U-Boot-Stützpunkt zu fahren und mir *die Story zu holen,* wie der gesegnete St. Hunter sagen würde.

* * *

Auf dem Stützpunkt – hinter dem Friedenscamp mit den spruchbänderschwenkenden Demonstranten, hinter den Maschen- und Stacheldrahtzäunen und dem panzerresistenten Tor, wo ich meinen Presseausweis vorgezeigt und mir die Wegbeschreibung zu dem für die Presse relevanten Gebäude geholt habe – beanwortetet ein frisch und fit aussehender Marineoffizier höflich unsere Fragen, und er scheint ein anständiger Kerl zu sein, aber doch standhaft überzeugt davon, daß hier etwas von höchster Wichtigkeit in die Wege geleitet worden ist.

Hinterher machen die Demonstranten im Friedenscamp – die meisten eingehüllt in Schichten und Aberschichten schlappriger, schmutziger Pullover und uralter Kampfjacken – genau denselben Eindruck.

Auf der Fahrt zurück nach Edinburgh höre ich *Gold Mother,* während die Wirkung des Speeds nachläßt, wie ein Motor, der über die ganze Strecke der M8 mehr und mehr an Zug verliert.

* * *

Die Nachrichtenredaktion des *Caledonian* ist geschäftig wie immer, vollgestopft mit Schreibtischen und Ablagen, Trennwänden, Bücherregalen, Computern, Pflanzen, Zeitungsstapeln, Ausdrucken, Fotos und Aktenordnern. Ich bahne mir einen Weg durch das Labyrinth, während ich rechts und links meinen Mitschreiberlingen ein Hallo zunicke.

»Cameron«, sagt Frank Soare und blickt von seinem Computer hoch. Frank ist fünfzig, mit wallendem weißen Haar und einem Gesicht, dem das Kunststück gelingt, gleichzeitig leicht rotgeädert und glatt wie ein Kinderpopo auszusehen. Er spricht mit einer Singsang-Stimme und – gewöhnlich nach dem Mittagessen – mit einem leichten Lispeln. Wenn er mich sieht, erinnert er mich immer wieder gern daran, wie ich heiße. An so manchem Morgen ist das eine große Hilfe.

»Frank«, sage ich, während ich mich an meinen Schreibtisch setze und auf die kleinen gelben Notizzettel starre, die die Seite meines Monitors zieren.

Frank reckt seinen Kopf und seine Schultern um die andere Seite des Monitors und liefert wieder einmal einen unzweifelhaften visuellen Beweis für die Tatsache, daß er bunte Hemden mit weißen Kragen noch immer für topaktuell hält. »Na, und wie geht's dem jüngsten Zuwachs von Großbritanniens hochwichtigem und abschreckendem Verteidigungssystem?« fragt er.

»Scheint zu funktionieren. Es schwimmt«, erkläre ich ihm, während ich ins System einlogge.

Franks Kugelschreiber tippt höflich gegen den obersten der kleinen gelben Notizzettel. »Dein Maulwurf hat wieder angerufen«, sagt er. »Scheucht er dich wieder nutzlos durch die Gegend?«

Ich werfe einen Blick auf die Nachricht. Mr. Archer wird mich in einer Stunde noch mal anrufen. Ich schaue auf meine Uhr; der Anruf müßte jeden Moment kommen.

»Vermutlich«, pflichte ich bei. Ich überprüfe, daß in meinen Olympus Pearlcorder eine unbespielte Cassette eingelegt ist; der Recorder wohnt neben dem Telefon und darf bei allen potentiell aufregenden Anrufen zuhören.

»Du hast doch wohl keinen kleinen Nebenjob, oder, Cameron?« feixt Frank, und seine buschigen weißen Brauen ziehen sich fragend zusammen.

»Was?« sage ich und hänge mein Sakko über die Stuhllehne.

»Du hast doch keinen Zweitjob, und dieser Maulwurf ist nur deine Entschuldigung, um aus der Redaktion verschwinden zu können, *oder*?« fragt Frank und versucht dabei, seine Unschuldsmiene zu bewahren. Sein Kugelschreiber tippt immer noch gegen die Gehäuseseite des Monitors.

Ich packe das Ende des Kugelschreibers, um Frank wieder an seinen eigenen Schreibtisch zurückzuscheuchen. »Frank«, erkläre ich ihm, »bei deiner Phantasie solltest du für die *Sun* arbeiten.«

Er schnieft gekränkt und setzt sich. Ich lasse eine Weile die E-Mail und die Agenturmeldungen über den Bildschirm laufen, dann runzle ich die Stirn, stehe auf und schaue über den Monitor zu Frank hinüber, dessen Finger über der Tastatur schweben, während er kichernd auf etwas auf dem Monitor starrt.

»Was hast du Iain Garnet über diesen sogenannten Maulwurf erzählt?«

»Wußtest du«, sagt Frank schelmisch, »daß im Spell-Check aus Yetts o' Muckart Yetis o' Muscat wird?« Er grinst mich an, dann wird sein Gesichtsausdruck ernst. »Wie bitte?«

»Du hast mich schon verstanden.«

»Was ist mit Iain?« fragt er. »Hast du ihn heute da oben getroffen? Wie geht's ihm?«

»Was hast du ihm über diesen ›Maulwurf‹ erzählt?« Ich

pelle die Nachricht vom Monitorgehäuse und halte sie Frank vor die Nase.

Er sieht mich unschuldig an. »Sollte ich denn *absolutes* Stillschweigen bewahren? Nun, das wußte ich nicht«, protestiert er. »Ich hab vor ein paar Tagen mit ihm am Telefon geplaudert; muß mir wohl in der Unterhaltung rausgerutscht sein. Tut mir schrecklich leid.«

Ich will gerade etwas erwidern, als das Telefon klingelt. Ein Anruf von draußen.

Frank lächelt und macht eine ausholende Geste mit seinem Kugelschreiber. »Das könnte dein Mr. Archer sein«, sagt er.

Ich setze mich hin und nehme den Telefonhörer ab. Die Verbindung ist miserabel.

»Mr. Colley?« Die Stimme klingt künstlich, wie aus einem Synthesizer. Ich bezweifle nicht, daß es Mr. Archer ist, aber man könnte meinen, ich würde mit Stephen Hawking reden. Ich schalte den Pearlcorder ein, stöpsle mir den Knopf ins Ohr und stülpe das Mikrofonteil über die Hörmuschel des Telefons.

»Am Apparat«, sage ich. »Mr. Archer?«

»Ja. Hören Sie zu; ich habe was Neues in dieser Sache.«

»Nun, das hoffe ich, Mr. Archer«, erkläre ich ihm. »Ich werde langsam –«

»Ich kann nicht lange sprechen, nicht auf Ihrer Leitung«, fährt die künstlich klingende Stimme fort. »Begeben Sie sich an den folgenden Ort.«

Ich greife mir einen Stift und einen Block. »Mr. Archer, diesmal sollte es besser nicht wieder – «

»Langholm, Bruntshiel Road. Telefonzelle. Übliche Zeit.«

»Mr. Archer, das ist –«

»Langholm, Bruntshiel Road. Telefonzelle. Übliche Zeit«, wiederholt die Stimme.

»Mr. Arch –«

»Diesmal habe ich einen anderen Namen für Sie, Mr. Colley«, sagt die Stimme.

»Was...?«

Die Leitung ist tot. Ich blicke auf das Telefon, dann nehme ich das Mikrofonteil ab, während Franks grinsendes Gesicht neben dem Monitor auftaucht. Er trommelt gedankenverloren mit seinem Kugelschreiber auf meine Tastatur. »War das unser Freund?« erkundigt er sich.

Ich reiße das oberste Blatt vom Block und stecke es in meine Hemdtasche. »Ja«, sage ich. Ich logge mich aus, greife mir den Pearlcorder und werfe mir mein Sakko über die Schulter.

Frank lächelt und klopft mit irgend etwas klickend auf seine Uhr. »So schnell schon wieder auf und davon? Gute Arbeit, Cameron«, sagt er. »Ich glaube, das ist ein neuer Rekord!«

»Sag Eddie, ich gebe den Artikel telefonisch durch.«

»Es ist dein Kopf, mein Junge.«

»Zweifellos.« Ich verschwinde in Richtung Tür.

* * *

Ich pfeife mir auf dem Herrenklo ein ganz kleines bißchen medizinisches Pulver ein, dann – nachdem ich so meine Nasenschleimhaut, meinen Blutkreislauf und meine zerebralen Hemisphären mit dem magischen Puder gewappnet habe – fahre ich mit dem 205 runter nach Langholm, tief im westlichen Grenzland. Während des Fahrens verfasse ich im Kopf den Rest meines Vanguard-Artikels; es ist Sonntag, also kommt man gut aus der Stadt raus, aber die Landstraßen sind voll von beschissenen Fahrern, die angestrengt durch ihr Lenkrad starren; ich kann mich noch daran erinnern, als sie alle Marinas und Allegros fuhren, aber heutzutage scheinen sie mit Escort Orions, Rover 413ern oder Volvo 340ern geliefert zu werden, alle offenkundig mit Temporeglern ausgestattet, die ihre Geschwindigkeit auf neunundreißigeinhalb Meilen pro Stunde begrenzen.

Ich stecke in einer langsam dahinkriechenden Blechlawine fest, und nach einigen haarigen Überholmanövern entscheide ich mich, langsamer zu fahren, mich in mein Schicksal zu ergeben und die Landschaft zu genießen.

Die Bäume und Hügel sehen im schräg einfallenden Spätnachmittagslicht bombastisch und lebendig aus, die Hänge und Stämme gebadet in Gelborange oder in ihrem eigenen Schatten stehend. Crowded House liefert die musikalische Untermalung. Der Himmel verfärbt sich schon vor fünf dunkel violett, und die Scheinwerfer der entgegenkommenden Autos brennen in meinen Augen; offensichtlich bin ich bei der letzten medikamentösen Dröhnung doch etwas zu zaghaft gewesen. Ich halte auf einem Rastplatz kurz hinter Hawick für eine Auffrischung.

Langholm ist eine ruhige kleine Stadt nahe der Grenze. Ich habe keinen Stadtplan, aber ich muß nur fünf Minuten herumfahren, um die Bruntshiel Road zu finden. Ich entdecke die Telefonzelle am Ende der Straße und parke meinen Wagen daneben.

Zwei Minuten entfernt ist ein Hotel; Zeit für einen Drink.

Die Hotelbar ist altmodisch verkommen und mußte noch nicht die Atmosphären-Bypass-Operation über sich ergehen lassen, die in Schankwirtkreisen Renovierung genannt wird. Mehr als mäßig kann man den Betrieb kaum nennen.

Ein doppelter Whisky ist schnell gekippt und hält das System im Gleichgewicht, wenn man sich Speed eingepfiffen hat. Seit ich meinen neuen PC habe, spare ich wie der Teufel, also ist es Verschnitt statt eines Single Malt, aber der tut es auch. Während ich den Rest meines Whiskys kippe, piept mein Handy. Es ist die Redaktion, die mich daran erinnert, daß der Abgabetermin für die morgige Ausgabe immer näher rückt. Ich kehre den neugierigen Blicken der Einheimischen den Rücken zu und murmle das Versprechen ins Handy, daß ich den Artikel umgehend durchgeben werde, ehrlich. Ich kaufe mir Zigaretten, stelle 'ne Stange Wasser in die Ecke und gehe zum Wagen zurück. Ich schließe den Tosh an den Zigarettenanzünder im Armaturenbrett an und tippe im Schein der Straßenlaterne über der Telefonzelle den Rest des Vanguard-Artikels. Ich gähne, aber ich widerstehe der Versuchung der kleinen Plastiktüte.

Ich beende den Artikel, dann hole ich das Modem raus und schicke die Story übers Telefon an die Redaktion. Wieder zurück im Wagen, sind es noch immer zehn Minuten, bis Mr. Archer anruft. Gewöhnlich ist er pünktlich. Ich gehe noch einmal kurz auf einen Whisky ins Hotel.

Als ich zurückkomme, klingelt es in der Telefonzelle. Ich stürze hinein, packe den Hörer und fummle hektisch mit dem Olympus herum, schalte ihn leise fluchend ein und entwirre die Kabel.

»Hallo?« brülle ich.

»Wer ist da?« fragt die ruhige, künstliche Stimme. Ich kriege endlich den Recorder zum Laufen und hole tief Luft.

»Cameron Colley, Mr. Archer.«

»Mr. Colley. Ich werde Sie nachher noch einmal anrufen müssen, aber der erste Name, den ich für Sie habe, lautet Ares.«

»Was? Wer?«

»Der Name, den ich für Sie habe, lautet Ares: A-R-E-S. Sie erinnern sich an die anderen Namen, die ich Ihnen gegeben habe.«

»Ja: Wood, Ben –«

»Ares ist der Name des Projekts, an dem sie gearbeitet haben, als sie starben. Ich muß jetzt weg, aber ich werde

Sie in ungefähr einer Stunde wieder anrufen. Dann habe ich weitere Informationen. Auf Wiederhören.«

»Mr. Archer...«

Die Leitung ist tot.

* * *

Tot sind auch die Leute, deretwegen Mr. Archer mich angerufen hat. Es waren alles Männer; ihre Namen lauteten Wood, Harrison, Bennet, Aramphahal und Isaacs. Mr. Archer hat mir die Namen beim ersten dieser Lernen-Sie-Schottland-Kennen-Telefonrendezvous genannt. (Mr. Archer vertraut Mobiltelefonen nicht – und ich kann es ihm nicht einmal verübeln.) Die Namen kamen mir damals vage bekannt vor und schienen eine seltsam inhärente Serienmäßigkeit zu besitzen, außerdem fiel mir gleich der Lake District ein, als er sie aufzählte, ohne daß ich den Grund dafür hätte nennen können. Mr. Archer gab mir die Namen und legte auf, bevor ich ihn noch weiter über sie ausfragen konnte.

Ich besitze noch immer diesen kindischen Stolz, mich selbst an Dinge erinnern zu wollen, aber am nächsten Morgen in der Redaktion loggte ich mich in Profile ein und ließ das Programm die Knochenarbeit machen. Profile ist schlicht eine schwindelerregend gigantische Database, die vermutlich die Innenschenkellänge deines Urgroßvaters mütterlicherseits kennt und weiß, wie viele Stücke Zucker seine Frau in ihren Tee nahm; so gut wie alles, was in den letzten zehn Jahren in einer der großen Tageszeitungen erwähnt wurde, ist darin gespeichert, ebenso wie Sachen aus amerikanischen, europäischen und fernöstlichen Publikationen, plus ganzen Ozeanen von Informationen aus einer Zillion anderer Quellen.

Die Namen stellten kein Problem dar. Die fünf toten Knaben hatten alle vor vier bis sechs Jahren den Löffel abgegeben, und sie alle hatten entweder mit der Atomindustrie oder den Geheimdiensten zu tun. Jeder Todesfall sah wie Selbstmord aus, aber alle konnten auch Mord gewesen sein; die Presse hatte damals spekuliert, daß da etwas nicht ganz koscher war, aber keiner schien irgendeine brauchbare Spur gefunden zu haben. Zu dem, was ich im Archiv der Zeitung herausfinden konnte, hat Mr. Archer bislang nur ein paar Einzelheiten über die genauen Todesumstände der Männer liefern können und – heute abend – diesen Projektnamen: Ares.

Ich sitze eine Weile im Wagen und bastle an dem Whisky-Artikel, an dem ich schon einige Zeit arbeite, während ich mich frage, wer oder was Ares ist. Ein paar Leute benutzen die Telefonzelle. Ich spiele einige recht kindische, simple Spiele auf dem Tosh und wünsche, ich hätte ein anständiges Farbteil mit der Geschwindigkeit und dem RAM und der Festplatte, um *Despot* darauf laufen lassen zu können. Ich baue einen Joint und rauche ihn, während ich erst Radio und dann meine k.d.-lang-Cassette höre, aber die lullt mich völlig ein und ich schalte wieder das Radio ein, aber die bringen nur Schwachsinn, also wühle ich im Handschuhfach, bis ich *Trompe le Monde* von den Pixies finde, und das hält mich besser wach als Speed, auch wenn das Band ein bißchen leiert, weil ich es so oft abgespielt habe, und die Töne etwas verzerrt und schräg klingen, aber das ist cool.

* * *

Ich laufe durch den Wald bei Strathspeld. Es ist ein strahlender Sommertag; ich bin dreizehn, und während ich laufe, schaue ich mir gleichzeitig aus der Distanz zu, so als würde ich all dies auf einem Bildschirm sehen. Ich bin hier schon so oft gewesen, daß ich weiß, wie ich von diesem Ort entkommen kann, ich weiß, wie ich von dort fliehen kann. Genau das will ich auch gerade tun, als ich ein Läuten höre.

Ich wache auf, und das Telefon klingelt. Ich brauche einen Moment, bis mir klar wird, wo ich bin. Ich reiße die Autotür auf, springe aus dem Wagen und in die Telefonzelle hinein, direkt vor einem alten Mann, der seinen Hund Gassi führt.

»Wer ist da?« fragt die Stimme.

»Cameron Colley, Mr. Archer. Hören Sie...«

»Es gibt noch eine weitere Person, die über jene Bescheid weiß, die tot sind, Mr. Colley: der Vermittler. Ich kenne seinen richtigen Namen noch nicht. Sobald ich ihn herausfinde, werde ich ihn Ihnen mitteilen.«

»Was...?«

»Sein Codename ist Jemmel. Ich buchstabiere es für Sie«, erklärt die Stephen-Hawking-Stimme. Und dann tut sie es.

»Hab ich, Mr. Archer, aber wer...«

»Auf Wiederhören, Mr. Colley. Geben Sie auf sich acht.«

»Mr.–«

Aber Mr. Archer legt auf.

»Scheiße!« fluche ich laut. Außerdem habe ich vergessen, den Anruf mitzuschneiden.

* * *

Ich sitze eine Weile im Wagen und gebe Jemmels Namen in den Tosh ein. Der Name sagt mir nichts.

Ich gehe zum Pissen und für einen letzten Drink – einen weiteren Doppelten – ins Hotel zurück: Noch einen auf den Weg, denn der erste ist vermutlich längst schon wieder rausgespült. Ich habe seit dem Frühstück nichts mehr gegessen, aber ich habe keinen Hunger. Ich zwinge mich, ein paar gesalzene Erdnüsse zu knabbern, begleitet von einem Halben Murphy's, um sie hinunterzuspülen und natürlich auch wegen des Eisens. (Früher habe ich Guinness getrunken, aber ich boykottiere das Zeug, seit die Arschlöcher wegen ihres Schottland-Umzuges gelogen haben.)

Im Wagen lutsche ich ein bißchen Speed (rein aus Gründen der Verkehrssicherheit – es wird mich wach halten) dann rauche ich anschließend einen Joint, nur zum Ausgleich. Um Mitternacht gibt es eine Radio-Scotland-Sendung, an deren Ende manchmal die »Schlagzeilen von morgen« verlesen werden; ich höre mir die Sendung an, und es kommt auch wirklich unsere morgige Schlagzeile, aber unser Aufmacher dreht sich um das Taktieren hinter den Kulissen der Tory-Partei im Vorfeld der Maastricht-Abstimmung. Ich bin niedergeschlagen, aber dann erwähnen sie, daß unser Foto auf der ersten Seite die Ankunft der Vanguard in Faslane zeigt, also weiß ich, daß mein Artikel auch drin ist, und mit etwas Glück steht er direkt neben dem Foto auf der ersten Seite und ist nicht irgendwo auf den hinteren Seiten begraben. Ich genieße das leichte elektrifizierende Prickeln eines News-Fixes; eine Dosis Reporter-Dröhnung.

Das ist ein Kick, den es nur in diesem Beruf gibt: Beinahe-augenblicklich gedruckte Belohnung. Ich vermute, wenn man Komiker, Musiker oder Schauspieler ist, ist der Lohn ähnlich; aber wenn man sich dem gedruckten Wort und der zweifelhaften Autorität des Schwarz-auf-Weiß verschrieben hat, dann ist Reporter der einzig wahre Beruf. Den besten Fix überhaupt bringt eine Titelseiten-Story, aber ein Aufmacher auf einer ungeraden Seitenzahl gibt noch ein ziemlich anständiges High her, und nur ein Einspälter ganz unten auf einer geraden Seite ruft ein gewisses Gefühl von Enttäuschung hervor.

Ich genehmige mir zur Feier des Tages einen weiteren Joint, aber er macht mich schäfrig, und es braucht einen Ganz-sicher-der-letzte-für-heute-abend-Mini-Schlecker Speed und einen weiteren Fix *Trompe le Monde*, um die Sache wieder ins Lot zu bringen.

2 Kältefiltration

Ich bin ziemlich versucht, bei der Redaktion vorbeizufahren und mir eine druckfrische Ausgabe der morgigen Zeitung zu holen. Der Geruch von Druckerschwärze und das sich leicht fettig anfühlende Papier gibt dem Kick des News-Fixes immer noch einen zusätzlichen Schub, und außerdem würde ich gern meinen Vanguard-Artikel überprüfen, um zu sehen, ob die Redakteure ihm unnötige Gewalt angetan haben; aber während ich Nicolson Street entlangfahre, finde ich plötzlich die Vorstellung eines wehrlos den Redakteuren ausgelieferten Artikels über einen Stützpfeiler unserer nationalen Abwehr brüllend komisch, und ich kichere hemmungslos, bis ich schniefen und niesen muß und mir die Tränen kommen. Ich entscheide, daß ich zu erledigt bin, um für die Jungs von der Druckerei ein nüchternes Gesicht aufzusetzen, also fahre ich statt dessen nach Hause.

Ich komme gegen ein Uhr in der Cheyne Street an und mache auf der Suche nach einem Parkplatz die übliche Zwangsbesichtigungstour von Stockbridge-bei-Nacht, bevor ich schließlich eine Parklücke finde, nur eine Minute Fußweg von meiner Wohnung entfernt. Ich bin müde, aber nicht schläfrig, also genehmige ich mir noch einen Betthupferl-Joint und einen zwei-Finger-breiten Schluck Tesco's Single Malt.

Während der nächsten zwei Stunden höre ich Radio, verfolge aus dem Augenwinkel das Nachtprogramm im

Fernsehen, bastle auf dem PC an der Whisky-Story und spiele absichtlich nicht *Despot*, weil ich weiß, daß ich nur wieder voll einsteigen und bis zum Morgengrauen aufbleiben und den ganzen Tag verschlafen und dann nicht rechtzeitig für den morgigen Termin aufstehen werde (ich habe mittags ein Interview mit dem Geschäftsführer einer Whiskybrennerei), also gehe ich statt dessen wieder zurück zu *Xerium* und spiele das; mit anderen Worten, reine Entspannung, nichts Ernsthaftes; ein Spiel, um dabei abzuschalten, nicht um sich dabei aufzuregen.

Xerium ist ein alter Bekannter, beinahe wie ein guter Kumpel, und obgleich es noch ein paar Kniffeleien gibt, die ich nicht geknackt habe, habe ich nie in den einschlägigen Zeitschriften nach Tips oder Tricks gesucht, weil ich es selber schaffen will (was mir gar nicht ähnlich sieht), und außerdem macht es Spaß, einfach nur so herumzufliegen und die Karte von der Insel zu ergänzen, auf der das Ganze spielt und die man langsam ausbaut und erweitert.

Am Ende baue ich wieder mal einen Absturz mit dem treuen Luftschiff *Speculator*, während ich wie üblich versuche, eine vermutlich nichtexistierende Route zwischen den Gipfeln des Zound-Gebirges hindurch zu finden. Ich schwöre, ich habe jeden noch so kleinen Spalt in diesen verdammten Bergen ausprobiert – zum Teufel, ich habe sogar versucht, *durch* die Berge hindurchzufliegen, denn schließlich könnte ja einer davon ein Hologramm oder sowas sein –, aber ich stürze jedesmal ab; es scheint einfach unmöglich, durch diese verdammten Dinger durchzukommen oder genügend Höhe zu gewinnen, um über sie hinwegzufliegen. Angeblich gibt es einen Weg in das rechteckige Reich, das die Berge umschließen, aber der Teufel soll mich am Arsch lecken, wenn ich herausfinden kann, wie der aussieht – für heute nacht war's das jedenfalls mal wieder.

Ich starte noch einen Versuch, dann lade ich das langsamere meiner beiden *Asteroids*-Programme und vernichte ein paar Zillionen Felsbrocken in überwältigendem Raster-Monochrom, bis mir die Finger wehtun und meine Augen wieder brennen und es Zeit für eine Tasse Koffeinfreien und das Bett ist.

* * *

Ich stehe frisch und munter auf, und der einzige Aufwecker, den ich mir nach einem fünfminütigen Hustenanfall und einer Dusche genehmige, ist frisch gemahlener Arabica. Ich mampfe etwas Müsli und lutsche eine geviertelte Apfelsine, während ich den Whisky-Artikel durchsehe, der heute fällig ist, und somit ist es also wirklich meine letzte Gelegenheit, daran zu arbeiten, einmal abgesehen von ein paar Einfällen in letzter Minute, nach meinem mittäglichen Besuch in der Brennerei. Ich werfe einen kurzen Blick auf meinen momentanen Status bei *Despot*, widerstehe aber der Versuchung, das Programm zu starten. Ich starre vorwurfsvoll auf die NiCads des Toshs, die ich letzte Nacht vergessen habe aufzuladen, dann kopiere ich den überarbeiteten Whisky-Artikel auf Diskette und suche ein paar saubere Klamotten aus dem Haufen auf der einen Seite des Betts, wo ich sie hingeworfen habe, nachdem ich sie letzte Woche aus der Wäscherei abgeholt habe. Du hast über eine Woche lang keinen Fick mehr gehabt, sagt mir dieser Haufen sauberer Klamotten auf der Bettdecke. Nun, in ein paar Tagen treffe ich mich mit Y, also gibt es etwas, auf das ich mich freuen kann, selbst wenn sich in der Zwischenzeit nichts abschleppen läßt.

Es ist Post gekommen: größtenteils Reklame und Rechnungen. Ich laß alles erst mal liegen.

Ich nehme den Pieper, das Handy, den Tosh, die NiCads und das herausnehmbare Radio mit runter zum 205; der

Wagen ist weder aufgebrochen noch zerkratzt worden (es hilft, den Blechkasten nicht zu waschen). Ich schließe die NiCads zum Aufladen an den Zigarettenanzünder an. Start in einen strahlenden kalten Tag; Sonnenschein und Wolken. Halt auf dem Weg an, um Zeitungen zu kaufen; überflieg die Schlagzeilen, vergewissere mich, daß nicht in letzter Minute noch ein anderer Knüller den Vanguard-Artikel verdrängt hat und daß er intakt ist (zu neunundfünfzig Prozent – ein befriedigender High-Score), ein Blick auf Doonesbury im *Guardian*, dann auf und davon.

Über die Autobrücke und auf geradem Weg durch Fife; als die richtige Reisegeschwindigkeit erreicht ist – die Tachonadel in jenem 85-bis-90-Bereich, um den sich die Provinzbullen nicht kümmern, wenn sie nicht gerade sehr gelangweilt oder in einer *wirklich* miesen Laune sind –, lenke ich mit den Knien, während ich mir einen Joint baue; ich freue mich wie ein Schneekönig und lache und denke bei mir: *Macht das nie bei euch zu Hause, Kinder.* Ich leg die Tüte für später beiseite und biege in Perth links ab.

Die Fahrt zur Brennerei führt mich teilweise die Strecke nach Strathspeld entlang. Ich habe die Goulds lange nicht mehr besucht, und ich wünsche mir fast, daß ich früher losgefahren wäre, damit ich noch bei ihnen vorbeischauen könnte, aber ich weiß, daß es nicht wirklich die Goulds sind, die ich sehen möchte, sondern der Ort: Strathspeld selbst, unser langverlorenes Paradies, mit all den schmerzlichen, bittersüßen Erinnerungen, die es birgt. Obwohl es in Wirklichkeit natürlich Andy sein könnte, an den ich mich wirklich erinnere und der mir fehlt; vielleicht möchte ich nur meinen alten Seelengefährten sehen, meinen Ersatz-Bruder, mein anderes Ich; vielleicht würde ich auf geradem Weg dorthinfahren, wenn er zu Hause wäre, aber er ist es nicht, er ist hoch oben im Norden und spielt den Einsiedler, und ich muß ihn unbedingt auch mal besuchen.

Ich komme durch Gilmerton, ein winziges Kaff direkt an der Ortsgrenze von Crieff, wo ich nach Strathspeld abbiegen würde, wenn ich dahin wollte. Früher einmal standen da immer drei identische kleine blaue Fiat 126er zur Straße hin aufgereiht vor einem der Häuser; sie standen Jahr um Jahr da, und ich hatte immer vor, dort anzuhalten, den Besitzer aufzusuchen und ihn zu fragen: Warum stehen seit einem Jahrzehnt drei kleine blaue Fiat 126er vor Ihrem Haus? Denn ich wollte es wissen, und außerdem mochte da eine gute Story drin sein, und über die Jahre mußten *Millionen* von Leuten hier vorbeigekommen sein und sich dasselbe gefragt haben, aber irgendwie bin ich nie dazu gekommen; war immer in Eile, bin immer dran vorbeigebraust, erpicht darauf, so schnell wie möglich zu jenem befleckten Paradies zu kommen, das Strathspeld immer für mich gewesen ist... Jedenfalls, vor kurzem sind die drei kleinen blauen Fiat 126er verschwunden, also hat es jetzt keinen Zweck mehr. Der Typ scheint jetzt Transporter zu sammeln. Ich empfand Schmerz, ja trauerte beinahe, als ich zum ersten Mal das Haus ohne die drei kleinen Wagen davor sah; es war wie ein Todesfall in der Familie, als ob ein entfernter, aber netter Onkel den Löffel abgegeben hätte.

Ich spiele ein paar alte Songs von Uncle Warren, aus denselben nostalgischen Gründen, aus denen ich hier lang gefahren bin.

Tief in den waldigen Tälern um Lix Troll gibt es eine weitere automobile Sehenswürdigkeit am Straßenrand, vor einer Werkstatt; da steht ein leuchtend gelber Land Rover von gut drei Metern Höhe, aber nicht auf Reifen, sondern auf vier schwarzen, dreieckigen Raupenketten, wie eine Kreuzung zwischen einem Geländewagen und einem Schaufelbagger. Steht da schon seit ein paar Jahren.

Wenn er noch ein paar Jahre da steht, dann gehe ich vielleicht rein und frage die Leute: Warum haben Sie da…?

Und schon bin ich vorbei, wieder mal in Eile.

* * *

Die Brennerei liegt direkt vor der Ortsgrenze von Dorluinan, versteckt hinter den Bäumen entlang der Straße nach Oban, über die Bahngleise hinweg und einen schmalen Waldweg hinauf. Der Geschäftsführer ist ein gewisser Mr. Baine; er empfängt mich in seinem Büro, und wir machen die übliche Besichtigungstour der Brennerei, durch die feuchten, halbverlockenden Gerüche und die Hitze des Destillierofens und vorbei an den glänzenden Kesseln, vorbei an den Glasröhren, in denen das Alkoholdestillat rauscht, bis wir schließlich in der kühlen Dunkelheit eines Lagerraums ankommen und unseren Blick über die geschlossenen Reihen von riesigen Fässern schweifen lassen, die von oben durch ein paar kleine, schmutzige, vergitterte Oberlichter schummrig beleuchtet werden. Die Decke ist niedrig, gestützt von dicken, knorrigen Holzstreben, die auf Eisenpfeilern ruhen. Der Boden besteht aus festgestampfter Erde, hart wie Beton nach ein paar Jahrhunderten der Benutzung.

Mr. Baine sieht besorgt aus, als ich ihm von dem Artikel erzähle. Er ist ein vierschrötiger, schlaffgesichtiger Highlander in einem dunklen Anzug mit einem schreiend bunten Schlips, der mich dankbar sein läßt, daß ich ihm hier in der weichzeichnenden Dunkelheit des Lagerhauses gegenüberstehe und nicht draußen im Sonnenschein.

»Nun, im Grunde nur die Fakten«, erkläre ich und grinse Mr. Baine freundlich an. »Daß die Yankees sich damals in den Zwanzigern darüber beschwert haben, daß ihr Whisky und ihr Brandy trüb wurden, wenn sie Eis hineintaten, und daß sie den Destillateuren gesagt haben, sie sollten zusehen, daß dieses Problem, wie sie es sahen, behoben wird. Die Franzosen haben ihnen, wie die Franzosen nun mal sind, gesagt, wohin sie sich ihre Eiswürfel stecken können, während die Schotten, ganz britisch, sagten: Natürlich, wir werden folgendes tun...«

Mr. Baines Waidwunder-Cockerspaniel-Blick erreicht neue Höhen des Unglücklichseins, als ich ihm all das erzähle. Ich weiß, daß ich mir vorhin auf der Besichtigungstour kein Pulver hätte einpfeifen sollen, aber ich konnte einfach nicht widerstehen; da war diese unwiderstehlich lockende, vielversprechende, ausgelassene Tu-was-Verbotenes-Versuchung, mir den Finger in den Mund zu stecken, dann in meine Tasche, dann wieder in meinen Mund, und dabei zu nicken, während Mr. Baine redete und ich interessiert in die Runde schaute und meine Zunge taub wurde und der chemische Geschmack in meiner Kehle gerann und diese aufputschende, elektrifizierende, süchtig machende illegale Droge ihre Wirkung tat, während wir durch diese vollkommen legale, staatsfinanzierende Drogenfabrik gingen.

Nun, dann schwalle ich eben, aber es ist *gut.*

»Aber, Mr. Colley...«

»Also haben die Destillateure das Kältefiltrieren eingeführt, haben die Temperatur des Whiskys gesenkt, bis die Öle, die für die Trübung verantwortlich waren, sich aus der Lösung absetzten, und dann wurde das Zeug durch Asbest gefiltert, um das Öl zu entfernen; bloß entfernt das auch eine Menge des Geschmacks – den man nicht wieder hineintun kann – und die Farbe, die man wieder hineintun kann, und zwar mit Karamel. Ist das nicht so?«

Mr. Baine macht eine Armesündermiene. »Ähm, nun, im Großen und Ganzen schon«, sagt er. Er räuspert sich, und sein Blick wandert über das wohlgeordnete Meer von Faßrücken, die sich in der Dunkelheit verlieren. »Aber, ähm, wird das eine, äh, eine Enthüllungsstory, Mr. Colley? Ich dachte, Sie wollten nur...«

»Sie dachten, ich wollte nur einen weiteren Artikel darüber schreiben, in was für einem großartigen, wunderschönen Land wir doch leben und wie glücklich wir sind, dieses weltberühmte, Dollars einbringende Getränk zu produzieren, das letztlich sogar das Leben verlängern kann, wenn man es in Maßen genießt – richtig?«

»Nun, nun... es steht Ihnen natürlich frei zu schreiben, was Sie wollen, Mr. Colley«, sagt Mr. Baine (ich habe ihm ein Lächeln entlockt). »Aber, äh, ich befürchte, Sie könnten die Leser irreleiten, wenn Sie Dinge betonen wie, nun, den Asbest, zum Beispiel; die Leser könnten denken, es wäre Asbest im Produkt.«

Ich schaue Mr. Baine an. *Produkt?* Habe ich ihn da wirklich *Produkt* sagen hören?

»Aber das werde ich ganz und gar nicht andeuten, Mr. Baine; es wird ein ehrlicher, allein die Fakten darlegender Artikel.«

»Nun ja, aber Fakten können irreführen, wenn sie aus dem Zusammenhang gerissen werden.«

»Mhm-hm."

»Sehen Sie, ich bin mir nicht sicher wegen des Tenors Ihres...«

»Aber, Mr. Baine, ich dachte, der Tenor dieses Artikels läge ganz auf Ihrer Wellenlänge. Deshalb bin ich ja heute hier; mir wurde gesagt, Sie würden überlegen, einen ›echten Whisky‹ herzustellen, ohne Kältefiltration und ohne Färben; einen Premium Brand, der die Trübung und die Öle, die drin gelassen werden, als Kaufanreiz benutzt, der sie als Werbung einsetzt, sogar...«

»Nun«, sagt Mr. Baine und blickt unbehaglich drein, »unsere Marketing-Leute beschäftigen sich zur Zeit noch damit...«

»Mr. Baine, kommen Sie, wir wissen beide, daß der Bedarf da ist; SMWS verdient sich eine goldene Nase, Cadenhead am Canongate...«

»Nun, so einfach ist das nicht«, druckst Mr. Baine und schaut jetzt noch unbehaglicher drein. »Sehen Sie, Mr. Colley, können wir reden, Sie wissen schon, ohne daß Sie es in Ihrem Artikel verwenden?«

»Sie wollen, daß es unter uns bleibt?«

»Ja, nur unter uns beiden.«

»In Ordnung.« Ich nicke.

Mr. Baine verschränkt die Hände unter seinem Bauch und nickt mit ernstem Gesicht. »Sehen Sie, äh, Cameron«, sagt er und senkt dabei die Stimme, »ich will Ihnen gegenüber ehrlich sein: Wir haben überlegt, diesen Premium Brand, von dem Sie sprechen, auf dem Markt zu testen und die fehlende Kältefiltration als besonderen Kaufanreiz zu propagieren, aber... Sehen Sie, Cameron, allein damit könnten wir nicht überleben, selbst wenn es einschlagen würde, wenigstens nicht für die nähere Zukunft; wir müssen auch andere Überlegungen in Betracht ziehen. Vermutlich müßten wir immer den überwiegenden Teil unseres Produkts für den Verschnitt verkaufen; das ist unser Geschäft, und als solches sind wir auf das Wohlwollen der Firmen angewiesen, an die wir verkaufen; Firmen, die viel, viel größer sind als wir.«

»Soll heißen, man hat Ihnen gesagt, Sie sollen keine schlafenden Hunde wecken?«

»Nein, nein, nein.« Mr. Baines Blick zeigt seine Bestürzung darüber, daß er so gründlich mißverstanden worden ist. »Aber Sie müssen verstehen, daß ein großer Teil des Erfolgs von Whisky auf seinem Mythos beruht, auf dem... dem *Image,* das er für den Kunden hat, als ein einzigartiges Qualitätsprodukt. Whisky ist beinahe etwas Mystisches, Cameron; er ist das *Uisgebeatha,* das Wasser des Lebens, wie wir sagen... Es ist ein sehr starkes Image und sehr wichtig für den schottischen Export und die nationale Wirtschaft. Wenn wir als relative Neulinge in diesem Geschäft irgend etwas tun, das diesem Image schadet...«

»Wie zum Beispiel der Öffentlichkeit den Floh ins Ohr zu setzen, daß alle anderen Whiskys, die man kaufen kann, kältefiltriert und karamelgefärbt sind...«

»Nun, ja...«

»... dann wecken Sie schlafende Hunde«, sage ich. »Also hat man Ihnen gesagt, Sie sollen die Sache mit dem neuen Premium Brand vergessen oder Sie können es sich abschminken, jemals wieder Whisky zum Verschnitt zu verkaufen, was bedeuten würde, daß Sie den Laden hier dichtmachen können.«

»Nein, nein, nein«, wehrt Mr. Baine abermals ab, aber während wir hier in der kühlen Dunkelheit des alkoholduftgeschwängerten Lagerhauses stehen, umgeben von genügend reifendem Schnaps, daß ein Trident-U-Boot darin schwimmen könnte, kann ich sehen, daß die wahre Antwort – selbst unter uns – ja, ja, ja lautet, und ich denke bei mir: Hurra! Eine Verschwörung; eine Vertuschungskampagne, drangsalierende Maßnahmen, Erpressung, große Konzerne, die Druck auf diesen kleinen Kerl ausüben; das könnte sogar eine *noch bessere* Story abgeben!

* * *

Du betrittst das Haus durch die Hintertür, wobei du ein Brecheisen benutzt; die Tür ist so massiv wie das Schloß schwer, aber der unter dicken Schichten von Farbe liegende Rahmen ist über die Jahre morsch geworden. Sobald du drinnen bist, holst du die Elvis-Presley-Maske aus deinem Bündel und legst sie an, dann ziehst du die Chirurgenhandschuhe über. Das Haus ist warm von der Nachmittagssonne; es geht nach Süden raus und bietet freien Blick über den Golfplatz, der sich bis zur Bucht erstreckt.

Du glaubst nicht, daß jetzt schon jemand anwesend ist, aber du bist dir nicht sicher; du hattest nicht die Zeit, das Haus den ganzen Tag zu beobachten. Trotzdem macht es einen verlassenen Eindruck. Du inspizierst Raum für Raum, während du unter der Latexmaske schwitzt. Die Abendsonne färbt die entfernten, hohen Wolken über dem Meer pink, und das Licht fällt in jeden Raum, erfüllt die Zimmer mit Rosenfarben und Schatten.

Die Treppe und eine Reihe der Bodendielen knarren. Die Zimmer sind sauber, die Möbel dagegen altmodisch und wahllos zusammengestellt; sie wirken ausrangiert. Schließlich beendest du deinen Rundgang im Schlafzimmer des Hauses.

Du bist nicht sehr glücklich mit dem Bett; es ist ein Liegesofa. Du inspizierst es im rötlichen Licht der Abenddämmerung, hievst dann die Matratze hoch und lehnst sie gegen die Wand. Was du siehst, befriedigt dich immer noch nicht. Du gehst in das andere Schlafzimmer, von dem man ebenfalls Ausblick auf den Golfplatz und das Meer hat; der Raum riecht unbewohnt, leicht modrig sogar. Dieses Bett ist besser; es hat einen Eisenrahmen. Du ziehst das Bettzeug ab und zerreißt die Laken in Streifen.

Während du damit beschäftigt bist, siehst du aus dem Fenster, beobachtest ein paar Militärflugzeuge, die in der Ferne über die Bucht fliegen. Zur Rechten, hinter den Gleisen, kannst du die Biegung des Strandes erkennen, die bis zum Wäldchen reicht, und erhaschst einen Blick auf den Leuchtturm, der über den Bäumen aufragt.

Dann siehst du Mrs. Jamieson durch das Tor und den Garten kommen, und du duckst dich, läufst zur Tür und zum oberen Treppenabsatz. Du hörst, wie die Eingangstür geöffnet wird.

Mrs. Jamieson kommt herein und begibt sich in die Küche. Du erinnerst dich an die knarrenden Stufen. Einen Moment zögerst du, dann schlenderst du zur Treppe und gehst sie zielbestimmten, schweren Schrittes hinunter, während du vor dich hinpfeifst. Die Stufen knarren.

»Murray?« ruft Mrs. Jamieson aus der Küche. »Murray, ich hab den Wagen gar nicht gesehen...«

Du erreichst den Fuß der Treppe. Hinter dem Treppengeländer zu deiner Rechten taucht Mrs. Jamiesons weißhaariger Kopf auf, dreht sich ihr Gesicht in deine Richtung.

Du marschierst auf sie zu, siehst, daß sie im Begriff zu reagieren ist, siehst, wie ihr die Kinnlade herunterklappt. Du weißt bereits, was du tun wirst, wie dieses Spiel laufen wird, und so schlägst du zu, streckst sie nieder. Sie sackt zu Boden, gibt erstickte, vogelgleiche Laute von sich. Du hoffst, daß du nicht zu hart zugeschlagen hast. Du hievst sie hoch und hältst ihr mit einer Hand den Mund zu, während du sie die Treppe hinaufschleifst.

Du legst sie auf das matratzenlose Liegesofa und stopfst ihr mit dem Griff des Stanley-Messers ein Taschentuch in den Mund, ziehst ihr ein Paar Nylonstrümpfe über den Kopf, verknotest sie um ihren Mund und ihren Nacken und verfrachtest sie in den großen alten Wandschrank, entfernst die paar dort aufbewahrten Klamotten und fesselst sie mit den Händen an die Kleiderstange. Sie weint und wimmert, aber der Knebel erstickt alles. Du zerrst ihr die Strumpfhose herunter und fesselst ihre Knöchel über den braunen Schuhen zusammen, dann schließt du die Schranktüren.

Du setzt dich auf das Liegesofa, nimmst die Maske ab und bleibst für einen Moment schnaufend und schwitzend sitzen. Du kommst langsam zu Atem, legst wieder die Maske an und wirfst noch einen Blick in den Schrank. Mrs. Jamieson zittert; durch das dunkelgraue Strumpfgewebe sieht sie dich mit schimmernden, weit aufgerissenen Augen an. Du schließt die Tür und ziehst die Vorhänge zu, was du in dem Schlafzimmer mit dem Bett mit dem Eisenrahmen wiederholst.

Eine halbe Stunde später trifft ihr Mann ein, parkt den

Wagen in der Auffahrt. Er nimmt den Vordereingang, und du wartest hinter der Tür, als er die Küche betritt; du räusperst dich, und als er herumfährt, wirft ihn dein Schlag gegen den Küchenschrank, was eine Lawine von Porzellan verursacht. Als er aufzustehen versucht, schlägst du abermals zu. Er ist steinalt, und du bist einigermaßen verwundert, daß du zwei Schläge brauchst, um ihn niederzustrecken, auch wenn er für seine Tage immer noch ganz gut Gewicht auf die Waage bringt.

Du stopfst ihm einen Schlüpfer seiner Frau in den Mund und bringst abermals den Trick mit den Strümpfen an, verknotest sie um seinen Mund und Nacken, dann schleifst du ihn nach oben in das andere Schlafzimmer. Du kannst riechen, daß er unlängst einen Drink genommen hat – wahrscheinlich G & T's. Geraucht hat er auch. Als du ihn auf das Bett mit dem Eisenrahmen verfrachtet hast, bist du wieder schweißgebadet.

Du fesselst ihn mit dem Gesicht nach unten an das Bett. Er unternimmt bereits Anstrengungen, sich umzudrehen. Als er versorgt ist, holst du das Stanley-Messer heraus. Er hatte eine leichte Windjacke an, die du in der Küche gelassen hast; er trägt einen blauen Pringle-Pullover mit einem knickerbockerbewehrten Golfer darauf, ein kariertes Hemd von Marks & Spencer und eine leichte Weste. Du schneidest ihm die Klamotten vom Leib, wirfst sie in die Ecke. Aus seiner hellbraunen Hose regnet es Golf-Tees, als du sie beiseiteschleuderst; seine Golfschuhe sind braun und weiß, schwer mit Spikes versehen und mit Lederfransen und Quastenschuhbändern verziert.

Zeit für die Sachen in deinem Bündel. Du holst die Kissen aus dem anderen Schlafzimmer und stopfst sie unter den Torso des Alten. Er gibt jetzt gurgelnde, erstickte Laute von sich und bewegt sich schwach. Du benutzt ein paar zusammengerollte Decken, um seinen Rumpf weiter in Position zu bringen, gehst dann wieder an dein Bündel und nimmst die Dinge heraus, die du brauchen wirst. Er stemmt sich gegen die Fesseln, kämpft gegen sie an, als hätte er es mit dem Klammergriff eines Unsichtbaren zu tun. Er gibt einen Laut von sich, als würde er gleich ersticken, obwohl du noch gar nicht angefangen hast. Du schraubst den Verschluß von der Creme ab.

Ein Spucken und Keuchen ertönt, und er muß wenigstens einen Teil des Knebels aus dem Mund bekommen haben, weil er hervorstößt: »Hören Sie auf! Hören Sie auf, sage ich!« Nicht die schroffe Home-Counties-Stimme, an die du dich aus dem Fernsehen erinnerst; sie ist höher und brüchiger, aber das ist unter den gegebenen Umständen wohl kaum überraschend. Trotzdem klingt er weniger angsterfüllt, als du angenommen hättest.

»Hören Sie«, sagt er mit einer Stimme, die irgendwie mehr beinhaltet als sein normaler Tonfall; sie klingt tief und tatsachenbewußt. »Ich weiß nicht, worauf Sie es abgesehen haben, aber nehmen Sie sich einfach, was Sie wollen; das hier ist doch nicht nötig, ganz bestimmt nicht.« Du schmierst ein bißchen von der Creme auf den Vibrator.

»Ich glaube, Sie machen einen großen Fehler«, sagt er, während er versucht, den Kopf so zu drehen, daß er dich sehen kann. »Ganz im Ernst. Wir wohnen nicht hier; das hier ist ein Ferienhaus. Wir haben es gemietet; Sie werden hier keine Wertsachen finden.« Wieder kämpft er gegen die Fesseln an. Du kniest dich hinter ihm auf das Bett, zwischen das umgekehrte V seiner knochigen, krampfadernübersäten Beine. Auf seinem Rücken und seinen Oberarmen kannst du geplatzte Äderchen erkennen. Seine Beine sehen grau und verwittert aus; seine Hinterbacken muten fahl, beinahe gelblich an, und die Haut an seinen Schenkeln hat ein körniges, marmoriertes Aussehen; seine Hoden hängen herab wie alte Früchte, umgeben von gekräuseltem grauen Haar.

Sein Schwanz sieht leicht vergrößert aus. Interessant.

Er spürt, wie du hinter ihm zugange bist, und schreit: »Hören Sie! Sie wissen doch gar nicht, was Sie tun. Das ist Raub und Nötigung, junger Mann. Sie – ah!«

Du hast die mit Creme beschmierte Spitze des Vibrators an seinen Anus gebracht, das faltige, graurosa Zentrum zwischen seinen Hinterbacken. Die Creme muß sich kalt anfühlen. »Aufhören! Was machen Sie da überhaupt?«

Langsam führst du den cremeverschmierten Dildo ein, drehst es von einer Seite zur anderen und beobachtest, wie sich die Haut um seinen Anus dehnt und weiß wird, während du das elfenbeinfarbene Plastik in ihn hineinschiebst; ein dünner Rand weißer Creme sammelt sich dort.

»Ah! Ah! Aufhören! In Ordnung! Ich weiß, was Sie da tun! Ich weiß auch, warum! Okay! Dann wissen Sie also, wer ich bin... aber das ist nicht – ah! Ah! Hören Sie auf! Aufhören! Okay! Sie haben gewonnen! Diese Frauen – hören Sie, mag sein, daß ich zu Urteilen gekommen bin, die ich später bereut habe, aber Sie waren nicht dabei! Sie haben nicht die Fakten gehört! Aber ich! Sie haben nicht die angeklagten Männer gehört! Sie können sich doch gar kein Urteil über ihren Charakter bilden! Und das gleiche gilt für die Frauen! Ah! Ah! *Ah!* Aufhören! Bitte, Sie tun mir weh! Sie tun mir weh!«

Du hast den Vibrator jetzt etwa zu einem Drittel eingeführt, noch lange nicht in vollem Umfang. Du übst mehr Druck aus, erfreut darüber, wie rutschfest die Chirurgenhandschuhe sind. Halb wünschst du dir, du könntest etwas sagen, obwohl du weißt, daß das nicht möglich ist – wenn auch wirklich jammerschade.

»Ah! Ah! Jesus Christus, um Himmels willen, wollen Sie mich umbringen? Hören Sie, ich habe Geld... ich kann... ah! Ah, du dreckiges Schwein –« Er stöhnt und furzt gleichzeitig. Bei dem Geruch mußt du den Kopf wegdrehen, schiebst den Vibrator aber noch tiefer. Draußen, hinter den zugezogenen Vorhängen, kannst du Seemöwen schreien hören.

»Aufhören, hören Sie endlich auf!« schreit er. »Das ist nicht gerecht! Sie haben doch gar keine Ahnung von diesen Fällen! Verdammt, ein paar von ihnen waren wie *Nutten* gekleidet. Die hätten's doch sowieso mit jedem getrieben – die waren kein bißchen besser als Huren! Ah! Du dreckiger maskierter Bastard! Du dreckiger, verfickter schwuler Bastard! Ah!«

Er reißt an seinen Fesseln und bäumt sich auf, bringt das Bett zum Erbeben, um die Lakenstreifen an seinen Gelenken nur noch fester werden zu lassen. »Du Bastard!« schreit er. »Dafür wirst du bezahlen! Damit kommst du nicht davon! Sie werden dich kriegen; sie werden dich kriegen, und ich werde dafür sorgen, daß sie dir im Knast eine Lektion erteilen, die du nie im Leben vergißt! Hörst du mich? Hörst du?«

Du läßt den Vibrator stecken und schaltest ihn ein. Er windet sich und zerrt wieder an seinen Fesseln, ohne daß dabei irgend etwas herauskommt. »Oh, um Himmels willen!« jault er. »Ich bin sechsundsiebzig – was für ein verdammter Unmensch sind Sie!« Er beginnt zu schluchzen. »Meine Frau«, sagt er hustend. »Was haben Sie mit meiner Frau gemacht?«

Du steigst vom Bett herunter und nimmst ein kleines hölzernes Kästchen aus der Reißverschlußtasche deiner Seglerjacke, öffnest es vorsichtig und schlägst die Watte auseinander. In der Watte befinden sich eine winzige Phiole mit Blut und eine Nadel; es handelt sich um eine verschmutzte Einwegspritzennadel, ein kleines, kaum einen Zentimeter langes Ding mit einem orangefarbenen Plastikaufsatz am Ende, der genau auf die Spritze paßt.

Du lauschst seinen Flüchen und Drohungen, und immer noch bist du dir unsicher. Du hast immer noch nicht entschieden, ob du ihn mit HIV-positivem Blut infizieren willst oder nicht; du warst dir einfach noch nicht im Klaren darüber, ob er es wirklich verdient hat, und deshalb hast du die Entscheidung bis jetzt aufgeschoben.

Schweiß rinnt dir in die Augen, während du so dastehst.

»Dabei geht dir einer ab, was? Ist es das?« keucht er. »Du verdammter Bahnhofstoilettenschwuler!« Er hustet, verdreht dann seinen Kopf nach dir. »Bist du noch da? Was machst du da? Holst dir einen runter, was? Du Drecksau!«

Du lächelst hinter deiner Maske und schiebst die Watte wieder über die Phiole und die Nadel. Du verschließt das Kästchen und steckst es wieder in deine Jackentasche. Du machst ein paar Schritte auf die Tür zu, wo er dich sehen kann.

»Du dreckiger Bastard!« schäumt er. »Du mieser, dreckiger Bastard! Dreißig Jahre lang habe ich mein Bestes getan! Du hast kein Recht dazu! Das beweist überhaupt nichts, verstehst du! Überhaupt nichts! Ich würde immer wieder das gleiche Urteil fällen! Immer wieder! Nicht ein Urteil würde ich abändern, du dreckige kleine Fotze!«

Fast bewunderst du den Mumm des alten Sacks. Du gehst hinüber in den anderen Raum, um zu sehen, ob mit seiner Frau alles in Ordnung ist. Sie zittert immer noch. Du läßt sie dort in der mottenkugelnverseuchten Dunkelheit des alten Kleiderschranks hängen. Du begibst dich nach unten, packst die Elvis-Maske zu deinen anderen Sachen und verläßt das Haus durch die Hintertür, durch die du es betreten hast.

Draußen ist es immer noch mild, und der Abend beginnt gerade erst langsam kühl zu werden, als du unter einem tiefblauen, von hohen dunklen Wolken beherrschten Himmel den rückwärtigen Pfad zurückgehst. Vom

Meer streicht eine kühle Brise landeinwärts, und du ziehst den Kragen deiner Jacke fester um dich.

Deine Hände riechen immer noch nach Gummi, wegen der Handschuhe.

* * *

Ich liefere den Whisky-Artikel ab, mit einem Teaser am Ende, der weitere Enthüllungen betreffs der miesen Methoden ankündigt, mit denen die großen Schnapsbarone die tapferen kleinen Whisky-Zauberer mundtot machen wollen. In der Zwischenzeit versuche ich herauszufinden, was an dieser endlosen Maulwurf-Story dran ist – der Ares-Story (laut dem Mythologie-Lexikon in der Bibliothek der Zeitung ist Ares der Gott des Massakers). Ich gebe »Jemmel« in die Databases ein, aber sie können mir nichts dazu sagen. Selbst Profile zuckt nur kapitulierend mit seinen Silicon-Achseln.

***

»Cameron! Du bist es selbst!« informiert Frank mich. »Du hast dir also gedacht, du schaust mal wieder vorbei; gut, gut. Hehe; rat mal, was der Spell-Check aus Colonsay macht?«

»Keine Ahnung, Frank.«

»›Colonic‹!«

»Zum Totlachen.«

»Und aus Carnoustie?«

»Mhmm?«

»›Carousing‹!« Er lacht. »›Carousing‹!«

»Noch komischer.«

»Wo wir gerade dabei sind, Eddie will dich sehen.«

»Oh.«

***

Eddie der RvD ist ein schmächtiger, schon etwas ergrauter blonder Mann um die fünfundfünfzig, der eine Halbmondbrille auf seiner spitzen Nase trägt und immer aussieht, als hätte er gerade etwas extrem Saures geschmeckt, es aber eigentlich ganz komisch findet, da er weiß, daß du es auch gleich zu schmecken bekommst. Rein formal ist Eddie nur geschäftsführender Chefredakteur, während unser eigentlicher Großer Steuermann, Sir Andrew, sich auf unbestimmte Zeit von einem Herzinfarkt erholt (angeblich herbeigeführt von jener weitverbreiteten Chefredakteurskrankheit des zu großen Herzens).
Unser Hauszyniker aus der Sportredaktion hat darauf hingewiesen, daß Sir Andrews Herzinfarkt nur eine kurze Anstandszeitspanne nach dem Mord an Sir Toby Bissett im August aufgetreten ist; er wagte die Vermutung, daß es sich um eine Art Präventivschlag handelte, mit der sich Sir Andrew eigenhändig von der Liste möglicher Opfer streichen wollte, denn ein paar Redakteure vermuteten damals halbherzig, daß ein Irrer umging, der es auf Redakteure abgesehen hatte und dessen nächstes Opfer sie persönlich sein würden. Nun, schuld daran mochte das allgemeine schlechte Gewissen und die Verwirrung gewesen sein, die auftrat, als die IRA erst vermeintlich die Verantwortung für den Mord an Tobe übenahm und dann wieder abstritt. Es wurden keine weiteren Redakteure ausradiert (obwohl es wenigstens bewies, daß unser Attentäter Humor besaß), und wie dem auch sei, Eddie scheint sich keine Sorgen über derartige Bedrohungen seiner zeitweilig erhobenen Position zu machen.

Das Chefredakteursbüro des *Caledonian* besitzt vermutlich die beste Aussicht in der gesamten Zeitungswelt; ein Ausblick über Princes Street Gardens bis zur Neustadt, den Fluß Forth und die dahinterliegenden Wiesen und Hügel von Fife, mit einem Seitenfensterausblick auf das beste Profil der Burg als Zugabe, nur für den Fall, daß dem Benutzer des Büros das Frontpanorama je langweilig würde.

Seit einer erfolglosen Auslandsreise im letzten Jahr – die darin resultierte, daß ich zu einem intimen Plausch mit Sir Andrew hier hereinzitiert wurde – habe ich schlechte Assoziationen mit diesem Raum. Es war die Gardinenpredigt meines Lebens gewesen; wenn das Zurschaustellen redakteurieller Entrüstung eine olympische Disziplin wäre, würde Sir Andrew zweifellos zum britischen Team gehören und die schwere Bürde tragen, die große Medaillenhoffnung zu sein. Ich hätte auf der Stelle meine Kündigung eingereicht, wenn es nicht genau das gewesen wäre, was er in diesem Moment von mir wollte.

»Cameron, komm rein, setz dich«, sagt Eddie. Sir Andrew ist Vertreter einer strikten Möbelordnung; Eddie residiert in einem Thron von einem Sessel, der so aussieht, als hätte schon mehr als ein königliches Hinterteil darauf geruht. Ich kauere auf dem Klassenäquivalent eines Zunfthandwerkers, nur eine stoffbezogene Stufe über dem stapelbaren Plastikproletariat. Als er den Posten letzten Monat übernahm, war Eddie wenigstens so anständig, unbehaglich in diesem Machtmobiliar auszusehen, aber so langsam habe ich den Eindruck, daß es ihm allmählich gefällt.

Eddie blättert einen Ausdruck auf seinem Schreibtisch durch. Der Schreibtisch ist nicht ganz so eindrucksvoll wie der Sessel – nur Einzelbettgröße statt der Doppelbettgröße, die Sir Andrew und vielleicht auch Eddie bevorzugen würden, wie ich vermute –, aber er sieht noch immer ziemlich beeindruckend aus. Es steht ein Computer darauf, aber Eddie benutzt ihn nur, um Leute auszuspionieren, um das System zu überwachen, während wir Notizen abtippen, einen Artikel eingeben, nach draußen faxen oder einander über E-Mail Beleidigungen schicken.

Eddie lehnt sich in seinem Sessel zurück, nimmt seine

Halbbrille ab und tippt sich damit gegen die Fingerknöchel seiner Hand.

»Diese Whisky-Story gefällt mir nicht, Cameron«, sagt er in seinem beständig gequälten Tonfall.

»Ach? Was stimmt denn damit nicht?«

»Der Ton, Cameron, der Ton«, erklärt Eddie stirnrunzelnd. »Er ist eine Spur zu aggressiv, verstehst du, was ich meine? Zu kritisch.«

»Nun, ich halte mich nur an...«

»Ja, ja, die Tatsachen«, fällt Eddie mir ins Wort. Er lächelt verständnisvoll, als wäre dies ein alter Scherz zwischen uns beiden. »Einschließlich der Tatsache, daß du offensichtlich etwas gegen einige der größeren Brennereikonzerne hast, so wie es sich anhört.« Er setzt seine Brille wieder auf und blickt auf den Ausdruck.

»Nun, ich finde nicht, daß es so rüberkommt«, sage ich und hasse mich dafür, mich so in die Defensive drängen zu lassen. »Du bringst da die Tatsache mit ins Spiel, daß du mich kennst, Eddie. Ich denke nicht, daß jemand, der einfach nur den Artikel liest...«

»Ich meine«, sagt Eddie und schneidet mein Geschwafel ab wie ein Steakmesser, »dieses ganze Zeug über die Distillers Company und die Guinness-Übernahme. Ist das wirklich nötig? Das ist doch Schnee von gestern, Cameron.«

»Aber es ist immer noch *relevant*«, beharre ich. »Es ist da drin, um zu zeigen, wie's in der Geschäftswelt zugeht; sie versprechen das Blaue vom Himmel, um zu kriegen, was sie wollen, und dann brechen sie bedenkenlos ihr Wort. Das sind professionelle Lügner; es zählt nur, was unterm Strich herauskommt, nur die Profite der Anteilseigner, sonst nichts. Weder Tradition noch das Überleben der Gemeinden oder die Menschen, die ihr ganzes Leben für die Konzerne geschuftet haben...«

Eddie lehnt sich lachend zurück. »Da geht's schon

wieder los«, sagt er. »Du schreibst eine Story über Whisky…«

»Die Verfälschung von Whisky.«

»…und du hast Zeug da drin, das im Grunde nichts anderes besagt, als daß Ernest Saunders ein verlogenes kleines Arschloch ist.«

»Ein verlogenes großes Arschloch. Faktisch ist er sogar…«

»Cameron«, schneidet mir Eddie entnervt das Wort ab. Er nimmt wieder seine Brille ab und tippt damit auf den Ausdruck. »Der Punkt ist, selbst wenn das hier nicht ziemlich wahrscheinlich eine Verleumdung darstellen würde…«

»Niemand erholt sich von Altersschwachsinn!«

»Es spielt keine *Rolle*, Cameron! Das gehört nicht in einen Artikel über Whisky.«

»…Verfälschung«, füge ich störrisch hinzu.

»Jetzt fängst du schon wieder an!« ruft Eddie aus. Er steht auf und geht zu dem mittleren der drei großen Fenster und hockt sich auf den Sims. »Mein Gott, Jungchen, du hast wirklich ein Talent dafür, dir fixe Ideen in den Kopf zu setzen.«

Gott, wie ich es hasse, wenn Eddie mich »Jungchen« nennt.

»Wirst du's nun drucken oder nicht?« frage ich ihn.

»So auf keinen Fall. Das soll der Aufmacher der Sonntagsbeilage sein, Cameron; da sollen verkaterte Leute in Morgenmänteln ihre Croissant-Krümel drauf verstreuen können. So wie sich das Ding im Moment liest, mußt du dich schon glücklich schätzen, wenn sie es auf der letzten Seite von *Private Eye* abdrucken.«

Ich blitze ihn wütend an.

»Cameron, Cameron«, sagt Eddie und mustert meinen gequälten Gesichtsausdruck, während er sich mit der einen Hand das Kinn reibt. Er sieht müde aus. »Du bist ein guter Journalist; du schreibst gut, du hältst die Termine ein, und ich weiß, daß du ein Angebot hattest, runter in den Süden zu gehen, mit sogar noch größerem Betätigungsfeld und mehr Geld, und sowohl Andrew als auch ich lassen dir mehr durchgehen, als einige Leute für richtig halten. Aber wenn du anbietest, einen unterhaltsamen Hintergrundbericht über Whisky zu machen, dann können wir doch wohl auch erwarten, daß es etwas mit dem edlen Stoff selbst zu tun hat und sich nicht wie ein Manifest für den Klassenkampf liest. Das ist genauso schlecht wie diese Fernseh-Story, die du letztes Jahr gemacht hast.« (Wenigstens hat er nicht das Ergebnis meiner kleinen Auslandsreise erwähnt.) Er beugt sich vor und schaut auf den Ausdruck. »Ich meine, hör dir das doch nur mal an: Man sollte Ernest Saunders zwingen, so viel Whisky zu trinken, daß sein Gehirn in den ›verwirrten, aufgeweichten Zustand‹ fällt, ›in dem es sich, wie er behauptet, am Ende des Guinness-Prozesses befand‹. Das ist...«

»Das war ein Witz!« protestiere ich.

»Es liest sich wie eine Aufwiegelung! Was hast du...«

»Muriel Gray würdest du es durchgehen lassen.«

»Nicht so, wie du es geschrieben hast, nein.«

»Nun, laß es dir rechtlich absichern. Die Anwälte...«

»Ich werde es *nicht* rechtlich absichern, Cameron, weil ich es nicht bringen werde.« Eddie schüttelt den Kopf. »Cameron«, seufzt er, während er seinen Fensterplatz verläßt und wieder seinen Thronsitz einnimmt, »du mußt einfach ein Gespür für Verhältnismäßigkeit entwickeln.«

»Und was wird jetzt damit?« frage ich und deute mit einem Nicken auf den Ausdruck, ohne auf seinen Ratschlag einzugehen.

Eddie seufzt. »Schreib es um, Cameron. Versuch, die giftige Galle etwas zu verwässern, statt auf dem Asbest-Filtrieren rumzuharken.«

Ich setze mich auf und starre auf den Ausdruck. »Das bedeutet, daß wir den Aufmacher verlieren, stimmt's?«

»Ja«, erwidert Eddie. »Ich ziehe die National-Trust-Serie eine Woche vor. Diese Whisky-Story wird eben warten müssen.«

Ich schürze die Lippen, dann zucke ich mit den Achseln. »In Ordnung, gibt mir Zeit bis sechs. Bis dahin kann ich das Ganze umgeschrieben haben, wenn ich durcharbeite. Wir können es immer noch rechtzeitig schaffen für...«

»Nein, Cameron«, brüllt Eddie. »Ich will keinen eilig hingeklierten Neuaufguß, in dem nur ein paar Kraftausdrücke gestrichen sind. Ich will, daß du das Ganze noch mal überdenkst. Geh mit einem anderen Ansatz ran. Ich meine, bring deine Kritik über den moralischen Verfall des Spätkapitalismus von mir aus unterschwellig rein, aber *wirklich* nur unterschwellig; mach es subtil. Ich kenne dich... wir wissen beide, daß du es kannst *und* daß du besser bist, wenn du ein Stilett statt einer Kettensäge schwingst. Mach dir das zu Nutzen, Herrgott nochmal.«

Ich bin nicht beschwichtigt, aber ich ringe mir ein halbherziges Lächeln ab und stoße widerwillig ein bestätigendes Grunzen aus.

»Einverstanden?« fragt Eddie.

»In Ordnung«, sage ich. »Einverstanden.«

»Gut.« Eddie lehnt sich wieder zurück. »Und wie läuft's sonst so? Übrigens, der Artikel über das U-Boot hat mir gut gefallen. Sehr schön ausgewogen; hart an der Grenze zur Meinungsmache, aber nie darüber. Gute Arbeit, wirklich gute Arbeit... Ganz nebenbei, ich höre es munkeln, daß du vielleicht 'ne große Sache an der Angel hast, irgendwas mit einem Regierungs-Maulwurf. Stimmt das?«

Ich fixiere Eddie mit meinem geübtesten stählernen

Blick. Er scheint von ihm abzuprallen. »Was hat Frank erzählt?« frage ich.

»Ich habe nicht gesagt, daß ich es von Frank gehört habe«, gibt Eddie zurück und sieht dabei ganz unschuldig und offen aus. *Zu* unschuldig und offen. »Ein paar Leute haben erwähnt, daß du 'ner Story auf der Spur zu sein scheinst, etwas, von dem du niemandem was erzählst. Ich spioniere dir nicht nach; ich will noch überhaupt nichts darüber wissen. Ich habe mich nur gefragt, ob an den Gerüchten was dran ist.«

»Nun, es ist was dran«, gestehe ich widerwillig.

»Ich...« setzt Eddie an, dann klingelt sein Telefon. Er sieht verärgert aus, als er den Hörer abnimmt.

»Morag, ich dachte...« sagt er, dann verändert sich sein Gesichtsausdruck zu säuerlicher Resignation. »Ja, in Ordnung. Einen Moment noch.«

Er drückt auf einen Knopf und schaltet den Hörer stumm, dann blickt er bedauernd zu mir herüber. »Cameron, tut mir leid, diese blöde Fettesgate-Sache. Gibt jede Menge Druck von oben. Muß diesen ganzen Dreck abfangen. War nett, mit dir zu reden. Bis nachher.«

Ich verlasse das Büro und fühle mich, als ob ich gerade beim Schuldirektor gewesen wäre. Ziehe mich auf die Toilette zurück, um mir kurz die Nase zu pudern. Gott sei's gepriesen und getrommelt, daß es Drogen gibt.

***

Andy und Clare und ich gingen über das Strathspeld-Anwesen, vom Haus über den Rasen und die Terrasse und durch den Heckengarten und den Wald, runter ins Tal und wieder hinaus, den bewaldeten Hügel dahinter hinauf und zu der zugewucherten Senke, wo der alte Belüftungsabzug stand.

Der Abzug war einer von zweien auf dem Hügel; die alte Eisenbahnstrecke verlief direkt darunter. Die Strecke war seit dreißig Jahren stillgelegt, und der Tunneleingang war zuerst mit Brettern vernagelt und dann mit Schutt aufgefüllt worden. Der eine halbe Meile entfernte Viadukt über dem Speld war abgerissen worden, so daß jetzt nur noch die Pfeiler aus dem tosenden Wasser ragten. Die Gleise selbst waren herausgerissen worden, und es war nur noch ein plattes Kiesbett übrig, das sich unter den Bäumen des Anwesens dahinwand.

Die beiden Belüftungsschachtabzüge – klobige dunkle Zylinder aus unverputztem Mauerwerk, etwa zwei Meter breit und etwas mehr als halb so hoch, jeder mit einem Eisengitter verschlossen – hatten den Dampf und den Rauch der Züge im Tunnel nach außen abgeleitet. Man konnte auf sie hinaufklettern und auf dem rostigen Eisengitter sitzen – immer in der Angst, daß es unter einem einbrechen würde, aber auch voller Angst einzugestehen, daß man Angst hatte – und hinunter in die pechschwarze Finsternis schauen, und manchmal stieg einem der faulige Geruch des verlassenen Tunnels in die Nase, stieg um einen herum auf wie ein gnadenlos eisiger Atemhauch. Von dort oben aus konnte man auch Steine in die Dunkelheit fallen lassen, die dann mit einem fernen, kaum hörbaren Klatschen dreißig, vierzig Meter weiter unten auf dem Tunnelboden aufschlugen. Einmal waren Andy und ich mit alten Zeitungen und einer Schachtel Streichhölzer hergekommen und hatten das angezündete, zusammengedrehte Papier in das Loch fallen lassen und dann zugeschaut, wie es brennend langsam nach unten schwebte in die Finsternis, bis es auf dem Tunnelboden landete.

Andy war elf, Clare zehn, und ich war neun. Wir waren für eine feierliche Zeremonie hierhergekommen. Andy war damals ein bißchen pummelig, Clare ansprechend normal. Ich war – wie die allgemeine Meinung lautete – sehnig, aber ich würde vermutlich noch zulegen, wie mein Vater auch.

»Verflucht!« rief Clare aus. »Es ist ganz schön dunkel hier, was?«

Es war dunkel. Im Hochsommer schoß das wild wuchernde, dichte Gestrüpp um den Abzugsschacht schnell und grün und mannshoch auf und raubte der Senke jeden Sonnenstrahl. Wir hatten uns den Weg zu dieser kleinen Oase, dieser friedvollen, gelichteten Insel um den vergessenen Abzugsschacht herum erkämpfen müssen. Nun, da wir hier waren, in der kleinen grünen Höhle, schien das Licht schummrig und trüb.

Clare erschauderte und klammerte sich an Andy, das Gesicht zu einer übertriebenen Grimasse des Schreckens verzogen. »Aaaaah, Hilfe!«

Andy legte grinsend den Arm um sie. »Fürchte dich nicht, Schwesterlein.«

»Begehen wir die schreckliche Tat!« rief sie und schnitt mir eine Grimasse.

»Du zuerst«, sagte Andy und reichte mir das Päckchen.

Ich nahm das Päckchen, zog eine Zigarette heraus und steckte sie mir in den Mund. Andy fummelte mit dem Streichholz herum, riß es an und hielt es dann eilig an die Zigarette. Ich tat einen tiefen Zug, die Augen zu Schlitzen zusammengekniffen.

Ich inhalierte den Schwefelgestank, hustete augenblicklich, wurde angemessen grün im Gesicht und hätte mich beinahe übergeben.

Andy und seine Schwester lachten, bis sie heiser waren, während ich weiter hustete und röchelte.

Sie versuchten jeder auch einen Zug und erklärten, das Rauchen sei absolut ätzend, einfach widerlich, was fanden die Leute nur daran? Erwachsene waren echt verrückt.

Andy sagte, daß es aber gut aussah. Hatten wir je *Casablanca* mit Humphrey Bogart gesehen? *Das* war ein Film. Und wer konnte sich schon Rick ohne Zigarette zwischen den Fingern oder im Mundwinkel vorstellen? (Clare und ich konnten es, wie unsere Grimassen verrieten. Zum Teufel, ich hatte den Film schließlich vor zwei Jahren zu Weihnachten gesehen, oder nicht? Es war ein Film von den Marx-Brothers, und *ich* konnte mich nicht daran erinnern, daß da jemand namens Humphrey Bogart mitgespielt hätte.)

Wir probierten noch eine Zigarette aus, und da hatte ich schon – vielleicht instinktiv – den Dreh raus, wie's gemacht wurde.

Das Zeug gab mir den Kick! Bei der zweiten Lulle sog ich den Rauch richtig tief ein, während Andy und Clare nur paffften, die Zigarette zwar an die Lippen hielten, aber nicht an ihre Lunge, an ihr Innerstes ließen, sie nicht in ihre persönliche Ökosphäre einließen. Sie kicherten nur kindisch, oberflächlich.

Ich nicht. Ich sog diesen Rauch ein und machte ihn zu einem Teil von mir, ging genau an jenem Punkt eine mystische Verbindung mit dem Universum ein, sagte auf immer JA zu Drogen, einzig ob des Kicks, den ich von dieser einen Schachtel Zigaretten bekam, die Andy von seinem Dad gezockt hatte. Es war eine Offenbarung, eine Erleuchtung; die plötzliche Erkenntnis, daß es Materie – etwas, was da vor dir war, in deiner Hand, in deiner Lunge, in deiner Tasche – möglich war, dein Gehirn auseinanderzunehmen und auf Arten wieder zusammenzusetzen, die du dir bisher nicht einmal in deinen wildesten Träumen hattest vorstellen können.

Das war besser als Religion, oder es war das, was die Leute wirklich *meinten*, wenn sie von Religion sprachen! Der Punkt war einfach, daß das hier *wirklich abging!* Die Leute sagten Glaube an Gott oder Tue Gutes oder Sei gut in der Schule oder Kauf das oder Gib mir Deine Stimme oder was sonst noch, aber nichts davon ging so ab, wie Drogen abgingen, nichts davon *wirkte* verdammt noch mal so, wie sie es taten. Sie waren die Wahrheit. Alles andere war Lüge.

Ich wurde an jenem Tag, an jenem Nachmittag, in jener Stunde, in jenem Augenblick zum Semi-Junkie. Ich bin überzeugt, daß ich mit diesem ersten jungfräulichen Giftschub ins Gehirn begann, mein späteres Selbst zu werden; endlich waren mir meine inneren Augen für mein wahres Wesen geöffnet worden. Wahrheit und Offenbarung. Was läuft *wirklich*? Wie liegt der Fall tatsächlich? Was *funktioniert wirklich?*

Das ist er, der Journalisten-Katechismus, das Credo der Wahrsprecher, niedergeschrieben in jeder verfluchten Schrift oder Type, die du verdammt noch mal willst, dir aussuchst oder bestimmst. WAS ZUM TEUFEL GEHT WIRKLICH AB?

Was soll ich noch sagen?

Wir warfen die ausgebrannten Kippen achtlos den Belüftungsschacht hinunter in die Dunkelheit. Wir gingen zurück zum Haus, und als Andy vor uns war, rief er plötzlich ein Wettrennen aus, also brüllten wir protestierend und setzten ihm über die letzten hundert Meter nach, sprinteten über den Rasen und den Kies bis zur Veranda.

Als wir atemlos beim Eingang ankamen, erklärten wir das Experiment einstimmig zum Fehlschlag… aber in meinem tiefsten Herzen wußte ich es besser.

3 Despot

Despot ist ein Weltenbau-Spiel von den HeadCrash-Brothers, dasselbe Team, das uns schon *Brits, Raj* und *Reich* geschenkt hat. Es ist ihr jüngstes, größtes und bestes Spiel, von byzantinischer Komplexität und barocker Schönheit, atemberaubend unmoralisch und gänzlich, gänzlich süchtigmachend. Es ist erst seit zwei Monaten auf dem Markt, und ich habe es praktisch jeden Tag gespielt, seit ich an jenem trüben Montagmorgen Ende August mit meiner eingeschweißten Kopie unter dem Arm aus dem Virgin-Games-Shop in der Castle Street trat und zurück in die Redaktion eilte, während ich die Beschreibung draußen auf der Verpackung las wie damals in den Sechzigern ein Zehnjähriger die Informationen über das neueste Airfix-Modell.

Ich sitze in meiner Wohnung in der Cheyne Street und spiele *Despot*, auch wenn ich eigentlich an einem Artikel arbeiten müßte. Das Problem ist, daß das Spiel und mein PC so gut zusammenpassen; das HeadCrash-Team hat *Despot* so entwickelt, daß es die Vorzüge jeder Systemkonfiguration nutzt, auf der es gespielt wird, wobei das maximale Spielerlebnis auf PC auf einem 386SX erreicht wird, der mit einer Laufgeschwindigkeit von 25 Mhz mit wenigstens 2 MB RAM und 8 MB Arbeitsspeicher auf der Festplatte plus einer S3-Graphikkarte ausgestattet ist. Das Spiel läuft auf allem bis runter zu einem Atari 520ST und funktioniert auch (aber es sieht natürlich nicht annähernd so gut aus und läuft auch nicht so schnell und bietet nicht alle interaktiven Möglichkeiten), und zweifellos wird es auch auf einem Besser-als-maximal-Gerät genauso gut aussehen und alles tun, aber der Zufall will es nun mal, daß die oben angeführten Daten *haargenau mein Gerät beschreiben.*

Das ist natürlich purer Zufall; es ist weder Schicksal noch Karma noch irgend etwas anderes außer einem glücklichen Zufall, aber verdammt noch mal, es paßt einfach wie die Faust aufs Auge! Keine Verschwendung! Kein überschüssiges Fett! Nur genau das richtige, ökonomisch optimalste System – so nah am neuesten Stand der Technik, wie ich es mir zu jener Zeit, vor knapp einem Jahr, leisten konnte, und ich zahle den mittlerweile recht veralteten Bastard noch immer ab –, um darauf diesen unfaßbar machiavellistischen Turbo-Knüller von einem Spiel laufen zu lassen; ein sofortiger Klassiker, seiner Zeit gut und gern ein Jahr voraus und ganz vielleicht sogar besser als Sex.

Ich spiele *Despot*, aber ich denke an Sex. Ich werde mich morgen endgültig mit Y treffen, und ich kann nicht *aufhören*, an Sex zu denken. Ich habe eine Erektion, und ich sitze hier in der Dunkelheit des Arbeitszimmers zusammengekauert vor meinem Computer, mit ausgeschaltetem Licht und eingeschaltetem Radio, und auf dem Monitorbildschirm leuchten die verführerischen, leicht flimmernden Graphiken von *Despot*, und das Licht vom Bildschirm – blau, ocker, rot, grün – wirft den Schatten von meinem Schwanz gegen meinen Bauch, und das verdammte Ding ist mir die ganze Zeit im Weg, so daß ich es immer wieder unter den Schreibtisch drücke, wo er sich hart an der Metallkante an der Vorderseite reibt, bis es kalt und unbequem wird und ich mich auf dem Stuhl zurücksetzen muß, damit die stramme, bebende Lanze auf der Schreibtischkante ruhen kann, von wo ihr großer purpurner Kopf und ihr eines Schlitzmund-Auge still und fragend zu mir heraufstarren wie ein stummer, warmer kleiner Welpe und mich ablenken, und ich überlege, daß ich mir einen abwichsen sollte, aber ich will nicht, denn ich will alles für Y aufsparen, nicht weil Y besonders scharf darauf ist oder es meine Leistungen beeinträchtigt, sondern weil es einfach wichtig erscheint, Teil des korrekten präkoitalen Rituals.

Vielleicht sollte ich mir einfach eine Hose anziehen und das Ding unter Kontrolle bringen, aber irgendwie gefällt es mir, hier splitternackt zu sitzen und den sanften, warmen Luftzug vom Heizlüfter in der Ecke über meine Haut streichen zu fühlen.

Also pulsiert der große kleine Mann weiter und freut sich auf ein herzliches Willkommen in den Bergen, eine Heimkehr ins Tal (selbst wenn er bereit ist, sich mit einem schlichten Handschlag abspeisen zu lassen), aber in der Zwischenzeit gilt es, dieses Spiel zu spielen, das droht, mit sich selbst zu spielen, wenn ich es auch tun sollte. Da *Despot* interaktiv ist, baut *Despot* deine Welt für dich, wenn du es ihm überläßt, denn tatsächlich *beobachtet* er dich; er lernt deinen Spielstil, er *kennt* dich, die kleine Ratte gibt ihr bestes, du zu *werden*. Alle Weltenbau-Spiele – die das richtige Leben oder zumindest einen Teilaspekt davon nachahmen – entwickeln und verändern sich anhand ihrer einprogrammierten Regeln, wenn man sie allein laufen läßt, aber *Despot* ist das einzige, das mit ein wenig Hilfestellung tatsächlich versucht, *dich* nachzuahmen.

Ich zünde eine Silk Cut an und trinke einen kleinen Schluck Whisky. Ich halte mich im Moment mit dem Speed zurück, aber wenn ich zum nächsten Ära-Level des Spiels komme – und ich bin im Augenblick nur wenige GNP-Punkte davon entfernt –, dann werde ich mir eine Tüte bauen. Ich ziehe tief an der Silk Cut, fülle meine

Lungenflügel mit dem Rauch. Ich habe seit sechs heute abend – als ich zu arbeiten angefangen habe und dann zu dem Spiel übergewechselt bin – eine Schachtel verqualmt. Eine halbe Flasche Whisky ist ebenfalls dahingegangen, und das Innere meines Mundes fühlt sich rauh und körnig an wie immer, wenn ich das Zeug trinke.

Der Rauch läßt mich würgen.

Das kommt manchmal vor, wenn ich zuviel geraucht habe. Ich drücke die Lulle im Aschenbecher aus und huste ein bißchen, dann schaue ich auf die Zigarettenschachtel. Ich will das Rauchen schon seit einer Weile aufgeben. Ich denke immer wieder bei mir: Welchen Sinn hat es, diese Droge zu konsumieren? Die einzigen Zigaretten, die mir je wirklich einen Kick gegeben haben, sind die, die ich gleich morgens früh rauche (wenn ich gerade mal eben halbwach bin und in keiner Verfassung, sie zu genießen, und wenn meine Brust gewöhnlich noch vom morgendlichen Hustenanfall schmerzt), und manchmal die erste, nachdem ich ein paar Drinks hatte. Oh, und natürlich die erste, nachdem ich ein paar Tage lang aufgehört habe. Oder ein paar Stunden lang.

Ich nehme die Schachtel in die Hand. Meine Faust schließt sich fest darum. Um ehrlich zu sein, scheint es mir so, als ob ich tatsächlich sehe, wie meine Hand sich schließt, wie die Schachtel sich zusammenfaltet und zerknittert, beinahe so, als hätte ich es wirklich getan. Aber dann denke ich mir: Scheiße, ich hab erst fünf Glimmstengel aus der Schachtel verqualmt. Ich sollte sie erst aufrauchen; es wäre eine Verschwendung, es nicht zu tun.

Ich nehme eine neue Zigarette aus der Schachtel, zünde sie an und inhaliere tief. Ich würge wieder und fühle, wie der Whisky und die Dose Export, die ich mir vorhin genehmigt habe, in meinem Innern herumschwappen und mir beinahe hochkommen. Meine Augen tränen. Was für eine blöde Droge, was für eine völlig nutzlose beschissene

Droge; kein echter Kick nach dem ersten Zug, hochgradig süchtigmachend und tödlich auf alle möglichen Arten, und selbst wenn der Lungenkrebs oder der Herzinfarkt dich nicht dahinraffen, kannst du dich noch immer auf Raucherbeine im Alter freuen, Teile deines Körpers, die an dir verfaulen und stellvertretend für dich auf Raten absterben, verwest und stinkend, während du noch am Leben bist, und dann müssen sie sie abschneiden, und du wachst nach der Operation mit einem Rasseln in der Lunge und einem brennenden Schmerz und unstillbarer Schmacht nach einer Lulle auf. In der Zwischenzeit sponsern die Tabakkonzerne den Sport und setzen sich gegen Werbeverbote zur Wehr und blicken schon erwartungsvoll auf all die neuen Absatzmärkte im Osten und im Fernen Osten, und immer mehr Frauen greifen zu dem Kraut, um zu beweisen, daß auch sie hirnlose Arschlöcher sein können, und Lackaffen mit Wurmscheiße in ihren Gehirnen treten im Fernsehen auf und sagen: »Nun, wissen Sie, bisher hat noch niemand wirklich bewiesen, daß Tabak Krebs erzeugt«, und du sitzt röchelnd da, und dann findest du heraus, daß Margaret Thatcher für einen Dreijahresvertrag als Beraterin eine halbe Million Pfund von Philip Morris einsackt, und du schwörst, daß du nie wieder eines von *deren* Produkten kaufen wirst, aber am Ende des Tages zündest du trotzdem wieder eine Zigarette an und inhalierst den Rauch, als ob es dir Lust bereiten würde, und bringst diesen Drecksäcken noch mehr Profite ein.

In Ordnung. Ich habe mich genug aufgeregt; ich zermalme die Schachtel. Sie läßt sich nicht befriedigend zerknüllen, weil noch so viele Glimmstengel drin sind, aber ich bleibe stark und benutze beide Hände und quetsche sie auf etwa die Hälfte ihres ehemaligen Volumens zusammen, und dann trage ich sie ins Badezimmer und zerreiße sie und werfe die aufgeplatzten, zerknickten Zigaretten in die Kloschüssel und ziehe die Spülung und schaue zu, wie sie einfach nur in dem tosenden Wasser dümpeln und kreiseln, und ich werde so wütend, daß sie sich nicht einfach aus meinem Leben wegspülen lassen, wie ich das will, daß ich mich hinknie und meine Hände in das Wasser tauche und ihre zermalmten Leiber und den Rest des Papiers und der Tabakkrümel einen nach dem anderen unter Wasser drücke und durch das U-Rohr schiebe, damit sie auf der anderen Seite treiben, wo ich sie nicht sehen kann, dann wasche ich meine Hände und trockne sie ab, und in der Zwischenzeit hat sich der Spülkasten wieder gefüllt, und diesmal ist das Wasser auf dieser Seite klar, und ich kann endlich wieder aufatmen.

Ich öffne das Oberlicht im Badezimmer und das im Arbeitszimmer, um Durchzug zu bekommen, dann stehe ich bibbernd da, bis ich mir meinen Morgenmantel anziehe, und bin zutiefst zufrieden mit mir. Ich setze mich wieder an meinen Computer und muß feststellen, daß mein Ära-Rating bei *Despot* während dieser ganzen Aktion wieder etwas abgesackt ist, aber es kümmert mich nicht; ich bin von selbstgerechtem Stolz erfüllt.

Ich inhaliere die kalte Nachtluft und lache und zerre die Maus auf der Schreibtischoberfläche hin und her wie ein tollwütiges lebendiges Ding, während der kleine Cursor-Kobold auf dem Bildschirm blinkend von Menüleiste zu Display huscht, sich Symbole schnappt und sie wie Blitze hier und dort auf mein Reich schleudert, Straßen baut, Häfen ausbaggert, Wälder niederbrennt, Minenstollen gräbt und – unter Verwendung eines sehr ironischen Symbol-Symbols – noch mehr Tempel zu meinen Ehren errichtet.

Eine Horde Barbaren aus den unerforschten Steppen im Süden versucht eine Invasion, und ich verliere eine Stunde damit, sie zurückzutreiben, und muß die Große Mauer wieder aufbauen, bevor ich zum Hofszenario zurückkkehren und meine langfristig angelegte Strategie fortsetzen kann, mit der ich die Macht der Lehnsfürsten und der Kirche schwäche, indem ich den Palast so luxuriös gestalte, so ganz der Fleischeslust geweiht, daß die Barone und Bischöfe zu hoffnungslos dekadenten Lüstlingen verkommen und so zu meinen willenlosen Marionetten werden, während mein Mittelstand zu Wohlstand gelangt und ich behutsam technologischen Fortschritt ermutige.

Ich genehmige mir noch einen Whisky und eine Schüssel Coco Pops mit viel Milch. Meine Hand langt immer wieder nach der Stelle, wo normalerweise die Zigarettenschachtel liegen würde, aber bis jetzt kann ich der Schmacht noch Herr werden und überlebe. Ich giere nach etwas Speed, aber ich weiß, wenn ich mir was einpfeife, will ich hinterher nur eine Zigarette rauchen, also versage ich es mir.

Ich habe einen Geistesblitz und schicke meine Geheimpolizei runter zum Basar, um ein paar Drogendealer aufzuspüren. Bingo! Die Dealer werden bei Hofe eingeführt, und schon bald sind die meisten der Leute, die mir ein Dorn im Auge waren, mit Haut und Haar abhängig. Es kommt mir in den Sinn, daß dies vielleicht ein besserer Weg ist, die Dinge zu kontrollieren, als einfach wahllos Leute umzulegen, was die Geheimpolizei gemeinhin am besten kann. Um vier Uhr in der Früh mache ich den Laden dicht und fühle mich auch nur ganz leicht zittrig, als ich mich zum Bett schleife. Ich kann nicht einschlafen und muß immer an Y denken; nach einer halben Stunde kapituliere ich, hole mir einen runter und schlafe hinterher ein.

* * *

Das Gebäude ist warm und riecht nach Hunden. Du schleifst ihn durch die Tür und schließt sie hinter dir. Die

Hunde sind bereits am Kläffen und Bellen. Du drehst das Licht an.

Der Zwinger hat etwa die Größe einer Doppelgarage; die grauen Blocksteinwände sind nicht verputzt. Nackte Glühbirnen hängen von der Decke. Ein breiter Gang verläuft zwischen zwei Reihen von Zwingern, die ebenfalls aus Blocksteinen bestehen. Die Innenwände erreichen Kopfhöhe und sind oben offen; der Betonboden der Zwinger ist mit Stroh bedeckt, und die Vorderseiten der Verschläge bestehen aus Gattern mit Metallrahmen und Drahtgeflecht.

Bis jetzt ist alles bestens gelaufen. Du bist nach Einbruch der Dunkelheit über die Felder und durch den Wald gekommen, hast das Gelände mit dem Nachtsichtgerät überprüft und das große Haus dunkel und verlassen vorgefunden. Der hoch oben an einem der Giebel angebrachte Alarmkasten glühte sanftrot; du hattest bereits beschlossen, keinen Einbruchsversuch zu unternehmen. Du gingst die Auffahrt hinunter. Das Pförtnerhaus war ebenfalls dunkel; der Jäger würde zurücksein, sobald der Pub im Ort dichtmachte. Weiter oben, wo man dich von der Hauptstraße nicht sehen konnte, hast du einen kleinen Baum mit der Handsäge gefällt und dann gewartet. Zwei Stunden später kam er in seinem Range Rover den Weg hinaufgeröhrt. Er war allein, trug immer noch seine Ausgehklamotten; du hast ihm eins mit dem Totschläger verpaßt, während er den Baum in Augenschein nahm; der leerlaufende Motor des Wagens schluckte jedes Geräusch, und er drehte sich nicht mal um. Du hast den Range Rover in der Schneise abgestellt.

Seine Arme bewegen sich schwach, als du ihn über den Beton schleifst und an das Gatter des einen unbenutzten Zwingers lehnst. Das Bellen der Hunde verstummt, als sie ihr Herrchen sehen. Du stellst dein Bündel auf dem Boden ab, entnimmst ihm ein paar Plastikschnüre und hältst sie zwischen den Zähnen, während du versuchst, ihn auf die Füße zu hieven, aber er ist zu schwer. Seine Lider zucken. Du läßt ihn zurücksacken, so daß er wieder am Drahtgitter lehnt, und als sich seine Augen zu öffnen beginnen, reißt du seinen Kopf an den Haaren nach vorn und verpaßt ihm noch eine. Er fällt auf die Seite. Du steckst die Plastikschnüre in deine Tasche zurück. Du denkst nach. Die Hunde bellen und kläffen weiter.

Neben der Tür findest du einen an einen Wasserhahn angeschlossenen Schlauch; du schraubst ihn ab, wirfst ein Ende über den oberen Rand des leeren Zwingers, ziehst es durch den Maschendraht und verknotest den Schlauch unter seinen Achseln. Er gibt ein Stöhnen von sich, als sich der Schlauch über seiner Brust spannt; du beginnst wieder, ihn hochzuhieven, aber der Schlauch reißt, worauf er wieder gegen das Gatter prallt. »Scheiße«, sagst du zu dir selber.

Schließlich hast du eine Idee. Du hebst das Gatter aus den Angeln und legst es neben ihn auf den Boden. Dann rollst du ihn darauf. Er gibt einen Laut irgendwo zwischen Stöhnen und Schnarchen von sich.

Du befestigst seine Knöchel und Handgelenke mit jeweils zwei Plastikschnüren am Drahtgeflecht. Du hast die Schnüre selbst ausprobiert; sie sehen harmlos aus, aber du konntest sie auch unter größten Anstrengungen nicht zerreißen, und du hast im Fernsehen gesehen, daß die amerikanische Polizei manchmal ähnliche Fesseln anstelle von Handschellen benutzt. Du bist dir bloß nicht sicher, ob der Maschendraht genauso stark ist, deshalb nimmst du jeweils zwei Schnüre und verknotest sie an verschiedenen Sechsecken im Draht, nur als Vorsichtsmaßnahme. Die Hunde bellen immer noch ununterbrochen, machen aber inzwischen weniger Radau als vorher. Du benutzt die eine Hälfte des Schlauchs, um ihn mit den Hüften an die Eisenstrebe zu fesseln, die Z-förmig den

Maschendraht durchläuft. Du öffnest seinen Gürtel und ziehst ihm die Hose herunter; die Bräune von seinem letztmonatigen Urlaub auf Antigua ist im Verblassen begriffen. Du zerrst das Gatter hinüber zur Wand des leeren Zwingers, dann gehst du in die Knie und ziehst ihn hoch, schnappst nach Luft und grunzt und hievst das Gatter weiter in die Höhe, bis es an der Wand des Zwingers lehnt. Das Gatter steht jetzt etwa in einem Winkel von sechzig Grad.

Langsam kommt er wieder zu Bewußtsein. Du entscheidest dich dagegen, ihn reden zu lassen, nimmst das Klebeband aus deinem Bündel und wickelst es um seinen Mund und seinen Nacken, ziehst es durch den Draht, so daß auch sein Kopf fixiert ist. Unter seinem langen blonden Haar sickert Blut hervor; es rinnt den Nacken hinunter in seinen Hemdkragen.

Dann, während er immer noch Stöhnlaute durch seine Nase von sich gibt, nimmst du zwei Zeitungsausschnitte und die kleine Tube Klebstoff aus deinem Bündel und pappst die beiden Artikel an die Wand direkt gegenüber von ihm, jeweils einen auf jede Gatterseite. Die Hunde drinnen springen gegen den Draht und fletschen die Zähne, während du das tust.

Die Schlagzeile des ersten Artikels lautet EX-MINISTER IN WAFFENGESCHÄFTE MIT DEM IRAN VERWICKELT, und darunter steht in kleineren Buchstaben: »Meiner Ansicht nach war dem Westen damit am besten gedient, daß der Krieg zwischen Iran und Irak so lang wie möglich dauerte«.

Die Schlagzeile über dem zweiten Artikel lautet PERSIMMON VERTEIDIGT SCHLIESSUNGSPLÄNE – »ZUERST KOMMEN DIE AKTIONÄRE«, und darunter stehen die Worte: »1000 Arbeitsplätze verloren – Subventionsstreichung nach fünf Jahren«.

Du wartest darauf, daß er wieder zu Bewußtsein

kommt, aber es dauert ein Weilchen. Es hat dich beeindruckt, wie abgelegen das Haus liegt, und du hast dich entschieden, das Risiko einzugehen, anstelle der mitgebrachten und mit Schalldämpfer versehenen Browning die Schrotflinte zu benutzen, die im Fond seines Range Rovers aufgehängt ist. Du gehst nach draußen zum Wagen und holst das Gewehr und eine Packung Munition. Du schließt die Tür hinter dir.

Er weilt wieder unter den Lebenden, auch wenn sein Blick vernebelt und unkoordiniert ist. Du nickst, während du auf ihn zugehst, vor ihm stehenbleibst und zwei der braunroten Patronen in die Läufe schiebst. Seine Pupillen bewegen sich seltsam hin und her, während er versucht, seinen Blick auf dich zu konzentrieren. Du trägst einen dunkelblauen Overall und eine Skimaske, ähnlich der, die du in London benutzt hast. Du hast schwarze Skihandschuhe an. Euer Ehrwürden Edwin Persimmon, Mitglied des Parlaments, nuschelt irgend etwas in seinen Knebel und versucht immer noch, seinen Blick auf dich zu konzentrieren. Du fragst dich, ob du vielleicht doch zu hart zugeschlagen hast und ob du es nicht besser hier und sofort mit dem Gewehr erledigst und den Rest vergißt, weil es schneller und ungefährlicher für dich wäre, aber du entscheidest dich, doch bei deinem Plan zu bleiben. Es ist wichtig; es zeigt, daß du nicht bloß irgendein Irrer bist, und das zusätzliche Risiko fordert Glück und Zufall noch einmal obendrein heraus.

Du wendest dich ab und gehst zu dem Zwinger mit den Jagdhunden, die wieder zu bellen anfangen. Du schiebst beide Läufe der Waffe etwa in Hüfthöhe durch eines der Maschendrahtsechsecke, richtest die Flinte nach unten, bückst dich leicht, so daß der Kolben der Waffe fest an deiner Schulter liegt, und feuerst beide Ladungen mitten in die zähnefletschende Hundemeute.

Die Waffe schlägt gegen deine Schulter. Ohrenbetäubender Lärm hallt von den Blocksteinwänden wider. Rauch wabert durch den Zwinger; ein Hund ist in zwei Hälften geschossen, zwei weitere liegen hingestreckt und wimmernd auf dem Betonboden, und die anderen bellen wie verrückt; einige von ihnen rennen wie wild im Kreis herum, drehen sich fast um sich selbst und wirbeln Stroh auf. Du klappst die Flinte auf; die Patronenhülsen springen heraus, und eine fällt Mr. Persimmon auf die Brust. Seine Augen sind weit aufgerissen, und er reißt mit aller Gewalt an dem Draht, an den er gefesselt ist. Du lädst nach, ohne die Waffe aus dem Drahtgeflecht zu ziehen, zielst dann genauer und schießt die Ladungen nacheinander ab, tötest zwei der Hunde auf der Stelle und verwundest drei oder vier. Der Rauch hängt für einen Augenblick dick in der Luft und brennt dir in der Kehle.

Die Hunde klingen jetzt völlig außer sich; hohes, schmerzerfülltes Geheul durchdringt den Raum. Eines der Tiere läuft immer noch im Kreis herum, rutscht aber wieder und wieder auf dem Blut aus. Du lädst ein weiteres Mal nach und feuerst erneut, tötest noch zwei der Jagdhunde und läßt etwa ein halbes Dutzend übrig, die weiter die Wände hochspringen und bellen. Der im Kreis herumlaufende Hund blutet aus einer Wunde am Hinterlauf, ohne sein Tempo zu verringern.

Du drehst dich zu Mr. Persimmon um, ziehst das untere Ende der Maske über deinen Mund und rufst über das Gewimmer, Geheul und Gebell, »Die genießen das richtig, seh'n Sie!«, wobei du ihm zuzwinkerst. Dann lädst du wieder nach und bläst noch zwei von ihnen weg. Du sparst den im Kreis laufenden aus, weil er dir langsam ans Herz gewachsen ist.

Wegen des Rauchs mußt du husten. Du legst die Flinte beiseite und ziehst das Marttini aus der Scheide in deiner rechten Socke. Du gehst zu Mr. Persimmon hinüber, der immer noch wie ein Wilder an dem Gatter reißt. Mit einem knirschenden Kratzgeräusch rutscht es langsam von der Wand ab, und du hievst es wieder in aufrechte Position. Seine Augen sind schreckgeweitet. Bäche von Schweiß laufen über sein Gesicht. Du fühlst dich ebenfalls ein bißchen verschwitzt. Es ist eine warme Sommernacht.

Du hast das untere Ende der Maske oben gelassen, so daß er deinen Mund sehen kann. Du gehst ganz nah an ihn heran, so daß er dich nur mit seinem linken Auge beobachten kann, und über das Wimmern und Fiepen und das schwache, heisere Bellen aus dem gegenüberliegenden Zwinger hinweg sagst du:

»Auf dem Hauptfriedhof von Teheran gab es einen roten Springbrunnen; den sogenannten Märtyrerbrunnen, errichtet zu Ehren der im Krieg Gefallenen.« Du siehst ihn an und hörst, wie er etwas zu sagen versucht, aber die Laute aus seiner Nase klingen erstickt und verwischt. Du bist dir nicht sicher, ob er dich zur Hölle wünscht oder dich anbettelt. »Diejenigen, die während der späteren Kriegsjahre eines Kapitalverbrechens für schuldig befunden wurden, wurden nicht erschossen oder aufgehängt«, fährst du fort. »Auch sie sollten ihren Teil zum Kriegsgeschehen beitragen.«

Du hältst das Messer hoch, so daß er es sehen kann. Er hat die Augen bis zum Aufschlag aufgerissen.

»Sie haben sie langsam ausbluten lassen«, sagst du.

Du kniest dich vor ihn hin, schneidest tief in seinen linken Schenkel, ziehst die Klinge nach unten und öffnest die Arterie. Ein Schrei dringt aus seiner Nase, während er verzweifelt am Maschendraht reißt. Hellrotes Blut wird aus dem Körper gepumpt, spritzt auf deine behandschuhte Rechte und sprüht in einer rosafarbenen Fontäne nach oben auf seine Unterhose, schießt weiter hoch bis zu seinem Gesicht, das von roten Sprenkeln übersät wird. Du schließt deine Hand um das Messer und schneidest in das andere Bein. Er reißt mit aller Macht am Draht, aber der hält bombenfest, und das Gatter kann nicht verrutschen, weil du davorhockst und es mit deinen Boots blockierst. Das Blut spritzt ohne Unterlaß, schimmert in der Deckenbeleuchtung. Es läuft seine Beine hinunter, tropft von seiner Unterhose; es läuft in die um seine Knöchel hängende Hose und macht sie klatschnaß.

Du stehst auf, streckst die Hand aus und ziehst das sorgsam gefaltete Taschentuch aus der Brusttasche seines Jacketts, schüttelst es auseinander und wischst über die Klinge des Marttini, bis das Messer sauber ist. Das Messer kommt aus Finnland; deswegen auch die merkwürdige Schreibweise. Es ist dir vorher nicht aufgefallen, aber seine Herkunft scheint inzwischen nur folgerichtig, auf düstere Weise sogar komisch; es ist finnisch, und genau dazu hast du es auch benutzt, was Mr. Persimmon angeht. Finish.

Das Blut spritzt nun nicht mehr so heftig. Seine Augen sind immer noch weit, sehen aber mittlerweile wieder glasig aus. Er hat aufgehört, sich zu wehren; sein Körper hängt schlaff am Gatter, auch wenn er schwer atmet. Du fragst dich, ob das vielleicht Tränen sind, aber vielleicht ist es auch einfach nur Schweiß, der über sein totenbleiches Gesicht rinnt.

Eigentlich tut es dir nicht besonders leid um ihn, weil er bloß eine weitere Leiche ist, und so zuckst du mit den Schultern und sagst: »Oh, kommen Sie schon; es hätte schlimmer sein können.«

Du wendest dich ab und packst deine Sachen zusammen; das Blut tröpfelt nur noch, und seine Haut sieht unter der Sonnenbräune sehr weiß aus.

Auf dem Beton vor ihm hat sich eine Pfütze seines Blutes gesammelt, die sich langsam mit der Blutlache vereinigt, die aus dem Zwinger mit den toten und wimmernden Hunden fließt.

Du löschst das Licht und hältst die Browning an deine Schulter, als du die Tür öffnest, bevor du das Nachtsichtgerät an deine Augen setzt.

* * *

Ich könnte heulen. Ich bin mit Y zusammen, aber sie hat ihren Mann mitgebracht. Sie sind zusammen in der Redaktion aufgetaucht, aber als der Empfang bei mir durchrief, sagten sie nur, daß sie da wäre, und so bin ich wie ein Kind am Weihnachtstag die Treppe hinuntergehüpft, und dann habe ich sie zusammen am Empfang stehen sehen, wie sie sich eine Ausstellung mit den jüngsten Meisterleistungen unserer Hausfotografen anschauten, und mir sackte das Herz in die Hose. Yvonne; groß und schlank und durchtrainiert muskulös in einem dunklen Rock und Blazer. Seidenbluse. Das schwarze Haar kurz, im Nacken zu einem neuen, noch strengeren Schnitt ausrasiert, aber vorn frech verwuschelt. Sie drehte sich zu mir um, während mein Gesicht lang und länger wurde. Sie lächelte mich bedauernd an.

Und William drehte sich ebenfalls um; sein breites, attraktives Gesicht bricht in ein Grinsen aus, als er mich sieht. William; so blond wie Yvonne dunkel ist, gebaut wie ein olympischer Ruderer, makellose Zähne und ein Handschlag wie ein Gorilla.

»Cameron! Schön, dich zu sehen! Ist viel zu lange her. Wie geht's dir? Alles in Ordnung?«

»Gut, gut«, sagte ich und lächelte so ehrlich wie möglich, während ich nickend zu ihm aufblickte. William ist nicht nur breit, sondern auch groß; er überragt mich um Längen und ich bin einen Hauch über einsachtzig. Yvonne legte ihre Hände auf meine Schultern und küßte meine Wange; mit ihren Absätzen hat sie fast meine Größe. Absätze; sie zieht flache Schuhe vor und trägt nur Stöckelpumps, um ihren Hintern auf die richtige Höhe zu bringen, wenn ich sie von hinten nehme. Als ihre Lippen meine Wange streiften, roch ich ihr Parfum: *Cinnabar*; mein Lieblingsduft. Ich tauschte Höflichkeiten aus, während ich bei mir dachte: Damit sind die Pläne für den Nachmittag ja wohl gestrichen.

»Wunderbar.« William klatschte in die Hände und rieb sie aneinander. »Was machen wir jetzt?«

»Nun, ich dachte, wir könnten einfach ins Viva Mexico gehen...«, schlug ich vor (und hätte beinahe »wie gewöhnlich« hinzugefügt), während ich flehend auf Yvonnes leuchtend rote Lippen schaute.

»Nö«, winkte William ab und verzog das Gesicht. »Ich hätte mehr Lust auf Austern. Laß uns ins Café Royal gehen, was meinst du dazu?«

Ich sagte: »Mhmm...« Ich dachte: Austern...

»Wir laden dich ein«, erklärte Yvonne und hakte sich lächelnd bei ihrem Mann unter.

***

Ich habe Yvonnne und William auf der Uni kennengelernt, damals auf dem Höhepunkt dieser Zeiten (unsere Jahre auf Stirling umschlossen sauber Thatchers ersten und zweiten Wahlsieg).

Sie hatten BWL belegt. Er kam aus Birmingham, obwohl seine Eltern Schotten waren. Sie kam aus Bearsden außerhalb von Glasgow. Sie lernten sich in der ersten Woche kennen und waren ein Paar, als ich ihnen im darauffolgenden Semester eines Samstag nachmittags in der Sporthalle über den Weg lief, als William gerade Rugby spielen wollte und Yvonne nach einem Squash-Partner suchte. Ich wartete seit einer halben Stunde auf meinen Gegner – ein Typ aus meinem Medienkunde-Seminar – und wollte gerade aufgeben und an die Bar gehen, als Yvonne vorschlug, wir könnten doch zusammen spielen. Sie vernichtete mich. Wir müssen seit damals über die

Jahre zwei-, dreihundert Matches gespielt haben, und ich habe sie genau sieben Mal geschlagen, zumeist wenn sie gerade eine Erkältung oder irgendeine andere Erkrankung ausbrütete oder sich davon erholte. Ich schiebe die Schuld daran auf die Drogen und die Tatsache, daß – einmal abgesehen von den gelegentlichen athletischen Schäferstündchen mit Yvonne – die vierzehntägigen Squash-Spiele meine einzige sportliche Betätigung darstellen.

Yvonne und ich waren nur gute Freunde, bis sie und William vor drei Jahren nach Edinburgh zogen, und einmal, als William auf Geschäftsreise war, sind sie und ich ausgegangen, um uns – wie könnte es besser passen – *Gefährliche Liebschaften* anzusehen, aber wir haben es nicht bis ins Kino geschafft, denn wir haben uns statt dessen einfach in einem Pub einen angesoffen und irgendwie angefangen, uns zu küssen, und dann im Taxi, auf der Rückfahrt zur Cheyne Street mußte uns der Fahrer auffordern, mal halblang zu machen, denn wir trieben es praktisch schon auf dem Rücksitz. Wir haben es genau bis einen halben Meter hinter der Wohnungstür geschafft, dann hieß es Slip runter, Hose runter und mit zittrigen Knien gegen die Wand gestützt, ihr Kopf eingeklemmt unter dem Gaszähler, während mein Rücken kalt wurde von der Zugluft, die durch den Briefschlitz hereinkam.

Dieser Tage schaffen wir es zumeist bis zum Bett, aber es ist immer eine interessante und vielfältige körperliche Beziehung gewesen, und Yvonne schwört, sie würde mit mir Dinge machen, über die sie mit William nicht einmal spricht, dessen Vorlieben sich darauf zu begrenzen scheinen, daß er seine Frau gern in Mieder und Strümpfen sieht. Wenn man bedenkt, daß er wie ein Bild von einem Mann aussieht, ist es ein wenig enttäuschend zu erfahren, daß er furchtbar zimperlich ist, wenn es darum geht, sich einen blasen zu lassen, und völlig entsetzt – wenn auch sehr höflich und bedauernd – von der bloßen Idee,

Yvonne zu lecken. Also sind diese Feinheiten, ebenso Ringkämpfe eingeschmiert mit Babyöl, Eiscreme von ihrer Vulva essen, gespielte Vergewaltigung und anale Bondage-Nummern alles Leckerbissen, die anscheinend exklusiv für mich reserviert sind.

* * *

Also sitzen wir nach einem flotten Marsch die North Bridge entlang im Café Royal, und William hat ein Dutzend lebende Austern in seinen Schlund geschlürft (Yvonne und ich hatten Chowder), und wir unterhalten uns über Computer, weil ich mich dafür interessiere und William für eine Firma arbeitet, die sie herstellt; ihre schottische Fertigungsfabrik ist in South Queensferry, aber der Hauptsitz der Firma ist in Maryland in den Staaten. An sich sollte er heute rüberfliegen, aber er wollte heute morgen gerade der lieblichen Yvonne einen Abschiedskuß geben und ihre in einer von einer Mauer umschlossenen und von ausgewachsenen Bäumen umgebenen Luxussiedlung mit einem für Anwohner reservierten Country-Clubhaus, Restaurant, Swimmingpool, Fitnesscenter und Squash- und Tennisplätzen gelegene Komfortvilla mit drei Garagen, zwei Ebenen, Sauna, Whirlpool und Satellitenschüssel verlassen, als er einen Anruf bekam, der ihn darüber informierte, daß die Geschäftsreise ein paar Tage aufgeschoben worden war.

Wir sitzen an einem Tisch in einer Ecke des Restaurants; William und Yvonne sitzen Seite an Seite auf einer grünen Lederbank mir gegenüber und ich auf einem gewöhnlichen Stuhl direkt vis-à-vis von Yvonne. Sie füßelt unter dem Tisch mit mir; sie hat ihren Schuh ausgezogen, und ihr in schwarzen Nylons steckender Fuß streichelt meine rechte Wade. Ich nehme an, die gestärkte weiße Tischdecke ist lang genug, um das zu verbergen.

In der Zwischenzeit plaudere ich über 486er und Clock-

Doubler und den angekündigten P5-Chip und CD-ROM, und es laufen mindestens drei Sachen gleichzeitig in meinem Kopf ab, denn ein Teil meines Gehirn kümmert sich um die Unterhaltung mit William, ein anderer Teil genießt die Gefühle, die der zu meinem Knie hinaufwandernde Fuß seiner Frau in mir wachruft und die mir unter meiner Serviette eine Erektion einbringen, und ein dritter Teil lehnt sich bildlich gesprochen zurück und hört zu, wie ich mich mit diesem fröhlichen, liebenswerten Mann unterhalte, dem ich Hörner aufsetze, und denkt so bei sich, was für ein eiskalter Hund ich doch sein kann und wie witzig, gut informiert und charmant ich bin, obwohl ich diese köstliche, verborgene, öffentliche, schwanztreibende Ablenkung über mich ergehen lassen muß. Wir reden über Multi-Tasking, und ich würde am liebsten zu ihm sagen: »Willst du wissen, was Multi-Tasking ist? Genau das, was ich gerade tue, Kumpel.«

Yvonne scheint ein bißchen gelangweilt von all dem Computer-Gerede, was wahrscheinlich der Grund dafür ist, weshalb sie überhaupt damit angefangen hat, mein Bein zu streicheln. Sie hat mit Computern nichts am Hut; ihr Fachgebiet ist Konkursmanagement. Direkt nach der Uni ist sie in eine kleine Firma eingetreten, die sich darauf spezialisiert hat, die Todeszuckungen abstürzender Betriebe zu mildern. Sie ist zu diesem Zweck in ganz Großbritannien herumgereist, und letztes Jahr haben sie sie zur Direktorin ernannt. Die kleine Firma ist jetzt nicht mehr klein. Es ist eine Wachstumsbranche.

Sie unterdrückt dezent ein Gähnen und lehnt sich zurück, und ich schnappe erschreckt nach Luft, was ich als Husten tarnen muß, als ihr Fuß unvermittelt zwischen meine Beine rutscht. Ich hebe unvorsichtigerweise meine Serviette, um mir nach dem gespielten Husten den Mund abzutupfen, und Himmel, da ist ihr Fuß auf der Vorderkante meines Stuhls, und ihre bestrumpften Zehen recken sich vor, um meinen Schwanz durch den Stoff meiner Hose zu liebkosen. Ich lasse die Serviette hastig wieder fallen und wende mich dem Thema »Videofilme auf CD-ROM« zu, während ich inständig hoffe, daß niemand Ys Fuß gesehen hat. Ich ziehe verstohlen die Tischdecke über meinen Schoß und ihren Fuß. Sie sitzt zurückgelehnt da und grinst mich schelmisch an, während ihre Zehen mich weiter streicheln.

Ich hebe meine Sektflöte und nicke verständig zu etwas, das William gerade gesagt hat.

»Naja, wie auch immer, ich muß eben mal kurz einem alten Freund die Hand schütteln«, verkündet er und steht auf. Yvonnes Fuß erstarrt in meinem Schritt, aber sie nimmt ihn nicht weg.

Yvonne und ich schauen William hinterher, dann beugen wir uns gleichzeitig über den Tisch.

»Gott, ich könnte dich auf der Stelle vernaschen«, erkläre ich ihr.

»Mmm-hmm«, gibt sie zurück. Sie zuckt mit den Achseln. »Tut mir leid, daß es so gelaufen ist.«

»Ist egal. Gott, ich könnte dich auf der Stelle vernaschen.«

»Soll ich dir bescheidgeben, sobald er wegfährt?«

»Ja.« Ich schlucke. »Ja, ja, ja.«

»Zieh deinen Schuh aus und schieb mir deinen Fuß zwischen die Beine«, fordert sie mich leise auf. »Ich trage keinen Slip.«

»O Gott.«

* * *

Eine Stunde später, und ich stehe auf dem Herrenklo in der Redaktion, meine rechte Socke um meinen Schwanz gewickelt, und masturbiere. Der Geruch der Socke haftet noch an der Haut um meine Nase; bevor ich sie um meinen Schwanz gewickelt habe, habe ich dagesessen und an ihr gerochen, den Geruch tief in meine Lunge eingesogen. Ich hole mir jetzt schon zum zweitenmal einen runter; ich wäre beinahe gekommen, als ich dasaß und meinen Hummer zerteilte, während Yvonnes Fuß meinen Schritt streichelte und ich meinen Fuß unter ihrem Rock hatte. Ich mußte mich kurz entschuldigen, meinen Fuß zurückziehen, meinen Schuh wieder anziehen und mit steifen Beinen zum Herrenklo des Café Royal staksen, um mir einen abzuwichsen, bevor mir am Tisch ein Malheur passierte. Ich brauchte das Ding kaum anzufassen. Diesmal dauert es ein bißchen länger. Die Socke riecht betäubend nach Frau, ist schier vollgesogen mit diesem unbeschreiblich erotischen Aroma. Gott sei Dank haben wir Meeresfrüchte gegessen.

Yvonne... ah, jetzt kommt's...

* * *

»Cameron. Geht's dir gut?«

»Ausgezeichnet, Frank.«

»Du siehst ein bißchen blaß um die Nase aus.«

»Fühle mich ganz in Ordnung.«

»Gut. Carse of Gowrie.«

»Wie bitte?«

»Carse of Gowrie. Du weißt schon, in der Nähe von Perth. Rat mal, was der Spell-Check daraus macht?«

»Ich gebe auf.«

»›Curse of Gorily‹!«

»Hör zu, Frank, ich muß mich wirklich um meine Recherche kümmern«, erkläre ich ihm, greife mir ein Notizbuch und verschwinde in Richtung Archiv. Zum Teufel, ich muß mit dem Kerl arbeiten; besser ein strategischer Rückzug im Angesicht dieser unablässigen, völlig unkomischen Spell-Check-Witze, als daß mir der Kragen platzt und ich Frank sage, wohin er sich seine Software stecken kann.

Der *Caley* hat eine Bibliothek, wo die Zeitungsausschnitte aufgehoben werden. Wenn man mit der Recherche zu einer Story anfängt, ist es für gewöhnlich der erste Schritt, sich die Ausschnitte herauszusuchen, und dies ist der Ort, wo sie herkommen. Ich vermute, in ein paar Jahren wird absolut alles in Databases gespeichert werden, und dann kann man diese Arbeit per Modem von überall auf der Erde machen, aber momentan gibt es noch einen real existierenden Ort, an den man gehen muß, wenn man etwas in den obskureren Nachschlagewerken, dem prä-Computer-Archiv der Zeitung oder den alten Ausgaben des *Caledonian* selbst (obwohl sogar die auf Microfiche statt in ihrer ursprünglichen gedruckten Form archiviert werden) nachsehen will. Die Bibliothek des *Caley* ist in einem einzelnen riesigen Raum tief im Bauch des Gebäudes untergebracht, zwei Etagen unter der Eingangshalle; es gibt keine Fenster, man kann weder den Verkehr noch die Züge hören, und es ist eigentlich sehr friedlich hier, wenn nicht gerade die Druckerpressen laufen. Ich wechsle ein paar Worte mit Joanie, unserer Bibliothekarin, dann mache ich es mir bequem und begebe mich auf Entdeckungsreise.

Abgesehen von der Bestätigung, daß Ares der Gott des Massakers ist – was für irgendwas relevant sein mag oder auch nicht –, kann ich nicht viel finden. Es gibt keinerlei Erwähnung von jemanden oder etwas namens Jemmel. Als mir die Ideen ausgehen, blättere ich noch einmal das Material durch, das ich schon über Wood, Bennet, Harrison, Aramphahal und Isaacs gefunden habe.

Wood und Isaacs haben für British Nuclear Fuels Ltd. gearbeitet, Bennet für die Atombehörde, Aramphahal war Entschlüsselungsexperte im GCHQ, und Harrison war ein DTL-Angestellter, über den gemunkelt wurde, daß er Verbindungen zum MI6 hätte. Aramphahal ging runter zu den Bahngleisen, die hinter seinem Garten in der Nähe von Gloucester verliefen, schlang sich ein Seil um den Hals, machte das andere Ende an einem Baum neben den Gleisen und sich selbst an einem Stamm auf der gegenüberliegenden Seite fest und wartete auf den Expreß. Wood lebte in Egremont, einem kleinen Kaff in Cumbria; er hat seine Bohrmaschine in der Badewanne zu Wasser gelassen. War keins der batteriebetriebenen Modelle. Bennet fand man ertrunken in einer Jauchegrube auf einem Bauernhof in der Nähe von Oxford. Isaacs hatte sich eine uralte und sehr schwere Schreibmaschine an die Füße gebunden und sich ins Derwent Water gestürzt, und Harrison hatte in einem Hotelzimmer in Windemere gesessen und die beiden Flüssigkeiten geschluckt, die zusammen reagieren und den Ausschäumer für Wandisolationen ergeben: Tod durch Ersticken. Sie alle schienen einander gekannt zu haben, und sie alle hatten sehr undurchsichtige Lebensläufe mit großen Lücken darin, über die niemand Bescheid zu wissen schien, und keiner von ihnen hatte irgendwelche engen Kollegen – oder zumindest hatte niemand eingestanden, ihnen nahegestanden zu haben.

Es sah alles verdammt verdächtig aus, und ich kenne ein paar Leute bei zwei der großen Londoner Tageszeitungen, die versucht haben herauszufinden, ob es mehr als eine Kette von Zufällen war, aber niemand hatte je etwas Konkretes ausgraben können. Es gab eine Anfrage im Parlament, und polizeiliche Ermittlungen wurden aufgenommen, aber sie wurden schnell wieder eingestellt und förderten auch nichts zutage, oder wenn doch, dann wurde es eiligst unter den Teppich gekehrt.

Nach Aussage von Mr. Archer hatten die fünf Toten alle eines gemeinsam: Eine Einstichstelle am Arm und/oder eine Prellung am Hinterkopf, wo sie ein Schlag getroffen hatte. Dies schien darauf hinzudeuten, daß keiner der Männer bei Bewußtsein war, als sie angeblich Selbstmord begangen hatten. Mr. Archer behauptet, er hätte die Kopien der ursprünglichen Obduktionsberichte gesehen, die das bewiesen, aber ich – wie auch andere Schreiberlinge – habe bei den örtlichen Bullen und Leichenbeschauern nachgefragt und nichts Ungewöhnliches entdecken können, obgleich der alte Knabe in Cumbria, der die Autopsien an Isaacs, Wood und Harrison durchgeführt hatte, zugegebenermaßen kurz nach Beginn der polizeilichen Ermittlungen einem Herzversagen erlag, was ein Zufall gewesen sein mag oder nicht, aber auf alle Fälle nicht zu beweisen war, insbesondere weil er verbrannt worden war, wie übrigens auch die anderen fünf.

Ich schüttle meinen Kopf über all diesen Verschwörungstheorie-Quatsch und beginne mich gerade zu fragen, ob dieses Angestarrt-werden-Gefühl in meinem Nacken der Beginn von Kopfweh ist oder nicht, als das Telefon im Archiv klingelt. Joanie ruft mich herüber; es ist für mich.

»Cameron?« Es ist Frank.

»Ja«, knurre ich zwischen zusammengebissenen Zähnen hindurch. Ich hoffe, es handelt sich nicht wieder um einen weiteren Aussetzer des Spell-Checks.

»Dein Mr. Archer ist am Telefon. Soll ich ihn durchstellen?«

Aha. »Ach, warum nicht?«

Es klickt ein paarmal in der Leitung (während mir durch den Kopf geht: Scheiße, diesen Anruf kann ich schon wieder nicht mitschneiden), dann ertönt die Stephen-Hawking-Stimme: »Mr. Colley?«

»Am Apparat. Mr. Archer?«

»Ich habe wieder was.«

»Was?«

»Jemmels richtigen Namen konnte ich noch nicht herausfinden. Aber ich kenne den Namen des Agenten, dem Unterhändler des Endnutzers.«

»Mhm-hm?«

»Sein Name ist Smout.« Er buchstabiert es für mich.

»Hab ich«, sage ich und habe dabei das Gefühl, daß mir der Name irgendwie bekannt vorkommt. »Und...«

»Er ist der, über den sie nicht sprechen, in Bagdad. Aber – – –«

Aber die Leitung ist plötzlich tot. Ich höre es ein paarmal klicken, eine Folge weit entfernter Piepser wie Wähltöne und ein schwaches, kaum hörbares Echo: *»...über den sie nicht sprechen, in Bagdad. Aber – – –«*

Ich lege den Hörer auf. Mir ist ein bißchen schwindelig; ich bin noch immer ziemlich beschwipst vom Lunch, mit wundgeriebenem Schwanz von zwei schwer frustrierenden Handnummern, und in meinem Kopf dreht sich alles von den Implikationen dessen, was Mr. Archer mir gerade erzählt hat, ganz zu schweigen von der massiven Möglichkeit, daß – selbst wenn ich es nicht konnte – irgend jemand irgendwo das alles mitgeschnitten hat.

Tatsache ist, daß ich über Smout Bescheid weiß: Ich habe einen Artikel über ihn geschrieben. Die vergessene Geisel, der Mann, über den sie – wie Mr. Archer sagt – nicht sprechen.

Daniel Smout ist – oder war – ein Mittelklasse-Waffenschieber, der seit fünf Jahren in Bagdad im Gefängnis sitzt, zuerst angeklagt wegen Spionage und dann verurteilt wegen Drogenschmuggels; er war zum Tode verurteilt worden, aber die Strafe wurde in lebenslänglich umgewandelt. Die Regierung Ihrer Majestät hatte immer einen deutlichen Widerwillen an den Tag gelegt, irgend etwas mit ihm zu tun haben zu wollen, und der letzte Besuch eines diplomatischen Vertreters liegt drei Jahre zurück. Es hält sich jedoch das Gerücht, daß er für den Westen spioniert und an etwas derart Brisantem gearbeitet hat, daß niemand, der darin verstrickt war, wollte, daß etwas nach außen oder gar an die Presse drang, und er ist nur in den Knast gewandert, damit er nichts ausplauderte, nachdem der Deal, an dem er gearbeitet hatte, schließlich geplatzt war.

Also geht's hier um ein Projekt mit dem Codenamen des Gottes des Massakers, in das der Irak, ein streng geheimer Deal und fünf tote Männer verwickelt sind, von denen mindestens drei Zugang zu vertraulichen Atominformationen und zwei zu atomaren Stoffen – Plutonium – hatten, und zwar an einem Ort, an dem man es geschafft hatte, mehr waffentaugliches Material zu verlieren, als der durchschnittliche atombombengeile Dritte-Welt-Diktator sich in seinen feuchten Träumen zu beschaffen hofft.

British Nuclear Fuels Limited, General Communications Headquarters, die Behörde für Reaktorsicherheit, das Ministerium für Handel und Industrie und ein Spion – ein Unterhändler für den Endnutzer, wie Mr. Archer ihn genannt hat – in Bagdad.

Heiliges Kanonenrohr.

Ich schaue kurz in der Narichtenredaktion vorbei, um mein Gesicht zu zeigen, und als ich an meinen Schreibtisch komme, klingelt mein Telefon, und ich fahre erschreckt zusammen und packe den Hörer, und es ist wieder Mr. Archer. Diesmal kann ich den Pearlcorder einschalten.

»Mr. Colley, ich kann jetzt nicht sprechen, aber wenn ich Sie Freitagabend zu Hause anrufen darf, dann hoffe ich, Ihnen weitere Informationen geben zu können.«

»Was?« sage ich und fahre mir mit der Hand durch die Haare. Zu Hause? Das hatten wir noch nie. »Also gut. Meine Nummer...«

»Ich habe Ihre Privatnummer. Auf Wiederhören.«

»Auf Wiederhören«, murmle ich in den stummen Hörer.

»Alles in Ordnung?« fragt Frank, die Augenbrauen besorgt hochgezogen.

»Alles prima«, erwidere ich und grinse dabei zu breit und vermutlich nicht sonderlich überzeugend. »Absolut prima.«

Abermaliger Rückzug auf die Toilette unter dem Vorwand einer nicht ganz koscheren Zutat im mittäglichen Chowder und ein bißchen Speed durch die Nase, dann ein Spaziergang raus nach Salisbury Crags, wo ich mich auf einen Felsbrocken hocke, über die Stadt blicke, einen Joint rauche und denke: O Mr. Archer, wo sind wir da reingeraten?

4 Injektion

»7970.«

»Hmm… hallo?«

»Andy, bist du das?«

»Hmm, ja. Wer ist da?« Die Stimme klingt träge, schläfrig.

»Was meinst du mit: ›Wer ist da?‹ Du hast mich angerufen. Ich bin's, Cameron. Der Mann, der vor gerade mal zehn Minuten eine Nachricht auf deinem Anrufbeantworter hinterlassen hat.«

»Cameron…«

»Andy! Herrgott noch mal. Ich bin's: Cameron, dein Kumpel aus Kindertagen; dein bester Freund, verdammt noch mal. Erinnerst du dich an mich? Wach auf!« Ich kann nicht glauben, daß Andy so schläfrig klingt. Sicher, es ist Mitternacht, aber früher hat sich Andy frühestens um zwei in die Koje gelegt.

»… Oh, ja, Cameron. Ich dachte doch, daß mir die Nummer bekannt vorkommt. Wie geht's dir?«

»Mir geht's gut. Und dir?«

»Ach, du weißt schon. Ja. Ja doch, mir geht's gut. Alles bestens.«

»Du klingst stoned.«

»Nun, du weißt ja.«

»Hör zu, wenn es zu spät ist, rufe ich ein anderes Mal an…«

»Nein, nein, ist schon in Ordnung.«

Ich sitze in meinem Arbeitszimmer, der Fernseher läuft, aber ohne Ton, der Computer läuft, und auf dem Monitor flimmert die Spielstatusanzeige von *Despot*. Es ist Freitagabend, und ich sollte mich amüsieren, aber ich warte auf Mr. Archers Anruf, und außerdem befürchte ich, daß ich nur Lust auf eine Zigarette kriege, wenn ich mich zu sehr amüsiere, also ist das ein weiterer Grund, zu Hause zu bleiben und Fernsehen zu gucken und Computerspiele zu spielen, aber dann habe ich plötzlich angefangen, über Ares und diese fünf toten Typen und den Knaben hinter bagdadschen Gardinen nachzudenken, und plötzlich schoß es mir in den Sinn: Cameron, du hast es hier ganz entschieden mit etwas von Pearl Frotwithes Schreibtisch zu tun, und ich bekam es mit der Angst zu tun und wollte eine andere menschliche Stimme hören, also habe ich Andy angerufen, denn ich bin ihm einen Anruf schuldig, und ich habe, seit er im Sommer übers Wochenende hier war, noch kaum wieder mit ihm gesprochen, aber es ging nur sein Anrufbeantworter ran, dort in dem düsteren Hotel gerade mal zweihundert Kilometer von hier, auch wenn er trotzdem schwach und weit entfernt klingt. Ich glaube, ich kann seine Stimme in den weitläufigen Räumen jenes stillen, kalten Hauses hallen hören.

»Und, hast du was Aufregendes erlebt?« frage ich ihn.

»Nicht viel. War ’n bißchen angeln. Bin oben auf dem Hügel gewesen. Du weißt schon. Und du?«

»Ach, das übliche. Hab mich in der Gegend rumgetrieben. Mir die Story geholt. He – ich hab das Rauchen aufgegeben.«

»Schon wieder?«

»Nein, endgültig.«

»Jaja. Vögelst du immer noch diese verheiratete Schlampe?«

»Fürchte, ja«, sage ich (und bin froh, daß er die Grimasse nicht sehen kann, die ich dabei schneide). Das ist kein schönes Thema, weil Andy Yvonne und William aus unseren Stirling-Tagen kennt; er war ziemlich eng mit William befreundet, und obwohl es so aussieht, als ob sich ihre Wege seit damals getrennt hätten, möchte ich doch nicht, daß Andy das mit mir und Yvonne erfährt. Ich mache mir immer Sorgen, daß er von selbst errät, daß sie es ist.

»Ja... Wie hieß sie noch mal?«

»Ich glaube nicht, daß ich dir das je erzählt habe«, erwidere ich lachend und lehne mich auf dem Schreibtischstuhl zurück.

»Geht dir die Muffe, daß ich es jemandem ausplaudern könnte?« fragt er. Er klingt amüsiert.

»Ja. Ich lebe in der beständigen Angst, daß unser riesiger Kreis von gemeinsamen Bekannten dahinterkommen könnte.«

»Hm. Aber du solltest dir wirklich deine eigene Lady suchen.«

»Ja«, sage ich und mache ein vollgekifftes Lallen nach. »Muß mir echt 'ne eigene Tussi aufgabeln, Mann.«

»Nun, du hast ja nie auf meinen Rat gehört.«

»Versuch's weiter. Man kann nie wissen.«

»Versuchst du es manchmal noch am anderen Ufer?«

»Hä?«

»Du weißt schon, mit Typen.«

»Was? Großer Gott, nein. Ich meine...« Ich schaue auf den Hörer in meiner Hand. »Nein«, sage ich.

»He, war ja nur 'ne Frage.«

»Warum, *du* etwa?« frage ich, und dann bedaure ich meinen Tonfall, denn es klingt zumindest mißbilligend, wenn nicht sogar homophob.

»Nee«, gibt Andy zurück. »Nee, ich nicht... ich hab irgendwie... du weißt schon, ich hab das Interesse an alldem verloren.« Er kichert, und ich bilde mir abermals ein, daß ich den Laut durch das düstere Hotel hallen hören kann. »Ist nur so, du weißt schon; alte Angewohnheiten lassen sich nur schwer ablegen.«

»Aber irgendwann ist doch Feierabend«, erkläre ich ihm. »Oder nicht?«

»Ich denke schon. Gewöhnlich.«

»Scheiße«, fluche ich leise. Ich beuge mich vor und starte *Despot*, weil ich irgend etwas tun muß, und normalerweise würde ich jetzt nach meinen Zigaretten greifen. »Ich hab überlegt, bald mal rauf zu kommen und dir einen kleinen Besuch abzustatten. Du wirst mir doch jetzt wohl nicht *wunderlich*, oder, Gould?«

»Hüttenkoller, Mann. Highland-Beklemmungen.« Er lacht abermals. »Nein, komm nur her. Klingel vorher kurz durch, aber ja, wär toll, dich mal wieder zu sehen. Freu mich schon drauf. Ist verdammt lange her.«

»Nun, dann also bis bald.« Ich benutze die Maus, um den momentanen Geo-Status des Spiels zu überprüfen. »Hast du irgend etwas an dem alten Kasten *gemacht*?«

»Häh? Oh, das Haus.«

»Ja, das Haus.«

»Nein, nichts. Alles so wie's war.«

»Hast du das Dach reparieren lassen?«

»Nein... Oh.«

»Was?«

»Hab gelogen.«

»Du hast das Dach reparieren lassen.«

»Nein, hab ich vergessen. Es hat sich was verändert.«

»Was?«

»Nun, ein paar der Decken sind runtergekommen.«

»Aha.«

»Na ja, es ist ganz schön feucht hier oben.«

»Aber es ist niemand verletzt worden, oder?«

»Verletzt? Wie könnte jemand verletzt werden? Ich bin ganz allein hier oben.«

»Natürlich. Also gibt's genügend Platz, wenn ich raufkomme und bei dir übernachten will, aber ich sollte besser einen großen Regenschirm oder einen wasserfesten Schlafsack mitbringen, richtig?«

»Nein, hier gibt's auch trockene Zimmer. Komm einfach.«

»In Ordnung. Ich weiß nicht, wann's klappt, aber hoffentlich noch vor Ende des Jahres.«

»Warum kommst du nicht schon nächste Woche?«

»Mhm«, sage ich und überlege. Verdammt, eigentlich könnte ich's einrichten. Es hängt alles davon ab, wie sich die verschiedenen Storys, an denen ich arbeite, entwickeln, aber theoretisch könnte ich es einrichten. Ich muß mal ausspannen; ich brauche einen Tapetenwechsel. »In Ordnung, warum nicht? Nur für ein, zwei Tage vermutlich, aber ja; trag mich schon mal in deinen Terminkalender ein.«

»Alles klar. Wann kommst du?«

»Mhm, sagen wir Donnerstag oder Freitag. Ich geb dir dann noch genau Bescheid.«

»Okay.«

Wir plaudern noch ein bißchen über die alten Zeiten, bevor ich mich verabschiede.

Ich lege den Hörer auf und sitze einfach nur da. *Despot* läuft, aber ich bin nicht wirklich bei der Sache, ich denke über meinen alten Freund nach, das Eiskind, unseren *Wunderknaben*, erst archetypischer Glücksritter der Achtziger und dann ihr Opfer.

Ich war immer neidisch auf ihn, habe mich immer nach etwas gesehnt, was er hatte, selbst wenn ich wußte, daß ich es nicht wirklich haben wollte.

Und Andy schien immer irgendwo anders und mehr mittendrin zu sein. Zwei Jahre bevor ich nach Stirling ging, war er mit einem Army-Stipendium nach St. Andrew's gegangen, und als der Falkland-Krieg ausbrach, war er Lieutenant bei den Angus Rifles. Er wurde geradewegs von San Carlos nach Tumbledown geschickt, wurde bei einem vermasselten Sturm auf eine argentinische Stellung verwundet und bekam dafür einen DSO. Er hat den Orden zurückgeschickt, als der Offizier, der bei dem Angriff das Kommando geführt hatte, die Karriereleiter rauffiel statt vors Kriegsgericht gestellt zu werden. Im Jahr darauf verließ Andy die Army und profilierte sich ziemlich schnell bei einer großen Londoner Werbeagentur (er ist der geistige Vater von ISMs »Insist on Perfection – We do«-Kampagne und Guinness' »Pint Taken?«-Slogan), aber dann stieg er urplötzlich aus der Firma aus, um in Covent Garden den »Gadget Shop« aufzumachen. Weder Andy noch sein Partner – ein weiterer Ex-Werbemensch – konnten irgendwelche Erfahrung im Einzelhandel vorweisen, aber sie hatten viele Ideen und eine Portion Glück, außerdem nutzten sie ihre Kontakte bei den Medien (mich zum Beispiel), um eine gigantische kostenlose Werbekampagne in Gestalt von Artikeln über sie selbst und das Geschäft anzuleiern. Der Laden und sein Versandkatalog wurden über Nacht zum Riesenerfolg. In weniger als fünf Jahren hatten Andy und sein Partner zwanzig weitere Filialen eröffnet, ein bescheidenes Vermögen gemacht und dann für ein unbescheidenes an eine große Einzelhandelskette verkauft – ein paar Monate vor dem großen Börsenkrach '87.

Andy nahm sich sechs Monate frei und machte eine Weltreise – erster Klasse – , fuhr auf einer Harley kreuz und quer durch Amerika und schipperte mit einer Jacht in der Karibik. Er war gerade auf einem Trip durch die Sahara, als seine Schwester Claire starb. Nach der Beerdigung hatte er ein paar Monate auf dem Familienanwesen in Strathspeld herumgehangen, dann verbrachte er einige Zeit in London, wo er eigentlich nicht viel machte, außer alte Freunde zu besuchen und abzufeiern. Danach schien ihm irgendwie alles aus den Händen zu gleiten. Er wurde sehr still, dann eigenbrötlerisch, und kaufte ein großes, altes, verfallenes Hotel in den westlichen Highlands und lebte dort ganz allein, anscheinend so gut wie pleite, und er tat eigentlich immer noch nichts Richtiges, außer zu viel zu trinken, fast jede Nacht abzustürzen, zu einem Hippie zu verkommen – ich meine, echt, Mann –, von seinem Dingi aus zu angeln, in den Hügeln zu wandern oder einfach nur auf dem Bett zu liegen und zu schlafen, während das Hotel – in einem stillen, düsteren Dorf, das einmal bessere Zeiten gesehen hatte, bevor sie eine neue Straße bauten und den Fährbetrieb einstellten – langsam um ihn herum einzustürzen begann.

* * *

»Cameron! Kirkton of Bourtie.«

»Was ist das, Frank?«

»Ein winziges Kaff in der Nähe von Inverurie.«

»Wo?«

»Ist egal. Rate doch einfach mal.«

»Ich geb auf.«

»Kickoff of Blurted! Hahaha!«

»Hör auf, ich krieg keine Luft mehr.«

Ich hatte mir freigenommen und das Wochenende damit zugebracht, mich zu entgiften, hatte kein Pulver eingepfiffen und nichts Berauschenderes getrunken als starken Tee. Diese strikte Disziplin hatte den zusätzlichen Effekt gehabt, dabei zu helfen, meine Lungenschmacht im Zaum zu halten. Ich spielte ohne Ende *Despot* und hatte mein Ära-Level schon fast zu den zaghaften Anfängen der Industriellen Revolution hochgeputscht, bevor meine Adeligen sich gegen mich erhoben, die Barbaren aus dem Süden und dem Westen sich zu einem gemeinsamen Feldzug verbündeten und es ein schweres Erdbeben gab, in dessen Folge die Pest ausbrach. Als ich mich schließlich um alle Katastrophen gekümmert hatte, war ich wieder auf ein Ära-Level vergleichbar mit Rom nach dem Schisma mit dem östlichen Reich zurückgefallen, und es bestand sogar die Gefahr, daß die Barbaren aus dem Süden gar nicht so barbarisch waren, vielleicht waren sie zivilisierter als meine Bande, was eine strategische Niederlage nach sich ziehen konnte. Mein Imperium leckte sich die Wunden, und es bereitete mir großes Vergnügen, die feierliche Hinrichtung mehrerer Generäle zu befehlen. Mittlerweile verschlimmert sich mein Husten, und ich glaube, ich brüte eine Grippe aus, und Mr. Archer hat auch nicht angerufen, aber andererseits hat mir die Kreditkartengesellschaft zur Abwechslung mal einen netten Brief geschrieben und mein Limit raufgesetzt, so daß ich etwas mehr Geld zum Ausgeben habe.

»Glaubst du, dieser nette Mr. Major kommt mit der Maastricht-Abstimmung durch?« fragt Frank. Sein fleischiges rotgeädertes Gesicht geht seitlich neben meinem Monitor auf wie der Mond hinter einem Hügel.

»Mühelos«, erkläre ich ihm. »Seine Hinterbänkler sind ein Haufen rückgratloser Arschkriecher, und selbst wenn irgendeine Gefahr bestehen würde, würden diese beschissenen Liberalen den Tories wie gewöhnlich die Haut retten.«

»Wie wär's mit 'ner kleinen Wette?« Franks Augen funkeln.

»Auf das Ergebnis?«

»Auf die Größe von Onkel Johns Mehrheit.«

»Zwanzig darauf, daß der Überhang zweistellig ist.«

Frank läßt es sich durch den Kopf gehen. Er nickt. »Abgemacht.«

Heute hat mich das maritime Element wieder, und ich interviewe Leute auf der Rosyth-Werft, die möglicherweise bald geschlossen wird, so daß sich weitere sechstausend Hoffnungslose auf dem Arbeitsamt anstellen dürfen. Es hängt viel davon ab, ob sie den Zuschlag für die Wartung der Trident-U-Boote bekommen oder nicht.

Ich habe gerade die ersten paar hundert Worte meines Artikels im Computer, als das Telefon klingelt.

»Hallo, Cameron Colley.«

»Cameron, Gott sei Dank, daß du da bist. Ich war sicher, daß ich das mit dem Zeitunterschied wieder durcheinander bekommen habe. War überzeugt davon. Ganz ehrlich. Cameron, es ist lächerlich; ich meine, ganz ehrlich. Ich bin mit den Nerven am Ende, ganz ehrlich. Ich kann einfach nicht mit ihm reden. Er ist unmöglich. Ich weiß nicht, warum ich ihn geheiratet habe, ehrlich nicht. Er ist verrückt. Ich meine, wirklich verrückt. Es würde mir ja gar nicht soviel ausmachen, aber ich befürchte, daß er auch mich in den Wahnsinn treibt. Ich wünschte, du könntest mal mit ihm reden; ich wünschte, du würdest was sagen, ganz ehrlich. Ich meine, ich bin überzeugt, daß er dir auch nicht zuhören würde, aber, aber, aber... nun, wenigstens würde er dir *vielleicht* zuhören.«

»Hallo, Mum«, sage ich gequält und greife in meine Jackentasche, wo eigentlich meine Zigarettenschachtel sein sollte.

»Cameron, *was* soll ich nur tun? Sag mir das. Sag mir, was in aller Welt man mit einem so unmöglichen Mann tun soll. Ich schwöre, es wird immer schlimmer mit ihm, ganz ehrlich. Ich wünschte, ich würde mir das nur einbilden, aber das tue ich nicht, ich schwöre, das tue ich nicht. Es wird immer schlimmer mit ihm, ganz ehrlich. Es liegt nicht an mir. Es liegt an ihm. Ich meine, meine Freunde sagen das auch. Er wird...«

»Wo liegt denn jetzt das Problem, Mum?« Ich nehme einen Bleistift vom Schreibtisch und fange an, an seinem Ende zu kauen.

»Mein verblödeter Ehemann! Hast du mir denn nicht zugehört?«

»Doch, aber was...«

»Er will eine Farm kaufen! Eine Farm! In seinem Alter!«

»Was, ist es eine Schaf-Farm?« frage ich, weil sie aus Neuseeland anruft, und so wie ich gehört habe, haben sie dort nicht gerade einen Mangel an Schafen.

»Nein! Es ist eine... Angora-Farm. Angora... Ziegen oder Kaninchen oder von wem sie das Zeug auch immer kriegen. Cameron, er ist einfach unmöglich. Ich weiß, daß er nicht dein richtiger Vater ist, aber ihr scheint doch ganz gut miteinander auszukommen, und ich denke, daß er bestimmt auf dich hören würde. Hör zu, Liebling, könntest du herkommen und versuchen, ihn wieder zur Vernunft zu bringen, weil...«

»Zu euch kommen? Mum, um Gottes willen, es ist...«

»Cameron! Er raubt mir noch den letzten Verstand!«

»Hör zu, Mum, beruhig dich erstmal...«

Und damit beginnt ein weiterer der Marathon-Telefonanrufe meiner Mutter, in denen sie sich lang und breit über irgendeine potentielle neue Geschäftsidee meines Stiefvaters ausheult, von der sie überzeugt ist, daß es sie beide an den Bettelstab bringen wird. Mein Stiefvater Bill ist ein kraftstrotzender, korpulenter, humoriger Mann aus Wellington, der vor seinem Ruhestand Gebrauchtwagenhändler war; er hat meine Mutter vor drei Jahren auf einer Karibik-Kreuzfahrt kennengelernt, und sie ist ein Jahr später nach Neuseeland gezogen. Sie haben ein gesichertes Einkommen aus ihren Pensionen und Anlagen, aber Bill bekundet zuweilen eine gewisse Sehnsucht, wieder in ein Geschäft einzusteigen. Aus diesen Plänen wird nie etwas, und gewöhnlich stellt sich heraus, daß es von Anfang an keine ernstgemeinten Überlegungen waren; zumeist sagt Bill einfach nur etwas ganz Unschuldiges wie »Oh, sieh mal, in Auckland kannst du für fünfzigtausend eine Fast-Food-Ketten-Filiale kaufen«, und meine Mutter nimmt augenblicklich an, daß er genau das tun will und eine Menge Geld dabei verlieren wird.

Sie plappert weiter, während ich mir die Nachrichtenagenturen auf den Monitor hole und nebenbei Reuters und AP durchlaufen lasse, um zu sehen, was in der Welt so los ist. Das ist so etwas wie eine instinktive Journalisten-Reaktion und voll kompatibel mit den ebenso einprogrammierten »Hmms« und »Mhmms« eines pflichtschuldigen Sohns, die ich von Zeit zu Zeit in den Monolog meiner Mutter einstreue.

Schließlich bekomme ich sie aus der Leitung, indem ich ihr versichere, daß Bill nicht vorhat, all ihre Ersparnisse in irgendeine heruntergewirtschaftete Farm am Ende der Welt zu stecken und daß die Lösung darin besteht, mit ihm darüber zu sprechen. Ich verspreche, daß ich sie voraussichtlich im nächsten Jahr besuchen kommen werde. Es braucht einige Anläufe, endgültig auf Wiederhören zu sagen – Mutter gehört zu den Leuten, die dir alles Gute wünschen, auf Wiedersehen sagen, dir für den Anruf danken oder dafür, daß du da warst, als sie angerufen hat, *noch mal* auf Wiedersehen sagen und dann plötzlich einen ganz neuen Gesprächsfaden aufnehmen –, aber schließlich kann ich ein letztes »Auf Wiedersehen« einzwängen und verbinde das schnurlose Telefon mit dem Schreibtischmodul, ohne die Leitung tatsächlich zu unterbrechen. Ich lehne mich zurück.

»Gehe ich recht in der Annahme, daß das deine Mater war?« ruft Frank jovial hinter meinem Monitor.

Bevor ich antworten kann, klingelt das Telefon abermals. Ich fahre erschreckt zusammen, greife nach dem Apparat und fürchte, daß sie schon wieder dran ist, weil ihr eingefallen ist, daß sie irgendwas vergessen hat.

»Ja?« krächze ich.

»Hallo, hier spricht die Zivilisation«, sagt eine sonore englische Stimme.

»Was?«

»Cameron, ich bin's, Neil. Du wolltest mit mir sprechen.«

»Oh, Neil, hallo.« Neil ist ein Ex-Kollege, der nach London gegangen ist, um in der Fleet Street zu arbeiten, als die Fleet Street noch nicht von japanischen Banken überquoll. Sein Vater war während des Korea-Kriegs beim Geheimdienst, wo er Sir Andrew kennengelernt hat (unser Chefredakteur und rekonvaleszierender Herzinfarkt-Patient). Neil ist der coolste Traditionalist, den ich kenne; er raucht Opium und glaubt fest an das Königshaus, verachtet den Sozialismus und Thatcher mit fast derselben Inbrunst und wählt liberal, weil seine Familie das schon immer getan hat, seit die Liberalen noch Whigs genannt wurden. Schießt Hirsche und angelt Lachse. Fährt einen Bentley S2. Das Wort »urban« könnte einzig für ihn erfunden worden sein. Dieser Tage arbeitet er freiberuflich in Geheimdienstangelegenheiten, manchmal für die großen Tageszeitungen, meistens jedoch für große Konzerne. »Wie geht's denn so?« frage ich und schaue stirnrunzelnd auf meinen Bildschirm. Genau in diesem Moment steht Frank jedoch auf und trollt sich davon, seinen Kugelschreiber zwischen den Zähnen.

»Ich kann nicht klagen«, erwidert Neil. »Was kann ich für dich tun?«

»Du kannst mir erzählen, was du über diese fünf Typen rausgefunden hast, die zwischen '86 und '88 unter solch verdächtigen Umständen den Abgang gemacht haben. Du weißt schon, die Typen, die alle Verbindungen zu Sellascale oder Winfield oder Dun-Nukin' oder wie immer die das heute nennen, hatten.«

Pause. »Oh«, sagt Neil schließlich, und ich kann hören, wie er sich eine Zigarette anzündet. Mir läuft das Wasser im Mund zusammen. *Du mieser Glückspilz.* »*Die* alte Klamotte.«

»Ja«, erwidere ich und lege meine Füße auf den Schreibtisch. »Die alte Klamotte, die sich wie ein Agententhriller liest und für die bis jetzt niemand eine anständige Erklärung gefunden hat.«

»Da gibt's nicht viel zu erzählen, mein Wunderknabe«, seufzt er. »Eine Kette von unglücklichen Zufällen.«

»Klingt wie eine lange überflüssige grausige Erklärung. Oder?«

Neil lacht, als er sich an unseren persönlichen Akronym-Code aus dem Jahr, in dem wir zusammengearbeitet haben, erinnert. »Nein. Es ist wirklich absolut hundertprozentig… verdammt, was war noch mal das letzte Wort?«

»Richtig«, erkläre ich ihm grinsend. »Uns ist nie was besseres eingefallen.«

»Stimmt. Nun, genau das ist es; eine Fiese Actualité, Kamerad, Towaritsch.«

»Im Ernst?« sage ich und versuche, nicht zu lachen. »All diese Typen, die ganz zufällig Verbindung zur BNFL oder dem GCHQ oder dem militärischen Abschirmdienst haben und ganz zufällig binnen vierundzwanzig Monaten alle eines unnatürlichen Todes sterben? Ich meine, *im Ernst*?«

»Cameron, es ist mir völlig klar, daß deine Menschewiken-Seele danach lechzt, eine vollkommen irrationale faschistische Verschwörung aufzudecken, aber die langweilige Wahrheit sieht nun einmal so aus, daß es keine gibt. Oder, wenn es doch so ist, dann ist sie viel, *viel* zu perfekt organisiert, als daß sie das Werk irgendeines Geheimdienstes sein kann, mit dem *ich* je zu tun hatte. Es hat nie einen verläßlichen Hinweis darauf gegeben, daß es jemand von unserer Seite war; der Mossad – vermutlich die einzigen Knilche, die eine solch durchgängig erfolgreiche Operation durchziehen könnten, ohne überall am Tatort Dienst-Trenchcoats mit eingenähtem Namensschild, Rang und Seriennummer im Kragen liegenzulassen – hatte kein erkennbares Motiv, und bei unseren Freunden in Moskau können wir sogar noch sicherer sein, wenn man bedenkt, daß die Ex-KGB-Bonzen nach dem tragischen Dahinscheiden des Arbeiterstaats ja förmlich kein Halten mehr kannten in dem Drang, die Sünden ihrer Vergangenheit zu beichten, und nicht einer von ihnen hat diese fünf dahingegangenen Söhne Cumbrias und der Umgegend erwähnt.«

»Sechs, wenn man den Doktor mitzählt, der die Autopsien an den drei cumbrischen Leichen durchgeführt hat.«

Neil seufzt. »Trotzdem.«

Ich denke nach. Das könnte eine ziemlich wichtige Entscheidung sein, die ich hier fälle. Soll ich Neil von Mr. Archer und Daniel Smout erzählen? Oder halte ich lieber die Klappe? Himmel, diese Story könnte vielleicht die größte Sache seit Watergate sein; eine Intrige – wenn ich die Zeichen richtig deute –, in die der ganze Westen verstrickt war oder auch nur die Regierung Ihrer Majestät oder zumindest eine Gruppe von Leuten in den richtigen Positionen, um unseren ehemals getreuen Verbündeten im Kampf gegen die teuflischen Mullahs, Saddam Hussein, mittlerweile die Nummer eins auf der Hitliste der meistgehaßten Diktatoren, mit Atombomben zu bewaffnen, damals, als der Iran-Irak-Krieg nicht ganz nach seinen Vorstellungen verlief.

»Weißt du«, seufzt Neil wieder, »ich habe das schreckliche Gefühl, daß es mir noch leid tun wird, diese Frage gestellt zu haben, aber was bringt dich dazu, dich danach zu erkundigen, es sei denn, die Erklärung ist schlicht, daß die Nachricht über diese fünf tragischen Todesfälle gerade erst in Caledonia angekommen ist?«

»Nun«, sage ich und spiele mit der Telefonschnur.

»Was?« knurrt Neil in dieser Warum-vergeudest-du-meine-kostbare-Zeit-Stimme.

»Ich hatte einen Anruf von jemandem, der behauptet, er wüßte darüber Bescheid. Ein paar andere Namen sollen auch noch in die Sache verwickelt sein.«

»Und wer, wenn ich fragen darf?«

»Bis jetzt habe ich nur einen der Namen.« Ich hole tief Luft. Ich werde meine persönliche Mr.-Archer-Vorstellung geben; ich werde es ihm Bröckchen für Bröckchen geben. »Smout«, erkläre ich Neil. »Daniel Smout. Unser Mann in Bagdad.«

Neil schweigt einige Augenblicke. Dann höre ich, wie er ausatmet. »Smout.« Eine Pause. »Ich verstehe.« Wieder eine Pause. »Also«, sagt er gedehnt und nachdenklich, »wenn der Irak darin verwickelt war, dann ist es nicht unmöglich, daß der Mossad ein gewisses Interesse *hatte.* Obwohl natürlich einer unserer Serien-Selbstmörder ebenfalls dem jüdischen Glauben anhing...«

»Das läßt sich auch von Vanunu sagen.«

»In der Tat. Hmmm. Interessant. Aber dir ist doch klar, daß dein Informant vermutlich ein armer Irrer ist?«

»Vermutlich.«

»Hat er sich bisher als verläßlich erwiesen?«

»Nein. Es ist eine neue Quelle, soweit ich sagen kann. Und bis jetzt hat er mir nur eine Reihe von Namen gegeben. Also könnte er durchaus ein armer Irrer sein. Um ehrlich zu sein, höchstwahrscheinlich sogar. Ich meine, würdest du das nicht auch sagen? Meinst du nicht auch, daß es höchstwahrscheinlich so ist?«

Ich sabble dummes Zeug. Ich komme mir plötzlich ziemlich bekloppt vor, aber ich bin auch ein bißchen nervös.

»Du hast gesagt, es gäbe einen sechsten Namen«, sagt Neil ruhig. »Kannst du mir was über den verraten?«

»Nun, ich habe nur eine Bezeichnung, von der mein Informant sagt, daß es sein Codename ist.«

»Und der lautet?« fragt Neil geduldig.

»Nun, ähm...«

»Cameron. Ich schwöre, ich werde nicht versuchen, dir die Story vor der Nase wegzuschnappen, wenn es das sein sollte, worüber du dir Sorgen machst.«

»Natürlich nicht«, erwidere ich. »Das weiß ich. Es ist nur... es könnte eine Ente sein.«

»Sehr gut möglich, aber...«

»Hör zu, Neil, ich würde gern mit jemandem reden.«

»Wie meinst du das?«

»Mit jemandem aus der Branche. Du weißt schon.«

»›Jemand aus der Branche‹«, wiederholt Neil tonlos.

Himmel, ich wünschte, ich hätte eine Zigarette. »Ja«, sage ich. »Jemand aus der Branche; jemand beim Geheimdienst. Jemand, der mir in die Augen sieht und mir sagt, daß MI6 oder wer auch immer absolut nichts mit der Sache zu tun hat; jemand, dem ich die ganze Sache übergeben kann.«

»Hmm.«

Ich lasse ihn eine Weile nachdenken. Schließlich sagt Neil: »Nun, es gibt immer Leute, mit denen man reden kann, sicher. Hör zu, ich werde den Vorschlag einigen meiner Kontakte unterbreiten. Werd mal sehen, wie sie darauf reagieren. Aber ich weiß, wenn ich denen das vorschlage, dann werden sie wissen wollen, mit wem sie es zu tun haben, bevor sie eine Entscheidung fällen. Sie werden deinen Namen wissen wollen.«

»Das dachte ich mir schon. Das geht in Ordnung. Du kannst ihnen meinen Namen geben.«

»Also gut. Dann werde ich dir Bescheid geben, wie sie darauf reagieren. Wollen wir so verbleiben?«

»Ist mir recht.«

»Gut. Um die Wahrheit zu sagen, die Sache interessiert mich persönlich. Immer vorausgesetzt, daß wir es nicht einfach mit einem armen Irren zu tun haben.«

»In Ordnung«, sage ich. Ich schaue über meinen Monitor und versuche, über mein Bücherbord zu spähen, während ich mich frage, von wem ich wohl eine Zigarette schnorren kann. »Nun, dafür bin ich dir echt einen schuldig, Neil. Ich weiß das zu schätzen.«

»Laß gut sein. Und jetzt mal was ganz anderes – wann kommst du das nächste Mal in die Stadt, oder müßt ihr Pikten erst eine Ausreisegenehmigung beantragen?«

Du triffst um neun bei Mr. Olivers Wohnung in Leyton ein, wie heute nachmittag verabredet, als du ihn in seinem Geschäft in Soho aufgesucht hast. Inzwischen wird er Zeit gehabt haben, nach Hause zu fahren, sein Abendessen zu sich zu nehmen, eine seiner Lieblingsseifenopern anzusehen und zu duschen. Seine Maisonettewohnung ist Teil einer Ziegelterrasse über einer Front von Läden, Restaurants und Büros. Du drückst auf den Knopf der Sprechanlage.

»Hallo?«

»Mr. Oliver? Mr. Mellin hier. Mister Mellin von heute nachmittag, erinnern Sie sich?«

»Ja, richtig.« Der Türsummer ertönt.

Drinnen, hinter der massiven Sicherheitstür, befindet sich eine mit dickem Läufer ausgestattete Treppe; die Wände sind mit teuren Tapeten im Regency-Stil dekoriert. An den Wänden links und rechts von der Treppe hängen viktorianische Landschaftsbilder in reich verzierten Rahmen. Mr. Oliver erscheint auf dem oberen Treppenabsatz.

Er ist ein plumper kleiner Mann mit fahler Haut und pechschwarzem Haar, von dem du annimmst, daß es gefärbt ist. Er trägt eine Kaschmirjacke über seiner Weste. Sein Hemd ist aus Rohseide. Krawatte. Slipper. Er riecht stark nach *Polo*.

»Guten Abend«, sagst du.

»Ja, hallo.« Das zweite Wort klingt mehr nach »alloh«, aber du verstehst, was er meint. Er tritt einen Schritt zurück, als du den oberen Treppenabsatz erreichst, und streckt eine fleischige kleine Hand aus, während er dich von oben bis unten mustert. Du wünschst, das Licht wäre ein bißchen weniger hell. Der Schnurrbart kribbelt unter deiner Nase. Ihr schüttelt euch die Hände. Mr. Olivers Hand ist feucht, ziemlich kräftig. Sein Blick schweift zu dem fetten Aktenkoffer, den du dabeihast. Er winkt mit einer Hand. »Kommen Sie herein.«

Das Wohnzimmer wirkt ein bißchen protzig; ein dicker weißer Teppich, eine schwarze Ledergarnitur und ein verchromter Glastisch sagen einiges über Mr. Olivers Geschmack, und die TV-Video-Hi-Fi-Ecke nimmt fast eine ganze Wand ein.

»Nehmen Sie Platz. Möchten Sie einen Drink?« sagt Mr. Oliver.

Du setzt dich auf die Kante eines Ledersessels, mit hochgezogenen Schultern und nervösem Blick, den Aktenkoffer auf den Knien. Du trägst einen billigen Anzug und hast immer noch deine Handschuhe an.

»Ähm, nun, äh, ja, bitte«, versuchst du möglichst nervös und unsicher zu klingen. Natürlich bist du nervös, aber nicht in der Art und Weise, die du implizierst.

Mr. Oliver geht zu einem Barschränkchen aus Chrom und Rauchglas hinüber. »Was kann ich Ihnen anbieten?«

»Äh, haben Sie vielleicht Orangensaft?«

Mr. Oliver sieht dich an. »Orangensaft«, sagt er und beugt sich vor, um in einen kleinen Kühlschrank zu sehen, der sich in dem Barschränkchen befindet.

Er mixt sich selbst einen Wodka mit Cola und setzt sich auf die Couch zu deiner Linken. Du denkst bei dir, daß er dich leicht argwöhnisch betrachtet, und du machst dir Sorgen, ob er vielleicht deine Maskerade durchschaut. Du gibst ein nervöses Hüsteln von dir.

»Also, Mr. Mellin«, sagt er. »Was haben Sie denn nun für mich?«

»Nun«, sagst du, während du dich umblickst. Du hast das Haus den ganzen Nachmittag observiert und bist ziemlich sicher, daß sich sonst niemand in der Wohnung aufhält, ohne dabei hundertprozentige Gewißheit zu haben.

»Wie ich bereits, äh, in Ihrem Laden gesagt habe, handelt es sich um etwas... nun, etwas Spezielles. Etwas, wonach meiner Kenntnis nach eine gewisse Nachfrage besteht.«

»Um was Spezielles geht es?«

»N-n-n-nun, es handelt sich um etwas, nun, wie soll ich sagen, äh, etwas von drastischer Natur. Von ziemlich drastischer Natur, um ehrlich zu sein. Und es schließt, äh... schließt die Beteiligung von, äh, K-K-Kindern mit ein. Man hat mir gesagt, daß Sie... daß Sie mit solchen, äh, Dingen handeln.«

Mr. Oliver spitzt die Lippen. »Nun, man müßte schon ein ziemlicher Idiot sein, wenn man so einfach auf solche Fragen antworten würde, nicht wahr? Ich meine, das würden Sie wohl auch nicht gleich dem Erstbesten erzählen, der Ihnen über den Weg läuft, verstehen Sie, was ich meine?«

»Oh«, sagst du mit niedergeschlagener Stimme. »Sie meinen, Sie wollen nichts mit...«

»Na, bis jetzt habe ich noch überhaupt nichts gesagt, oder? Ich sage nur, daß ein bißchen Vorsicht noch niemandem geschadet hat, verstehen Sie?«

»Ah«, sagst du nickend. »Ja. Ja, natürlich. Natürlich stimmt das mit der... Vorsicht. Ich verstehe. Ich verstehe, was Sie meinen.«

»Warum zeigen Sie mir nicht einfach, was Sie dabeihaben? Wir schauen es uns einfach mal an, und dann sehen wir weiter, okay?«

»Ja. Ja, sicher. Selbstverständlich. Äh, nun, was ich mitgebracht habe, ist nur ein Muster, aber ich glaube, es zeigt ziemlich genau…«

»Ja. genau. Ein Video.« Du öffnest die Verschlüsse des Aktenkoffers, entnimmst ihm eine ganz normale VHS60-Cassette und stellst den Aktenkoffer neben dir ab, als du aufstehst und ihm das Video reichst.

»Aha.« Er nimmt es und geht zum Recorder. Du bleibst stehen.

Die Cassette läßt sich nicht richtig einschieben; du kannst den Mechanismus des Recorders quietschen hören. Mr. Oliver beugt sich vor, um das Gerät genauer zu inspizieren. Du kommst hinter ihm heran.

»Äh, gib's ein Problem?« fragst du.

»Ja. Scheint nicht richtig zu…«

Die Cassette läßt sich nicht richtig einschieben, weil du die Schutzklappe festgeklebt hast. Mr. Oliver kommt nicht dazu, seinen Satz zu beenden; du verpaßt ihm eins auf den Hinterkopf. Aber er hat bereits seinen Kopf gedreht, als du ausgeholt hast, und so streifst du ihn nur.

Er fällt hin und versucht, mit einer Hand Halt an der Wand mit den Hi-Fi-Komponenten zu finden, wobei er CD-Player und Receiver auf ihrem Regal verrückt. »Was…« sagt er. Du schmetterst ihm den Totschläger ins Gesicht, brichst seine Nase und trittst ihm voll in die Eier, als er nach hinten fällt. Er krümmt sich auf dem Boden zusammen, bleibt keuchend und nach Luft schnappend auf der Seite liegen.

Du blickst wild um dich, halb in Erwartung eines vierschrötigen Wächters, der die Rechnung mit einem Baseballschläger begleichen will, und hast deine andere Hand bereits in der Anzugtasche, wo die Browning steckt, aber niemand taucht auf. Du beugst dich vor und verpaßt Mr. Oliver noch einen Schlag auf den Hinterkopf. Er erschlafft.

Du fesselst ihm die Arme mit Handschellen auf den

Rücken und gehst an den Aktenkoffer, um die Dinge zu holen, die du jetzt brauchst.

Nachdem du alles vorbereitet hast und der Camcorder aufgestellt ist, mußt du warten, bis er wieder aufwacht. Du gehst nach unten an die Haustür und legst die Kette vor, dann unternimmst du einen kleinen Streifzug durch die Wohnung, um dich zu vergewissern, daß sonst niemand im Haus ist.

Mr. Olivers Schlafzimmer ist ganz Holz, Messing, Pelz und roter Samt. Ein Glasschränkchen beherbergt seine Militaria-Sammlung, die sich ganz der Waffen-SS widmet. Auf einem Regal stehen verschiedenste Bücher über Nazideutschland und Hitler. Mr. Olivers Privatvideos sind in einem auf antik getrimmten Kleiderschrank aus Teak und Walnußholz. Unter dem Perserteppich findet sich ein großer Kombinations-Bodensafe.

Du nimmst eine repräsentativ wirkende Auswahl von Videos mit hinunter ins Wohnzimmer, wo Mr. Oliver sitzt, immer noch bewußtlos und leicht zusammengesackt, in Handschellen und gefesselt an einen Chrom-und-Leder-Freischwinger, den du aus dem zweiten Schlafzimmer heruntergebracht hast. Du hast ihn mit einer Socke und einem Seidenschal aus seinem Schlafzimmer geknebelt. Sein rechter Arm ist auf der lederbesetzten Armlehne des Stuhls fixiert. Du hast ihm die Jacke ausgezogen und seinen Hemdsärmel hochgerollt.

Während du darauf wartest, daß Mr. Oliver wieder das Bewußtsein erlangt, begutachtest du ein paar von den Vidos, die du aus dem Schlafzimmer mit heruntergebracht hast.

Ein paar drehen sich um Gruppenficks mit Kindern; zumeist Jungen, zumeist asiatischer oder südamerikanischer Herkunft. Andere zeigen Frauen, die in etwas, was wie ein Gefängnis aussieht, von Eseln und anderen Tieren bestiegen werden. Die herumstehenden Männer haben ausnahmslos Schnurrbärte und tragen Uniform. Es handelt sich augenscheinlich um Aufnahmen aus zweiter oder dritter Hand, und du kannst keine genauen Merkmale ausmachen, aber du denkst, daß es irakische Armeeuniformen sein könnten. Des weiteren sind da eine Reihe von Videos, die aus der gleichen Quelle stammen könnten und die das Foltern von Menschen – Männer, Frauen, Kinder – mit Bügeleisen, Haartrocknern, Lockenwicklern und so weiter zeigen. Richtiges Snuff-Material ist nicht darunter, aber du fragst dich, was sich in dem Bodensafe im Schlafzimmer befinden mag.

Mr. Oliver beginnt hinter seinem Knebel zu stöhnen, und du setzt deine Gorillamaske auf. Du wartest, bis er die Augen öffnet, dann stellst du den Sony-Camcorder an. Du nimmst das Gasfläschchen aus dem Aktenkoffer, drehst das Ventil auf und atmest tief ein.

»Mr. Oliver«, sagst du mit hoher, absurd babyhafter Stimme. »Willkommen unter den Lebenden.«

Er starrt dich mit weit aufgerissenen Augen an, dann auf die Videokamera, die sich auf einem Miniaturstativ befindet.

Du nimmst noch einen Hit Helium. »Sie treten in Ihrem eigenen Video auf, ist das nicht putzig?«

Er rüttelt an seinem Stuhl, knurrt hinter dem Knebel. Du gehst hinüber zu deinem Aktenkoffer und förderst ein Medizinfläschchen mit breitem Hals zutage. Die Öffnung ist mit Haftfolie verschlossen, die zusätzlich von einem Gummiband gehalten wird. Du schüttelst das Fläschchen, nimmst dann die Spritze aus dem Koffer.

Mr. Oliver kreischt, als er das sieht.

Du ziehst noch ein bißchen Helium, hältst dann das bauchige Fläschchen hoch und zeigst ihm die dickliche, milchige Flüssigkeit, die es enthält. »Willst du mal raten, was das ist?« fragst du ihn mit der Stimme eines schwachsinnigen Babys.

Die Spritze ist ein Mordsteil; keins dieser schnuckeligen kleinen Einwegdinger, die Sanitäter und Junkies benutzen. Dieses Instrument ist aus rostfreiem Stahl und Glas; es hat zwei hakenförmige Fingergriffe auf jeder Seite des Kolbens, und es hält einen Fünftelliter. Du hältst das mit Haftfolie versiegelte Medizinfläschchen umgekehrt in die Höhe und schiebst die angeschrägte Spitze der langen Nadel in die Flüssigkeit, die die Farbe geronnener Milch hat. Mr. Oliver kreischt immer noch in seinen Knebel.

Du pfeifst dir noch eine Dosis Gas ein und erzählst ihm, was du mit ihm machen wirst.

Seine erstickten Schreie werden höher und höher, bis sie klingen, als hätte er ebenfalls Helium geschluckt.

* * *

Am nächsten Tag schnorre ich eine Lambert & Butler von Rose aus der Auslandsredaktion, rauche sie an meinem Schreibtisch und bekomme einen echten Kick davon, dann ekle ich mich vor mir selbst und gelobe hoch und heilig, daß es die letzte ist, die ich je rauchen werde. Diesmal meine ich es ernst und beschließe, mich dafür zu belohnen, indem ich mein erhöhtes Kreditkartenlimit ausnutze, um mir etwas zu kaufen. Der Wagen müßte zur Inspektion, ich könnte einen neuen Anzug gebrauchen, und der Teppich in der Wohnung ist schon ziemlich durchgewetzt, aber als Kandidaten für verschwenderische Geldausgabe besitzt nichts davon einen sonderlich hohen Selbstbelohnungsstatus; zu geringer Wohlfühl-Faktor. Mein Mund wird ein bißchen trocken, während ich dasitze, auf die Whisky-Story starre – die ich sehr langsam überarbeite – und überlege, was ich mir mit den Extra-Mäusen kaufen könnte. Mäuse/Maus. Hmm.

Ich öffne eine Schublade und grabe eine Computer-Zeitschrift aus. Fünfhundert Farbseiten plus einer Software-Diskette als Zugabe für unter zwei Pfund. Es ist die November-Ausgabe, aber die Preise könnten schon überholt sein; gewöhnlich gehen sie bei Computern runter, aber diesmal könnten sie raufgegangen sein, weil sich der Preis der im Ausland eingekauften Einzelteile sicher erhöht hat, wo wir jetzt aus der europäischen Währungsunion raus sind und das Pfund im Vergleich zum Dollar sinkt.

Ich blättere die Zeitschrift durch und schaue mir die Laptop-Anzeigen an.

Scheiße, ich kann mir eins von diesen Dingern leisten; ich kann mir endlich eines mit *Farb*bildschirm leisten, eines auf dem *Despot* läuft. Insbesondere, weil ich das Teil von der Steuer absetzen kann; ich benutze es schließlich für die Arbeit. Und ganz besonders, weil ich das Rauchen aufgegeben habe; da spare ich mindestens zwanzig Mäuse die Woche, selbst wenn ich weiter zum Speed greife. Der Preis für 386er Laptops ist in der letzten Zeit kräftig in den Keller gegangen, und Farbbildschirme sind bei tragbaren Geräten längst kein Luxus mehr. Yo!

Bevor sich die vernünftigeren Bits meines Gehirns mit überzeugenden Argumenten melden können, das Geld für etwas anderes zu verwenden, rufe ich einen Hersteller in Cumbernauld an, über den ich viel Gutes gehört habe, und spreche mit einem der Verkäufer. Ich spreche mit ihm durch, was ich mir vorgestellt habe, und wir kommen überein, daß ich auch gleich einen 486er nehmen kann. Das bedeutet, daß ich etwas mehr Geld ausgeben muß als geplant, aber es wird sich am Ende bezahlt machen. Eine Festplatte von brauchbarer Größe ist ebenfalls eine Notwendigkeit, und natürlich ein zusätzlicher Akku. Außerdem brauche ich Kabel, um Daten zwischen meinem PC zu Hause und dem Laptop zu übertragen. Und für einen kleinen Aufschlag bekomme ich natürlich eine herausnehmbare Festplatte, was meine Daten nicht nur besser sichert, sondern auch ein müheloses Aufstocken des Rechners erlaubt, wenn er sich je als zu klein erweisen sollte. Es handelt sich schließlich um ein Qualitätsgerät, das meinen Ansprüchen viele Jahre lang gerecht werden wird, ist also zweifellos den kleinen Aufpreis wert. Sie nehmen zwar keine Geräte in Zahlung, aber der Verkäufer kann sich nicht vorstellen, daß ich Probleme damit haben sollte, einen Toshiba zu verkaufen, selbst einen alten; der Name bürgt schließlich für Qualität.

Wir einigen uns auf die endgültigen Einzelheiten. Sie haben ein entsprechendes Gerät am Lager. Ich kann es heute abholen, morgen, wann immer es mir paßt, oder sie können es mir für einen Zehner binnen achtundvierzig Stunden liefern.

Ich entscheide, daß ich selbst hinfahren und den Laptop abholen werde. Ich gebe ihnen meine Kreditkartennummer für die Anzahlung und erkläre mich bereit, binnen der nächsten Stunden vorbeizuschauen. Ich werde den kleinen Scheißer auf Kredit kaufen müssen; die Hersteller haben einen Deal mit einer Finanzierungsgesellschaft, der sich ganz gut anhört. (Ich bin dicht am Limit meines Überziehungskredits bei der Bank, obwohl bald mein Gehalt drauf kommt, um mein Konto kurzzeitig wieder in die schwarzen Zahlen zu bringen, bevor es für den Rest des Monats wieder in die vertrauten Miesen geht.) Es gibt einige Rechnungen zu bezahlen, aber die können warten.

Ich bin so aufgeregt, daß ich den Whisky-Artikel eine halbe Stunde später fertig habe.

»Also, Frank«, erkläre ich ihm, während ich mein Sakko anziehe. »Ich fahr jetzt rüber nach Cumbernauld.«

»Ach, du meinst Cumbered.«

»Was?«

»Der Spell-Check. ›Cumbered‹. Haha.«

»Oh ja. Haha.«

»Schaust du nachher noch mal vorbei?«

»Das bezweifle ich.«

Ich pirsche angespannt durch den Raum. Mein Atem geht schnell und tief. Sie dreht sich, folgt mir mit ihrem Blick. Ihr ganzer Körper glänzt. Auch ich atme schwer; meine Brust hebt sich, meine Hände sind ausgestreckt, meine Füße quietschen auf den Kacheln. Ich bin mir meines Schwanzes bewußt, der zwischen meinen Beinen pendelt. Sie stößt einen Laut aus, halb Grunzen, halb Lachen, und springt auf die Badewanne zu. Ich bekomme ihren Knöchel zu fassen, als sie urplötzlich in die entgegengesetzte Richtung sprintet und die Tür aufreißt. Ihre eingeölte Haut rutscht durch meine Finger, als ich stolpere und fast in den Whirlpool falle, und ich stoße mir das Knie an der gekachelten Plattform, während sie durch die Tür entschwindet und sie hinter sich zuschlägt. Ich reibe mir kurz das Knie, dann reiße ich die Tür auf und sprinte durch das Ankleidezimmer in das schummrig beleuchtete Schlafzimmer. Keine Spur von ihr. Ich stehe da, atme durch den Mund und lausche. Das große französische Bett ist noch immer zerwühlt; Fuß- und Kopfbrett glänzen schimmernd im Schein der verdeckten Lichtleisten hinter den Nachttischen und Regalen. Ich tappe zum Bett hinüber, werfe einen Blick zurück zur Tür des Ankleidezimmers, dann gehe ich ganz langsam in die Hocke und fühle dabei mit einem köstlichen, erwartungsvollen Schaudern, wie mein Schwanz sich zwischen meine Waden schiebt. Ich ziehe die Decken hoch, die über die eine Seite des Betts gefallen sind, und werfe blitzschnell einen Blick darunter.

Ich höre ein leises Geräusch hinter mir und will mich gerade umdrehen (während mir durch den Kopf schießt: War sie also *doch* im Kleiderschrank!), aber es ist zu spät. Sie stürzt sich von schräg hinten auf mich, daß mir schier die Luft wegbleibt, und wirft mich auf das Bett. Ich lande mit dem Gesicht auf den zerknitterten schwarzen Satinlaken und klemme mir meinen Schwanz zwischen den

Schenkeln ein. Bevor ich noch richtig weiß, was mir geschieht, sitzt sie auch schon rittlings auf mir drauf; schlanke, durchtrainierte Beine gleiten geölt über meine Flanken, während ihr knackiger kleiner Hintern sich schwer auf meine Rückenbeuge fallen läßt und mir den letzten Atem aus der Lunge preßt. Sie packt meinen rechten Arm, verdreht ihn, bis ich vor Schmerz aufschreie, und reißt ihn hinter meinem Rücken zu meinem Nacken hoch, hält ihn dort fest, etwa einen Zentimeter unterhalb der Grenze, wo der Schmerz unerträglich werden würde, und nur wenige Zentimeter mehr unterhalb der Grenze, wo der Oberarmknochen brechen würde.

Geschieht mir recht, warum muß ich auch derartige Spielchen mit einer Frau treiben, die einen Selbstverteidigungskurs für Studentinnen gibt, die mich noch immer regelmäßig beim Squash in Grund und Boden stampft, entweder mit Technik oder schierer Kraft, je nachdem, wonach ihr gerade der Sinn steht, und die zum Training Gewichte hebt? Ich schlage mit meiner freien Hand auf die schlüpfrigen schwarzen Laken.

»Also gut. Du hast gewonnen.«

Sie schnaubt verächtlich, dann drückt sie meinen Arm jenen Extra-Zentimeter hoch, bis ich vor Schmerz wimmere. »Ich sagte, es ist gut!« brülle ich. »Ich tue alles, was du willst!«

Sie läßt los, rollt sich von mir herunter und bleibt neben mir liegen, keuchend, lachend, und ihre Brüste heben und senken sich und wackeln, alles gleichzeitig, und ihr flacher Bauch bebt ganz leicht. Ich stemme mich hoch und werfe mich auf sie, aber sie rollt sich weg, und ich klatsche auf die Laken, während sie ihr Bein unter mir wegzieht und sich neben dem Bett aufbaut, die Hände in die Hüften gestemmt. Sie schaut auf mich herunter. Ihre Füße stehen einen Meter auseinander auf dem Boden, und ich starre auf das schwarze V ihres Schamhaars.

»Geduld«, sagt sie, holt tief Luft und streicht sich mit der Hand durch ihr kurzes, eingeöltes Haar. Sie dreht sich um und geht über den cremefarbenen Flauschteppich davon, auf den Zehenspitzen balancierend wie eine Tänzerin. Sie streckt die Hand aus und reckt sich zu einer kleinen Klappe über dem eingebauten Kleiderschrank hoch, und ich stöhne abermals theatralisch, als ich sehe, wie sich ihre Waden- und Gesäßmuskeln anspannen und die Grübchen in ihrer Rückenbeuge sich vertiefen und dehnen und der Schatten ihrer Brüste über das lackierte Eschenholz der Kleiderschranktüren zur einen Seite huscht, während ihr Spiegelbild sich nackt und quälend schön in den Spiegeln auf der anderen Seite reckt. Sie steht auf Zehenspitzen und tastet im Innern des Fachs hinter der Klappe herum. Der fleischige Hügel ihrer Klitoris ist dunkel zwischen ihren Beinen zu sehen, eine flüchtige, kostbare, süße Frucht. Ich sinke wieder auf das Bett zurück, außerstande, diesen Anblick noch länger zu ertragen.

Zehn Minuten später knie ich auf dem Bett, nach hinten ausgestreckt, die Beine gespreizt, meine Handgelenke mit seinen Seidenschals gefesselt, mein Schwanz so steif, daß es weh tut. Er reckt sich vor mir hoch, drohend aufgerichtet, aber auch seltsam verletzlich, und ich atme schwer, und meine Muskeln schmerzen, und stehe so kurz davor zu kommen, als würde schon ein *Luftzug* genügen, und sie zieht den letzten, überflüssigen Schal fest, bevor sie sich vor mir aufbaut, so sehnig und üppig, durchtrainiert und fest und feucht und weich in einem, daß ich nicht einmal mehr stöhnen kann, sondern lachen muß, und ich werfe meinen Blick an die Decke und fühle das angeschwollene Gewicht meines Schwanzes wakkeln, als ich lache, und dann schlüpft sie vom Bett, greift sich die Fernbedienung und verkündet, daß sie sich jetzt *Eldorado* anschauen wird, und ich brülle, und sie lacht, während sich der Trinitron klickend einschaltet, und sie dreht die Lautstärke hoch, um meine Schreie zu übertönen, und ich bin auf dem Bett gefangen, und der Schmerz streckt erste Fühler nach meinen Muskeln und Sehnen aus, während sie im Lotussitz dahockt, hier und da kichert und so tut, als wäre sie ganz in diese beschissene Seifenoper vertieft, und ich muß versuchen, mich das Bett hinaufzukämpfen, muß mühsam rücklings auf meinen Knien und Knöcheln robben, bis ich es endlich den Meter oder so zurück zu den Kissen und dem Kopfbrett schaffe, so daß ich wenigstens meine schmerzenden Schultern anlehnen und – nun, dem Gefühl nach zu urteilen – so gut wie jeden anderen Muskel meines Körpers entlasten kann.

Gefangen muß ich mir diese Scheiße ansehen, und nach fünf Minuten gibt selbst mein Schwanz auf, läßt einfach den Kopf hängen, aber dann dreht sie sich herum und leckt einmal blitzschnell mit ihrer Zunge darüber, und ich flehe sie an, mir einen zu blasen, aber sie kehrt mir nur den Rücken zu und guckt wieder auf der anderen Seite des Zimmers fern, und ich strample und winde mich, aber die Fesseln sitzen zu fest, und meine Knie tun mittlerweile wirklich weh, und ich versuche, vernünftig mit ihr zu reden, und sage: »Hör zu, jetzt fängt es wirklich an wehzutun«, aber sie ignoriert mich, einmal abgesehen davon, daß sie alle paar Minuten den Zustand meiner Erektion überprüft und hin und wieder blitzschnell mit ihrer unglaublich heißen, frustrierenden Zunge über meinen Schwanz leckt oder mit spuckebefeuchtetem Finger und Daumen den Schaft hinauffährt, und ich schreie aus tiefster Seele, etwa zu gleichen Teilen vor Frustration und Verlangen und Schmerz, und endlich, endlich, dem Himmel sei Dank, hat dieser anglo-spanische Mist ein Ende und die Titelmelodie erklingt, und der Abspann läuft, und sie schaltet auf MTV um, und es ist *noch immer* nicht vorbei! Dieses aufreizende, marternde Miststück steht vom Bett auf und geht zur Tür hinaus, und ich bin so verblüfft, daß ich nichts sagen kann; meine Kinnlade hängt herunter, und mein Schwanz ragt auf, und ich bin so verdammt wütend, daß mein Blick rechts und links über die Nachttische wandert, auf der Suche nach etwas, das ich umkippen und zertrümmern kann, um eine scharfe Kante zu bekommen, an der ich die Schals zerschneiden kann, und ich habe mich gerade für das Kristallglas auf ihrem Nachttisch entschieden, in dem noch immer die dunkle Neige eines Riojas schimmert, als sie wieder zurückkommt, in der einen Hand ein funkelndes Glas und in der anderen einen dampfenden Becher, und sie hat ein breites Grinsen auf dem Gesicht, und ich weiß, was sie vorhat, und ich sage: »Nein, bitte; bind mich bitte nur los; meine Beine, meine Arme, meine Knie; ich kann vielleicht nie wieder laufen, bitte, bitte, bitte«, aber es nützt nichts; sie kniet sich vor mich hin und hebt das Glas an ihre Lippen und läßt einen Eiswürfel in ihren Mund gleiten, schaut mich grinsend an, und dann senkt sie ihren Mund über meinen Schwanz.

Dann ist es der heiße Kaffee aus dem Becher, aber nur kurz, es genügt nicht; dann wieder das Eis, dann der Kaffee, dann das Eis, und ich weine jetzt, weine tatsächlich vor Schmerz, Lust und unerträglicher Frustration, weine und flehe; flehe sie an aufzuhören, bis sie schließlich den letzten Eiswürfel ausspuckt und das Glas und den Becher neben dem Weinglas abstellt und zu mir kommt und sich rittlings auf mich setzt, mich blitzschnell, mühelos, tief in sich hineingleiten läßt, und sie ist heißer als der Kaffee, heiß genug, um sich an ihr zu verbrühen, heiß genug, um sich an ihr zu verbrennen, und ich stoße ein leises, schockiertes »Ah!« aus, während sie sich auf mir auf und ab bewegt und ihre Finger um meinen Hals und die andere Hand hinter ihrem Rücken um meine Eier legt, und plötzlich komme ich, noch immer weinend, und jetzt auch schluchzend, während der Orgasmus mich schüttelt, und sie plötzlich ganz reglos erstarrt und mir »Baby, Baby!« ins Ohr flüstert, während ich zucke und abspritze, und die Bewegungen verschlimmern die Schmerzen in meinen Beinen und Armen und Gelenken, um sie gleichzeitig zu lindern.

Die Schals sind zu fest verknotet, um gelöst werden zu können; sie muß sie mit dem blitzenden Jagdmesser aufschneiden, das sie unter ihrer Seite der Matratze aufbewahrt, für den Fall, daß je ein Vergewaltiger einbrechen sollte.

Ich liege keuchend und erschöpft in ihren Armen, und sie wiegt mich sanft, während die Pein in meinen Muskeln und Knochen und Gelenkkapseln langsam verebbt und die Tränen auf meinem Gesicht trocknen, und sie sagt leise:

»Wie war das?«, und ich flüstere:

»Absolut phantastisch.«

***

Am nächsten Morgen erscheine ich erfrischt und früh in der Redaktion, in der Hand meinen neuen Computer, glücklich und zufrieden nach meiner kurzen Fahrt nach Cumbernauld via Kreditbank und zurück und dann meinem Abend mit Y (sie zeigte sich enttäuschend unbeeindruckt von meinem super-sexy neuen Gerät, aber ich vermute, es kann eben nicht jeder was mit Computern anfangen, und scheiß drauf, wenn ich zwischen dem Ding und ihr auf meinem Schoß wählen müßte, würde ich mich für sie entscheiden), nach dem ich in die Cheyne Street zurückgekehrt war – Y sieht es ganz gern, wenn ich gehe, bevor es zu spät wird, weil sie sich Sorgen macht, daß die Nachbarn in der Villensiedlung sonst anfangen könnten zu tuscheln. Obwohl ich ganz heiß darauf war, meinen neuen Laptop zu installieren und mich zu vergewissern, ob *Despot* auch fehlerfrei darauf lief (Endlich tragbar! Was für ein orgasmisches Vergnügen!), schlief ich statt dessen auf dem Sofa ein und habe mich irgendwann in mein Bett geschleppt und so zur Abwechslung mal eine Nacht richtig ausgeschlafen. Ich stehe bei Morgengrauen oder doch kurz danach auf, schaffe es ausnahmsweise mal etwas zu früh in die Redaktion, und als ich hereinkomme, steht da Frank am Empfang, und ich will gerade mit meinem neuen Gerät protzen, als er mich besorgt ansieht, mich vom Pförtnertresen und der Kleinanzeigenannahme wegzerrt, bis wir in einer Ecke stehen, dann sagt er: »Cameron, Eddie will dich sprechen. Er hat eine Truppe Polizisten bei sich drin.«

»Was ist denn los?« frage ich grinsend. »Geht's wieder um Fettesgate?« Fettesgate ist ein kleinerer Skandal, in den die Polizeitruppe von Lothian verwickelt ist: ein Schwuler, der sich ungerechtfertigt behandelt und schikaniert fühlte, war (mit peinlicher Leichtigkeit) in das Cop-Hauptquartier oben in Fettes eingebrochen und hatte eine Menge heikler Unterlagen gefunden und kopiert.

»Nein«, sagt Frank. »Damit hat es anscheinend nichts zu tun. Sie haben nach dir gefragt.«

»Nach mir?«

»Ja, nach dir, und zwar ausdrücklich.«

»Hast du ihre Namen mitbekommen?«

»Nein.«

»Hmm.« Ich kenne eine ganze Reihe Cops, einige in recht hohen Positionen, ebenso wie ich Staatsanwälte, Verteidiger, Ärzte, Politiker, Beamte und Leute in einer Vielzahl von Institutionen kenne. Das ist keine große Sache. »Kann mir nicht vorstellen, warum.« Ich hebe die Schultern. »Hast du 'ne Ahnung, worum's geht?«

Frank schaut unbehaglich drein. Er beugt sich dicht zu mir heran und sagt ganz leise: »Nun, Morag hat was mitgehört, was sie über die Sprechanlage gesagt haben…«

Ich schlage die Hand vor den Mund und kichere theatralisch. *Wußte* ich's doch, daß Eddies Sekretärin ihn belauscht. Bis jetzt wußte ich allerdings nicht, daß sie es Frank anvertraut.

»Cameron«, sagt Frank und senkt seine Stimme noch mehr. »Anscheinend ermitteln sie in einigen *Mordfällen.*«

5 Über offener Flamme

Der S-Klassen-Mercedes kommt röhrend die Auffahrt hinunter, fährt durch aufspritzende schwarze Pfützen unter den regennassen Bäumen. Der Wagen hält vor der schmucklosen Frontseite des dunklen Landhauses. Als die Scheinwerfer erlöschen, schaltest du das Nachtsichtgerät ein. Er steigt mit einer großen Schultertasche aus dem Wagen und geht auf den Hauseingang zu. Seine Haare lichten sich; er ist mittelgroß, wenn auch ziemlich feist, und hat ein Rattengesicht. Du beobachtest ihn, wie er die Haustür öffnet. Er betritt das Landhaus, schaltet das Licht in der Diele an und schließt die Tür. Du hörst es kurz piepsen, als er die Alarmanlage abstellt. Regen prasselt vor dir nieder, und von den überhängenden Ästen der Bäume fallen dicke Tropfen. Auf der rückwärtigen Seite des Hauses, in der Küche, geht Licht an.

Du gibst ihm noch ein paar Minuten, während du das Nachtsichtgerät verstaust und eine dicke Nickelbrille zutage förderst, dann gehst du zum Hauseingang, setzt die Brille auf und klopfst nachdrücklich gegen die massive Holztür.

Du nimmst das Fläschchen und die Mullbinde aus deiner Tasche, läßt den Zellstoff über deine Finger fallen, befeuchtest das Tuch mit der sich in dem Fläschchen befindenden Flüssigkeit, steckst dann das Fläschchen wieder ein und hältst den durchdringend riechenden Verband in deiner geschlossenen Faust.

Erneut hämmerst du gegen die Tür.

»Sir Rufus!« rufst du, als du Geräusche hinter der Tür hörst. »Sir Rufus! Hier ist Ivor Owen von nebenan!« Du bist ziemlich zufrieden mit deinem schroffen Waliser Akzent. »Beeilen Sie sich, Sir Rufus – da ist was mit ihrem Wagen!«

»Was?« hörst du eine Stimme sagen, dann wird ein Riegel zurückgeschoben. Du wartest, bis sich die Tür öffnet. Mr. Carter hält eine Schrotflinte in den Händen, aber der Lauf zeigt nach unten. Du kannst nicht sehen, ob er den Finger am Abzug hat oder nicht, aber du hast ohnehin keine Wahl; du hechtest auf ihn zu und schlägst ihn hart in den Magen. Er gibt einen dumpfen Laut von sich und geht in die Knie. Die Waffe gleitet ihm aus den Fingern, als du, jetzt seitlich neben ihm stehend, die Mullbinde auf seinen Mund preßt, bevor du ihn von hinten packst und den anderen Arm um seinen Hals legst. Es gelingt ihm, dich rückwärts gegen die Wand zu stoßen, und deine Brille fällt herunter, aber du läßt nicht locker. Er ist noch nicht wieder zu Atem gekommen und schnappt nach Luft, und der Äther tut sein übriges. Er sackt in sich zusammen. Du hältst ihn fest, während er zu Boden sinkt, die Binde immer noch dicht an sein Gesicht gepreßt. Noch einmal bewegt er sich schwach, dann rührt er sich nicht mehr.

Die Schlüssel zum Haus sind in seiner Hosentasche. Du wendest den Erste-Hilfe-Griff an und zerrst ihn zur Tür. Du löschst das Licht in der Diele, nimmst das Nachtsichtgerät aus deinem Bündel und siehst dich um. Alles sieht ruhig und friedlich aus; genau richtig für deine Zwecke. Du schließt die Tür, läßt aber die Alarmanlage abgeschaltet. Du nimmst den Schnurrbart und die Perücke ab, sammelst die Brillenscherben auf und verstaust alles in deinem Bündel. Dann nimmst du deine schwarze Skimaske heraus und streifst sie über.

Du wirfst einen Blick in die Küche, aber es ist ein Fliesenboden. Du schleifst ihn ins Wohnzimmer, träufelst erneut Äther auf die Mullbinde und läßt sie auf seinem Gesicht liegen, dann rollst du den Teppich zurück. Du nimmst den Tacker aus deinem Bündel und nagelst ihn am Boden fest, nagelst beide Hosenbeine und beide Jacken- und Hemdsärmel an fünf oder sechs Stellen an die dicken Bohlen. Es macht ziemlichen Lärm. Du nimmst den Verbandsstoff von seinem Gesicht und zwingst mit dem Tacker seine Zähne auseinander, um sicherzugehen, daß er seine Zunge nicht verschluckt hat. Du drehst sein Gesicht zur Seite.

Aus Sir Rufus Caius St. Leger Carters Mund, um seinen vollen, wunderbar englischen Namen zu erwähnen, rinnt Speichel auf die staubigen Dielenbretter.

Du ziehst ihm einen seiner Schuhe und eine Socke aus, schiebst dann die zusammengeknäulte Socke in seinen Mund und versiegelst seine Lippen mit Klebeband. Du zögerst, dann drückst du den Lauf des Tackers auf das untere Ende seines rechten Jackenärmels, auf den Punkt, wo sich Handgelenk und Unterarmknochen treffen; die Stelle, wo ein Nagel nicht herausgezogen werden kann. Du bist dir nicht sicher, ob du das tun sollst oder nicht; die Nägel in seinen Kleidern sind bombenfest, halten ihn auf dem Boden wie einen Gulliver in Armaniklamotten; Nägel durch seine Arme sind eigentlich nicht nötig, und irgendwie scheint es dir eleganter, den Tacker zu benutzen, ohne das Nächstliegende zu tun. Du schüttelst den Kopf und legst den Tacker beiseite.

Er stöhnt, dann öffnen sich langsam seine Augen, und als er dich sieht, versucht er sich zu bewegen, aber es geht nicht. Ein Schrei dringt aus seiner Nase. Langsam kennst du dich aus mit Leuten, die solche Laute von sich geben.

Du kehrst dem Zeternden den Rücken zu und gehst in den an die Küche angrenzenden Abstellraum, wo sich nahe der Hintertür zwei Propangasflaschen befinden. Eine der Flaschen, mit denen der Herd und das Heizungssystem des Landhauses betrieben werden, ist leer und wartet darauf, abgeholt zu werden. Der andere Zylinder fühlt sich voll an. Du rollst das eiskalte Ding durch das Haus ins Wohnzimmer, wo Sir Rufus immer noch seinen Veitstanz auf dem Fußboden aufführt. Er schwitzt, obwohl es ziemlich kühl ist. Eine Ecke des Klebebands über seinem Mund hat sich gelöst. Er versucht, irgend etwas zu brüllen, aber du kannst ihn nicht verstehen.

Du ziehst einen Sessel an den kalten, aus schwarzem Stein gemauerten Kamin, wo er dich sehen kann. Du rollst die Progangasflasche hinüber zu dem Sessel, hievst dann den Zylinder hoch und auf den Stuhl, läßt die Flasche an einer Armlehne entlanggleiten, bis sie an der Stuhllehne zu ruhen kommt. Der Sessel droht nach hinten überzukippen, und so rückst du ihn an die gekachelte Steinwand des Kamins. Sir Rufus versucht immer noch, sich seines Knebels zu entledigen. Du wirfst einen Blick in dein Bündel und nimmst den Gummischlauch mit dem Ventil und der Messingdüse heraus. Du bringst das Ventil an der Propangasflasche an.

Hinter dir hörst du einen abrupten, keuchenden Laut. »Hören Sie! Um Himmels Willen! Was wollen Sie? Aufhören! Ich bin reich. Ich kann...«

Du gehst zu ihm hinüber, pflanzt einen Fuß auf seinen Kopf und befeuchtest erneut die Binde.

»Ah! Hören Sie, ich habe Geld im Haus. Herrgott! Nein...«

Wieder preßt du ihm die Binde aufs Gesicht. Er kämpft für einen Moment dagegen an, bevor sein Körper erschlafft. Du heftest ihm ein anderes, größeres Stück Klebeband auf den Mund.

Es dauert ein bißchen, bis du die Düse in die richtige Position gebracht hast. Dann, während du die Gaszufuhr testest, hörst du ein pfeifendes, würgendes Geräusch und drehst dich gerade rechtzeitig um, um zwei Ströme von Erbrochenem aus Sir Rufus' Nasenlöchern schießen und auf den Boden spritzen zu sehen.

»Scheiße«, sagst du, gehst schnell zu ihm hinüber und reißt das Klebeband von seinem Mund.

Er spuckt und ringt nach Luft, steht kurz vorm Ersticken. Noch mehr Erbrochenes kommt hoch und rinnt aus seinem Mund auf den Boden. Du riechst Knoblauch. Er würgt noch mehr hoch, dann beruhigt sich sein Atem.

Als du sicher bist, daß er nicht an seiner Kotze ersticken wird und er wieder halb verständliche Laute von sich gibt, hältst du ihn an dem dünnen Haar an seinem Hinterkopf fest und wickelst ihm ein langes Stück Klebeband mehrmals um den Kopf, um seinen Mund erneut zu versiegeln.

Du packst deine Sachen in dein Bündel, während er so daliegt, sich erst schwach, dann stärker bewegt, und durch seine Nase erst erstickte, dann deutlichere Laute von sich gibt; ein langgezogenes Wimmern, gefolgt von etwas, das Schreie sein würden, wenn er seinen Mund öffnen könnte.

Du kniest dich neben dem Sessel nieder, von dem der mit der Propangasflasche verbundene und in die Messingdüse mündende Gummischlauch herunterhängt. Auf dem Sitzpolster ruht der eiserne Kaminrost, der schwarz und unpassend aussieht. Du hast die Düse mittels Draht mit dem Rost verbunden und sie auf den zerkratzten roten, etwa fünfzehn Zentimeter entfernten Zylindermantel gerichtet.

Sir Rufus' Kopf ist etwa anderthalb Meter von dem Sessel entfernt. Er ist genau in seinem Blickfeld.

»Tja, Sir Rufus«, sagst du, während du mit einer imaginären Stirnlocke spielst und den für den walisischen Akzent typischen Singsang imitierst. Du klopfst gegen die

Propangasflasche. »Ich nehme an, Sie wissen, was ein Bums ist, nicht wahr?«

Seine Augen sehen aus, als würden sie gleich aus den Höhlen treten. Seine durch die Nase kommende Stimme klingt erstickt.

»Natürlich wissen Sie's«, sagst du nickend, während du hinter der Maske lächelst. »Das Schiff; bei Ihrem Gastanker – naja, dem Ihrer Firma – hat's doch einen ganz schönen gegeben, im Hafen von Bombay, wenn ich mich recht erinnere.« Wieder nickst du, bewegst deinen Kopf in einem fließenden Auf und Ab, das du irgendwie mit den Walisern verbindest. »Tausend Tote, war's nicht so? Macht ja nichts, waren eh nur Inder, stimmt's? Und diese lästigen Klagen, was? Eine Schande, daß solche Dinge auch noch ewig Zeit beanspruchen, nicht wahr? Aber es hat Ihnen doch ziemlich das Leben erleichtert, daß Sie das Schiff anschließend zum einzigen Eigentum der Firma erklärt haben, was? Ich nehme an, daß das die ganzen Entschädigungsansprüche doch ziemlich reduziert hat.«

Er hustet durch die Nase, niest dann und scheint irgend etwas von sich geben zu wollen.

»So ein Bums ist eine schreckliche Sache«, sagst du und schüttelst den Kopf. »Haben Sie sich schon mal gefragt, wie einer aus der Nähe aussieht?« Wieder nickst du. »Also, ich schon. Tja« – du drehst dich um und tätschelst die kalte, massige Schulter des Gaszylinders –, »hier ist einer, den ich für Sie vorbereitet habe.«

Du drehst an dem eckigen Rädchen am Ventil. Langsam strömt das Gas aus. Du nimmst ein Feuerzeug aus deiner Tasche und hältst es an den am Kaminrost befestigten Messingaufsatz. Du knipst das Feuerzeug an, und das Gas entzündet sich; eine kleine, blaugelb flackernde Flamme züngelt in Richtung der Gasflasche.

»Oh«, sagst du. »Sieht ein bißchen zögerlich aus, würden Sie's nicht so ausdrücken, Sir Rufus? So kann das ja die ganze Nacht dauern!« Du drehst am Ventil, bis fauchend Gas ausströmt und die blaugelbe Flamme gierig an der Zylinderummantelung leckt. »So ist's besser.« Sir Rufus schreit jetzt ziemlich laut, und sein Gesicht ist tiefrot. Du hoffst, daß ihn vor dem Bums keine Herzattacke ereilt. Das wäre... nun, eben genau das, was du von einem wie Sir Rufus erwarten würdest; sich durch irgendein Schlupfloch aus der Verantwortung zu stehlen. Leider kannst du nicht hierbleiben, um sicherzugehen.

An der Haustür wirfst du einen kurzen Blick durch das Nachtsichtgerät, und deine Hände zittern (obwohl du weißt, daß es noch ein bißchen dauern wird), während das entfernte Fauchen aus dem Wohnzimmer an deine Ohren dringt, zusammen mit seinen erstickten, fast kindlich anmutenden Schreien.

Es regnet immer noch. Du machst die Tür hinter dir zu, schließt ab und gehst schnellen Schrittes hinaus in die Nacht.

Fünf Minuten später, als du gerade das Motorrad starten willst und dir Sorgen machst, ob es vielleicht doch nicht funktioniert, ob er sich irgendwie befreit hat oder die Gasflamme erloschen oder seine Geliebte früher als erwartet aufgetaucht oder sonst irgend etwas falsch gelaufen ist, bricht plötzlich die Hölle los, illuminiert die Explosion die Nacht, taucht das ganze regennasse Tal und die Wolken darüber in gleißendes Licht und entläßt eine kleine pilzförmige Wolke weißglühenden Gases, die sich langsam in die Dunkelheit erhebt. Du startest den Motor, während der Knall noch von den Waliser Bergen widerhallt.

* * *

»Also gut, Mr. Colley, ich sollte Ihnen besser sagen, weshalb wir hier sind.«

»Soll mir recht sein«, erwidere ich, während ich gleichzeitig merke, wie meine Selbstsicherheit langsam flöten geht.

Mir gegenüber am Tisch des Konferenzzimmers sitzen Detective Inspector McDunn und Detective Sergeant Flavell. Das Konferenzzimmer des *Caley* liegt direkt über dem Büro des Chefredakteurs; es ist ein beeindruckender Raum mit schweren Holzbalken und einem massiven, ehrwürdig aussehenden Tisch und Sesseln, die wie kleinere Ausgaben des Throns in Eds Büro anmuten. Die Wände sind eichegetäfelt; sie bilden den Hintergrund für langweilig steife Gemälde von früheren Chefredakteuren, strenge Gesichter, die dich von oben herab anstarren, um dich daran zu erinnern, daß diese eine der ältesten Zeitungen der Welt ist. Da der Raum einen Stock höher als Eds Büro liegt, ist der Ausblick sogar noch besser, aber ich verbringe nicht allzu viel Zeit damit, aus dem Fenster zu schauen, obwohl ich noch nie hier oben war.

Der DI ist ein dunkler, vierschrötiger Mann mit einem Akzent, der halb nach Glasgow und halb englisch klingt. Er trägt einen dunklen Anzug, und über seinem Arm hängt ein schwarzer Mantel. Der junge Sergeant Flavell, der einen billig aussehenden Aktenkoffer in seiner Obhut hat, sieht ein bißchen wie Richard Gere mit einem dünnen Schnurrbart aus, aber er macht die Wirkung zunichte, indem er einen blauen Stepp-Anorak über seinem Anzug trägt. Nun, wenigstens ist ihm warm. Ich habe mein Sakko unten in der Nachrichtenredaktion über der Stuhllehne hängen lassen; ein Fehler, weil es hier oben ziemlich kalt ist. Eddie hatte vorgeschlagen, daß wir das Konferenzzimmer benutzen, nachdem ich in sein Büro gegangen, den beiden Cops vorgestellt und darüber informiert worden war, daß sie sich gern mal mit mir unterhalten würden.

Der DI schaut sich im Raum um. »Ich nehme an, hier ist rauchen erlaubt?« fragt er mich.

»Denke schon.«

Sergeant Flavell erspäht einen Aschenbecher auf einer Fensterbank und macht sich auf, ihn zu holen. Der Inspector steckt sich eine B&H an. »Auch eine?« fragt er mich, als er sieht, daß ich ihn beobachte.

Ich schüttle den Kopf. »Nein, danke.«

»Also, Mr. Colley«, sagt Inspector McDunn, und damit fängt jetzt offensichtlich der ernste Teil an. »Wir führen Ermittlungen durch bezüglich einer Reihe ernster tätlicher Überfälle und Mordo, plus diverser anderer damit verbundener Verbrechen. Wir dachten, daß Sie uns vielleicht behilflich sein könnten, und wir würden Ihnen gern ein paar Fragen stellen, wenn es Ihnen nichts ausmacht.«

»Ganz und gar nicht«, sage ich und atme tief durch, als der Rauch von McDunns Zigarette über den Tisch zu mir herüberwabert. Riecht gut.

»Sergeant, könnten Sie...?« sagt McDunn.

Der Sergeant nimmt einen DIN-A4-Umschlag aus seinem Aktenkoffer und reicht ihn dem Inspector, der ein einzelnes Blatt Papier herauszieht. Er reicht es mir. »Ich nehme an, Sie erkennen das wieder.«

Es ist eine Fotokopie einer Fernsehkritik, die ich vor etwa fünfzehn Monaten für die Zeitung geschrieben habe. Nicht gerade mein Spezialgebiet, aber der eigentliche Redakteur hatte sich eine Augenentzündung geholt, und ich hatte mich über die Gelegenheit gefreut, mal wieder ein bißchen vom Leder ziehen zu können. »Ja, das hab ich geschrieben«, erkläre ich grinsend. Zum Teufel, mein Name steht ganz oben über dem Artikel, direkt neben der Schlagzeile: NEUE VOLLSTRECKER BRAUCHT DAS LAND.

Inspector McDunn lächelt verkniffen. Ich lese den Artikel, während die blauen Jungs – nun, schwarz und blau – mich beobachten.

Während ich lese, spüre ich, wie sich meine Nackenhaare kribbelnd aufstellen. Das ist mir schon seit zwanzig Jahren nicht mehr passiert.

Ich reiche die Fotokopie zurück. »Und?« frage ich.

Der Inspector schaut einen Moment lang auf das DIN-A4-Blatt.

»›Vielleicht‹«, zitiert er daraus, »›sollte mal jemand eine Sendung für all jene von uns machen, die es leid sind zu sehen, wie die üblichen Verdächtigen ihr Fett wegkriegen (korrupte Hausbesitzer, drogensüchtige Jugendliche und natürlich die unvermeidlichen Drogendealer; alles verwerfliche Kriminelle, daran besteht kein Zweifel, aber einfach zu vorhersehbar, zu *zahm*), und einen wirklichen Rächer einführen, einen Vollstrecker, der es zur Abwechslung mit ein paar anderen Haßfiguren aufnimmt. Jemand, der Leuten wie James Anderton, Richter Jamieson und Sir Toby Bissett mal etwas von ihrer eigenen Medizin zu schlucken gibt, jemand, der gegen die Konkursgewinnler und die Waffenschieber antritt (Minister der Regierung Ihrer Majestät eingeschlossen – hören Sie das, Mr. Persimmon?); jemand, der all den Wirtschaftsbonzen die Stirn bietet, die ihren Profit über die Sicherheit anderer stellen, wie Sir Rufus Carter; jemand, der die Industrie-Kapitäne bestraft, die wie Papageien die altbekannte Leier nachplappern, daß das Interesse der Aktionäre immer an erster Stelle kommt, während sie *profitable* Fabriken schließen und Tausenden die Arbeitsplätze nehmen, nur damit ihre längst schon warm und trocken in den Home Counties und Marbella sitzenden Investoren sich ein kleines Extra verdienen können, was einem ja immer *so* gut zu paß kommt, Schätzchen, wenn man überlegt, sich einen BMW der 7er-Serie zuzulegen oder die Luxusjacht in einem exklusiveren Hafen vor Anker gehen zu lassen.‹« Der Inspector lächelt mir kurz und kühl zu. »Haben Sie das geschrieben, Mr. Colley?«

»Schuldig«, sage ich und stoße ein Lachen aus. Keiner der beiden Männer lacht schallend, schlägt sich auf die Schenkel oder muß sich die Tränen aus den Augen wischen. Ich räuspere mich. »Wie *geht* es denn dem netten Mr. Anderton? Genießt er seinen Ruhestand?« Ich lehne mich in meinem Sessel zurück. Mir ist kalt.

»Nun, Mr. Colley«, sagt der Inspector, während er die Fotokopie des Artikels in den Umschlag zurücksteckt, »ihm geht es gut, soweit ich weiß.« McDunn verschränkt die Hände auf dem Tisch. »Aber Richter Jamieson und seine Frau wurden im Sommer bei einem Urlaub in Carnoustie tätlich angegriffen. Sir Toby Bissett wurde im August ermordet vor seinem Haus in London aufgefunden, wie Sie sicher wissen. Und Mr. Persimmon wurde letzten Monat ermordet, in seinem Haus in Sussex.«

Ich bin mir bewußt, daß mir die Augen aus dem Kopf treten. »Wie bitte? Es war doch überall zu lesen, daß Persimmon friedlich zu Hause entschlafen ist!«

»Bei dem Mord an Mr. Persimmon galt es Sicherheitsinteressen zu wahren, wie Sie sicher verstehen werden, Mr. Colley.«

»Und Sie haben es geschafft, das Ganze *einen Monat lang* zu vertuschen?«

»Für eine der Londoner Zeitungen brauchten wir eine Unterlassungsverfügung«, erklärt der Sergeant mit einem feisten Grinsen. »Aber sie waren kooperativ.«

Und nicht einmal die allwissenden Buschtrommeln des Reporterdschungels haben es gemeldet. Scheiße. Es ist einfach unglaublich.

»Und dann hat am Freitagabend jemand Sir Rufus Carter in seinem Cottage in Wales in die Luft gesprengt. Von ihm selbst ist nur Asche geblieben; sie hatten ziemliche Probleme bei der Identifizierung.«

Ich reagiere einen Moment lang nicht. O Gott. »Ähm, tut mir leid, was sagten Sie?«

Er erzählt es mir noch mal, dann fragt er: »Macht es Ihnen etwas aus, mir zu sagen, wo Sie sich Freitag abend aufgehalten haben, Mr. Colley?«

»Was? ...Ähm, ich war zu Hause.«

Sergeant Flavell wirft dem Inspector einen vielsagenden Blick zu, den dieser jedoch nicht erwidert. Er beobachtet mich. Er macht ein seltsames, schmatzendes Geräusch mit seinen Zähnen, so als würde er etwas durch sie hindurch schlürfen. »Den ganzen Abend?« fragt er.

»Hä?« Ich bin etwas geistesabwesend. »Ja, den ganzen Abend. Ich habe... gearbeitet.« Ich kann sehen, daß der Inspector mein Zögern bemerkt hat. »Und Computerspiele gespielt.« Ich blicke vom Detective Inspector zum Detective Sergeant. »Es verstößt doch nicht gegen das Gesetz, Computerspiele zu spielen, oder?«

Verdammt noch mal, es ist furchtbar, ich komme mir vor wie ein Kind, so als würde ich vor dem Rektor stehen, so als würde mir Sir Andrew wegen dieses in die Hose gegangenen Trips an den Golf die Leviten lesen. Das war schon schlimm genug, aber das hier ist das letzte. Sie können mich doch nicht wirklich für einen Mörder halten, oder? Ich bin Journalist; zynisch und hartgesotten und was sonst noch alles, und ich hasse die Tories und all ihre Komplizen, aber ich bin doch kein *Mörder*, Herrgott noch mal. Der Sergeant holt einen Block hervor und fängt an, sich Notizen zu machen.

»Sie haben niemand sonst an diesem Abend gesehen?« fragt McDunn.

»Hören Sie, ich war hier, in Edinburgh, ich war nicht *in Wales*. Wie in aller Welt sollte ich von hier nach Wales kommen?«

»Sie werden keines Verbrechens beschuldigt, Mr. Colley«, erklärt der DI, und es schwingt fast so etwas wie Kränkung in seiner Stimme mit. »*Haben* Sie sonst jemanden an diesem Abend gesehen?«

»Nein. Ich war zu Hause.«

»Sie leben allein, Mr. Colley?«

»Ja. Ich hatte zu arbeiten, und anschließend habe ich ein Spiel namens *Despot* gespielt.«

»Niemand ist vorbeigekommen, niemand hat Sie gesehen?«

»Nein, niemand.« Ich versuche, mich an jenen Abend zu erinnern. »Ich hatte einen Anruf.«

»Und um welche Uhrzeit war das?«

»Mitternacht.«

»Und wer hat Sie angerufen?«

Ich zögere. »Hören Sie«, sage ich. »Stehe ich hier irgendwie unter Anklage? Wenn dem so sein sollte, denke ich, daß ich doch besser einen Anwalt...«

»Sie stehen natürlich nicht unter Anklage, Mr. Colley«, erwidert der Inspector. Er klingt ganz ruhig und ein wenig verletzt. »Es handelt sich hier um Ermittlungen, das ist alles. Sie sind nicht verhaftet, Sie *müssen* uns nichts sagen, und natürlich können Sie einen Anwalt hinzuziehen, wenn Sie wollen.«

Sicher, und wenn ich nicht kooperiere, dann nehmen sie mich vielleicht fest oder besorgen sich zumindest einen Durchsuchungsbefehl für meine Wohnung. (Schluck. Da liegen zwei Ecken Dope, etwas Speed und mindestens eine uralte Acid-Tablette herum.)

»Nun, es ist nur so, ich bin Journalist, verstehen Sie? Ich muß meine Informanten schützen, wenn...«

»Oh. Es handelt sich bei diesem mitternächtlichen Anruf also um eine berufliche Angelegenheit, Mr. Colley?« fragt der Inspector.

»Ähm...« Scheiße. Der Moment der Entscheidung ist gekommen. Was nun? Was soll ich tun? Scheiß drauf; Andy wird's nichts ausmachen. Er wird es bestätigen. »Nein«, erkläre ich dem Inspector. »Nein, es war ein Freund.«

»Ein Freund.«

»Sein Name ist Andy Gould.« Ich muß den Nachnamen für den Sergeant buchstabieren und ihm dann die Telefonnummer von Andys einsturzgefährdetem Hotel geben.

»Und er hat Sie angerufen?« hakt der Inspector nach.

»Ja. Nun, nein. Ich habe eine Nachricht auf seinem Anrufbeantworter hinterlassen, und dann hat er mich ein paar Minuten später zurückgerufen.«

»Ich verstehe«, sagt der Inspector. »Und das war auf Ihrem Privatanschluß, korrekt?«

»Ja.«

»Dem in Ihrer Wohnung?«

»*Ja*. Nicht auf meinem Handy, wenn Sie darauf hinauswollen.«

»Mhm-hmm«, sagt der Inspector. Er faltet die letzten drei Zentimeter seiner Zigarette sorgfältig in den Aschenbecher, holt ein kleines Notizbuch heraus und schlägt es auf einer Seite auf, die mit einem Gummiband markiert ist. »Und was ist mit dem 25. Oktober, dem 4. September, dem 6. August, und dem 15. Juli?«

Fast muß ich lachen. »Meinen Sie das ernst? Ich meine, wollen Sie mich damit fragen, ob ich ein Alibi habe?«

»Wir würden nur gern wissen, was Sie an diesen Tagen gemacht haben.«

»Nun, ich war hier. Ich meine, ich habe Schottland nicht verlassen. Ich war nicht einmal in der Nähe von London oder... Ich war seit fast einem Jahr nicht mehr unten im Süden.«

Der Inspector lächelt verkniffen.

»In Ordnung, hören Sie«, gebe ich nach. »Ich muß in meinem Terminkalender nachsehen.«

»Könnten Sie Ihren Terminkalender holen, Mr. Colley?«

»Nun, ich nenne es meinen Terminkalender; ich notiere alles auf meinem Laptop. Meinem Computer.«

»Ah, Sie sind ja gut ausgerüstet. Haben Sie das Gerät hier?«

»Ja. Er ist unten. Ich habe einen neuen, aber alle Dateien sind umkopiert. Ich werde...«

Ich will aufstehen, aber der Inspector hebt die Hand. »Lassen Sie das Sergeant Flavell machen, ja?«

»In Ordnung.« Ich setze mich wieder und nicke. »Er steht auf meinem Schreibtisch«, erkläre ich dem Sergeant, als er zur Tür geht.

Der Inspector lehnt sich in seinem Sessel zurück und holt seine B&H-Schachtel heraus. Er bemerkt abermals meinen stieren Blick und hält mir die Schachtel hin. »Sind Sie sicher, daß Sie nicht doch...?« fragt er.

»Mhm, ja, ich nehme eine, danke«, sage ich und strecke die Hand aus, um eine Zigarette zu nehmen, und ich hasse mich im selben Augenblick dafür, aber ich denke bei mir: Herrgott noch mal, das hier sind ja wohl außergewöhnliche Umstände; ich brauche alle Hilfe, die ich kriegen kann; jede Stütze zählt.

Der Inspector zündet mir meine Zigarette an, dann steht er auf und geht zu den Fenstern, die auf die Princes Street hinausblicken. Ich drehe mich in meinem Sessel um und beobachte ihn. Es ist ein stürmischer Tag; Wolkenschatten und Flecken goldenen Sonnenscheins huschen über das Antlitz der Stadt, färben die Gebäude erst dunkel, dann leuchtend grau.

»Phantastische Aussicht, was?« bemerkt der Inspector.

»Ja, toll«, sage ich. Die Zigarette versorgt mich mit einem ziemlich anständigen Kick. Ich sollte häufiger aufhören.

»Ich vermute, dieser Raum wird nicht oft benutzt.«

»Nein. Nein, das denke ich auch nicht.«

»Wirklich eine Schande.«

»Ja.«

»Komische Sache, wissen Sie«, sagt der Inspector und

blickt über die Stadt auf die in der Ferne liegenden Wiesen von Fife. »In der Nacht, als Sir Toby ermordet wurde, und an dem Morgen, nachdem man Mr. Persimmon gefunden hatte, hat jemand bei der *Times* angerufen und behauptet, es würde sich dabei um Attentate der IRA handeln.«

Der Inspector dreht sich mit rauchumwölktem Gesicht zu mir um.

»Ja, nun«, sage ich, »ich habe gehört, daß die IRA behauptet hat, sie hätten Sir Toby umgebracht, aber nachher haben sie doch einen Rückzieher gemacht.«

»Ja«, erwidert der Inspector und blickt scheinbar verwirrt auf seine Zigarette. »Wer immer es war, hat beide Male dasselbe IRA-Codewort benutzt.«

»Ach?«

»Ja, und sehen Sie, genau das ist ja das Komische, Mr. Colley. Sie und ich, wir wissen beide, daß es Codeworte gibt, die die Burschen von der IRA benutzen, wenn sie mit einer Bombenwarnung anrufen oder die Verantwortung für einen Mord oder irgendein anderes Verbrechen übernehmen. Es muß diese Codeworte geben, weil sonst jeder Hinz und Kunz anrufen und behaupten könnte, er wäre von der IRA: So was könnte ganz London lahmlegen, zumindest beim ersten Mal. Aber unser Mörder... er kannte eines der Codeworte. Ein ziemlich neues.«

»Mhm-hmm.« Mir wird wieder kalt. Ich kann sehen, worauf er hinauswill. Stell dich stur. »Ja und?« sage ich und ziehe an meiner Zigarette, die Augen zu schmalen Schlitzen verengt. »Sie verdächtigen also einen Polizisten, ja?«

Der Inspector schenkt mir abermals sein verkniffenes Lächeln. Er macht wieder dieses komische schmatzende Geräusch und kommt zu mir herüber, und ich muß mich zur Seite lehnen, um ihm Platz zu machen. Er greift an mir vorbei, schnippt etwas Asche in den Aschenbecher, dann kehrt er ans Fenster zurück. »Stimmt genau, Mr. Colley. Wir haben an einen Polizisten gedacht, aktiv oder im Ruhestand.« Der DI sieht aus, als würde er überlegen. »Könnte auch jemand von der Telefonvermittlung sein«, sagt er, so als wäre es ihm gerade erst in den Sinn gekommen.

»Oder ein Journalist?« werfe ich ein und ziehe die Augenbrauen hoch.

»Oder ein Journalist«, pflichtet der Inspector gelassen bei. Er lehnt sich mit dem Rücken gegen den Fensterrahmen. »Sie kennen diese Codeworte nicht zufällig, oder, Mr. Colley?«

»Nicht aus dem Stegreif, nein«, erwidere ich. »Sie sind heutzutage im Computersystem der Redaktion gespeichert und durch ein Paßwort geschützt. Aber ich schreibe unter anderem auch über Verteidigungs- und Geheimdienstangelegenheiten, und ich kenne das Paßwort, also habe ich Zugang zu diesen Codeworten. Ich kann nicht beweisen, daß ich sie nicht kenne, wenn Sie darauf hinauswollen.«

»Ich will nirgendwo drauf hinaus, Mr. Colley. Es ist nur... interessant.«

»Hören Sie, Inspector«, sage ich seufzend und drücke meine Zigarette aus, »ich bin Junggeselle, ich lebe allein, ich arbeite oft von zu Hause aus... oder von irgendwo in ganz Schottland. Ich gebe meine Artikel telefonisch an die Redaktion durch. Lassen Sie uns mit offenen Karten spielen. Ich habe nicht die geringste Ahnung, ob ich Alibis für all diese Daten beibringen kann oder nicht. Sehr wahrscheinlich ja. Ich habe eine Menge beruflicher Verabredungen zum Mittagessen und Abendessen oder einfach so, um Kontakt zu Leuten zu halten, Leute, deren Wort Sie sicher akzeptieren würden, hohe Tiere bei der Polizei und Staatsanwälte und Verteidiger.« Es kann nie schaden, einen neugierigen Cop daran zu erinnern, daß man solche Leute kennt. »Aber, kommen Sie«, ich lache unbekümmert und breite die Arme aus. »Ich meine, was soll's? Sehe *ich* wie ein Mörder aus?«

Der Detective Inspector lacht ebenfalls. »Nein, das tun Sie nicht, Mr. Colley.« Er zieht an seiner Zigarette. »Nein.« Er bewegt die Zigarette vorsichtig über den Tisch, beugt sich an mir vorbei, um den Stummel im Aschenbecher auszudrücken, und sagt: »Ich war bei den Verhören von Dennis Nilsen dabei, erinnern Sie sich an ihn, Mr. Colley? Dieser Kerl, der all diese Typen ermordet hat?«

Ich nicke, während der DI wieder zum Fenster zurückkehrt. Mir gefällt es ganz und gar nicht, wie das Gespräch läuft.

»Junge Männer, viele junge Männer; unter seinen Dielenbrettern, verscharrt im Garten... eine ganze Fußballmannschaft von Leichen hatte er sich da zusammengesammelt.« Er schaut wieder aus dem Fenster, weg von mir. Er schüttelt den Kopf. »Er hat auch nicht wie ein Mörder ausgesehen.«

Die Tür geht auf, und Sergeant Flavell kommt mit meinem neuen Laptop herein. Plötzlich habe ich ein ganz ungutes Gefühl bei der ganzen Sache.

***

Ich sitze in der Bar des Café Royal, durch eine Wand getrennt von dem Restaurant, in dem ich letzte Woche mit Y und William zum Lunch war. Über den Lärm der sich unterhaltenden Bargäste kann ich das entfernte Klappern von Bestecken und Geschirr hören, das über die Teilungswand dringt und von der hohen, verzierten Decke widerhallt. Ich starre auf die Flaschengalerie der freistehenden Theke, während mein Kumpel Al zum Pinkeln auf dem Klo ist, und ich erliege einer optischen Täuschung oder so was, denn *irgend etwas stimmt nicht*; ich kann die Flaschen auf der Galerie vor mir sehen, und ich kann ihr Spiegelbild hinter ihnen sehen, aber *ich kann mich nicht sehen! Ich kann mein eigenes Spiegelbild nicht sehen!*

Al kommt zurück, schiebt höflich ein paar Leute mit seinen Ellenbogen beiseite, nimmt seinen Mantel vom Barhocker und stützt sich neben mir auf die Theke, um sein Bier zu trinken.

»Hilf mir, Al«, sage ich. »Ich werde verrückt, oder ich habe mich in einen gottverdammten Vampir verwandelt oder so was.«

Al blickt mich an. Er ist älter als ich – zweiundvierzig, glaube ich –, hat mausgraues Haar, eine teetassengroße kahle Platte und zwei auffällige parallele Narben über seiner Nase, die ihn aussehen lassen, als würde er ständig die Stirn runzeln, aber eigentlich lacht er immerzu. Ein bißchen kleiner als ich. Ingenieur; hab ihn bei einem dieser blöden Kriegsspiele für große Jungs kennengelernt, wo man mit Farbpistolen aufeinander schießt, was nach Ansicht der Geschäftsleitung angeblich den Teamgeist fördert.

»Wovon redest du, du Spinner?«

Ich deute mit einem Nicken auf die Flaschengalerie vor mir. Ich kann Leute darin sehen, jenseits der Flaschen, genauso wie ich Leute hinter mir sehen kann. Ich schwöre, es sind dieselben Leute, und ich sollte *zwischen* ihnen und dem Spiegel hinter den Flaschen sein, aber ich kann mich immer noch nicht sehen. Ich nicke noch einmal, in der Hoffnung, die Bewegung wäre im Spiegel zu sehen, aber sie ist es nicht.

»Sieh doch mal hin!« sage ich. »Da! Da im Spiegel!«

Es *ist* ein Spiegel, oder nicht? Ich starre hin. Glasborde. Messingstützen. Eine Flasche Stoly Red mir direkt gegenüber, und ihre Rückseite ist im Spiegel zu sehen; dasselbe gilt für die Flasche Smirnoff, deren Etikett zu mir zeigt, während die schlicht weiße Rückseite des Etiketts durch die Flasche und den Wodka darin zu sehen ist. Dasselbe bei der Flasche Bacardi daneben. Ich kann das kleine Etikett auf der Rückseite der Flasche im Spiegel sehen, und ich sehe es von vorn durch die Flasche hindurch. *Natürlich* ist es ein Spiegel!

Al bewegt den Kopf, so daß sein Kinn auf meiner Schulter zu ruhen kommt. Er späht nach vorn. Er holt seine Brille aus seiner Jackentasche und setzt sie auf.

»Was?« fragt er und klingt gereizt. Die Tresenbedienung drängt sich dazwischen, zapft ein Pint und dreht sich dann zu der Flaschengalerie um, und ich muß meinen Kopf bewegen, um etwas sehen zu können, aber ich muß warten, bis sie wieder weggeht.

»Cameron, *wovon* redest du eigentlich?« fragt Al und schaut mich an. Ich blicke wieder in den Spiegel.

Verdammt! Ihn kann ich auch nicht sehen!

Vielleicht liegt es an all den Southern Comforts, mit denen wir vorhin Clintons Sieg über Bush begossen haben. Gott sei's getrommelt und gepfiffen, daß wir keine Buds hatten, wie Al vorgeschlagen hat; wie konnte er auch nur daran *denken*, unsere Körper mit der hierzulande gebrauten Kopie eines Bieres zu vergiften, das praktisch nichts weiter als schäumendes Pißwasser ist, selbst in seiner ursprünglichen Inkarnation (sie hatten sogar den Nerv, es hier als »Das Echte« anzupreisen! Eine weitere dieser Großen Werbelügen, die sich an die Hirntoten unten in Essex richtete, deren graue Zellen unwiederbringlich von Jahren des *Sun*-Lesens und Skol-Trinkens zerstört worden waren, diese Bastarde).

Ich zeige mit dem Finger auf den Spiegel und handle mir einen bösen Blick von der Tresenbedienung ein, der ich dabei fast ein Auge aussteche.

»Ich bin unsichtbar!« quieke ich.

»Du bist besoffen«, gibt Al zurück und wendet sich wieder seinem Bier zu.

Einer der Burschen im Spiegel schaut mich an. Mir wird bewußt, daß ich immer noch mit dem ausgestreckten Finger auf den Spiegel zeige. Ich drehe mich um und schaue hinter mich, aber da ist nur eine Wand aus Rücken und Leibern; niemand sieht mich an. Ich drehe mich wieder um und starre auf den Spiegel, während die Tresenbedienung im selben Moment nach oben greift und die Flasche Bacardi vom Bord nimmt. Mir bleibt der Mund offen stehen. Das Spiegelbild der Flasche ist immer noch da! Wunder über Wunder!

Der Mann, der mich angesehen hat, stiert mich immer noch an. Dann fällt mir auf, daß ich ein Stück des Kachelbildes an der Wand über ihm sehen kann. Ich drehe mich um und blicke über die Köpfe der Leute hinter mir; es scheint immer noch Licht durch die hohen, geschliffenen Fenster. Kein Wandbild. Ich drehe mich wieder um, während die Bedienung gerade die Bacardi-Flasche zurück aufs Bord stellt. Sie steht ein Stück zur Seite verrückt, und das Etikett weist nicht ganz gerade nach vorn. Einer der Kellner kommt vorbei, greift nach oben und richtet die Flasche auf exakt die vorherige Position aus, um die Spiegelillusion aufrecht zu erhalten, dann geht er an den Zapfhahn und füllt zwei Pint-Gläser. Ich blitze ihn wütend an, als er auf mich zukommt. Dieser elende Mistkerl. Dann ziehe ich mich ängstlich zurück, als er direkt vor mich tritt und die Gläser vor Al und mir abstellt. Ich blicke hinunter auf mein altes Glas und sehe, daß es leer ist, doch im selben Moment nimmt der Barkeeper es auch schon weg und greift sich das Geld von Al, der die letzten Millimeter Neige aus seinem alten Glas in sein neues kippt.

Ich schüttle den Kopf. »Nein, Mann«, sage ich seufzend und blicke hinauf zur Decke. »Ich werde damit einfach nicht fertig.«

»Womit?« fragt Al stirnrunzelnd.

»Ich werde damit einfach nicht fertig. Heute war wirklich...«

»Du siehst beschissen aus, Cameron«, erklärt Al mir. Er deutet mit einem Nicken an mir vorbei. »Schau mal, da sind ein paar richtige Sitze. Schnappen wir uns die.«

»In Ordnung. Und laß uns ein paar Glimmstengel ziehen, ja?«

»*Nein*! Du hast aufgehört, erinnerst du dich?«

»Ja, aber es war ein harter Tag, Al...«

»Geh einfach geradewegs rüber zu den Plätzen da, in Ordnung?«

Ich vergesse meinen Mantel, aber Al denkt daran. Wir sitzen am Ende einer der grünen halbrunden Lederbänke der Bar, die Pints auf dem ovalen Tisch vor uns.

»Sehe ich wirklich beschissen aus?«

»Cam, du siehst aus wie ein Wrack.«

»Leck mich am Arsch, du unhöflicher Mistbock.«

»Ich nenne die Dinge nur beim Namen.«

»Ich habe einen traumatischen Tag hinter mir«, erkläre ich ihm. »Die Bullen haben mich in die Mangel genommen.«

»Klingt ja furchtbar.«

»Danke, daß du noch einen mit mir trinken gegangen bist, Al«, erkläre ich ihm. Ich blicke ihm mit betrunkener Aufrichtigkeit in die Augen und boxe ihm leicht gegen den Oberarm.

»Autsch! Wirst du wohl damit aufhören?« Er reibt sich den Arm. »Was soll's, bild dir nicht zuviel darauf ein.«

»Al, hast du zufällig Zigaretten bei dir?«

»Nein, noch immer nicht.«

»Oh. Na gut. Aber ich weiß es wirklich zu schätzen, daß du auf 'nen Drink hergekommen bist, ehrlich, Al. Du bist mein einziger Kumpel, der nicht auch so'n beschissener Schmierer ist wie ich... nun, mal abgesehen von Andy. Und... naja, ist auch egal. Ich weiß es wirklich zu schätzen, daß ich diesen ganzen Mist bei dir abladen kann.«

»Der Rest der Gäste wüßte doch längst auch davon, wenn ich dir nicht gesagt hätte, daß du die Klappe halten sollst.«

»Ja, aber du hast keinen Schimmer, worauf die hinauswollen. Ich meine, du kannst dir nicht vorstellen, was diese Arschlöscher mir anhängen wollen.«

»Einen Button mit Aufschrift ›Vorsicht, freilaufender Schwätzer‹ vielleicht?«

Ich wische die Bemerkung abfällig beiseite und beuge mich dichter an ihn heran. »Ich meine es ernst. Die denken, ich hätte ein paar Leute umgelegt!«

Al stößt einen tiefen Seufzer aus. »Die könnten dich sicher gut am Theater brauchen, Cameron.«

»Es ist wahr!«

»Nein...«, sagt Al ruhig. »Ich denke, wenn es wahr wäre, hätten sie dich nicht laufen lassen, Cameron. Du würdest jetzt in einer Zelle sitzen; du würdest bei Brot und Wasser dahindarben, statt dich hier mit edlem Gerstensaft vollzukippen.«

»Aber ich habe kein Alibi!« flüstere ich wütend. »Ich habe *nicht ein einziges* Alibi! Irgend so ein Wichser versucht mich reinzulegen! Das ist kein Scherz; sie versuchen, mich reinzulegen! Sie rufen mich an und bestellen mich an irgendeinen gottverlassenen Ort, wo ich dann in einer öffentlichen Telefonzelle auf einen Anruf warten muß, oder sie bringen mich dazu, daß ich den ganzen Abend zu Hause hocke, während sie in der Zwischenzeit irgendeinem dummen Arschloch das Lebenslicht ausblasen! Ich meine, wie's aussieht, hat jeder dieser Hurensöhne den Tod verdient... obwohl er sie natürlich nicht alle umgelegt hat, einige hat er nur tätlich angegriffen, was zur Hölle auch immer das heißen soll, sie haben's mir nicht gesagt... aber *ich hab es nicht getan*! Und die von der Polizei müssen auch übergeschnappt sein, Mann! Die denken, ich hätte genügend Zeit gehabt, raus zu dem beschissenen Flughafen zu fahren, in den Süden runterzufliegen und diese Tory-Hirnscheißer abzumurksen. Verdammt, sie haben meinen neuen Computer mitgenommen! Meinen Laptop! Elende Schweine! Sie haben mich sogar angewiesen, ihnen Bescheid zu geben, wenn ich die Stadt verlasse – kannst du dir das vorstellen? Ich muß mich auf dem örtlichen Polizeirevier melden, wenn ich irgendwo *hinfahre*! Was denken die sich denn?! Ich hab versucht, ein paar der Cops anzurufen, die ich kenne, ganz hohe Tiere, um herauszufinden, was sie von der ganzen Sache wissen, aber sie waren alle gerade außer Haus oder in 'ner Besprechung. Wenn das nicht verdächtig ist.« Ich schaue auf meine Uhr. »Ich muß nach Hause, Al. Muß noch den ganzen Stoff ins Klo spülen oder aufessen oder was auch immer...« Ich nehme einen Schluck von meinem Pint und kleckere mir dabei Bier übers Kinn. »Aber ich werde reingelegt, das meine ich ernst. Irgendein verdammter Bastard ruft an und nennt sich...«

»... Mr. Archer«, seufzt Al.

Ich starre ihn an. Ich mag meinen Ohren nicht trauen. »Woher weißt *du* denn das?« kreische ich.

»Weil du es gerade ungefähr zum fünften Mal erzählt hast.«

»Scheiße.« Ich denke darüber nach. »Meinst du, ich werde langsam besoffen?«

»Ach, halt die Klappe und trink dein Bier.«

»Gute Idee... Hast du zufällig Zigaretten bei dir, Al?«

* * *

Es ist eine Stunde später, und Al hat mich gezwungen, die Schachtel Zigaretten zurückzugeben, die ich gekauft hatte, und er hat mir einen geschnorrten Zigarillo aus dem Mund genommen, als ich ihn mir gerade an der

Theke anstecken wollte, und dann hat er mich in einen Burger King geschleppt und mich gezwungen, einen Cheeseburger zu essen und einen großen Milkshake zu trinken, und ich scheine wieder etwas nüchterner geworden zu sein, nur daß ich jetzt jeglichen Gleichgewichtssinn verloren habe und ich mich nur noch mit Mühe aufrecht halten kann. Al muß mich stützen und besteht darauf, daß wir uns ein Taxi nehmen, und weigert sich, selbst zu fahren oder mich fahren zu lassen, und ich beschuldige ihn, daß er nur zu feige wäre, weil die Bullen ihn schon mal erwischt haben.

»Ich fahre in die Berge, sage ich dir«, sage ich ihm, als wir durch die Tür hinaus an die frische Luft treten.

»Gute Idee«, pflichtet Al mir bei. »Bei mir hat das immer Wunder gewirkt.«

»Ja«, sage ich und nicke nachdrücklich, dann blicke ich zum Himmel auf. Die Sonne geht unter, und die Luft ist kalt. Wir gehen in westlicher Richtung die Princes Street entlang. »Ich fahre in die Berge, verschwinde aus der Stadt«, erkläre ich ihm. »Erst werde ich noch das ganze Zeug in meiner Wohnung vernichten, aber dann geht's los, dann bin ich weg. Ich denke, ich werde den Bullen ganz genau sagen, wo ich hinfahre, damit sie überprüfen können, daß ich nicht dieser abgefuckte tätliche Serienangreifer oder was auch immer bin; aber das Ganze geht mir echt an die Nieren, Mann, das kann ich dir sagen. Ich fahre in die Highlands, ich fahre nach Stromefirry-nofirry.«

»Wohin?« Al knöpft seinen Mantel zu, als wir in die St. Andrew Street biegen und ein scharfer Wind vom St. Andrew Square herüberbläst.

"Stromefirry-nofirry.«

»Ha!« lacht Al. »Ja, natürlich. Stromefirry-nofirry. Das Schild habe ich auch schon mal gesehen.«

Al läßt mich an eine Mauer gelehnt stehen, während er

schnell in einen Laden springt und ein paar Blumen kauft.

»Bring mir 'ne Schachtel Rothmans mit, Al!« rufe ich ihm nach, aber ich glaube nicht, daß er mich hört. Ich stehe da und lächle tapfer die Passanten an.

Al kommt mit einem Blumenstrauß zurück.

Ich breite die Arme aus. »Al, das wäre doch nicht nötig gewesen.«

»Gut, denn die sind auch nicht für dich.« Er nimmt mich am Arm, und wir stellen uns an den Bordstein und halten nach einem Taxi Ausschau. Er riecht an den Blumen. »Sie sind für Andi.«

»Andy?« rufe ich überrascht aus. »Geht in Ordnung, ich nehme sie ihm mit.« Ich will nach den Blumen greifen, fasse aber ins Leere.

Al stupst mich mit dem Ellenbogen in die Rippen. »Nicht für *den* Andy«, sagt er und winkt einem Taxi, dessen Schild beleuchtet ist. Es braust vorbei. »Sie sind für meine *Frau*, du Trottel, nicht für dieses zügellose Achtziger-Jahre-Boom-Opfer, das jetzt greinend in seinem düsteren Palast hockt.«

»Hotel«, korrigiere ich ihn und helfe ihm, dem nächsten Taxi zu winken. Irgendwie stolpere ich in den Rinnstein und falle beinahe hin, aber Al fängt mich auf. Das Taxi – das abgebremst und zu uns rübergeschwenkt hatte – fährt weiter und gibt wieder Gas. Ich starre ihm wütend hinterher. »Mistkerl.«

»Idiot!« höre ich Al beipflichten. Er nimmt mich wieder am Arm und setzt an, mich über die Straße zu führen. »Komm jetzt, du Nüchternheitsapostel; wir greifen uns ein Taxi an dem Stand in der Hanover Street.«

»Aber mein Auto!«

»Vergiß es. Hol's morgen ab.«

»Ja, das werde ich, und dann fahr ich in die Berge, das sag ich dir.«

»Gute Idee.«

»Fahr in die Berge, das sag ich dir, da kannst du fett einen drauf lassen…«

»Ja, das tust du, stimmt's?«

»… in die beschissenen Berge, Mann…«

* * *

Ich komme nach Hause, und Al bringt mich noch bis an die Tür, und ich erkläre ihm, daß ich allein klarkomme, und er geht, und ich schmeiße mein ganzes Zeugs ins Klo, mit Ausnahme von etwas Speed, das ich mir in die Nase ziehe, und dem Rest, den ich nuckle. Dann gehe ich ins Bett, aber ich kann nicht schlafen, und das Telefon klingelt, und ich gehe ran.

»Cameron, Neil hier.«

»Oh, Mann, ja. Hallo, Neil.«

»Ja… nun, ich rufe nur kurz an, um dir zu sagen, daß ich dir leider nicht weiterhelfen kann.«

»Ja, schon gut… *Was*?«

»Sagt dir das Wort ›Ente‹ irgendwas?«

»Äh, wie bitte?«

»Ist egal. Wie ich schon sagte, ich kann dir nicht helfen, alter Junge. Es ist eine Sackgasse, verstehst du? Es gibt keine Verbindung; nichts, was man herausfinden könnte. Es ist deine Story, aber wenn ich du wäre, würde ich die Finger davon lassen.«

»Äh, ja, hmm…«

»Geht es dir gut?«

»Ja! Ja, ich bin…«

»Du klingst stoned.«

»Ja… Nein!«

»Nun, freut mich, daß wir das geklärt haben. Ich wiederhole: Ich kann dir bei der Sache nicht weiterhelfen. Du bist da einer Ente aufgesessen, also laß das Ganze unter den Tisch fallen.«

»In Ordnung, in Ordnung...«

»Ja, nun, dann laß ich dich mal wieder zu deiner momentan favorisierten Drogenkombination zurückkehren. Gute Nacht, Cameron.«

»Ja, 'Nacht.«

Ich lege den Hörer auf, setze mich auf die Bettkante und denke nach. Was, zum Teufel, sollte denn *das* sein? Also sind diese Typen alle nur zufällig gestorben? Es gibt keine Verbindung zu meinem Mr. Archer oder Daniel Smout? Die Sache gefällt mir ganz und gar nicht.

Ich lege mich wieder hin und versuche zu schlafen, aber ich kann nicht; ich kann nicht aufhören, an Typen zu denken, die an Bäume gebunden und mit Schlingen um den Hals auf einen Zug warten oder in Jauchegruben ertrinken oder in Badewannen herumzucken, während unter Wasser eine Bohrmaschine Funken sprüht; ich versuche, nicht mehr an solch blutrünstiges, grausiges Zeug zu denken, und denke statt dessen eine Weile an Y und hole mir einen runter und kann *immer noch nicht* schlafen und schließlich, nach 'ner ganzen Menge mehr Nichtschlafen, sterbe ich für eine Zigarette, also stehe ich auf und gehe raus, aber ich muß doch geschlafen haben, denn es ist plötzlich halb zwei in der Früh und kein Geschäft hat mehr offen und mittlerweile tut mir der Kopf weh, aber ich brauche dringend eine Zigarette, also trotte ich zu Fuß den Hügel rauf über den Royal Circus und die Howe Street entlang, bis endlich ein Taxi hält und ich den Fahrer dazu bringen kann, mich durch die ruhigen Straßen zum Cowgate zu fahren, wo das ›Kasbar‹ immer noch geöffnet hat, Gott segne diesen miesen Schuppen, und endlich, endlich kaufe ich ein paar Lullen – Regals, weil sie am Tresen keine anderen haben und der Automat kaputt ist, aber das spielt keine Rolle; ich habe eine Zigarette in meinem Mund und ein Pint in meiner Hand (rein aus medizinischen Gründen, und außerdem glaube ich sowieso nicht, daß sie im Kasbar Perrier ausschenken und selbst wenn sie es täten, würde einem vermutlich irgendein zwei Meter großer Rocker allein aus Prinzip ein Glas über den Schädel ziehen und einen dann schreiend aufs Herrenklo schleifen und einem den Kopf in eine ungespülte Kloschüssel stecken, aber he! ich beschwere mich nicht, das ist Teil des Charmes des Ladens) und ich bin jetzt richtig zufrieden.

Um vier hau ich in den Sack, geh zu Fuß Cowgate runter zum Hunter Square, wo das taillenhohe Glasdach der unterirdischen Toiletten von Hunderten kleiner blauer Murmeln glitzert; eins dieser Lux-Europae-Ausstellungsstücke. Ich geh Fleshmarket Close runter, weil ich vergessen habe, daß der Bahnhof um diese Zeit noch geschlossen ist, also Schwenk über Waverley Bridge und dann die Princes Street entlang unter weiteren abstrakten Lichtplastiken hindurch, während ich einem Wagen der Straßenreinigung zuschaue, der lärmend am Bürgersteig entlangschleicht und den Rinnstein sauberschlürft und -fegt.

Um fünf bin ich zu Hause und um elf wieder auf den Beinen, weil ich einen Anruf bekomme, der außergewöhnlich interessant ist, so daß ich meine Pläne über den Haufen werfe, also fahre ich in die Redaktion und muß Frank (»Milltown of Towie? Gibst du auf? Molten of Toil!«) seine zwanzig Mäuse zahlen, weil die Tories sich bei der Maastricht-Abstimmung mit einer knapperen Mehrheit durchlaviert haben, als ich erwartet hatte, und ich versuche Neil anzurufen, um mich zu vergewissern, daß ich seinen Anruf letzte Nacht nicht nur geträumt habe, aber er ist nicht da.

6 Exocet-Deck

Ich fahre mit dem Wagen die schmale einspurige Straße entlang, die in die Hügelkette führt; die Scheinwerfer erschaffen einen tiefen Tunnel aus Licht zwischen den Hecken. Ich trage schwarze Jeans, schwarze Stiefel und einen dunkelblauen Rollkragenpullover über einem marineblauen Hemd und zwei Unterhemden. Meine Hände stecken in dünnen schwarzen Lederhandschuhen. Ich entdecke einen Weg, der von der Straße in ein kleines Wäldchen führt; ich lenke den Wagen darauf entlang, bis es nicht mehr weiter geht, dann schalte ich die Scheinwerfer aus. Die Uhr am Armaturenbrett zeigt 03:10. Ich warte eine Minute; es kommen keine Wagen vorbei, also nehme ich an, daß man mich nicht gesehen hat. Mein Herz hämmert schon jetzt wie wild.

Die Nacht ist kalt, als ich aus dem Auto aussteige. Am Himmel steht ein Halbmond, aber er wird neunzig Prozent der Zeit von einer Menge niedrig hängender, schnell dahinziehender Wolken verdeckt, die gelegentlich eisige Regenschauer ausspucken. Der Wind pfeift schier ohrenbetäubend durch die kahlen Äste über mir. Ich gehe über den Weg zurück zur Straße, dann drehe ich mich noch mal zum Wagen um; er ist so gut wie nicht zu sehen. Ich überquere den Asphalt und klettere über einen Zaun, dann hole ich die Skimaske aus meiner Hosentasche und ziehe sie mir über den Kopf. Ich folge der Hecke am Straßenrand, ducke mich einmal, als ein Auto vorbeifährt; die Lichtkegel der Scheinwerfer huschen über mir die Hecke entlang. Das Auto verschwindet in der Nacht. Ich fange wieder an zu atmen.

Ich komme an den Zaun, der hangabwärts führt, und folge ihm, stolpere dabei immer wieder über Felsbrocken und Steine am Feldrand; meine Augen müssen sich noch an die Dunkelheit gewöhnen. Der Boden unter meinen Füßen ist ziemlich fest, nicht zu matschig.

An der Hecke, die den unteren Feldrain markiert, muß ich eine Weile suchen, bis ich einen Durchschlupf finde. Schließlich muß ich durch sie hindurchkriechen und reiße mir dabei meinen Rollkragenpullover auf. Bäume, die in der Dunkelheit zwar zu hören, aber kaum zu sehen sind, rauschen und knacken über mir.

Ich haste eine matschige, laubübersäte Böschung hinunter und in den eisigen Bach an ihrem Fuß hinein. Das Wasser strömt über einen meiner Stiefel, und ich fluche leise »Scheiße« und platsche die gegenüberliegende Böschung hinauf, ziehe mich an kalten Zweigen von Sträuchern und glitschigen Baumwurzeln hoch. Oben angekommen zwänge ich mich durch das Gestrüpp. Vor mir kann ich Straßenlaternen und die geometrischen Umrisse von dunklen Häusern sehen. Ich bleibe in der Hocke und kämpfe mich durch die niedrigen Büsche, quer durch den Wald auf das Anwesen zu. Ich falle über einen Baumstamm und schlage lang hin, tue mir aber nicht weh. Ich komme an die zwei Meter hohe Backsteinmauer, die das Anwesen umschließt, und taste mich an ihr entlang, stolpere über einen Erdhaufen und Bauschutt, bis ich die Ecke erreiche.

Ich messe sechzig Schritte entlang der Mauer ab, dann gehe ich von dort zum nächststehenden Baum. Ein Flecken Mondlicht bedeutet, daß ich beinahe fünf Minuten warten muß, bis die Wolken wieder den Mond verdecken und ich den Baum erklimmen kann. Ich klettere weit genug hoch, daß ich das Haus sehen und es durch seine Lage und die Gartenmöbel identifizieren kann, dann steige ich wieder herunter, gehe zur Mauer und springe hoch, kriege die Zementschindeln am Mauerabschluß zu fassen und ziehe mich hinauf. Oben atme ich ein paarmal tief durch. Meine Hände zittern, mein Herz schlägt wie eine Dampframme. Ich blicke auf das dunkle Haus vor mir und auf die schützenden hohen Büsche und die jungen Bäume zu beiden Seiten, hinter denen sich die beiden angrenzenden Villen verbergen.

Der Mond droht abermals, hinter den Wolken vorzukommen, und ich muß hinunter auf die Platten des Patios unter mir springen. Neben dem Gewächshaus befindet sich eine kleine Mauer, die bis auf einen Meter an die Abschlußkante der Begrenzungsmauer heranreicht; das ist mein Fluchtweg. An der Hauswand gibt es Infrarot-Bewegungsmelder, und wenn ich die auslöse, ist alles aus; dann heißt es wieder rauf auf die Mauer und zurück in den Wald und weg.

Ich husche über den Patio auf den Rasen und zum Haus hinüber, während ich jeden Moment erwarte, daß die gleißenden Scheinwerfer der Sicherungsanlage aufflammen. Nichts passiert. Ich erreiche den unteren Patio, wo die Gartenmöbel am Rand eines mit einer Plane abgedeckten Pools stehen, und kauere mich neben die gespenstisch durchlöcherte Silhouette einer gußeisernen Sitzbank. Ich taste unter den Überhang, wo die Rückenlehne der Bank auf die Armstützen trifft; das Leder meiner Handschuhe bleibt an scharfen Metallsplittern hängen. Ich kann nicht genug fühlen. Ich ziehe meinen Handschuh aus und versuche es noch mal. Das Metall ist kalt, und die schartigen Kanten drücken sich in meine Haut. Ich fühle den Kitt, dann den darin steckenden Schlüssel und die kurze Schnur daran. Ich greife die Schnur und ziehe. Der Schlüssel löst sich aus dem Kitt, klimpert einmal leise. Ich streife mir den Handschuh wieder über.

Ich gehe vorsichtig am Wintergarten vorbei zur Hintertür des Hauses, stecke den Schlüssel ins Schloß und drehe ihn herum. Die Tür geht lautlos auf. Im Haus ist es warm und riecht nach Waschpulver. Ich schließe die Tür ab; als ich mich von ihr wegbewege, flammt mit einem leisen Klicken ein kleines rotes Lämpchen auf, hoch oben in der gegenüberliegenden Ecke des Raums. Der Sensor löst keinen Alarm aus; das System ist nicht aktiviert.

Ich schleiche ganz langsam durch die Waschküche in die Küche (ein weiteres kleines rotes Lämpchen geht klickend an). Meine Stiefel knarren und quietschen auf den Fliesen. Ich zögere, dann knie ich mich hin und ziehe eilig die Stiefel aus, lasse sie neben dem Geschirrspüler stehen. Als ich wieder aufstehe, sehe ich auf der Arbeitsfläche den gut gefüllten Messerblock, der im Mondschein gerade so eben neben dem weich schimmernden rostfreien Stahl der Spüle auszumachen ist. Ich ziehe das größte der Messer heraus, dann drehe ich mich um und verlasse die Küche, schleiche den Flur entlang, vorbei an Eßzimmer und Arbeitszimmer, zur Treppe. Dahinter und seitlich davon liegt das über zwei Ebenen gehende Wohnzimmer; im fahlen Schein des orangefarbenen Straßenlichts, das durch die Bäume im Vorgarten dringt, erkenne ich Ledersofas, Sessel, Regalwände voller Videos, CDs und Bücher, Couchtische und eine große Metallhaube über einem offenen Kamin. Ein weiterer Sensor hoch oben in einer Ecke leuchtet rot auf, als ich zum Fuß der Treppe schleiche.

Der Läufer auf den Stufen ist dick und weich, und ich mache keinen Laut, als ich die Treppe erklimme und den Flur entlang zum Schlafzimmer tappe und dabei einen weiteren Sensor auslöse. Die Schlafzimmertür öffnet sich mit einem kaum wahrnehmbaren Knarren.

Am Kopfende des breiten französischen Betts ist ein fahler grüner Lichtschein zu sehen. Ich schleiche hinüber und erkenne die Leuchtziffern einer Digitaluhr. Das limonenfarbene Licht schimmert schwach auf das weiße Bettzeug und ein einzelnes, schlafendes Gesicht. Ich gehe näher heran, ganz langsam, das Messer vor mir ausgestreckt. Ich sehe, wie sie atmet. Einer ihrer Arme liegt neben der Bettdecke, hängt bleich und nackt über die Bettkante. Sie hat kurzes, dunkles Haar und ein schlankes, jungenhaftes Gesicht; dünne, dunkle Brauen, schmale Nase, bleiche Lippen mit der Andeutung eines Schmollens und ein scharfgeschnittenes, kantiges Kinn, das zu den vorstehenden, hohen Wangenknochen paßt.

Ich schleiche noch näher. Sie regt sich. Das Messer in der einen Hand, strecke ich meine freie Hand aus, berühre mit dem Handschuh die Bettdecke, raffe sie zusammen, greife mir eine Faustvoll und reiße sie dann mit einem Ruck weg, werfe sie hinter mich, während ich einen Satz nach vorn mache und ihre bleiche Nacktheit im selben Moment sehe, in dem ich ihr meine Hand über den Mund presse; mit weit aufgerissenen Augen versucht sie, mich von sich wegzustoßen; ich zwinge sie auf das Bett zurück, meine Hand noch immer über ihrem Mund. Ich hebe das Messer, damit sie es sehen kann. Sie strampelt und wehrt sich, und ihre Augen werden noch größer, aber ich drücke sie mit meinem Gewicht auf das Laken und behalte meine behandschuhten Finger fest über ihrem Mund, obwohl sie keinen Laut von sich gibt. Ich lege die Klinge des Messers gegen ihre Kehle, und sie rührt sich nicht mehr.

»Ein Laut, und du bist tot, verstanden?« zische ich. Sie scheint mich nicht zu hören, starrt mich nur an. »Verstanden?« frage ich noch einmal, und diesmal nickt sie eilig. »Ich warne dich«, erkläre ich ihr, während ich ganz langsam meine Hand von ihrem Mund nehme. Sie schreit nicht.

Ich stemme mich hoch, ohne das Messer jedoch von ihrer Kehle zu nehmen. Ich öffne den Hosenschlitz meiner Jeans. Ich trage keine Unterhose, und mein Schwanz fällt heraus, jetzt schon steif. Sie starrt in meine Augen. Ich sehe, wie sie schluckt. Ganz oben an ihrem langen, weißen Hals, unter dem Kinn, pulsiert eine Ader. Ihre Hand wandert verstohlen zur Bettkante. Ich blicke zu ihren Fingern, und sie erstarrt. In ihren Augen steht jetzt Angst. Ich drücke ihr wieder die Klinge an die Kehle und schaue auf die Matratzenkante. Die Frau zittert. Ich taste unter den Rand der Matratze, über dem Holzrahmen des riesigen Betts. Meine Hand findet einen hölzernen Griff; ich ziehe ein Jagdmesser mit einer fünfundzwanzig Zentimeter langen, geriffelten Klinge hervor. Ich pfeife leise zwischen den Zähnen hindurch, dann schleudere ich das Messer über den Teppich zum Fenster. Sie starrt mich an.

»Auf den Bauch«, befehle ich ihr. »Auf die Knie, wie ein Hund. Los!«

Ihr Atem geht keuchend, ihr Mund steht weit offen. Sie zittert am ganzen Leib.

»Mach schon!« zische ich.

Sie dreht sich um, auf den Bauch, dann stemmt sie sich auf den Knien hoch, stützt das Gewicht ihres Oberkörpers auf ihre Hände.

»Gesicht aufs Laken«, befehle ich ihr. »Hände zu mir.«

Sie legt ihr Gesicht auf das Laken und streckt die Hände hinter ihrem Rücken hoch. Ich nehme die Handschellen aus meiner Tasche und lasse sie um ihre Handgelenke schnappen. Ich halte inne, um mir ein Kondom überzustreifen, dann steige ich hinter ihr auf das Bett, lege das Messer gerade in Reichweite auf das Laken, packe ihre Hüften mit beiden Händen und ziehe sie auf meinen Schwanz.

Sie schreit auf, als ich in sie eindringe. Sie ist klitschnaß, und schon nach wenigen Stößen bin ich bereit zu kommen, und sie keucht, dann stöhnt sie, dann schreit sie, »Oh, oh, *ja*!«, und dann ist alles vorbei, und ich sinke über sie und kippe von ihr herunter und schlitze mir an der kalten Klinge des Küchenmessers, das auf dem Laken liegt, fast mein Ohr auf.

Sie liegt schwer atmend auf der Seite, die Hände noch immer hinter dem Rücken gefesselt, und sieht mich an, einen sonderbaren, elektrifizierten Ausdruck auf dem Gesicht, und nach einer Weile sagt sie: »War das schon alles?«

Ich atme tief und erwidere: »Nein.«

Ich zerre sie brutal auf die Knie, spreize ihre Arschbacken und stecke meinen Zeigefinger in ihren Anus, lasse ihn blitzschnell bis zur Hälfe in sie hineingleiten. Sie stößt ein erschrecktes Keuchen aus. Ich beuge meinen Kopf über ihr Hinterteil und lasse etwas Spucke auf die Stelle tropfen, wo der Fingerknöchel von dem Muskelring festgehalten wird, dann stoße ich den Finger bis zum Anschlag in sie hinein. Wieder keucht sie; ich fange an, den Finger vor und zurück zu bewegen, rein und raus, während ich mit der anderen Hand ihre Klitoris streichle. Nach einer Weile nehme ich zwei Finger, dann bin ich wieder steif; ich streife das erste Kondom ab und ziehe ein neues über, dann spucke ich auf meinen in Gummi gehüllten Schwanz und führe ihn entlang meiner Finger vorsichtig in ihren After ein.

Sie kommt schreiend; ich denke nicht, daß ich es tun werde, aber dann tue ich es doch.

Wir sinken gemeinsam auf das Bett, unsere Atemzüge synchron. Ich ziehe mich aus ihr zurück. Ich schließe die Handschellen auf und lege mich neben sie, meine Arme um ihren Körper geschlungen. Sie zieht mir die Skimaske vom Kopf.

»Wo sind deine Schuhe?« flüstert sie nach einer Weile.

»In der Küche«, erkläre ich ihr. »Sie waren voller Matsch. Ich wollte den Teppich nicht versauen.«

Ihr Lachen hallt leise in der Dunkelheit.

* * *

»Aber ich hatte die Kontrolle«, sagt sie über den Lärm des rauschenden Wassers hinweg, während sie mir die Schultern und den Rücken einseift. »Ich hätte nur deinen Namen sagen müssen, und alles wäre zu Ende gewesen. So haben wir's abgemacht, und ich vertraue dir.«

»Aber worin besteht der Unterschied?« frage ich sie und versuche, sie über meine Schulter anzuschauen. »Jeder, der das zufällig beobachtet hätte, hätte gedacht, ich wäre ein Vergewaltiger und du das Opfer.«

»Aber wir wissen es besser.«

»Aber ist das alles? Ich meine, allein die Vorstellung? Was, wenn es ein richtiger Vergewaltiger gewesen wäre?«

»Was, wenn es das falsche Haus gewesen wäre?«

»Ich hab mir die Möbel genau angesehen.«

»Und du warst einfach nur du; du hast dich bewegt wie du, hast gesprochen wie du, hast gerochen wie du.«

»Aber...«

»Hör zu; es hat mir Spaß gemacht«, sagt sie und seift mir die Rückenbeuge und den Hintern ein. »Ich denke nicht, daß ich es noch einmal machen möchte, aber es war trotzdem eine interessante Erfahrung. Aber was ist mit dir? Wie hast du dich dabei gefühlt?«

»Scheißnervös – ich war sicher, ich würde keinen hochkriegen, ich meine, ich war *völlig sicher*, vor allem weil mir das gestrige Besäufnis immer noch in den Knochen steckt – und dann, nun... erregt, vermute ich, als... als ich gemerkt habe, daß du es warst.«

»Mhm-hmm. Vorher nicht?«

»Nein, verdammt noch mal – ich kam mir wie ein Vergewaltiger vor.«

»Aber du warst keiner.« Sie schiebt ihre Hand zwischen meine Arschbacken, dann seift sie meine Schenkel und meine Beine ein. »Du hast etwas getan, das ich mir immer in meiner Phantasie vorgestellt habe.«

»Na toll, also hatte dieses alte Dreckschwein Jamieson doch recht, und alle Frauen wollen insgeheim vergewaltigt werden.«

Yvonne gibt mir einen Klaps auf die Schenkel. »Stell dich nicht dümmer als du bist. Keine Frau will vergewaltigt werden, aber einige haben Phantasien darüber. Kontrolle ist nicht irgendeine Nebensächlichkeit, Cameron... zu wissen, daß es jemand ist, dem du vertrauen kannst, ist nicht nur schmückendes Beiwerk; es ist das einzige, worum es geht.«

»Hmmm«, sage ich, immer noch nicht ganz überzeugt.

»Männer wie Jamieson hassen Frauen, Cameron. Oder vielleicht hassen sie auch nur Frauen, die nicht ehrfürchtig vor den Männern knien, Frauen, die sie nicht kontrollieren können.« Sie läßt ihre Hände wieder an meinen Beinen hoch zu meinem Hintern wandern, schiebt ihre Finger zwischen meine Hinterbacken und berührt meinen Anus und zwingt mich, mich auf die Fußballen zu stellen, dann gleitet ihre Hand wieder an meinem Bein hinunter. »Vielleicht sollten solche Männer es mal am eigenen Leib erleben«, fährt sie fort. »Vergewaltigung; tätlicher Angriff. Mal sehen, ob es ihnen gefällt.«

»Ja«, sage ich und fröstle plötzlich trotz der Hitze, denn wir geraten hier auf dünnes Eis. »All diese Perücken und diese komischen Roben; die betteln doch förmlich drum, isses nich so? Weißte, was ich meine?« Der Dampf steigt mir in die Kehle, und ich huste.

Ich frage mich, ob ich ihr von der Polizei erzählen sollte und davon, daß der im Ruhestand lebende Richter Jamieson tatsächlich »tätlich angegriffen« worden ist, was immer das auch heißen soll. Nach meinem nachmittäglichen Besäufnis mit Al habe ich nicht mehr denselben unwiderstehlichen Drang wie vorher, es mir unbedingt von der Seele reden zu wollen, und ich kann mich nicht entscheiden, ob ich Yvonne in die Sache hineinziehen soll oder nicht.

Sie wäscht mir die Füße. »Oder vielleicht haben ja auch die Greers und die Dworkins recht«, sagt sie, »und die Pickleses und die Jamiesons haben auch recht, und alle Männer sind Vergewaltiger, und alle Frauen wollen vergewaltigt werden.«

»Quatsch.«

»Mhm-hmm.«

»Aber es hat mir trotzdem nicht gefallen, mich wie ein Vergewaltiger zu fühlen.«

»Nun, wir werden es nie wieder tun.«

»Und die Vorstellung, daß du willst, daß ich das mit dir mache, ist für mich immer noch... beunruhigend.«

Sie schweigt eine Weile, dann sagt sie: »Beim letzten Mal« – sie seift jetzt die Vorderseite meiner Beine ein, immer noch von hinten – , »als du in dieser wirklich sehr unbequemen Position *Eldorado* durchstehen mußtest; das hat dir doch gefallen, oder?«

Sie läßt ihre seifigen Hände an meinen Oberschenkeln auf und ab gleiten.

»Nun... nach einer Weile«, gestehe ich ein.

»Aber wenn das jemand anders mit dir gemacht hätte...«, sagt sie so leise, daß ich sie durch das Rauschen der Dusche kaum verstehen kann. Sie seift jetzt meine Eier ein, massiert sie sanft. »Jemand, den du nicht kennst – Mann oder Frau –, und du wärst gefesselt und völlig hilflos, irgendwo, wo deine Schreie dir nichts nützen würden, und es würde ein großes Messer unter dem Bett liegen... wie hättest du dich dann dabei gefühlt?«

Sie steht auf und schmiegt ihren Körper an meinen, streichelt meinen noch immer ziemlich schlaffen

Schwanz. Ich blicke durch den Dampf und die kleinen Rinnsale von Wasser, die an den Scheiben der Duschkabine hinunterlaufen. Ich blicke hinaus in das schummrig beleuchtete Badezimmer und frage mich, was ich wohl tun würde, wenn plötzlich William dort stehen würde, Reisekoffer in der Hand und diesen *Überraschung, Schatz, ich bin wieder zu Hause!*-Ausdruck auf dem Gesicht.

»Ich hätte Todesängste ausgestanden«, gestehe ich. »Ich wäre starr vor Schreck geworden. Nun, eher ganz schlaff.«

Sie zieht sanft an meinem Schwanz. Er will nicht wirklich, und es fällt mir schwer, das zu glauben, und ich bin nicht sicher, ob *ich* will, denn ich fühle mich so verdammt ausgelaugt und erschöpft, aber das Ding reagiert tatsächlich, schwillt an und wird steif und hebt sich in ihren knetenden, glitschigen Händen.

Sie drückt ihr Kinn in meine Schulter und bohrt einen spitzen Fingernagel in meine Halsschlagader. »Dreh dich um, du geiles Stück«, zischt sie.

»Ha. Ha. Ha.«

* * *

Yvonne weckt mich nach einer Stunde und sagt mir, daß ich jetzt gehen muß. Ich drehe mich um und tue so, als würde ich noch schlafen, aber sie zieht mir die Decke weg und schaltet das Licht ein. Ich muß wieder in meine verschwitzten, dreckigen Klamotten steigen und nach unten in die Küche gehen, wo ich murre, während sie mir Kaffee kocht, und ich nörgle über meine nassen Stiefel, und sie gibt mir ein frisches Paar von Williams Socken, und ich ziehe sie an und trinke meinen Kaffee und beschwere mich darüber, daß ich nie über Nacht bleiben darf, und sage ihr, daß ich wenigstens *einmal* morgens hier aufwachen und ein nettes, zivilisiertes Frühstück mit ihr geßen möchte, draußen auf dem sonnigen Balkon vor den Schlafzimmerfenstern, aber sie befiehlt mir, mich hinzusetzen, während sie mir meine Stiefel schnürt, dann nimmt sie mir den Kaffeebecher weg und schickt mich zur Hintertür raus und sagt, ich habe zwei Minuten, bevor sie die Alarmanlage einschaltet und die Bewegungsmelder aktiviert, also muß ich denselben Weg zurück, wie ich gekommen bin, über die Begrenzungsmauer und durch den Wald und runter in den Bach, wo mir wieder die Füße naß werden und durchfrieren, und beim Erklimmen der Böschung falle ich hin und schmiere mich von oben bis unten mit Matsch ein, und dann wieder hoch und durch die Hecke, wo ich mir die Wange aufkratze und meinen Rollkragenpullover aufreiße, und dann querfeldein durch den Kübelregen und noch mehr Matsch, und schließlich erreiche ich den Wagen und breche in Panik aus, weil ich den Autoschlüssel nicht finden kann, bis mir wieder einfällt, daß ich ihn zur Sicherheit in die zuknöpfbare hintere Tasche meiner Jeans gesteckt habe, statt wie gewöhnlich in die Seitentasche, und dann muß ich ein paar tote Äste unter die Vorderreifen schieben, weil der verdammte Wagen festsitzt, aber schließlich komme ich los, und es geht ab nach Hause, und selbst im Schein der Straßenlaternen kann ich sehen, welche Schweinerei meine matschbeschmierten Klamotten auf den hellen Sitzpolstern angerichtet haben.

* * *

Als ich nach Hause komme, bin ich zu müde zum Schlafen, also spiele ich *Despot*, aber ich bin nicht mit dem Herzen bei der Sache, und das Imperium ist noch immer in einem erbarmungswürdigen Zustand, nach all den vorherigen Desastern, und ich frage mich halb, ob ich nicht noch einmal ganz von vorn anfangen sollte, aber das würde bedeuten, zum Anbeginn der Zivilisation zurückzugehen, und die Versuchung bei *Despot* besteht immer darin, den Blickwinkel zu tauschen, was für Leute, die das Spiel nicht kennen, recht harmlos klingt, wie eine unwesentliche Facette, aber das ist es nicht: Du tauschst nicht nur deinen Blickwinkel, du tauschst deinen gegenwärtigen Machtstatus gegen einen niedrigeren, selbst wenn es ein Lehnsfürst oder ein anderer König oder ein General oder ein in der Thronfolge hochstehender königlicher Verwandter ist, und das tust du nicht leichtfertig, denn sobald du deinen gegenwärtigen Despoten-Blickwinkel aufgibst, übernimmt der Computer, und es ist ein beschissen schlaues Software-Aas. Versuch zu spät zu tauschen, klammer dich zu lange fest, und du wirst Opfer eines Attentats, und das wär's dann; dann hockst du wieder in einer Höhle mit zwanzig anderen verlausten Primaten und dem brillanten Einfall, *etwas Feuer in die Höhle zu bringen*! Tausch zu früh, und das Programm übernimmt das Kommando und vollführt irgendein Wunder, das den Despoten, den du gerade aufgegeben hast, am Arsch packt und *aus* dem Feuer zieht, und ehe du dich versiehst, tritt dir die Geheimpolizei die Türen ein und schleppt dich und deine Familie hinaus in die Nacht und die Vergessenheit; woraufhin sich der Computer prompt zum Gewinner erklärt, und dann heißt es wieder zurück in diese beschissene Höhle.

Nach einer Stunde zivilisatorischen Wassertretens gebe ich auf, klicke »Speichern« an und schleppe mich ins Bett. Ich habe sechs Zigaretten geraucht, obwohl ich das eigentlich gar nicht wollte.

* * *

Ich will noch immer in die Berge fahren. Ich stehe spät und erfrischt auf. Ich rufe Andy an und vergewissere mich, daß das mit dem Besuch immer noch klargeht, dann rufe ich Eddie an und bekomme die nächsten drei

Tage frei, sage den Cops Bescheid – sie sitzen in Fettes, obwohl der DI wieder nach London zurückgekehrt ist, und, nein, sie geben mir meinen neuen Laptop immer noch nicht zurück – und fahre (nachdem ich den Wagen etwas sauber gemacht habe) raus aus der Stadt und über die graue Brücke, und das an einem Tag mit stürmischem, peitschendem Sturzregen; die Brücke ist für überhohe Fahrzeuge gesperrt, die Leuchtschilder mit der Geschwindigkeitsbegrenzung auf 40 Meilen sind eingeschaltet, und der 205 tanzt bei jeder Böe auf seinen Dunlops.

Dann geht's die M90 rauf, auf der Umgehungsstraße vorbei an Perth und Richtung Norden auf der A9 mit ihrer frustrierenden Mischung aus zweispurigen und einspurigen Fahrbahnen, bevor in Dalwhinnie der Spaß los geht. Nirvana, Michelle Shocked, Crowded House und Carter USM sorgen für die musikalische Untermalung. Der Regen läßt nach, als ich Richtung Westen brause; ich erwische den letzten Rest eines weitgespannten, blutig aussehenden Sonnenuntergangs über Skye und den Kyles, und die Scheinwerfer färben Eilean Donans graue Steine grün; ich brauche von der Haustür bis Strome vier Stunden zwanzig Minuten, und als ich ankomme, gehen gerade die Sterne hoch oben in den purpurnen Flecken zwischen den dunklen, bleiernen Wolken auf.

* * *

»Du elender Mistkerl! Du fieser elender Mistkerl! *So* wird es gemacht, verdammt noch mal! Du Mistkerl!«

Abrechnung und Wiedergutmachung; sogar Erziehung. Ich bin in dem düsteren Hotel am Ufer des schwarzen Lochs, und es geht auf Mitternacht zu, und ich bin betrunken, aber nicht stoned, genau wie Andy und sein Kumpel Howie; ich sitze in dem alten Ballsaal im Erdgeschoß mit Ausblick über das Wasser und die grauen, gespenstisch vom Mondlicht beschienenen Berge dahinter, deren schneebedeckte Gipfel sanft schimmern, und *spiele Computerspiele.* Um genau zu sein, spiele ich *Xerium*, man soll es nicht glauben, und der Teufel soll mich holen, wenn ich nicht gerade endlich, endlich herausgefunden habe, wie man über das Zound-Gebirge kommt.

Es ist leicht, aber mit Trick 17; du besorgst dir einen Treibstoffvorrat, Schutzschilde, eine Atombombe und eine Rakete, lädst Treibstoff und die Atombombe, fliegst acht Klicks vor und hoch, wirfst die Bombe am Fuß des Gebirges ab, dann im Sturzflug zurück zum Stützpunkt, da lädst du die Schutzschilde, tankst auf Maximum mit nur einer Rakete an Bord (in der Zwischenzeit geht die Atombombe hoch und läßt den Boden erbeben, während du jetzt besser mit dem Auftanken fertig sein solltest), dann steigst du so hoch du kannst, gehst bis an die Obergrenze und dann *schwebst du über der aufsteigenden Pilzwolke in der Luft*! Die Wolke kommt unter dir hoch und trägt dich mit sich hoch über deine normale Obergrenze. Die Schutzschilde schirmen dich gegen die Hitze und Strahlung ab – auch wenn du schon einige gekonnte Flugmanöver hinlegen mußt, um deine Maschine in den radioaktiven Turbulenzen oben zu halten –, und wenn sich die Wolke dann auflöst, gibst du Gas und saust los, über das Gebirge hinweg, braust im Sturzflug über das eingeschlossene Tal, wirfst die Rakete ab, wenn der Verteidigungsradar des Stützpunkts dich entdeckt, und benutzt den Rest deines Treibstoffs, um über die jenseitigen Berge zu entkommen, während die Rakete den Stützpunkt dem Erdboden gleichmacht. Ganz einfach!

»Mistkerl«, sage ich, während ich die Maschine sanft neben einem Treibstoffdepot lande. Ich schüttle den Kopf. »Man muß sich von der verdammten Pilzwolke rübertragen lassen; das wär mir nicht im Traum eingefallen.«

»Weil du nicht voll drauf bist«, erklärt Andy mir und füllt mein Whiskyglas wieder auf.

»Genau – für so'n Spiel braucht's schon 'nen ganzen Mann«, sagt Howie augenzwinkernd und greift nach seinem Glas. Er ist ein vierschrötiger Highland-Bursche aus einem der nahegelegenen Dörfer, einer von Andys Saufkumpanen. Ein bißchen ungehobelt und hitzköpfig und mit einer diskriminierenden Einstellung zu Frauen, aber amüsant auf eine grobschlächtige Art; ein männlicher Mann.

»Du mußt ein bißchen verrückt sein, um *Xerium* zu spielen«, sagt Andy und läßt sich wieder in seinen Sessel plumpsen. »Du mußt… gerade… verrückt… genug sein.«

»Genau«, pflichtet Howie bei und leert sein Whiskyglas. »Nein, nein, danke, Drew«, wehrt er ab, als Andy aufsteht, um auch sein Glas nachzufüllen. »Ich mach mich jetzt besser auf den Weg«, erklärt er und erhebt sich. »Kann an meinem letzten Tag bei der Forstwacht nicht zu spät kommen. Nett, dich kennenzulernen«, sagt er zu mir. »Vielleicht seh'n wir uns ja noch.« Er schüttelt meine Hand; ein fester Griff.

»Na dann«, sagt Andy und steht ebenfalls auf. »Ich bring dich raus, Howie. Danke, daß du reingeschaut hast.«

»Da nicht für, da nicht für. War schön, dich mal wieder zu sehen.«

„Wie wär's mit 'ner kleinen Abschiedsparty morgen abend?«

»Klar, warum nicht?«

Sie entschwinden über den matt glänzenden Boden des Ballsaals, in ungefähre Richtung auf die Treppe zu.

Ich schaue kopfschüttelnd auf den Amiga-Bildschirm. »Man muß sich von der verdammten Pilzwolke rübertragen lassen«, murmle ich vor mich hin. Dann stehe ich von dem knarrenden Stuhl auf und strecke meine Beine und gehe mit meinem Whiskyglas zu den raumhohen Fenstern, die eine ganze Wand des Ballsaals einnehmen, und blicke hinaus über den Garten zu den Bahngleisen und dem Ufer des Lochs. Die Wolken sind zu weißen Fetzen geschrumpft, und der Mond steht irgendwo hoch oben am Himmel und taucht die Aussicht in ein silbernes Licht. Weiter unten am Ufer des Lochs brennen ein paar Lichter, aber das Bergmassiv am jenseitigen Ufer ragt dunkel in den Sternenhimmel auf, das fahle Weiß der schneebestäubten Gipfel der einzige helle Schimmer.

Der Ballsaal riecht modrig. Er wird nur von dem Licht erleuchtet, das von der Treppe herüberscheint, und von der Schreibtischlampe auf dem alten Holztisch, auf dem der Computer steht. Zerrissene, ausgeblichene Vorhänge hängen an den Seiten der sechs hohen Fenster. Mein Atem bildet eine Dampfwolke und läßt das kalte Glas beschlagen. Alle Scheiben sind schmutzig, einige haben Sprünge. Ein paar sind durch Sperrholzplatten ersetzt worden. In zwei der Fensternischen stehen Eimer, um durchregnende Tropfen aufzufangen, aber einer ist übergelaufen, und es hat sich eine Pfütze um ihn herum gebildet, so daß das Parkett, das an anderen Stellen verbrannt aussieht, verfärbt und aufgeplatzt ist. Einige Bahnen der gestreiften, verblichenen Tapete an den Wänden hängen in sich aufgerollt herab wie riesige Hobellocken von einem Stück Holz.

Der Ballsaal ist übersät mit billigen Holzstühlen, Tischen, aufgerollten uralten, modrig riechenden Teppichen, ein paar alten Motorrädern und Motorrad-Ersatzteilen, die auf ölverschmierten Tüchern herumstehen oder liegen, und dann ist da noch etwas, das wie eine Großküchenfriteuse mit den dazugehörigen Hauben, Filtern, Abzugsgehäusen und Kabeln aussieht.

Das Hotel liegt am Fuß einer steilen Straße, die durch die Bäume zur Hauptstraße führt. Durch den Hügel und die hochaufragenden, dichtstehenden Bäume südlich dahinter bekommt das Haus im Winter keinerlei Sonne ab, und selbst im Sommer dringen nicht viele Strahlen bis hierher vor. Früher ging die Hauptstraße bis hier, und die Fähre brachte einen rüber zur Nordseite des Lochs, aber dann haben sie den Feldweg um den Loch zu einer Straße ausgebaut, und die Fähre stellte ihren Betrieb ein. Die Inverness-Kyle-Bahnlinie führt noch immer hier vorbei, und der Zug hält auch immer noch bei Bedarf, aber ohne die Fähre und mit der neuen Umgehungsstraße ist das Städtchen vor die Hunde gegangen; es gibt ein paar Häuser, einen Kunsthandwerksladen, den kleinen Bahnhof, eine Mole, einen verlassenen Lagerhof, der Marconi gehört, und das Hotel.

Das ist alles. Oben an der Straße steht schon seit Jahren – seit sie damals die neue Straße freigegeben haben – ein Schild mit der Aufschrift »Strome-Fähre – kein Fährbetrieb«, und das sagt alles.

In der Ferne, irgendwo über mir, fällt eine Tür ins Schloß. Ich trinke meinen Whisky und schaue hinaus auf den tintig-schwarzen Loch. Ich glaube nicht, daß Andy je vorhatte, irgendwas aus diesem Schuppen zu machen. Wie auch all seine anderen Freunde habe ich angenommen, daß er es weiterführen, Geld reinstecken, es ausbauen würde. Wir haben alle angenommen, er hätte irgendeine geheime neue gewinnträchtige Idee, die Massen von Menschen hierherlocken würde... aber ich glaube nicht, daß er je nach einer Örtlichkeit für irgendein einträgliches geschäftliches Vorhaben gesucht hat; ich denke, er hat nur nach irgendeinem Plätzchen gesucht, das zu seiner ausgebrannten, voll genervten, ätzenden Stimmung paßte.

»Na dann«, sagt Andy aus dem Hintergrund. Er kommt herein und schließt die zweiflüglige Tür. »Wie wär's mit ein paar Drogen?«

»Oh! Du hast was?«

»Ja, nun«, sagt Andy. Er gesellt sich zu mir und blickt hinaus über das Wasser. Er ist etwa so groß wie ich, aber er hat etwas zugelegt, seit er hierher gezogen ist, und seine Schultern sind gebeugt, was ihn kleiner und älter erscheinen läßt. Er trägt eine alte Cordhose, die am Hintern und an den Knien abgewetzt ist, und darüber anscheinend einen ganzen Berg von Hemden und löchrigen Pullovern und Strickjacken. Er hat einen Ein-Wochen-Bart, den er jetzt immer zu tragen scheint, den Malen nach zu urteilen, die ich ihn zuletzt gesehen habe. »Howie ist wie 'ne Menge Typen hier oben«, bemerkt er. »Zu einem Drink sagen sie nicht nein, aber bei allen anderen Sachen sind sie etwas komisch.« Er hebt die Schultern und fördert ein silbernes Zigarettenetui aus einer seiner Strickjacken zutage. »Ein paar Hippies leben auch hier in der Gegend; die sind cool.«

»He«, sage ich, weil mir gerade etwas einfällt. »Hat die Polizei dich angerufen?«

»Ja«, erwidert er und klappt das Zigarettenetui auf; es sind etwa ein Dutzend sorgfältig gedrehte Joints drin.

»So'n Typ namens Flavell. Hat mich nach dem Abend gefragt, wo ich dich zurückgerufen habe. Ich hab's ihm erzählt.«

»Gut. Ich glaube, die erwarten von mir, daß ich mich morgen bei den Dorfbullen hier melde.«

»Ja, ja, wir leben in einem verschissenen Polizeistaat«, erklärt er müde und hält mir das Joint-Etui hin. »Aber egal. Wie wär's, Alter?«

Ich zucke mit den Achseln. »Nun, eigentlich tue ich so was nicht.« Ich nehme eine der Tüten. »Danke.« Mich fröstelt. Ich trage mein Sakko und meinen Drizabone, aber ich friere trotzdem wie ein Schneider. »Aber können wir vielleicht irgendwo hingehen, wo's *warm* ist?«

Andy, der Eisjunge, lächelt.

Wir sitzen in dem Wohnzimmer, das von seinem Schlafzimmer abgeht, im obersten Stockwerk des Hotels, kiffen und trinken Whisky. Ich weiß, daß ich morgen – heute – sicher dafür büßen muß, aber es ist mir egal. Ich erzähle ihm von der Whisky-Story und dem Kältefiltrieren und dem Färben, aber er scheint das alles schon zu wissen. Das Wohnzimmer ist geräumig und irgendwo zwischen schäbig und gemütlich: abgegriffene Samtvorhänge, massive alte Holzmöbel, eine Menge dicker Stickkissen, und – auf einem großen Tisch in der Ecke – ein uralter IBM-PC; er hat ein externes Laufwerk und ein angeschlossenes Modem, und das Gehäuse sitzt etwas schief. Gleich daneben steht ein Epson-Drucker.

Wir sitzen an einem richtigen Kaminfeuer mit brennenden Scheiten, und in der Mitte des dunklen, abgewetzten Teppichs müht sich asthmatisch ein Heizlüfter ab. Endlich ist mir warm. Andy sitzt in einem riesigen Ohrensessel, dessen braunes Kunstleder an einigen Stellen so durchgerieben ist, daß man die Polsterung darunter sehen kann, und dessen Armlehnen vom Schweiß unzähliger Hände schwarz und glänzend patiniert sind; hin und wieder trinkt er einen Schluck von seinem Whisky, aber die meiste Zeit blickt er ins Feuer.

»Ja«, sagt er gerade, »wir waren die Blanko-Scheck-Generation. Ich erinnere mich daran, wie ich '79 gedacht habe, es wäre an der Zeit, wirklich mal etwas auf die Beine zu stellen, endlich etwas völlig anderes auszuprobieren; eine radikale Umwälzung. Es schien so, als hätte es seit den Sechzigern nur eine Regierungssorte in zwei verschiedenen Verpackungen gegeben, als würde sich nie wirklich etwas verändern; da war dieses Gefühl, daß nach der Energie-Explosion Anfang bis Mitte der Sechziger alles nur noch bergab ging; das ganze Land schien unter Verstopfung zu leiden, erstickt von Verordnungen und Vorschriften und Maßregeln und einfach nur einer allgemeinen, ansteckenden Verödung. Ich wußte eigentlich nie genau, wer recht hatte, die Sozialisten – selbst die revolutionären Linken – oder die Erzkapitalisten, und es schien so, als würden wir das in Großbritannien auch nie herausfinden, denn egal wie die Wahl ausging, es brachte nie wirklich eine Richtungsänderung. Heath war nicht sonderlich gut für die Wirtschaft, und Callaghan war nicht sonderlich gut für die Arbeiterklasse.«

»Ich wußte gar nicht, daß du ein Verfechter der Revolution warst«, bemerke ich und trinke einen Schluck Whisky. »Ich habe dich immer für einen standhaften Kapitalisten gehalten.«

Andy zuckt mit den Achseln. »Ich sehnte mich einfach nach Veränderung. Es spielte nicht wirklich eine Rolle, aus welcher Richtung sie kam. Ich habe mich nie genau festgelegt, weil ich mir alle Möglichkeiten offenhalten wollte. Ich hatte mich schon entschieden, zur Army zu gehen, und es hätte gar nicht gut ausgesehen, wenn in meinen Akten gestanden hätte, daß ich irgendwelche linken Gruppen unterstütze. Aber es war mir aufgegangen, daß, wenn es je... nun, ich weiß auch nicht, einen bewaffneten Aufstand, ein Aufbegehren des Volkes geben sollte...« Er lacht abfällig. »Ich kann mich noch an die Zeiten erinnern, wo das gar nicht so unwahrscheinlich schien, und ich dachte, nun, wenn sowas je passieren sollte, und wenn die recht haben und die Regierung unrecht, dann könnte es nicht schaden, wenn Leute wie ich in der Army wären, die der... Bewegung oder was auch immer grundsätzlich positiv gegenüberstanden.« Er schüttelt den Kopf, starrt noch immer ins Feuer. »Aber ich vermute, das klingt heute ziemlich kindisch, was?«

Ich zucke mit den Achseln. »Mich darfst du nicht fragen. Du redest hier mit jemandem, der geglaubt hat, der richtige Weg, die Welt zu verbessern, wäre es, Journalist zu werden. Das zeigt wohl, was für ein großer Denker und Stratege *ich* bin, oder?«

»Die Idee ist gar nicht falsch«, sagt Andy. »Aber wenn du jetzt desillusioniert bist, dann liegt es an dem, worüber ich gesprochen habe: Thatchers Radikalität, die so erfrischend forsch schien. Die verlockenden Aussichten, diese schlanke, abgespeckte Fitneß, die wie ein Versprechen vor uns lag; hier war die Chance, einem dynamischen Plan zu folgen, vorangetrieben von jemandem, der nicht auf halbem Wege Fracksausen kriegen würde. Aller Balast sollte über Bord geworfen werden, die Inkompetenz, die Vetternwirtschaft, die subventionierte Unwirtschaftlichkeit, all die erstickenden Auswüchse dieses Wohlfahrtsstaats – etwas, an dem wir alle teilhaben konnten, von dem wir alle ein Teil sein konnten.«

»Vorausgesetzt, man war reich oder zumindest entschlossen, ein größeres Arschloch als seine Kumpane zu sein.«

Andy schüttelt den Kopf. »Du hast die Tories immer schon zu sehr gehaßt, um einen klaren Blick zu behalten. Aber der Punkt ist, daß es keine Rolle spielt, wer recht hatte. Wichtig ist nur, was die Leute fühlten, denn daraus ist das neue Ethos des Zeitalters entstanden. Pausenloser Konsens hatte zu völliger Stagnation geführt, Fürsorge zu Sterilität, also: Versetz dem System einen Schock, geh mit dem Land dieselbe Art von radikalem Risiko ein, wie du es bei einem Betrieb tun mußt, wenn du Erfolg haben willst; setz auf Wachstum, denk ökonomisch.« Er seufzt, holt wieder sein Zigarettenetui heraus und streckt es mir hin. Ich nehme einen Joint.

»Und ich war einer von denen, die es taten«, fährt er fort, während er mir die Tüte mit seinem Zippo anzündet. »Ich war ein ergebener Fußsoldat im Kreuzzug der Kinder, um die verlorene Zitadelle der britischen Wirtschaftsmacht zurückzuerobern.«

Er betrachtet das Feuer, während ich an dem Joint ziehe.

»Obwohl ich natürlich schon vorher mein Scherflein beigetragen hatte: Ich war einer unserer Jungs, ich war ein Kämpfer an vorderster Front, Teil der Kommandotruppe, die Maggies unter Beschuß stehende Popularität gerettet hat.«

Ich weiß nicht, was ich sagen soll, und in Einklang mit einer kürzlich eingeführten Verhaltensmaßregel, die mit meinem fortgeschrittenen Alter gekommen ist, schweige ich.

»Tja, so ist es gelaufen«, fährt Andy fort. Er beugt sich vor und schlägt sich mit den Händen auf die Knie, dann nimmt er den Joint, als ich ihm an den Ellenbogen tippe. »Danke.« Er zieht an der Tüte. »So ist es gelaufen, und wir hatten unser Experiment; es hat eine Partei gegeben, ein richtungsweisendes Konzept, einen bis zum Ende durchgezogenen Plan, eine starke Führerin, und es ist alles zu Scheiße und Asche geworden. Die industrielle Basis hat so dicht am Knochen geschnitten, daß das Mark heraussickerte, die alten verschwommenen sozialistischen Unzulänglichkeiten wurden durch fanatischere kapitalistische ersetzt, die Macht ist zentralisiert, die Korruption ist institutionalisiert, und es wurde eine Generation geschaffen, die niemals irgendwelche anderen Fähigkeiten besitzen wird, als Autotüren mit Drahtbügeln zu öffnen und zu wissen, welche Lösungsmittel dir beim Schnüffeln die beste Dröhnung geben, bevor du kotzen mußt oder ohnmächtig wirst.« Er nimmt noch einen tiefen Zug von der Tüte, dann reicht er sie mir zurück.

»Ja«, erwidere ich. »Aber das ist ja nun nicht allein deine Schuld. Du hast dein Scherflein beigetragen, aber... es ist halt dumm gelaufen.«

»Ja, aber damals schien es eine gute Sache...«

»Himmel, Mann, ich fand nicht, daß auch nur einer von

euch Jungs da drüben sein sollte, aber ich denke nicht, daß ich hätte tun können, was du getan hast, auf den Falkland-Inseln. Ich hätte den Schwanz eingekniffen, selbst wenn es ein Krieg gewesen wäre, den ich persönlich für gerechtfertigt gehalten hätte; zu so was bin ich schon rein körperlich nicht in der Lage. Aber du warst es. Du hast es getan; scheiß auf das Für und Wider des Krieges, wenn du einmal drinsteckst, mitten im Kugelhagel, und um dich herum werden deine Kameraden von Granaten in Stücke gerissen, dann mußt du in der Lage sein zu funktionieren. Zumindest hast du das getan; ich bin mir nicht sicher, ob ich es könnte.«

»Ja und?« sagt er und blickt mich an. »Also bin ich *männlicher* als du, weil ich es gelernt habe, Leute umzubringen, und es getan habe?«

»Nein, ich meine ja nur...«

»Ist auch egal«, schneidet er mir das Wort ab und schaut wieder weg. »Hat ja auch viel genützt, wo wir einen Captain hatten, der's einfach nicht gerafft hat, der nicht den Mumm hatte, es zuzugeben, und gute Männer in ein gottverdammtes Massaker schicken mußte, um zu beweisen, was für ein verfickter Draufgänger er doch war.« Andy nimmt einen Scheit von der Kaminsohle und legt ihn ins Feuer, stößt die anderen Scheite damit an, so daß die Funken sprühen und die Flammen auflodern.

»Ja«, sage ich. »Nun, ich kann nicht...«

»Und du irrst dich«, fällt er mir wieder ins Wort. Er steht auf und geht in die Ecke des Zimmers, wo sich eine halboffene Luke befindet, die in einen tiefen Schacht führt; es ist ein Speisenaufzug. Er zieht die obere Hälfte der Metalluke weiter hoch, und die untere Hälfte senkt sich automatisch; er greift hinein, sammelt einen Arm voll Scheite zusammen und trägt sie zum Kamin. »Wir tragen alle Verantwortung, Cameron. Dem können wir nicht entfliehen.«

»Ehrlich, Gould, du hast echt beinharte Ansichten, Mann, im Ernst«, sage ich, um die Stimmung etwas aufzulockern, aber es klingt ziemlich pathetisch, selbst in meinen eigenen Ohren.

Andy setzt sich wieder, nimmt den Joint und legt die Scheite sorgfältig zum Trocknen um die Kaminsohle.

Er schaut mich an. »Ja, und ein Gedächtnis wie ein Elefant. Ich habe dir immer noch nicht verziehen, daß du damals auf dem Eis nicht versucht hast, mich zu retten.« Er nimmt einen tiefen Zug von dem Joint, während ich dasitze und bei mir denke: O Scheiße, dann reicht er mir mit einem breiten Grinsen auf dem Gesicht die Tüte zurück. »Ich mach doch nur Spaß«, erklärt er. »Mit dieser alten Kamelle reiße ich seit zwanzig Jahren die Weiber auf und zeig all den anderen Machos, wer von uns ein echter Kerl ist.«

* * *

Gegen vier Uhr früh zeigt Andy mir mein Zimmer, das eine Etage tiefer liegt. Es hat einen Heizlüfter und eine Heizdecke auf einem Einzelbett. Bevor ich einschlafe, frage ich mich, ob ich ihm von Mr. Archer und seinen Anrufen und von Ares hätte erzählen sollen. Als ich hier raufgefahren bin, war ich noch überzeugt, daß ich es tun würde; ich hatte angenommen, ich würde mich bei irgend jemandem auskotzen müssen, aber es hat sich nicht der richtige Zeitpunkt ergeben, um das Thema anzuschneiden.

Auch egal. Schön, daß wir einfach nur mal wieder miteinander geredet haben.

Als ich in den Schlaf sinke, fängt wieder dieser Traum an, in dem ich durch den Wald laufe, aber ich kann ihn verdrängen, ohne daß weitere Bilder auf mich einstürmen.

* * *

Am nächsten Tag, während Andy noch schläft, nehme ich (a) eine Kopfschmerztablette und (b) den Wagen, um nach Kyle of Lochalsh zu fahren und der örtlichen Polizei zu melden, daß ich hier bin.

Als ich in die Stadt komme, entdecke ich einen Escort mit Blaulicht auf dem Dach und parke hinter ihm. Ein Sergeant kommt aus einer Tür, die durch ein Schild als der Eingang einer Zahnarztpraxis ausgewiesen wird, und ich gehe zu ihm und sage ihm meinen Namen und daß Detective Inspector McDunn mich angewiesen hat, meinen Aufenthaltsort zu melden. Der hagere, grauhaarige Sergeant fixiert mich mit einem gewissenhaft mißtrauischen Blick und notiert sich meinen Namen und Uhrzeit. Ich habe den Eindruck, daß er mich für einen harmlosen Irren hält. Wie dem auch sei, er sagt nicht viel; vielleicht tut ihm von seinem Zahnarztbesuch noch der Mund weh. Ich habe jedenfalls keine Zeit, erst lange zu versuchen, ihn in eine Unterhaltung zu verwickeln, denn mein Darm entscheidet plötzlich, daß er jetzt auch aufgewacht ist, und ich muß mich eilig in Richtung der nächstgelegenen Bar und der Herrentoilette absetzen.

Gott, wie ich es *hasse*, wenn meine Scheiße nach Whisky riecht.

* * *

Am Abend gibt Andy eine Party, zum Teil für mich und zum Teil, weil sein Kumpel Howie am nächsten Tag den Abflug macht, um auf einer Bohrinsel zu arbeiten. Nachmittags machen wir einen Spaziergang in den Hügeln; ich ächze und keuche und huste hinter Andy her, der stramm und flink den holprigen Waldweg entlangmarschiert. Wieder zurück im Hotel, helfe ich ihm, die Hotelbar aufzuräumen, wo sich noch immer die Überreste von Andys letzter Party vor ein paar Monaten finden. Der Tresen ist immer noch gut bestückt, auch wenn es kein Faßbier gibt, sondern nur Dosen. Andy scheint es als seine Aufgabe anzusehen, daß er allein für den Alk auf der Party sorgt, also vermute ich, daß er nicht ganz so pleite ist, wie ich gehört habe.

Es kommen etwa zwei Dutzend Leute zur Party; ungefähr die Hälfte davon Einheimische – größtenteils Männer, obwohl es auch ein Ehepaar und zwei unbesetzte Frauen gibt – und die andere Hälfte Hippies. New-Age-Aussteiger, die in Bussen oder Transportern auf Rastplätzen oder stillgelegten Strecken hausen, wo Kurven oder kurze, gewundene Abschnitte der alten Trasse durch eine direktere Streckenführung ersetzt wurden.

In bezug auf das Mischungsvermögen der Leute ist es eine Party, die im Höchstfall emulgiert, statt zu verbinden; es herrscht eine gewisse Feindseligkeit zwischen einigen der Highland-Burschen (glattrasiert und kurzhaarig) und den Hippies (das Gegenteil), die sich vertieft, je besoffener alle werden. Ich gewinne den Eindruck, daß die ansässigen Einheimischen wissen, daß die Hippies immer mal wieder kurz verschwinden, um einen Joint durchzuziehen, und daß ihnen das nicht gefällt. Andy scheint es nicht zu bemerken, er redet unbekümmert mit allen.

Ich tue mein bestes, mich ebenfalls unters Volk zu mischen. Zuerst komme ich besser mit den Highland-Burschen aus, halte Glas für Glas und Dose für Dose mit ihnen mit, nehme ihre Zigaretten an und lasse ihre Bemerkungen à la »Nein, ich rauche noch« über mich ergehen, wenn ich ihnen eine von meinen Silk Cuts anbiete, aber nach und nach, je betrunkener wir werden, wird mir immer unbehaglicher zumute ob ihrer Einstellung gegenüber den Hippies und noch mehr gegenüber Frauen, und Howie, der Typ den ich gestern abend kennengelernt habe, erzählt fröhlich, wie er früher immer seine Frau verprügelt hat, und jetzt ist die Schlampe in einem dieser beschissenen Frauenhäuser, und wenn er sie je findet, wird er sie sich mal so richtig vornehmen. Die anderen wenden ein, daß das keine so irre gute Idee sei, aber ich habe den Eindruck, daß sie das hauptsächlich meinen, weil er dafür in den Knast wandern könnte.

Es zieht mich immer mehr zu den Hippies.

Irgendwann im Laufe des Abends bemerke ich, wie Andy am Fenster steht und mit weit aufgerissenen Augen auf den dunklen Loch hinausstarrt.

»Ist alles in Ordnung?« frage ich ihn.

Es dauert einen Moment, bis er antwortet. »Wir sind hier zehn Meter über dem Meeresspiegel«, sagt er und deutet mit einem Nicken auf das Ufer.

«Was du nicht sagst.« Ich zünde mir eine Zigarette an.

»Auf der QE2 haben wir das Deck auf der entsprechenden Höhe das Exocet-Deck genannt, weil das die Flughöhe der Raketen ist, wenn sie kommen.«

Ah. Geschichten aus dem Falkland-Krieg. »Nun«, sage ich und spähe hinaus in die Dunkelheit, zum jenseitigen Ufer des Lochs hinüber, »wenn du nicht gerade einen mißgünstigen Nachbarn hast, der über gute Kontakte zur Rüstungsindustrie verfügt...«

»Das ist das einzige, wovon ich Alpträume habe«, erklärt Andy, den Blick noch immer auf den dunklen Loch gerichtet, die Augen noch immer weit aufgerissen. »Ist das nicht lächerlich? Alpträume darüber, von einer beschissenen Rakete in tausend Stücke gerissen zu werden, und das, wo's schon zehn Jahre her ist. Und dabei war ich nicht mal auf diesem Deck; unsere Quartiere waren zwei Decks höher...« Er zuckt mit den Achseln, trinkt einen Schluck und dreht sich lächelnd zu mir um. »Siehst du deine Mum noch manchmal?«

»Hä?« sage ich verwirrt von diesem plötzlichen Themawechsel. »Nein, in letzter Zeit nicht. Sie lebt immer noch in Neuseeland. Wie ist's bei dir? Bist du mal wieder in Strathspeld gewesen?«

Er schüttelt den Kopf, und ich bekomme eine Gänsehaut, denn ich erinnere mich an genau die Geste, unablässig wiederholt, so daß es nach einer Weile schon fast zu einem nervösen Tick wurde, damals in Strathspeld, nach Clares Beerdigung '89; eine Geste der Ungläubigkeit, der Leugnung, des Nicht-Akzeptierens.

»Du solltest hinfahren«, erklärt er mir. »Du solltest hinfahren und sie besuchen. Sie würde sich sicher darüber freuen.«

»Wir werden sehen«, sage ich. Eine Windböe treibt Regen gegen das Fenster und rüttelt am Rahmen; sie kommt laut und unerwartet, und ich zucke zusammen, aber Andy dreht sich nur langsam um und schaut hinaus in die Dunkelheit, und es liegt beinahe so etwas wie Verachtung in seinem Blick, bevor er auflacht, seinen Arm um meine Schulter legt und vorschlägt, daß wir uns noch einen hinter die Binde gießen.

Später geht ein Gewitter über dem Hotel nieder; Blitze zucken über den Bergen jenseits des Lochs, und die Fenster zittern bei jedem Donnerschlag. Es gibt einen Stromausfall; die Lichter gehen aus und wir zünden Kerzen und Gasfunzeln an und enden schließlich – Andy, ich, Howie, zwei weitere Burschen aus der Gegend und zwei Hippies – unten im Snooker-Zimmer, wo es einen zerschlissenen Billardtisch und ein Leck in der Decke gibt, das die gesamte fleckige grüne Filzauflage in einen millimetertiefen Sumpf verwandelt und Wasser aus allen Taschen tropfen läßt, das dann an den klobigen Beinen hinunter auf den triefnassen Teppich läuft, und wir spielen im Schein der zischenden Gasfunzeln Snooker, wobei wir die weiße Kugel wegen des zusätzlichen Wasserwiderstands selbst bei heiklen Stößen mit richtig Effet treffen müssen, und die Kugeln machen ein zischendes, spritzendes Geräusch, während sie über den Tisch schießen, und manchmal kann man einen Wasserschweif hinter ihnen herziehen sehen, und ich bin so richtig besoffen und ein bißchen stoned von den zwei, drei Ballerteilen, die ich vorhin mit den Hippies im Garten geraucht habe, aber ich finde dieses schummrig beleuchtete Aquaplaning-Snooker einfach brüllend komisch, und ich lache wie ein Irrer über das Ganze, und irgendwann lege ich meinen Arm um Andys Hals und sage: Du weißt, daß ich dich liebe, alter Kumpel, und sind Freundschaft und Liebe nicht das einzige, was wirklich zählt? und warum können die Menschen das nicht endlich erkennen und einfach *nett* zueinander sein? wenn es nur nicht *so viele* elende Arschlöcher auf der Welt gäbe, aber Andy schüttelt nur den Kopf, und ich versuche, ihn zu küssen, und er wehrt mich sanft ab und lehnt mich gegen eine Wand und stützt meine Brust auf einen Snookerqueue, um mich aufrecht zu halten, und ich finde das aus irgendeinem Grund total komisch und lache so schallend, daß ich hinschlage und gravierende Probleme habe, wieder hochzukommen, und von Andy und einem der Hippies auf mein Zimmer getragen und aufs Bett geworfen werde, wo ich augenblicklich einschlafe. Ich träume von Strathspeld und den langen Sommern meiner Kindheit, dieser Trance des trägen Vergnügens, und ende mit jenem Tag, wo ich durch den Wald laufe (aber ich blende diese Erinnerung aus, wie ich es über all die Jahre getan habe); ich wandere wieder durch die Wälder und die kleinen, verborgenen Schluchten, an den Ufern der Zierteiche und des Flusses und des Lochs entlang, und ich stehe neben einem alten Bootshaus in diesem strahlend hellen Sonnenschein, und Lichtreflexe tanzen auf dem Wasser, und ich sehe zwei Gestalten, nackt und dünn und weiß im Gras jenseits der Schilfbeete, und plötzlich wechselt das Licht vor meinen Augen von Gold zu Silber und dann zu Weiß, und die Bäume scheinen in sich zusammenzuschrumpfen, und die Blätter verschwinden im eisigen Glitzern jenes alles einhüllenden Gleißens, während alles um mich herum gleichzeitig heller und dunkler wird, bis das ganze Blickfeld nur noch schwarzweiß ist; die Bäume sind kahl und schwarz, der Boden ist von alles verhüllendem Weiß bedeckt, und die beiden jungen Gestalten sind verschwunden, während eine noch kleinere Gestalt - mit Stiefeln und Handschuhen und fliegenden Mantelschößen - lachend über die weiße Oberfläche des zugefrorenen Lochs läuft.

Jemand schreit.

7 Lux Europae

Zwölf Stunden später bin ich auf den beschissenen Kanalinseln, pflege noch immer meinen Kater und denke bei mir: Was, zum Teufel, mache ich eigentlich hier?

***

»Hä? Was?«

»Wach auf, Cameron. Da ist ein Anruf für dich.«

»Oh. Ja«. Ich versuche, meinen Blick auf Andy zu fixieren. Irgendwie kriege ich mein linkes Auge nicht auf.

»Ist es was Wichtiges?«

»Weiß nicht.«

Also stehe ich auf, ziehe mir meinen Morgenmantel über und schlurfe runter in die kalte, staubige Eingangshalle, wo das Telefon steht.

»Cameron. Ich bin's, Frank.«

»Oh, hallo.«

»Na, amüsierst du dich auch gut auf deinem Kurzurlaub in den Highlands?«

»O ja«, erwidere ich, während ich noch immer versuche, mein linkes Augenlid zu überreden, sich endlich zu heben. »Was ist denn los, Frank?«

»Nun, dein Mr. Archer hat angerufen.«

»Ach ja?« erwidere ich verhalten.

»Ja. Er sagt, es würde dich vielleicht interessieren, daß« – ich höre Frank mit Papier rascheln – »Mr. Jemmels richtiger Name J. Azul lautet. Das ist die Initiale J und dann

A-Z-U-L. Und daß Azul die ganze Geschichte kennt, aber er reist ins Ausland... nun, heute nachmittag. Mehr hat er nicht gesagt. Ich hab versucht ihn zu fragen, worum es eigentlich geht, aber...«

»Einen Moment mal, einen Moment mal«, unterbreche ich ihn und ziehe mein linkes Augenlid hoch, wobei mein Auge zu tränen anfängt. »Erzähl mir das alles noch mal.«

»Mis-ter«, beginnt Frank gedehnt und ganz langsam, »Ar-cher... hat... an-ge-ru-fen...«

Frank wiederholt die Nachricht. In der Zwischenzeit denke ich nach. Reist heute nachmittag ab... von wo aus?

»In Ordnung«, sage ich, als Frank aufhört, mit mir zu reden, als ob ich ein Leser der *Sun* wäre. »Frank, könntest du mir einen großen Gefallen tun und zusehen, ob du herausfinden kannst, wer dieser Azul ist?«

»Nun, ich bin im Moment ziemlich beschäftigt, Cameron. Nicht alle von uns behandeln Abgabetermine derart...«

»Frank, *bitte*. Bei dem Namen klingelt's irgendwie bei mir. Ich glaube, ich habe ihn... verdammt, ich kann mich nicht erinnern, mein Gehirn streikt. Bitte überprüf den Namen, Frank, ja? Bitte? Ich stehe ewig in deiner Schuld. Bitte.«

»Schon gut, schon gut.«

»Danke. Wenn du irgendwas rausfindest, rufst du mich wieder an, ja? Machst du das?«

»Ja, ja, schon gut.«

»Super. Phantastisch. Danke.«

»Aber wenn ich dich anrufe, hoffe ich doch sehr, daß du schneller rangehst als gestern.«

»Was?«

»Dein Mr. Archer hat gestern angerufen.«

»Gestern?« sage ich und fühle, wie sich mir der Magen umdreht.

»Ja, um die Mittagszeit. Ruby hat die Nachricht notiert. Ich war nicht da, aber als ich dann später versucht habe, dich anzurufen, ist niemand rangegangen. Ich hab's auch versucht, dich über dein Handy zu erreichen, aber ich dachte mir schon, daß es da oben in den Bergen nicht funktioniert, und tatsächlich habe ich nur diese Bandansage ranbekommen, die sagt, ich solle es später noch mal versuchen.«

»Verfluchte Scheiße.«

»Aber egal, noch was anderes...«

Er wird wieder mit einem seiner dämlichen Spell-Check-Witze kommen; ich kann es einfach nicht glauben. In der Zwischenzeit läuft mein Verstand auf Hochtouren, oder zumindest versucht er es; im Moment kommt es mir eher so vor, als würde er am Rand der Aschenbahn festsitzen und verzweifelt versuchen, seine Beine aus der Trainingshose zu befreien.

»Was, wenn es ein Allerweltsname ist?« fragt Frank. »Was, wenn die Hälfte der Leute in Beirut oder sonstwo Azul heißt? Ich meine, es klingt ziemlich...«

»Frank, hör zu«, falle ich ihm ins Wort, denn mir ist gerade ein Geistesblitz gekommen, und ich klinge weit nüchterner und ruhiger, als ich mich fühle. »Ich glaube, ich weiß jetzt wieder, woher ich den Namen kenne. Ich habe ihn auf der Rückseite von *Private Eye* gelesen. Hat irgendwas zu tun mit... ich weiß nicht mehr; irgendeine von diesen Sachen, die immer auf der Rückseite vom *Eye* landen. Bitte, Frank. Er könnte mit dem Verteidigungsministerium, Aerospace, dem Geheimdienst oder dem Waffenhandel zu tun haben. Versuch's über Profile. Gib einfach ›Suche Azul‹ ein und...«

»Ich weiß, ich weiß.«

»Danke, Frank. Ich werd mich jetzt anziehen. Wenn ich in ungefähr 'ner halben Stunde noch nichts von dir gehört habe, rufe ich dich trotzdem an. Ciao.«

Verdammt; diese fünf ermordeten Typen, ganz zu schweigen von all den anderen Fällen, die McDunn untersucht, und dieser Kerl reist heute nachmittag ab. Hat gestern angerufen. Verdammt, ich hasse enge Termine! Ich verfalle in Panik; ich kann es fühlen. Mein Herz rast. Ich versuche nachzudenken, aber ich weiß nicht, was ich tun soll. Entscheide dich!

Ich entscheide mich: Im Falle von Unentschlossenheit ist die wichtigste Regel, *in Bewegung zu bleiben.* Geschwindigkeit ist wichtig. Kinetische Energie macht das Gehirn frei und verwirrt den Feind.

***

Ich stürze hastig heißen Kaffee hinunter und ziehe meinen Mantel an; meine Tasche steht auf dem Rezeptionstresen in der Hotel-Lobby, und Andy steht gebeugt und blinzelnd und mit verquollenen Augen da und schaut mir zu, während ich mir Toast in den Mund stopfe und Kaffee aus einem henkellosen Becher schlürfe. Andy schaut auf meine Tasche. Einer meiner Socken ragt aus der Stelle, wo sich die beiden Reißverschlüsse treffen, wie Gewebe aus einem Leistenbruch. Andy zieht einen der Reißverschlüsse auf, stopft die Socke wieder hinein und zieht den Reißverschluß zu.

»Das Telefon hat oft Aussetzer«, erklärt er.

»Wahrscheinlich war das Gewitter dran schuld.«

»Was soll's.« Ich schaue auf meine Uhr. Höchste Zeit, Frank anzurufen.

»Hör zu«, sagt Andy. Er kratzt sich unter dem Kinn und gähnt. »Die Polizei möchte vielleicht mit dir sprechen...«

»Ich weiß. Ich lasse sie wissen, wo ich bin, mach dir darüber...«

»Nein, ich meine die Cops hier.«

»*Was*? Warum?«

»Oh«, seufzt er. »Es hat letzte Nacht ein bißchen Ärger

gegeben, als die Jungs gegangen sind, draußen, auf dem Nachhauseweg. Sieht so aus, als ob Howie und seine Kumpels sich unterwegs zwei der Hippies gegriffen hätten. Einer liegt jetzt anscheinend im Krankenhaus. Die Cops suchen nach Howie. Jedenfalls, du hast zwar geschlafen, als es passiert ist, aber vielleicht wollen sie dir trotzdem ein paar Fragen stellen, also...«

»Himmel, ich...« setze ich an. Das Telefon klingelt. Ich packe den Hörer und brülle: »Was?«

»Cameron, Frank hier.«

»Oh, hallo. Hast du was herausgefunden?«

»Ich denke schon. Könnte ein Mr. Jemayl Azul sein«, sagt er. Er buchstabiert den Vornamen, und ich denke Jemayl/Jemmel, mhm-hmm. »Britischer Staatsbürger«, fährt Frank fort. »Englische Mutter, türkischer Vater. Geboren 17.3.49, ist in Harrow, Oxford und Yale gewesen.«

»Hat er was mit dem Verteidigungsministerium oder...«

»Hat seinen eigenen Rüstungsbetrieb. Verbindungen zu den Saudis, aber er hat an so ziemlich jeden Waffen verkauft, inklusive Libyen, Iran und Irak. Er hat in der Vergangenheit 'ne Menge kleiner britischer Firmen aufgekauft, meistens, um sie dichtzumachen; gab wegen ihm 'ne Anfrage im Unterhaus. Die Israelis haben ihn 1985 beschuldigt, Baupläne für Atombomben an die Irakis verkauft zu haben. Du hattest recht damit, daß sein Name im *Eye* stand; taucht einige Male auf, und ich hab mir die Ausschnitte raufkommen lassen.« Wieder raschelt Papier. »Dem Artikel hier zufolge lautete einer der Decknamen, den er bei geschäftlichen Transaktionen und Bankkonten benutzte, Mr. Jemmel. Wie gefällt dir das?« Frank klingt sehr zufrieden mit sich.

»Gigantisch, Frank, einfach gigantisch«, erkläre ich ihm. »Und von wo aus operiert er?«

»Adressen in London und Genf, ein Büro in New

York... aber zu Hause ist er auf Jersey, auf den Kanalinseln.«

»Telefonnummer?«

»Hab ich überprüft; ist 'ne Geheimnummer. Und bei seiner Firmenadresse läuft nur ein Anrufbeantworter. Aber ich hab einen Kumpel von mir in St. Helier angerufen, der da beim Lokalblättchen arbeitet, und der denkt, daß dein Mann im Lande ist.«

»Gut. Gut...«, sage ich. »Was ist mit der Adresse?«

»Aspen, Hill Street, Gorey, Jersey.«

»In Ordnung. In Ordnung.« Ich überlege noch immer. »Frank, das ist brillant, eine unglaubliche Hilfe. Könntest du mich zu Eddie durchstellen?«

***

»*Was*?« ruft Eddie, als ich es ihm erzähle.

»Von Inverness nach Jersey. Komm schon, Eddie, ich bin da 'ner heißen Sache auf der Spur. Ich würde es ja selbst bezahlen, aber bei meiner Karte ist das Limit ausgeschöpft.«

»Das sollte besser wirklich 'ne heiße Story sein, Cameron.«

»Eddie, das könnte die Story des Jahrzehnts werden, das meine ich ernst.«

»Nun, das sagst du so, Cameron, aber die Ergebnisse deiner bisherigen Auslandseinsätze sind ja nun nicht gerade ermutigend...«

»Komm schon, Eddie, das geht jetzt unter die Gürtellinie. Außerdem kann man Jersey wohl kaum als Ausland bezeichnen, und ich gebe dafür einen Urlaubstag hin.«

»Ach, also gut, aber du fliegst Economy-Class.«

***

»Was für ein Leben«, sagt Andy, als er meine Reisetasche im Kofferraum des 205 verstaut.

»Ja«, pflichte ich ihm bei und steige in den Wagen. Ich kann fühlen, wie meine Kopfschmerzen sich wieder breit machen. »Sieht gelegentlich recht aufregend aus; aber das täuscht.«

Ich schlage die Tür zu und kurble das Fenster herunter. Ich bin mir nicht ganz sicher, ob ich wirklich fahrtüchtig bin, aber ich muß auf die Tube drücken, wenn ich rechtzeitig für den Umsteigeflug in Inverness sein will.

Andy sieht mich zweifelnd an und sagt: »Bist du auch sicher, daß du weißt, was du tust?«

»Ich hole mir die Story«, erkläre ich ihm grinsend. »Bis bald dann.«

***

Ich schaffe es in neunzig Minuten zum Inverness Airport, durch Hagelschauer, die von hohen grauen Wolken übers Land gezogen werden. Musikalische Untermalung von Count Basie und der islamischen Antwort auf Pavarotti in der sogar noch voluminöseren Gestalt von Nusrat Fateh Ali Khan; eine Stimme wie ein Engel auf Acid in einem Traum, auch wenn ich nicht die leiseste Ahnung habe, wovon er singt und immer insgeheim argwöhne, daß es etwas in der Richtung von »He, laßt uns Salman Rushdie aufknüpfen, yeah-yeah« ist.

Das Flugticket wartet schon am Schalter auf mich. Ich bin immer noch offiziell im Urlaub, also zwinge ich mich, keine Zeitungen zu lesen. Ich überlege, mir Zigaretten zu kaufen, aber die Kopfschmerzen pochen noch immer hinter meinen Augen, und ich habe so das Gefühl, daß ich mich übergeben werde, wenn ich eine Zigarette rauche. Natürlich brauche ich in Wahrheit etwas Chemisches in kristalliner Form, aber ich habe nichts dabei und wüßte auch nicht, wo ich mir in Inverness etwas besorgen könnte. Ich verspüre den Drang, etwas zu tun, also kaufe ich mir einen blöden kleinen Billig-Gameboy und setze mich damit hin und spiele, während ich warte. Der Flug hat Verspätung, aber nicht viel; ich steige in Gatwick bei Sonnenschein und leichtem Wind um, und der 146er landet bei relativ mildem Wetter auf Jersey. Ich schaffe es sogar, mit der Kreditkarte einen Wagen zu mieten, was mir beinahe wie ein Gottesgeschenk vorkommt.

Im Preis des Nova ist eine Straßenkarte inbegriffen; ich fahre durch die gepflegten kleinen Alleen und über einige größere Straßen, während ich schon nach diesen wenigen Meilen zu dem Schluß komme, daß die Insel nach den West Highlands einfach zu verdammt sauber und piekfein und übervölkert ist. Gorey ist leicht zu finden, draußen an der Ostküste, mit Ausblick über die Strände und die Landspitze, wo die Festung, von der ich immer geglaubt habe, sie sei in St. Helier, tatsächlich steht. Für die Hill Street brauche ich ein bißchen länger, aber Aspen ist unübersehbar; eine langgestreckte weiße Villa direkt unterhalb des Kamms einer flachen, bewaldeten Hügelkette, umgeben von weißen Mauern mit schmiedeeisernen Gittern und kleinen kugelförmigen Büschen in Holzbottichen. Dachschindeln aus Terracotta. Sieht ganz schön beeindruckend aus. Ich denke mir, daß der Wert des Anwesens sicher auch ziemlich beeindruckend ist.

Es gibt ein hohes schwarzes Eisentor, aber die Flügel stehen offen, also fahre ich hindurch und über die rosa gepflasterte Auffahrt bis vor die Tür.

Ich läute und warte. Ich sehe keine anderen Wagen, aber an das Haus ist eine Garage mit zwei Doppeltoren angebaut. Die Sonne versinkt langsam hinter den Baumwipfeln, und Wind kommt auf, raschelt in den Blättern der Zierbüsche und bläst Sand in mein linkes Auge, das daraufhin wieder zu tränen anfängt. Ich läute noch einmal. Ich spähe durch den Briefschlitz, aber ich kann nichts sehen; ich strecke die Hand hindurch und fühle auf der anderen Seite der dicken Tür einen Kasten.

Nach einigen Minuten beschließe ich, mich ein bißchen umzusehen, gehe unter maurischen Torbögen hindurch und steige über niedrige weiße Mauern hinweg, vorbei an einem Astroturf-Tennisplatz und einem Swimmingpool von etwa derselben Größe, offen und spiegelglatt. Ich bücke mich und tauche prüfend die Hand ins Wasser. Warm.

Ich versuche, in die Fenster des Hauses zu schauen, aber sie sind entweder mit diesen Plastikjalousien abgedeckt, die man gewöhnlich nur in Frankreich sieht, oder von innen durch Rollos verhängt.

Ich gehe zurück zum Wagen und denke mir, daß Mr. Azul vielleicht nur mal kurz weggefahren ist. Natürlich, vielleicht habe ich ihn auch gänzlich verpaßt, und er ist schon auf dieser Reise, von der Mr. Archer zu wissen schien. Ich gebe dem Ganzen noch eine halbe Stunde, vielleicht auch eine Stunde oder so, dann werde ich das Lokalblatt anrufen und nach Franks Kontaktmann fragen. Ich überlege, den Gameboy herauszuholen, den ich in Inverness gekauft habe, aber ich bin entweder doch noch nicht völlig abhängig, oder mein übersättigter Gaumen hat Spiel-Langeweile entwickelt.

Während ich meine Augen schließe (nur um sie etwas auszuruhen), denke ich noch, daß die Warterei vielleicht doch nicht der beste Plan ist, doch während ich gähne und meine Hände unter meine Achselhöhlen klemme, denke ich bei mir, daß eine kleine Verschnaufpause gar keine so schlechte Idee ist, solange ich nicht einschlafe.

***

Andy läuft hinaus auf das Eis. Ich bin fünf Jahre alt, und er ist sieben. Ganz Strathspeld liegt unter einer weißen Decke; der reglose Himmel verbirgt die Sonne in einem blendenden, gleißenden Dunst, so daß ihre Strahlen wie aus weiter Ferne durch die hohe Wolkendecke über der eisigen Wildnis dringen. Die Bergkämme sind schneebedeckt, schwarze Felsspalten klaffen wie Wunden in der konturlosen weißen Fläche auf; die Hügel und Wälder liegen ebenfalls unter einer Schneedecke, in den Bäumen glitzert Frost, und der Loch ist gleichzeitig hart und weich, erst zugefroren, dann zugeschneit. Hier, jenseits der Gärten und des Waldes und der Zierteiche, verjüngt sich der Loch und wird wieder zu einem Fluß, der sich verengt und windet und immer schneller dahinströmt, während er auf die Felsen und den Wasserfall und die flache Schlucht dahinter zuhält. Gewöhnlich kann man von hier aus das Donnern des Wasserfalls in der Ferne hören, aber heute herrscht Stille.

Ich sehe, wie Andy auf das Eis hinaus läuft. Ich rufe ihm hinterher, aber ich folge ihm nicht. Die Uferböschung an dieser Seite ist flach, nur einen halben Meter über der weiten weißen Fläche des schneebedeckten Flusses. Das Gras und das Schilf um mich herum sind von dem unerwarteten Schneefall letzte Nacht plattgedrückt worden. Auf der gegenüberliegenden Seite, auf die Andy zuläuft, ist die Uferböschung hoch und steil, wo das Wasser in den Hügel eingeschnitten, Sand und Kies und Steine weggerissen und einen Überhang aus Erde und freigelegten, herabbaumelnden Baumwurzeln zurückgelassen hat; die dunkle Kieswand unter dem zerklüfteten Überhang ist weit und breit die einzige Stelle, wo kein Schnee liegt.

Andy schreit beim Laufen; seine Mantelschöße flattern hinter ihm, er hat seine behandschuhten Hände ausgestreckt, den Kopf in den Nacken geworfen, und die Ohrenklappen seiner Mütze schlagen wie Flügel. Er ist schon fast halb drüben, und plötzlich bin ich nicht mehr ängstlich und verärgert, sondern erregt, berauscht und begeistert. Man hat uns gesagt, daß wir das nicht tun dürften, hat uns gesagt, wir dürften nicht hierherkommen, hat uns gesagt, wir könnten Schlitten fahren und Schneeballschlachten machen und Schneemänner bauen soviel wir wollen, aber wir dürften nicht einmal in die Nähe des Lochs und des Flusses gehen; und trotzdem wollte Andy unbedingt hierhin, nachdem wir eine Weile auf dem Hang nahe der Farm gerodelt sind; trotz meiner Proteste ist er durch den Wald vorausgestapft, und dann, als wir hier zum Flußufer kamen, habe ich gesagt: Nun, solange wir es uns nur anschauen, aber dann hat Andy einfach einen triumphierenden Schrei ausgestoßen und ist den von Felsbrocken übersäten weißen Hang hinuntergesprungen und über den jungfräulichen flachen weißen Schnee auf das gegenüberliegende Ufer zugerannt. Zuerst war ich wütend auf ihn, aber jetzt werde ich plötzlich von dieser überwältigenden Begeisterung gepackt, während ich ihm zuschaue, wie er da drüben über die eisige glatte Fläche des erstarrten Flusses läuft, frei und erhitzt und quicklebendig in jener reglosen, gefrorenen Stille.

Ich denke, daß er es geschafft hat, ich denke, daß er auf der anderen Seite des Flusses und in Sicherheit ist, und ein berauschendes Gefühl miterlebten Triumphes steigt in mir auf, doch dann knackt es plötzlich, und Andy stürzt hin; ich denke, daß er über irgendwas gestolpert und auf die Nase gefallen ist, aber er liegt nicht flach ausgestreckt auf dem Schnee, er ist bis zur Taille darin eingesunken, und eine dunkle Pfütze breitet sich auf dem Weiß um ihn herum aus, während er strampelt und versucht, sich herauszuziehen, und ich kann gar nicht glauben, daß das wirklich passiert, kann nicht glauben, daß Andy nicht einfach wieder aufspringt; ich schreie jetzt voller Angst, rufe seinen Namen, brülle zu ihm hinüber.

Er strampelt und wälzt sich herum, während er immer tiefer einsinkt; abgebrochene Eisschollen lassen kleine Wölkchen und Fontänen aus Schnee aufstieben, während Andy verzweifelt nach Halt sucht, um sich an die Oberfläche zu ziehen. Er ruft jetzt zu mir herüber, aber ich kann ihn kaum hören, weil ich so laut schreie und mir in die Hose pinkle, während ich die Schreie herauspresse. Er streckt seine Hand nach mir aus, brüllt mich an, aber ich rühre mich nicht, stehe nur starr vor Angst und schreiend da, und ich weiß nicht, was ich tun soll, kann nicht entscheiden, was ich tun soll, selbst als er mir zubrüllt, ich solle ihm helfen, solle zu ihm herüberkommen, *einen Ast holen*, aber ich bin wie gelähmt vor Schrecken bei dem bloßen Gedanken, einen Fuß auf diese weiße, trügerische Oberfläche zu setzen, und ich kann mir nicht vorstellen, einen Ast zu finden, kann keinen klaren Gedanken mehr fassen, während ich in die eine Richtung auf die hohen Bäume über der verborgenen Schlucht schaue und dann in die andere am Ufer des Lochs entlang zum Bootshaus, aber da sind keine Äste, da ist nur überall Schnee, und dann hört Andy auf zu strampeln und gleitet unter die weiße Fläche.

Ich stehe ganz still da, stumm und wie betäubt. Ich warte darauf, daß er wieder auftaucht, aber er tut es nicht. Ich trete einen Schritt zurück, dann drehe ich mich um und laufe los, und die Nässe um meine Oberschenkel, zuerst warm, wird nun kalt, während ich unter den schneebeladenen Bäumen hindurch zum Haus renne.

Ich laufe Andys Eltern in die Arme, die gerade mit den Hunden an den Zierteichen spazierengehen, und es scheint eine Ewigkeit zu verstreichen, bis ich ihnen sagen kann, was passiert ist, denn meine Stimme verweigert mir ihren Dienst, und ich kann die Furcht in ihren Augen sehen, und sie fragen, »Wo ist Andrew? Wo ist Andrew?«, und endlich kann ich es ihnen sagen, und Mrs. Gould stößt einen bebenden, seltsam erstickten Schrei aus, und Mr. Gould trägt ihr auf, die Leute im Haus zu alarmieren und einen Krankenwagen zu rufen, und dann läuft er den Weg zum Fluß hinunter, dicht gefolgt von den vier aufgeregt kläffenden Golden Labradors.

Ich laufe mit Mrs. Gould zum Haus, und wir rufen alle – meine Mum und meinen Dad und die anderen Gäste – zusammen, dann hetzen wir zurück zum Fluß. Mein Dad trägt mich auf seinen Armen. Am Flußufer angekommen, kann ich Mr. Gould bäuchlings draußen auf dem Eis liegen sehen, wie er sich von der Einbruchstelle im Fluß zurückrobbt; Leute schreien und rennen umher; wir laufen am Ufer entlang zu den Stromschnellen und der Schlucht, und mein Vater stolpert und läßt mich beinahe fallen, und sein Atem riecht nach Whisky und Essen. Dann ruft jemand, und sie finden Andy, hinter der Biegung des Flusses, unten, wo das Wasser wieder unter der Kruste aus Eis und Schnee auftaucht und – im Pegel abgesenkt und geschwächt – um die Felsen und verkeilten Baumstämme brodelt, bis es den Rand des Wasserfalls erreicht, dessen Rauschen heute gedämpft und weit entfernt klingt, selbst aus dieser Nähe.

Andy ist dort, eingeklemmt, zwischen einem schneebedeckten Baumstamm und einem eisüberzogenen Felsen, sein Gesicht blau-weiß angelaufen, völlig reglos. Sein Vater springt in das tiefe Wasser und zieht ihn heraus.

Ich fange an zu weinen und vergrabe mein Gesicht an der Schulter meines Vaters.

Unter den Hausgästen war der Dorfarzt; er und Andys Vater halten den Jungen hoch und lassen das Wasser aus seinem Mund laufen, dann legen sie ihn auf einen Mantel im Schnee. Der Arzt drückt auf Andys Brustkorb, während seine Frau in den Mund des Jungen atmet. Sie sehen völlig verblüfft aus, als das Herz wieder zu schlagen anfängt, und dann preßt sich ein gurgelnder Laut aus Andys Kehle. Andy wird in den Mantel gewickelt und eilig zum Haus geschafft, wo er bis zum Hals in eine heiße Badewanne getaucht wird und Sauerstoff bekommt, als der Krankenwagen eintrifft.

Er war zehn Minuten oder länger unter dem Eis, unter Wasser gewesen. Der Arzt hatte von Kindern – zumeist jünger als Andy – gehört, die ohne Luft in kaltem Wasser überlebt hatten, aber er hatte so etwas noch nie mit eigenen Augen gesehen.

Andy erholte sich schnell, lag in der heißen Wanne und atmete hustend und prustend den Sauerstoff ein, dann wurde er abgetrocknet und in ein gewärmtes Bett gelegt, während seine Eltern neben ihm Wache hielten. Der Arzt hatte sich Sorgen über mögliche Hirnschäden gemacht, aber Andy schien hinterher genauso fröhlich und intelligent, wie er es vorher gewesen war, erinnerte sich an Einzelheiten seiner frühen Kindheit und schnitt bei den Gedächtnistests, die der Arzt mit ihm machte, überdurchschnittlich ab und war sogar gut in der Schule, als diese nach den Winterferien wieder anfing.

Nach einer Weile schien es so, als würde nur ich immer noch an jenen stillen, kalten Morgen denken, mich in meinen Träumen an diesen Schrei erinnern und an diese Hand, die mich ausgestreckt um Hilfe anflehte, und an diese völlige Stille, die folgte, nachdem Andy unter dem Eis verschwunden war.

Und manchmal hatte ich das Gefühl, daß er anders wäre und sich verändert hätte, auch wenn ich wußte, daß Leute sich unentwegt veränderten und daß Leute unseres Alters sich schneller veränderten als die meisten anderen.

Trotzdem dachte ich hin und wieder bei mir, daß da etwas verlorengegangen war; nicht unbedingt aufgrund des Sauerstoffmangels, sondern schlicht als Resultat dieses Erlebnisses, des Schocks seiner eisigen Reise, als er unter die graue Abdeckung aus Eis glitt (und manchmal habe ich mir in späteren Jahren gesagt, daß es ein Verlust an Ignoranz, ein Verlust an Torheit und somit durchaus etwas Gutes war). Aber ich konnte mir nie mehr vorstellen, daß er je wieder etwas derart spontan Verrücktes, Aggressives, hochmütig das Schicksal Herausforderndes und *Entfesseltes* tun würde, wie hinaus auf das zugefrorene Eis zu laufen, die Arme weit ausgebreitet, lachend.

* * *

Du trägst bereits deinen Oberlippenbart, die Perücke und die Brille, und du hast einen Sonnenbrillenaufsatz auf die Gläser gesteckt, weil es ein ziemlich sonniger Tag ist. Du drückst auf die Türklingel und behältst die Auffahrt im Auge, während du die Handschuhe überstreifst. Du bist nervös und schwitzt, und du weißt, daß du dich auf dünnem Eis bewegst, daß du hohe Risiken eingehst, dein Glück auf die Probe stellst, denn bis jetzt hat alles wie am Schnürchen geklappt, weil du das alles aus gutem Grund durchziehst, mit dir selbst im Einklang bist und nicht allzuviel als selbstverständlich hinnimmst, nicht mal dran denkst, das Schicksal aus Verachtung oder Respektlosigkeit zu versuchen; all das ist jetzt in Gefahr, weil du die Umstände herausforderst, dich vielleicht eine Spur zu sehr darauf verläßt, daß alles glattlaufen wird. Allein deine Unternehmungen bis zu diesem Punkt haben dich bereits an den Rand deiner finanziellen Möglichkeiten gebracht, und du bist noch lange nicht am Ende angekommen. Aber wenn jetzt etwas schiefgeht, wirst du dem Schicksal voll ins Auge sehen, kein Wimpernzucken, kein Jammern. Du hättest nie gedacht, daß du mit dem davonkommen würdest, was du bis jetzt getan hast, und so kannst du in gewisser Weise nur noch gewinnen, tatsächlich hast du schon seit geraumer Zeit nur noch gewonnen, also kannst du dich schlecht beklagen, und du hast auch nicht vor, das zu tun, falls sich das Blatt jetzt gegen dich wenden sollte.

Er kommt einfach so an die Tür; keine Hausdiener, keine Gegensprechanlage, und allein das gibt dir schon grünes Licht; du hast keine Zeit für irgendwelche Finessen, also trittst du ihm einfach in die Eier und folgst ihm nach drinnen, als er zusammenklappt und sich in Fötushaltung auf dem Boden windet. Du schließt die Tür, nimmst die Brille ab, weil deine Sicht verzerrt ist, und trittst ihm gegen den Kopf; zu sanft bestimmt nicht, aber eben auch nicht hart genug, denn er windet sich noch immer auf dem Boden, eine Hand im Schritt und die andere am Kopf, während er keuchende, winselnde Laute von sich gibt. Du verpaßt ihm noch einen Tritt.

Diesmal sackt er vollends zusammen. Du glaubst nicht, daß du ihn getötet oder ihm das Rückgrat oder sonstwas gebrochen hast, und wenn doch, kannst du's auch nicht ändern. Du vergewisserst dich, daß man ihn nicht durch den Briefschlitz sehen kann, hinter dem aber sowieso der Postkasten hängt, dann siehst du dich in der Halle um. Ein Golfschirm. Du greifst ihn dir. Immer noch niemand zu sehen oder zu hören. Du gehst eilig den Flur hinunter, kommst an der Küche vorbei, gehst hinein und ziehst die Jalousie herunter. Du entdeckst ein Brotmesser, behältst aber auch den Schirm bei dir. In einer Küchenschublade findest du eine Rolle Klebeband, gehst zurück in die Halle und drehst ihn herum, so daß du dich zwischen ihm und der Haustür befindest. Du fesselst seine Hände und Knöchel zusammen. Er trägt eine teuer aussehende Hose und ein Seidenhemd. Krokodillederslipper und Socken mit Monogramm. Er ist manikürt und duftet nach etwas, das du nicht wiedererkennst. Sein Haar sieht leicht feucht aus.

Du ziehst ihm beide Schuhe aus und stopfst ihm beide Socken in den Mund; sie sind ebenfalls aus Seide, geben aber ein ganz hübsches Knäuel her. Du klebst ihm den Mund zu, steckst die Rolle in eine Jackentasche und läßt ihn dann dort liegen, während du das übrige Haus durchsuchst, wobei du in jedem Zimmer die Jalousien herunterläßt. Wieder in der Küche, entdeckst du die Tür zum

Keller. Im ersten Stock dringt Musik und das Geräusch von Wasser an deine Ohren.

Du schleichst dich zu einer offenen Tür. Ein Schlafzimmer; wahrscheinlich sein Schlafzimmer. Ein Messingbett; groß, vielleicht sogar goldlegiert. Zerwühlte Laken, ein großer, sonnenbeschienener Balkon hinter Fenstern und pastellfarbenen Jalousien. Die Geräusche kommen aus dem anliegenden Badezimmer. Du betrittst das Schlafzimmer, überprüfst die Winkel der Spiegel; es sieht nicht so aus, als würde einer dein Bild bis ins Bad reflektieren. Du lauschst, während du dich der Badezimmertür näherst. Die Musik ist laut. Es ist ein Song von den Eurythmics namens Sweet Dreams are Made of This. Ein Kabel erstreckt sich von einer Steckdose in der Wand bis ins Bad. Interessant.

Eine Stimme singt den Song mit, geht dann in ein Summen über. Dir sinkt der Mut. Du hast gehofft, daß er allein zu Hause wäre. Du siehst durch den Türangelspalt. Das Badezimmer ist groß. In einer Ecke befindet sich ein eingelassener Whirlpool mit einer jungen Person darin, die sich im Blubberwasser treiben läßt. Weiß, mit kurzen schwarzen Haaren. Du kannst nicht sagen, ob es sich um eine männliche oder eine weibliche Person handelt. Deine Recherchen bezüglich Mr. Azul haben seine sexuellen Präferenzen nicht mit eingeschlossen.

Der Ghettoblaster steht weniger als einen Meter vom Rand des Whirlpools entfernt. Auf dem Boden schlängeln sich noch mal mindestens zwei Meter Kabel.

Der junge Mann oder die junge Frau stimmt wieder in den Song ein, legt dabei seinen/ihren Kopf zurück. Wahrscheinlich eine Frau; glatter Hals, kein richtiger Adamsapfel.

Erneut wirfst du einen Blick zu dem Kabel hinüber.

Dein Mund ist trocken. Was machst du jetzt? Alles könnte so schnell gehen, so leicht, und es würde die

Dinge um vieles vereinfachen. Es ist fast so, als würde die Vorsehung zu dir sprechen: Hier, ich hab's dir einfach gemacht; jetzt pack die Gelegenheit beim Schopf, mach schon. Um wen oder was es sich bei dieser Person auch immer handelt, sie steht irgendwie mit dem Hauseigentümer in Verbindung, und wenn sie nicht über ihn Bescheid weiß, ist es ihre eigene Schuld.

Doch du bist dir nicht sicher. Ein solches Vorgehen würde den Code verletzen, würde das übersteigen, was du dir anfangs als Operationsparameter gesetzt hast. Es muß Regeln geben, Gesetze, und zwar für alles; schließlich hat selbst der Krieg Regeln. Vielleicht fordert dich das Schicksal heraus, bietet dir eine einleuchtend einfache Chance, ein Problem zu lösen, um dich einer Prüfung zu unterziehen, die Aufschluß über dich geben wird. Wenn du den einfachen Weg gehst, hast du versagt, und nichts wird dich mehr retten können, weder deine Fähigkeiten noch deine Bestimmung noch dein heiliger Zorn, und auch nicht dein Glück, weil sich dieses dann gegen dich gewendet haben wird.

Die junge Person in der Wanne macht den Eindruck, als wäre sie noch für eine Weile beschäftigt. Du gehst zum Bett, legst den Schirm darauf ab und beginnst, die Schubladen und Einbauschränke links und rechts vom Fußende des Bettes zu durchforsten, wobei du die Badezimmertür im Auge behältst. Die Schubladen gleiten sanft und geräuschlos heraus und herein; der Mann kauft nur vom Feinsten, da braucht man kein Spanholz zu erwarten.

Du findest eine Pistole. Eine 38er Smith & Wesson. Geladen. Und eine Schachtel mit fünfzig Patronen. Du gestattest dir einen fast unhörbaren Seufzer und grinst in dich hinein.

Du legst das Messer neben den Schirm, nimmst die Waffe und hältst sie unter die Seidendecken, um die Sicherung zurückzuschieben. Du spähst noch einmal in die

Schublade. Kein Schalldämpfer; das wäre einfach zuviel verlangt.

Doch dann findest du etwas in einer anderen Schublade, was vielleicht noch nützlicher sein mag. Du starrst auf die Sachen in der Schublade, während ein warmes Gefühl durch deine Eingeweide strömt. Du hast die richtige Wahl getroffen, und dafür wirst du jetzt belohnt. Du läßt deinen Blick über die dicken Messingrohre der Imperator-Schlafstatt schweifen und lächelst.

Du nimmst die Sado-Maske aus der Schublade. An ihrer Hinterseite befindet sich ein Reißverschluß, und das einzige, was an ein Gesicht erinnert, ist eine nasenförmige Falte mit einem Paar kleiner Atemschlitze am Ende. Du greifst nach deinem Taschenmesser und schneidest zwei Augenlöcher in die Maske, während du weiter die Badezimmertür beobachtest.

Du probierst die Maske an, nimmst sie wieder ab und erweiterst die Löcher um die Augen. Du setzt sie erneut auf und ziehst den Reißverschluß an der Rückseite halb hoch. Die Maske riecht nach Schweiß und Mr. Azuls Lieblingsparfüm. Du nimmst eines der Handschellenpaare aus der Schublade und gehst ins Bad, die Pistole auf die Gestalt in der Wanne gerichtet.

»Jem«, sagt sie, »was hast du…«

Du beschließt, in deiner Michael-Caine-Stimme zu sprechen. Eigentlich klingt sie nicht sehr nach Michael Caine, aber sie klingt auch nicht wie deine eigene Stimme, und das ist alles, was zählt.

»Es ist nicht dein Scheiß-Loverboy, Mädel, und jetzt steig aus dem Scheißbad und tu, was ich dir sage, dann passiert dir auch nichts.« Gar nicht so schlecht; die Maske tut ihr übriges, deine Stimme zu verzerren.

Sie starrt dich mit offenem Mund an. Nicht gerade die beste Zeit für Besucher, aber in genau diesem Moment klingelt es unten. Sie sieht an dir vorbei.

»Einen Laut, Süße«, sagst du leise, »und du bist Geschichte, verstanden?«

Wieder die Türglocke. Der Eurythmics-Song ist zu Ende, und du stellst einen Fuß auf das Kabel des Ghettoblasters und reißt es aus der Anschlußbuchse. Halb erwartest du, daß der nächste Song erklingt, weil das Gerät zusätzlich mit Batterien geladen ist, aber stattdessen: Stille.

Das Mädchen starrt dich an.

Du läßt sie nicht aus den Augen. Die ganze Situation kommt dir merkwürdig akademisch vor, als würde es dich nicht im geringsten kümmern, was als nächstes passiert. Wenn sie Lärm schlägt, wirst du sie wahrscheinlich nicht erschießen, aber andererseits besteht die Chance, daß sie unten nicht gehört wird; es ist ein großes Haus, und obwohl sich eine Menge harter, schallübertragender Flächen darin befinden, bist du nicht überzeugt, ob ein Schrei bis nach draußen dringen würde, entweder über die Treppenflucht oder durch die doppelt verglasten Balkonfenster. Dazu kommt natürlich, daß dir immer noch die Zeit bliebe, sie mit einem Schlag niederzustrecken, sie auszuknocken, bevor sie überhaupt richtig Luft geholt hätte, aber das ist ebenso gefährlich wie rüpelhaft, und du würdest es bevorzugen, gar nicht erst an solche Möglichkeiten zu denken.

Es klingelt kein drittes Mal.

Du nimmst einen Bademantel von der Rückseite der Tür und wirfst ihn ihr zu. Sie bekommt ihn halb zu fassen, als er am Rand des Whirlpools landet. »Los. Zieh dich an, mach schon.«

Du erwartest, daß sie sich hinkauert und versucht, den Bademantel anzuziehen, bevor sie ganz aus dem Wasser ist, oder daß sie dir den Rücken zudrehen wird, aber stattdessen huscht so etwas wie ein höhnisches Grinsen über ihr Gesicht, als sie sich erhebt und mit irgendwie geringschätziger Geste in den Mantel hüllt. Sie hat einen guten Körper und dieses einzelne vertikale Büschel Schamhaar, das man braucht, wenn man ein Model oder die Besitzerin eines hoch geschnittenen Badeanzugs ist.

Sie wirft ihren Kopf mit einem nervösen, resignierten Seufzer zurück, als du ihr die Waffe an den Kopf hältst, aber sie macht keine Zicken, als du ihr die Arme hinter dem Rücken fesselst. Du klebst ihr den Mund zu, dann führst du sie in die Küche und in den Keller hinunter. Auf dem Weg durch die Halle siehst du, daß Mr. Azul sich immer noch an derselben Stelle befindet.

Im Keller liegen jede Menge Stricke herum. Du wickelst ihre Finger mit Klebeband zusammen und fesselst sie dann an eine massive hölzerne Werkbank. Du entfernst alle scharfen Gegenstände von der Arbeitsplatte und achtest darauf, daß sich nichts in Reichweite ihrer Beine befindet. Du nimmst ein paar von den Stricken mit nach oben.

Du gehst wieder zu Mr. Azul, und er ist verschwunden.

Für einen Moment willst du dich ohrfeigen für deine Dummheit, während dein Glück ins Wanken gerät, sich in Luft aufzulösen und dich zu verlassen droht; du starrst auf die Stelle, wo er zusammengekrümmt und gefesselt vor der Tür gelegen hat; du starrst blöd auf den Läufer, als würde dir dein Starren irgend etwas nützen.

Dann drehst du dich um und läufst ins Wohnzimmer.

Da ist er, immer noch mit Klebeband gefesselt, aber irgendwie muß er sich hierhergerobbt haben, während du unten im Keller warst; er hat ein Telefontischchen umgerissen und bringt gerade das Telefon in Position, als du das Wohnzimmer betrittst und ihn entdeckst.

Er windet sich auf dem Boden, schafft es, sein Gesicht über die Tasten auf dem Telefon zu heben. Er drückt dreimal auf die Tasten, robbt dann zum Hörer und gibt erstickte Schreie von sich, bis du den Hahn der Pistole spannst und er es hört und sich umdreht, zur Wand, wo du stehst und das Kabel mit dem Telefonstecker durch die Luft schwingst.

Du schleifst ihn nach oben und wirfst ihn aufs Bett; er wehrt sich gegen deinen Griff und versucht zu schreien. Es wird langsam dunkel, und so schließt du die Jalousien und ziehst die Vorhänge vor, bevor du das Licht anmachst. Mr. Azul schreit durch seine Seidensocken und das Klebeband. Du verpaßt ihm eins. Er ist nur benommen, nicht ohnmächtig, aber du schaffst es, ihn mit dem zweiten Paar Handschellen und den Lederbändern aus der Schublade zu fesseln, aus der bereits die Maske stammt. Die Fesseln sitzen bestens; das Bett ist massiv, und die Lederbänder sind elastisch, aber ziemlich dick. Perfekt. Er kämpft ein bißchen gegen seine Fesseln an.

Dann nimmst du einen der Stricke, die du aus dem Keller mitgebracht hast, mißt vier Längen und schneidest sie mit dem Taschenmesser ab.

Du legst das erste Stück um Mr. Azuls rechten Oberarm, so nah an seiner Achselhöhle wie möglich, über seinem Seidenhemd; du kniest auf dem Bett und ziehst mit aller Kraft, und der Strick schnürt sich tief in die glänzende Seide; Mr. Azul schreit hinter seinem Knebel; ein ersticktes, verzweifeltes Kreischen.

Du machst dasselbe mit seinem anderen Arm.

Du schnürst seine Beine ebenfalls ab, direkt unterhalb des Schritts, ziehst die Stricke so fest, daß sich der Stoff seiner Hose kräuselt. Mr. Azul bäumt sich wieder und wieder auf, in einer bizarren Parodie sexueller Energie. Seine Augen treten weit aus ihren Höhlen, und Schweiß perlt auf seiner Haut. Sein Gesicht wird röter und röter, während sein Herz verzweifelt Blut durch die Arterien zu pumpen versucht, die durch die Stricke blockiert sind.

Dann nimmst du die kleine Plastikbox aus der Tasche und zeigst ihm die Injektionsnadel. Er kämpft immer noch gegen seine Fesseln an, schüttelt dazu jetzt unentwegt seinen Kopf, und du bist dir nicht sicher, ob er alles mitkriegt, aber es gibt Wichtigeres auf der Welt. Du verpaßt seinen Armen und Beinen je einen Einstich. Das ist eine zusätzliche Raffinesse, die du dir erst kürzlich ausgedacht hast und auf die du insgeheim stolz bist. Selbst wenn er rechtzeitig entdeckt wird, bevor die Nekrose einsetzt, ist er auf alle Fälle HIV-positiv.

Du läßt ihn allein und gehst in den Keller, um zu sehen, ob mit dem Mädchen alles in Ordnung ist. Mr. Azuls Schreie klingen rauh und heiser und weit entfernt.

Die Sonne geht unter, als du das still daliegende Haus verläßt und sorgfältig hinter dir abschließt. Die Sonne glüht orange und pink hinter den Bäumen, die das Haus überragen, der Wind ist eher kühl als kalt, trägt den Duft von Meer und Blumen mit sich, und du denkst, was für ein angenehmer, wenn auch ziemlich öder Ort dies wäre, um sich niederzulassen.

* * *

Ich schrecke aus dem Schlaf auf; ich habe einen widerlichen Geschmack im Mund, und mein linkes Augenlid ist wieder zugeklebt. Es ist beinahe dunkel. Ich schaue auf meine Uhr. Wo zum Teufel ist dieser Kerl? Ich mache einen weiteren Rundgang ums Haus; kein Licht. Wieder zurück im Wagen versuche ich, das Handy zu benutzen, aber die Akkus sind leer, und der Nova hat anscheinend keinen Zigarettenanzünder. Ich mache mich nach St. Helier auf.

* * *

»Scheiße.« Ich habe es gerade beim Lokalblatt versucht, aber Franks Kumpel ist außer Haus, und sie weigern sich, mir eine Nummer zu geben, unter der ich ihn erreichen kann.

Ich stehe in einer Telefonzelle nahe dem Hafen. Ich sehe, wie ein weißer Lamborghini Countach langsam auf der Straße draußen vorbeigleitet, und schüttle ungläubig den Kopf. Ein Lamborghini. Gute zwei Meter breit und kaum einen Meter hoch. Genau der richtige Wagen für eine Insel voller enger, gewundener, von hohen Hecken gesäumter Straßen und einer Geschwindigkeitsbegrenzung von 60 Meilen pro Stunde. Ich frage mich, ob der Fahrer das Ungetüm je aus dem zweiten Gang rausbekommt.

Vielleicht sollte ich die Polizei anrufen: Hallo, hallo, ich habe gerade einen Trottel gesehen, der grob fahrlässig mit seinem obszönen Reichtum umgeht; gibt es eine Belohnung? (Die Versuchung ist groß).

* * *

Alle Arschlöscher treiben sich irgendwo in der Weltgeschichte herum. Frank ist nicht zu Hause, Azul hat eine Geheimnummer, ich versuche es bei dem Lokalblatt hier, aber die können oder wollen mir nicht helfen, und die Fluggesellschaften weigern sich, Informationen über ihre Passagiere herauszugeben. Ich hänge den Telefonhörer ein. »Scheiße!« donnere ich. Es klingt sehr laut in der kleinen Telefonzelle. Ich wähle die Nummer von Yvonne und William, aber da ist nur Williams Stimme auf dem Anrufbeantworter. Mir fällt ein, daß Yvonne erzählt hat, daß sie die nächsten paar Tage beruflich unterwegs ist. Ich überlege, sie über ihr Handy anzurufen, aber sie kann es nicht leiden, wenn ich das tue, also tue ich es nicht.

Ach, zum Teufel mit der ganzen Sache. Wenn ich irgendein beschissener Privatdetektiv oder so was wäre, würde ich zurück zu Mr. Azuls Villa fahren und irgendwie einbrechen und etwas wirklich Interessantes finden oder eine Leiche oder eine schöne Frau (oder würde nur einfach eins über den Schädel bekommen und mit einem flotten Spruch auf den Lippen wieder aufwachen). Aber ich bin müde, ich habe noch immer Kopfschmerzen, ich fühle mich wie gerädert, und mir sind die Ideen ausgegangen, und das Ganze ist mir *peinlich*, verdammt noch mal. Was zum Geier mache ich hier eigentlich? Verdammt, heute morgen schien das alles eine wirklich blendende Idee.

Ich kann es noch immer zu einem Flug zurück nach Blighty schaffen, wo ich dann Anschluß an den letzten Flieger nach Inverness habe. Vergiß die Story. Manchmal ist ein taktischer Rückzug die einzige Alternative. Selbst St. Hunter würde dem zustimmen. Wenn ich den Drang verspüre, *irgend etwas* zu tun, kann ich meine kreativen Fähigkeiten noch immer darauf verwenden, mir eine Geschichte auszudenken, die Eddie besänftigen wird. Oder ich kann's auch gleich lassen. Ich fahre mit dem Nova zurück zum Flughafen.

Ich muß eine Stunde Wartezeit totschlagen; Zeit, sich eine Bar zu suchen. Ich fange mit einer Bloody Mary an, da dies in gewisser Hinsicht mein Frühstück ist, dann spüle ich meinen Gaumen mit einer Flasche Pils sauber. Ich kaufe eine Schachtel Silk Cut und rauche vorsichtig eine Zigarette – wobei ich mich vergewissere, daß ich sie auch genieße und nicht nur aus Gewohnheit qualme –, während ich noch zwei große und sehr erfrischende Gin-Tonics einschiebe, bevor der Flug aufgerufen wird und gerade noch genug Zeit bleibt für einen einfachen Whisky im Stehen, eine Geste der Unterstützung für den schottischen Export.

Ich gehe völlig schmerzfrei an Bord, verspeise das Abendessen und nehme das Gin-Tonic-Thema wieder auf, lande in Gatwick und begebe mich mit einem Schlenker über die Raucherzone der Flughafen-Bar und einen weiteren hinuntergestürzten Gordon's zu meinem Anschlußflieger, lehne das zweite angebotene Abendessen, aber nicht den dazugehörigen Alk ab, und schlafe selig irgendwo über den West Midlands ein, nur um von einer appetitlichen Blondine mit einem unverschämten Grübchenlächeln geweckt zu werden, und ich würde sie ja fragen, was sie nachher noch vorhat, weil ich betrunken genug bin, daß es mir nichts ausmacht, wenn sie »Nein« sagt, was sie vermutlich sagen wird, aber ich weiß, daß ich zu müde bin, und außerdem ist mein linkes Augenlid schon wieder zugeklebt, und ich befürchte, ich sehe damit aus wie Quasimodo, also sage ich nur schlicht, »Ähm, danke«, was cool oder traurig ist, ich bin nicht sicher, was.

Ich betrete den Terminal und denke bei mir: Nun, wenigstens riecht es hier nicht nach Kloake, wie es das manchmal tut, wenn man im guten alten Embra ankommt; ich bin nicht sicher, ob ich damit im Moment fertig werden könnte. Ich gehe durch die Wartehalle und denke, daß hier irgendwas nicht stimmt, dann halte ich an und bleibe ganz still stehen, dort wo die Wartehalle in den Abfertigungsbereich des Terminals übergeht, denn plötzlich werde ich von einem Gefühl des Entsetzens und der Verwirrung übermannt; es ist alles viel zu klein und irgendwie nicht so, wie es sein soll! Das hier ist nicht Edinburgh! Diese freundlichen, aber völlig inkompetenten Kretins haben mich verflucht noch mal zum falschen Flughafen geflogen! Idioten! Können die denn nicht einmal *navigieren*, verdammt noch mal? Himmel, ich wette, es gibt nicht mal einen Flug zurück von… Wo, zum Teufel, bin ich hier eigentlich?

Ich entdecke ein Schild mit der Aufschrift »Willkommen in Inverness«, während ich mich im selben Moment erinnere, wo ich meinen Wagen abgestellt habe und von wo aus ich heute morgen losgefahren bin, allerdings erst nachdem ich mich umgedreht habe und an den nächsten Schalter gestapft bin und in inbrünstigem Zorn verlangt habe, wenn nötig mit einem gecharterten Lear nach Edinburgh geflogen oder auf der Stelle mit einer Limousine in das beste Hotel in vertretbarem Umkreis des Flughafens gefahren zu werden, um dort mit einem kostenlosen Abendessen, Übernachtung und Frühstück und unbegrenztem Getränkekonto entschädigt zu werden.

Nur die Flucht nach vorn kann mich jetzt noch vor größerer Blamage retten.

Leute gehen vorbei und sehen mich schief an. Ich schüttle den Kopf und schlage den Weg zum Parkplatz ein.

Es ist mittlerweile ziemlich spät, und ich bin absolut nicht in der Verfassung zu fahren, also steuere ich den 205 nur bis an den Stadtrand von Inverness, wo ich am ersten beleuchteten Bed-&-Breakfast-Schild anhalte und höflich und langsam mit dem freundlichen, etwas ältlichen Ehepaar aus Glasgow rede, dem das Gasthaus gehört, und dann sage ich Gute Nacht, schließe die Tür meines Zimmers, falle aufs Bett und schlafe ein, ohne auch nur meine Jacke ausgezogen zu haben.

8 Beschuß aus den eigenen Reihen

Nach einem vermutlich als herzhaft zu bezeichnenden Frühstück und einem noch herzhafteren Hustenanfall mache ich mich Richtung Süden auf. An einer winzigen Tankstelle direkt vor der Auffahrt zur A9 halte ich an und rufe in Fettes an, während das Benzin in den Tank läuft.

Sergeant Flavell klingt ein bißchen sonderbar, als ich mit ihm rede und erzähle, daß ich für einen Tag auf Jersey war, nun aber wieder auf dem Weg nach Edinburgh sei. Ich frage ihn, ob ich meinen neuen Laptop zurück haben kann, und er sagt, er sei da nicht sicher. Er schlägt vor, daß ich auf direktem Weg nach Fettes komme; sie wollen mit mir sprechen. Ich sage, das geht in Ordnung.

Richtung Süden auf der A9, musikalische Untermalung Michelle Shocked, The Pixies, Carter und Shakespeare's Sister. Kurz vor Perth schalte ich beim Cassettenwechseln für einen Moment auf Radio um und höre etwas mit dem Titel *I'll Sleep When I'm Dead* von Bon Jovi, das Uncle Warrens Stück gleichen Namens nicht im Traum das Wasser reichen kann und mich unangemessen verärgert. Am frühen Nachmittag Eintreffen in Edinburgh, vorbei an den Plakaten, die großspurig den bevorstehenden Europa-Gipfel ankündigen. Ich weiß nicht, wie sie es geschafft haben, aber die Typographie auf den Plakaten läßt selbst in *mir* den Wunsch aufkommen, es Edin-Burg auszusprechen, und ich lebe hier, verdammt noch mal.

Verdammt, verdammt, verdammt: Nationale Verteidigung, Kältefiltration, karamelgefärbtes Pißwasser, Edin-Burg, Edin-Borro, Spione in Bagdadschen Gefängnissen, große Verschwörungen, getürkte Selbstmorde, ich kann das alles nicht mehr hören, ich muß kotzen, wenn ich das noch mal höre! Was für ein großer Haufen gequirlter Scheiße das doch alles ist!

Auf der Ferry Road, in Sichtweite des lächerlichen Turms der Fettes School und nur Minuten von der Hauptrevierwache entfernt, genehmige ich mir die erste Zigarette des Tages, nicht, weil ich es wirklich will, sondern nur, um mich schlecht zu fühlen. (Uncle Warren kennt sich da aus.)

In gewisser Hinsicht stellt sich das als äußerst vorausschauendes Denken heraus, denn in der Bullen-Hochburg werde ich prompt verhaftet.

* * *

Das Hotel liegt dunkel und totenstill da. Der Keller ist voller Gerümpel, von dem das meiste wohl einst zu gebrauchen war, jetzt aber von Wasser, Schlamm oder Schimmel bedeckt ist. Eine ganze Reihe der Bodendielen ist weiß und verrottet. Im Parterre kommst du am Billardraum, dem großen Ballsaal und einem Lagerraum vorbei. Der Tisch im Billardzimmer ist klatschnaß; der grüne Filz ist vollgesogen mit Regenwasser, und im Holz sind Risse zu erkennen. Die alten Motorräder, Tische, Stühle und Teppiche im Ballsaal sehen aus wie vergessenes Spielzeug in einem vermoderten Puppenhaus. Leise klopft der Regen gegen die Fenster: das einzige Geräusch. Draußen ist es stockdunkel.

Der Bogen der Treppe windet sich um die baufällige Grandezza des Treppenschachts nach oben. Die Rezeptionsecke im ersten Stock ist staubig und leer, die Bar riecht nach abgestandenem Alkohol und kaltem Zigarettenrauch, und der leere Speisesaal atmet Feuchtigkeit und

Verfall. Die Küche ist kalt und wirft das hohle Echo deiner Schritte zurück. Die einzige Ausstattung besteht aus einem alten Gasofen und einer Spüle. Eine Schürze hängt an einem Nagel von der Wand.

Du nimmst die Schürze und bindest sie dir um.

Auf den beiden nächsten Etagen befinden sich die Gästezimmer. Auch hier ist es feucht, und in einigen der Räume ist die Decke eingestürzt, Stuck und Mörtel bedecken die schweren, altmodischen Möbel. Der Regen prasselt jetzt gegen die Fenster, und der aufgekommene Wind pfeift durch Risse in den Scheiben und der Fensterverkleidung.

Im obersten Stockwerk scheint es etwas weniger feucht, ein bißchen wärmer zu sein, obwohl Wind und Regen auch hier deutlich zu hören sind.

Am einen Ende des dunklen Korridors, hinter der aufgebrochenen Feuertür, befindet sich eine offene Tür. Das Zimmer wird von den Überresten eines Kaminfeuers erhellt, das langsam in Asche zusammenfällt. Ein paar Holzscheite liegen zum Trocknen auf der Kaminsohle, und es riecht nach Zigaretten und Kiefernholz. In einem alten Kohleneimer neben dem Kamin befindet sich eine fast volle Dose Paraffin.

Der Essensaufzug in der einen Ecke des Raums enthält eine Auswahl von verschieden großen Holzscheiten, die meisten noch feucht. Du nimmst das größte der Scheite, ungefähr so lang wie ein Männerarm, und gehst leise hinüber zur angrenzenden Schlafzimmertür. Du bleibst stehen, lauschst dem Regen und dem Wind und den kaum wahrnehmbaren Lauten eines Schlafenden, der langsam und rhythmisch atmet. Du hältst die Hand mit dem Holzscheit ausgestreckt, während du auf das Bett zugehst.

Er bewegt sich im Dunkeln, was du mehr hörst als siehst. Du bleibst regungslos stehen. Dann beginnt der im Bett liegende Mann zu schnarchen.

Regen trommelt gegen das Fenster. Du riechst Whisky und alten Tabakrauch.

Du gehst zum Bettrand und hebst den Scheit über deinen Kopf.

So verharrst du einen Moment.

Diesmal ist es anders. Das hier ist jemand, den du kennst. Aber du kannst dir darüber keine Gedanken machen, weil das nicht der Punkt ist; obwohl du weißt, daß es etwas ausmacht, kannst du nicht zulassen, daß dich dies von deinem Plan abbringt. Du läßt den Holzscheit mit aller Kraft auf ihn niedergehen. Er trifft seinen Kopf, aber du hörst es nicht, weil du im selben Moment einen Schrei ausstößt, als wärst du es selbst, der in dem Bett liegt, als wärst du es selbst, der gerade attackiert und getötet wird. Die Gestalt auf dem Bett stößt einen schrecklichen, gurgelnden, röchelnden Laut aus. Du hebst den Scheit abermals über deinen Kopf und läßt ihn wieder niedersausen, stößt dabei einen weiteren lauten Schrei aus.

Der Mann auf dem Bett rührt sich nicht mehr.

Du knipst die Taschenlampe an. Überall ist Blut; es schimmert rot, wo es in die weißen Laken sickert, schwarz, wo es sich in Pfützen sammelt. Du bindest dir die Schürze ab und bedeckst seinen Kopf und seine Schultern mit ihr. Dann gehst du die Treppe hinunter, um die Gasflasche aus dem alten Herd in der Küche zu holen.

Die jetzt doppelt getränkten Laken fangen schnell Feuer; das Paraffin erstickt den Blutgeruch. Du läßt die Gasflasche am Fuß des Bettes liegen, gehst die kürzere Hälfte des Korridors hinunter und trittst durch den Notausgang hinaus in die von Geräuschen erfüllte Nacht. Du läufst die Feuertreppe an der Stirnwand des Gebäudes hinunter.

Als du die Straße erreichst, bleibst du stehen und wirfst einen Blick zurück, gerade rechtzeitig, um zu sehen, wie die Flammen über den Rand des Hoteldachs lecken, orangefarben in die Nacht hinaustanzen.

Vielleicht ist es die Gasflasche, die du ein paar Minuten und ein paar hundert Meter weiter explodieren hörst, aber das Heulen des Windes ist jetzt so laut, daß du dir nicht sicher bist.

Es sind jetzt drei Tage, aber ich bin nicht ganz sicher, ich könnte mich irren, denn ich habe nicht gut geschlafen, ich hatte Alpträume über einen Mann und sie denken, ich war's, aber ich war's nicht, *oder doch*? Langsam frage ich mich das selbst. Er trägt eine Gorillamaske, er spricht mit einer Babystimme, und er hat eine riesige Spritze in der Hand, und ich bin *an den Stuhl gefesselt und schreie*. Ich halte es nicht mehr lange aus. Sie verhören mich unablässig, fragen wieder und wieder, wo ich war, was ich getan, warum ich es getan habe, warum ich das alles getan habe, wo ich war, mit wem ich zusammen war, wen ich hier zum Narren halten will, warum ich nicht einfach endlich gestehe, daß ich es getan habe, nun, wenn ich es nicht war, wer denn dann? Ich bin in London, ich bin im Knast, ich bin doch tatsächlich in Paddington Green verdammt noch mal, dem Hochsicherheitsrevier, wo sie die Aufwiegler einsperren, und sie halten mich für so gefährlich, für ein solches Sicherheitsrisiko, daß sie mich hierher gebracht haben und mich sogar unter dem Anti-Terror-Gesetz festhalten, Gott im Himmel, weil einige von denen noch immer nicht überzeugt sind, daß sie es nicht mit irgendeiner teuflischen Allianz der IRA, den Welsh Nationalists und schottischen Seperatisten zu tun haben. Sie haben mich an jenem Tag von Edinburgh hierher geschafft, haben mich in einen Transporter mit Sitzbänken, aber ohne Fenster, gesteckt, mit Handschellen an einen vierschrötigen stillen Burschen aus London gekettet, der kein einziges Wort mit mir und nicht einmal viel mit den anderen beiden Cops gesprochen hat, die hinten mit im Transporter hockten und immer nur starr geradeaus schauten, und es kam mir so vor, als würden wir die ganze Nacht durchfahren und nur einmal an irgendeiner Tankstelle an der M1 halten, hat eine Weile gedauert, alles zu organisieren, dann kamen sie mit einer Auswahl an Limo-Dosen und Sandwiches und Kuchen und Schweinefleischpasteten und Schokolade zurück, und wir saßen alle da und mampften, und dann haben sie mich gefragt, ob ich mal aufs Klo müßte, und ich sagte ja, und sie haben die Tür aufgemacht, und es ging geradeaus über den Rasenstreifen zum Herrenklo, zwei Cops als Wachen vor der Tür, und ein paar Typen, sahen aus wie Fernfahrer, standen da und haben mich angestarrt, während sie darauf warteten, an die Reihe zu kommen, nachdem ich meinen Besuch auf dem stillen Örtchen beendet hatte; wollte nur kurz pinkeln, aber es ging einfach nicht, auch wenn der vierschrötige Bursche mich nicht wirklich beobachtet hat, aber es reichte mir schon, daß er da neben mir stand und ich mit Handschellen an ihn gefesselt war, also haben sie in den Kabinen nachgeschaut, und dann haben sie mir die Handschellen abgenommen, und ich mußte die Tür einen Spalt offenstehen lassen, während ich drauf war, dann wieder raus, und ich sehe die anderen Bullenwagen, Himmel, ein Range Rover und sogar noch ein Senator, ich bin eine beschissene Berühmtheit, dann wieder rein in den Transporter und weiter Richtung London, wo die Verhöre beginnen; sie konzentrieren sich für den Moment auf den Mord an Sir Rufus, weil sie im Wald nahe des abgebrannten Cottages eine Karte gefunden haben, eine beschissene Visitenkarte; nicht meine, das wäre zu offensichtlich gewesen, aber die Karte von einem Typen, den ich bei *Jane's Defence Weekly* kenne, mit ein paar hingekritzelten Notizen auf der Rückseite:

Ctrl + Alt 0 = Blkwink-Tausch
Shift + Alt = Wechsel Menüleiste
Milch But Brot Rascreme

Sie fragen mich: Ist das Ihre Handschrift? und sie ist es natürlich ist sie es das sind *Despot*-Befehle von damals als die Maus verrückt gespielt hat und so schreibe ich das immer auf wenn ich einen Einkaufszettel mache. Ich kann mich vage daran erinnern, daß ich die Befehle vor etlichen Monaten aufgeschrieben und dann den Zettel oder was immer es war, worauf es stand, verloren habe. Ich starre auf die zerknickte Karte, die jetzt in einer versiegelten Plastiktüte steckt, und erkenne meine Handschrift und fühle, wie mein Mund noch trockener wird, als er ohnehin schon ist, und ich stammle nur etwas wie: Nun, es *sieht aus* wie meine Handschrift, aber, ich meine, was soll's, irgend jemand, jeder könnte die genommen haben, ich meine... aber sie schauen nur alle still zufrieden drein, und das Gefrage geht weiter.

Und mir geht nur immer wieder durch den Kopf: *Gestehe nichts, gestehe nichts, gestehe nichts.* Es wimmelt bloß so von beschissenen Detectives und DCIs und Chief Supers und Commanders; mehr Ermittler und Typen vom CID und Kerle von der Anti-Terror-Einheit und Burschen von den regionalen Polizeitruppen, als man zählen kann, und sie alle stellen mir Fragen, stellen mir immer wieder dieselben Scheißfragen, und ich versuche, immer dieselben Scheißantworten zu geben; DI McDunn zu sehen – der Spucke durch seine Zähne schlürft und mir seine B&Hs anbietet – ist schon fast so, als würde ich einen alten Kumpel treffen, auch wenn er mir wieder nur Fragen stellt. Es ist eine Erleichterung, daß die Anti-Terror-Jungs langsam das Interesse zu verlieren scheinen, aber die anderen sind immer noch da, und ich kann nicht denken, kann nicht klar denken, kann nicht schlafen.

Es ist schon zu Beginn schlimm genug, aber dann wird es noch schlimmer, während sie mich da festhalten, denn sie haben *noch mehr* gefunden, haben noch zwei weitere gefunden, und das, während ich schon hier war Himmelherrgott nochmal während sie mich hier festgehalten haben ging die Sache immer weiter kamen immer neue Sachen rein während sie mich verhört haben und sie haben mich ungläubig entsetzt angewidert angesehen und ich habe immer wieder nur gefragt: Was? Was ist denn? Was jetzt schon wieder? Was soll ich denn nun schon wieder getan haben? Und sie haben mir von Azul erzählt, auf Jersey, und davor ich glaube es war davor haben sie mir die Polizeifotos von ihnen allen gezeigt: Bissett aufgespießt auf dem Geländer, grotesk und ausgestreckt und schlaff; der blutbeschmierte Vibrator, der bei dem Richter a. D., Jamieson, benutzt wurde; die blutleere formlose bleiche Leiche von Persimmon, gefesselt an ein Tor über einer Blutlache; die Überreste von Sir Rufus Carter, verkohlte Knochen, verkrümmt und zusammengeschrumpft, die Kinnlade des geschwärzten Schädels heruntergeklappt zu einem blinden Schrei, da halfen wohl nur noch die Zahnarztunterlagen, und es war alles schwarz, die Nägel, das Holz und auch die Knochen, aber es sind ihre Münder, ihre Kiefer, an die ich mich erinnere, ihre stummen Schreie, schlaff herunterhängend oder aufgestemmt und es kommt noch schlimmer denn sie zeigen mir dieses beschissene Video sie zeigen mir das Video, von dem sie denken daß ich es gemacht hätte oder von dem ich denke daß sie denken daß ich es gemacht hätte, aber ich hab's nicht gemacht; sie zwingen mich es mir anzusehen und es ist so furchtbar; da ist ein Mann und er ist ganz in Schwarz oder Dunkelblau gekleidet und er trägt eine Gorillamaske und er saugt immer wieder an dieser kleinen Flasche in seiner Hand, in der Helium sein muß weil er dadurch diese Babystimme bekommt und er hat diesen fetten kleinen Kerl an einen Chromsessel gefesselt den Mund zugeklebt ein Arm festgebunden an der Armlehne des Sessels das Hemd hochgekrempelt und der kleine Kerl schreit aus Leibeskräften aber es klingt ganz leise weil der Laut durch seine Nase kommen muß während der Mann mit der Gorillamaske von der Kamera zu dem Kerl auf dem Sessel schaut und diese riesige einfach gigantische Spritze hochhält die aussieht wie etwas aus einem Alptraum aus einem alten Film aus einem Horrorfilm und ich kann fühlen wie mein Herz rast *denn genau das ist es.* Das ist ein Horrorfilm ein beschissener Horrorfilm den dieser Wahnsinnige da dreht, sein eigener Horrorfilm und du kannst dir nicht mal selbst sagen zum Teufel es ist nur ein Film sind die Trickeffekte nicht klasse es passiert nicht wirklich denn genau das tut es und der Gorilla-Mann erklärt in dieser grausigen schrillen Babystimme was er in dieser Flasche und in dieser Spritze hat und ich übergebe mich aber sie halten das Video solange für mich an.

Als es vorbei ist gibt es einen Umschnitt auf eine andere Szene und da ist jemand der wieder dieser kleine Kerl sein könnte und er ist *noch immer* an einen Stuhl gefesselt, aber diesmal ist es ein hochlehniger Krankenhausstuhl mit Rädern und einem kleinen wegklappbaren Tisch vor ihm und die Riemen die seinen Torso festhalten könnten leicht gelöst werden aber seine Hände sind schlaff. Hinter seinem Kopf ist so eine Art Brett und da ist ein Handtuch oder sowas um seine Stirn das seinen Kopf aufrecht hält aber die Augen Himmel die Augen sie sind völlig leer und McDunn sagt sie nennen es einen persistierenden komatösen Zustand; persistierender komatöser Zustand und so sieht es auch aus Mann so sieht es auch aus.

Und dann sind da natürlich noch die beiden anderen. Zuerst Azul und seine Freundin. Sie steht unter Schock ist aber ansonsten unverletzt aber er hat schwarze Gliedmaßen wo seine eigenen sein sollten; wuchernde Nekrose und abgestorbene Extremitäten, nur daß die Extremitäten an der Schulter und den Lenden anfangen; er lebt, aber wenn du in seinen Schuhen stecken würdest, wärst du lieber tot. Der Waffenschieber, der internationale *Arms Dealer*; okay der Rächer der Vollstrecker der völlig Irre hat ihm auch seine Beine genommen, aber trotzdem, und der Chefredakteur aufgespießt von Metallspeeren wie von spitzen Federn, und der Vergewaltigern gegenüber so nachsichtige Richter vergewaltigt, und der Pornograph vergiftet und *vollgewichst*, und der Mann der so kaltschnäuzig gegenüber dem Blutvergießen im Iran-Irak-Krieg war mußte zusehen wie seine Hunde im Zwinger verreckt sind wie Soldaten wie Vieh und ist dann in seinem höchstpersönlichen Märtyrer-Brunnen verblutet, und der Geschäftsmann, der Profit über Sicherheit gestellt und nicht nur geholfen hatte eintausend Menschen zu töten sondern dann auch noch versucht hat, sich davor zu drücken den Überlebenden und Hinterbliebenen Entschädigung zu zahlen bekommt seine eigene Gasexplosion und Scheiße wer immer er ist (vorausgesetzt er *ist* ein er) er besitzt Humor oder wenigstens Ironie denn er hat was gedreht was beinahe ein Snuff-Video ist was tatsächlich ein Snuff-Video ist wenn man gehirntot zählt egal es ist näher dran an einem echten Snuff-Film als es je einer sonst gesehen hat, selbst die Jungs von der Sitte die seit Jahren danach suchen aber obwohl jeder annimmt daß es solche Filme gibt hat niemand je wirklich einen zu Gesicht bekommen bis dieser Gorilla-Mann daherkommt und einfach seinen eigenen dreht speziell dazu gedacht andere Pornohändler abzuschrecken die vielleicht überlegen solches Zeug zu vertreiben! Es ist urkomisch, es ist total ironisch, und du erklärst das alles McDunn und du lachst weil es wirklich nicht die Schuld der Polizei ist daß du nicht schläfst es sind diese Alpträume wo du von einem Gorilla mit einer Babystimme und einer riesigen Spritze verfolgt wirst und er will dich damit ficken, ist das nicht einfach brüllend komisch? Du kannst nicht schlafen weil du in Wirklichkeit für deinen eigenen Schlafentzug sorgst und du sagst he, als nächstes werde ich auch noch die Treppe hinunterpoltern! aber er scheint den Witz nicht zu verstehen und dann heißt es zurück in die Zelle und dann in das Verhörzimmer mit den vergitterten, milchig-weißen Fenstern damit du nicht hinaussehen kannst und sie schalten den Cassettenrecorder ein, alles ist wie gewöhnlich und es wird immer bizarrer; sie fordern mich auf, mit einer Michael-Caine-Stimme zu sprechen! Sie befehlen mir, den beschissenen Michael Caine zu imitieren, kann man sich das vorstellen? Und dann ist da dieser Labortyp oder sowas hier und sie fordern mich auf Helium aus einer Maske einzuatmen und ich muß einige der Sachen wiederholen die der Gorilla-Mann in dem Video gesagt hat und so habe ich mehr und mehr das Gefühl er zu werden sie versuchen mich zu ihm zu machen; ich finde nicht daß ich wie der Typ in dem Gehirn-Snuff-Video klinge aber verdammt noch mal was die denken da sind zu viele um zu wissen *was* zum Teufel sie denken ganze Heerscharen von ihnen, überall wimmeln Polizisten mit verschiedenen Akzenten herum, London, Midlands, Wales, Schottland, wo auch immer, Gott weiß wo, es sind nicht nur Flavell und McDunn obwohl ich die immer noch hin und wieder sehe besonders McDunn der mich die meiste Zeit über ganz merkwürdig anschaut so als könnte er gar nicht glauben daß ich es war der all diese Dinge getan hat und ich habe dieses bizarre Gefühl daß er mich für einen ziemlichen Waschlappen hält ich meine daß er auf eine widerwillige, noch-immer-entschlossen-dieses-Dreckschwein-festzunageln-Art tatsächlich mehr Respekt für den Gorilla-Mann empfindet als für mich weil ich unter den Fragen einfach zusammengebrochen bin und dieser ganze Mist, den sie mir in den Kopf gesetzt haben mit diesen Fotos und diesem Video (ha was bedeutet daß *der* Gorilla-Mann schon längst an meinem Gehirn herumgemacht hat, daß er mir schon längst ins Gehirn gefickt und meinen Kopf mit der *Vorstellung* davon, der Vision, der *meme* davon vollgestopft hat), und ich dachte immer ich wäre ein kaltschnäuziger Hund aber ich habe mich geirrt ich bin nur ein eingetunkter Keks Baby ich bin so soft daß ich zerkrümle mich auflöse und das – es sei denn ich wäre der beste verdammte Schauspieler der Welt – ist der Grund weshalb McDunn es einfach nicht glauben kann daß ich zu all den Dingen fähig bin, die der Gorilla-Mann getan hat, aber so viele der Beweise deuten in meine Richtung, besonders die Daten und Uhrzeiten, all diese Sachen, ganz zu schweigen davon, daß diese Fernsehkritik, die ich geschrieben habe, sich jetzt wie eine Liste der geplanten Opfer liest.

Und es geht einfach nur immer so weiter noch eine Nacht noch einen Alptraum und dann wieder zurück in das Verhörzimmer und wieder dieser Cassettenrecorder und noch mehr Fragen über Stromefirry-nofirry und Jersey und Flüge und als wir da angekommen sind da erzählen sie mir von dem anderen da sagen sie O wo wir gerade dabei sind Ihr bester Freund Andy ist tot ist mit seinem Hotel in die Luft gegangen als es abgebrannt ist; wurde vermutlich zuerst totgeschlagen sein Schädel war eingeschlagen aber natürlich wissen Sie das vermutlich längst weil Sie das ja auch getan haben, oder nicht?

* * *

Ich habe bei etwas gelogen. Weiter vorn. Ich habe es so erzählt, wie ich es empfunden habe, nicht, wie es tatsächlich war. Oder wie ich es empfinde und es tatsächlich ist. Wie auch immer.

»Andy. Yvonne.«

»Hallo«, sagt sie und schüttelt seine Hand.

»Und das da drüben ist William«, erkläre ich Andy. »Der mit dem großen Schwert.«

Andy dreht sich um und schaut William an. William; maskiert, ganz in Weiß gekleidet, in der Hand seinen Säbel; und plötzlich greift er an, macht einen Ausfallschritt nach vorn. Sein Gegner springt zurück und versucht, die Hiebe mit seinem eigenen Säbel zu parieren, aber er hat das Gleichgewicht verloren, und William setzt nach, schwingt seinen Säbel in herabsausenden, weit ausholenden Bewegungen, bohrt die Kante der schweren gebogenen Klinge seitlich in den Rumpf seines Gegners.

»Ach, Mist«, flucht der andere Typ, während William zurücktritt und sich entspannt. Sie nehmen ihren Gesichtsschutz ab, und William kommt zu uns herüber, die Maske unter dem Arm, den Säbel locker in der Hand, sein Gesicht rot und schweißnaß, so daß es im grellen Licht der Sporthalle glänzt. Ich stelle ihm Andy vor.

Andy mit seinem kurzen Haar und seinem Blazer und den ordentlich gebügelten Jeans, das Gesicht ansprechend, doch ein wenig picklig, sein Ausdruck ganz leicht hochmütig und argwöhnisch. Er ist einundzwanzig; zwei Jahre älter als wir, aber William sieht selbstsicherer und reifer aus.

»Hallo«, sagt William und wirft eine blonde Strähne zurück, die ihm in die Stirn gefallen ist. »Du bist also Cams stolzer Soldat.«

Andy lächelt verkniffen. »Du mußt... Willy sein, stimmt's?«

Ich seufze. Ich hatte gehofft, die beiden würden sich verstehen.

Yvonne tippt William mit ihrer Maske auf die Schulter.

Sie hat ebenfalls gefochten; ihr langes schwarzes Haar ist nach hinten gebunden, ihr Gesicht glänzt vom Schweiß. Ich finde, sie sieht wie eine italienische Prinzessin aus, die Tochter eines uralten niederen Adelsgeschlechts ohne wirklichen Dünkel, aber noch immer mit einer gewissen lässigen Grandezza; riesige verblaßte Villen in Rom und am Canale Grande und in den Hügeln der Toskana. »Unter die Dusche«, befiehlt sie ihm. »Wir müssen für heute abend noch etwas vorbereiten.« Sie lächelt mir zu. »Noch einen Drink an der Bar, auf die Schnelle?«

»Sehr gut«, sage ich. Andy schweigt; Yvonne dreht sich zu ihm um.

»Kommst du auch zur Party?«

»Ja«, sagt er. »Wenn es euch nichts ausmacht.«

»Natürlich nicht.« Sie lächelt.

* * *

»Aah! Scheiße, ist das scharf!«

»Was?«

»Hab aus Versehen 'ne scharfe Peperoni genommen... hab in eine ganz beschissene grüne Peperoni gebissen...«, keucht Yvonne. Sie hat sich an meinen Arm geklammert und fächelt sich Luft in den Mund. Sie greift in meinen Wodka-Bitter-Lemon und angelt einen Eiswürfel heraus. »Hier«, nuschelt sie und reicht mir einen Joint, während sie den Eiswürfel in ihrem Mund umherschwenkt. Ich grinse sie breit an; sie runzelt verletzt die Stirn. Andy steht an meiner Seite, aber dann taucht er plötzlich in der Menge ab. Die Musik ist laut, die Studentenbude vollgestopft mit Leuten. Es ist ein warmer Maiabend, die Prüfungen sind vorbei, und alles amüsiert sich prächtig. Die Fenster stehen weit offen und lassen die Musik des ersten Pretenders-Albums in die Nacht hinausschallen zu dem kleinen Loch und den Lichtern der Bibliothek und den Verwaltungsgebäuden drüben am gegenüberliegenden Ufer.

»Verdammt, mein Mund!« jammert Yvonne und schlägt mir auf die Schulter. »Du kannst ruhig etwas mitfühlender gucken, du Mistkerl«, faucht sie mich an. Ihre Augen tränen.

»Tut mir leid.«

Andy kommt mit einem Glas Milch zurück. »Hier«, sagt er und hält es Yvonne hin. Sie schaut ihn an. Er deutet mit einem Nicken auf ihren Mund. »Eis hilft nicht«, erklärt er ihr. »Das... das Zeugs, das Peperoni so scharf macht«, und ich lächle, denn so, wie er es formuliert hat, *weiß* ich einfach, daß er den Fachausdruck dafür kennt, aber nicht zu schlaumeierisch erscheinen möchte, »ist nicht in Wasser löslich, aber mit Milch geht's. Versuch's mal. Es wird helfen.«

Yvonne schaut sich um. Ich halte ihr meine Hand hin und sie läßt die Überreste des Eiswürfels elegant in meinen Handteller gleiten, dann trinkt sie einen Schluck Milch. Ich zucke mit den Achseln und werfe das Eisklümpchen wieder in meinen Drink.

Yvonne trinkt das ganze Milchglas leer. Sie nickt. »Das hilft wirklich. Danke.«

Andy schenkt ihr ein scheues Lächeln, dann nimmt er ihr das Glas ab und kämpft sich durch die Menge zurück in die Küche.

»Huuh«, sagt Yvonne und tupft sich mit einem Taschentuch die Wangen ab. Sie schaut Andy hinterher. »Also sind Pfadfinder doch zu was nutze.«

»Du kannst ihn ja nachher mal bitten, ob er dir sein Schweizer Armeemesser zeigt«, feixe ich und komme mir dabei ein bißchen schofelig vor. Yvonne trägt ein schwarzes T-Shirt mit einem tiefen, runden Ausschnitt und einen schlichten, schwarzen knöchellangen Wickelrock. Ihr Haar ist mit einem langen weißen Spitzenband nach hinten gebunden, fällt aber locker über ihren Rücken. Ihre Arme sehen fest und muskulös aus, ihre sonnengebräunten Brüste sind voll und aufgerichtet, und ihre Brustwarzen zeichnen sich unter der schwarzen Baumwolle des T-Shirts ab. Der Gesamteindruck ist unglaublich erotisch, und ich werde wie üblich einen flüchtigen Moment lang von Eifersucht gepackt.

Ich blicke in mein Glas und reiche ihr den Joint zurück; sie schließt die Augen, als sie daran zieht, und ich hebe das Glas an meine Lippen und lasse den abgelutschten Eissplitter in meinen Mund gleiten und schwenke ihn darin herum, während ich mir vorstelle, es wäre ihre Zunge.

* * *

»Aber es ist so, Labour *hat's nicht* gebracht.«

»Hat nicht die Profite gebracht, die die Kapitalisten sehen wollten, meinst du wohl. Die Implikation des Werbeslogans war, daß Labour für die Massenarbeitslosigkeit verantwortlich war und daß die Tories Abhilfe schaffen würden. Sie haben es nicht nur verschlimmert, sie *wußten,* daß sie das tun würden; selbst wenn sie ehrlich überzeugt waren, daß ihre Politik für Großbritannien als Ganzes besser wäre, dann wußten sie doch verdammt gut, daß dadurch Hunderttausende von Leuten ihre Arbeit verlieren würden, und der Mann auf der Straße hätte das auch wissen müssen, wenn er sich die Mühe gemacht hätten, mal drüber nachzudenken. Es war eine Lüge.«

»Es war eine Wahl«, entgegnet William. Er sieht müde aus.

»Was hat das denn damit zu tun?« rufe ich aus. »Es war trotzdem eine Lüge!«

»Es spielt keine Rolle, und außerdem ist es sowieso nur eine kurzfristige Sache. Langfristig *werden* sie mehr Jobs schaffen. Sie müssen im Moment noch den nutzlosen Ballast loswerden; es wird neue Jobs in den neuen Wachstumsindustrien geben.«

»Ach, *Blödsinn*! Das glaubst doch selbst *du* nicht!«

William lacht. »Du weißt ja gar nicht, was ich glaube. Aber wenn diese Werbekampagne Maggie geholfen hat, die Wahl zu gewinnen, dann soll mir das recht sein. Ach, komm schon; in der Liebe und im Krieg ist alles erlaubt, Cameron. Du solltest endlich mit dem Greinen aufhören und mal selbst richtig zupacken.«

»Auch in der Liebe und im Krieg ist nicht *alles* erlaubt! Hast du nie von der Genfer Konvention gehört? Wenn Yvonne sich in jemand anderen verlieben würde, würdest du sie dann beide töten?«

»Gar keine Frage«, erklärt William gelassen, während Andy mit einer Dose Lager in der Hand neben uns auftaucht. Jemand reicht ihm einen Joint, aber er gibt ihn einfach an mich weiter. William schüttelt den Kopf. »Mußt du dir das auch die ganze Zeit über anhören?« fragt er Andy.

»Was?«

»Na, dieses ewige Geschwalle über die Tories und was für gemeine Lügner sie doch sind.«

»Die ganze Zeit«, erwidert Andy grinsend.

»Sie haben gelogen, um an die Macht zu kommen«, sage ich. »Sie werden lügen, um da zu bleiben. Wie kann man solchen Leuten trauen?«

»Ich traue ihnen zu, daß sie die Sache mit den Gewerkschaften in den Griff bekommen«, entgegnet William.

»Es wurde auch Zeit, daß sich mal was ändert«, haut Andy in dieselbe Kerbe.

»Die Nation braucht einen kräftigen Tritt in ihren faulen Hintern«, pflichtet William trotzig bei.

Ich bin entsetzt. »Ich bin von selbstsüchtigen Arschlöchern umgeben, die ich für meine Freunde gehalten habe«, erkläre ich und schlage mir mit der Hand, in der ich den Joint halte, an die Stirn, so daß ich dabei fast mein Haar in Brand stecke. »Das ist furchtbar.«

Andy nickt. Er trinkt einen Schluck aus seiner Dose und schaut mich über den Rand hinweg an. »Meine Stimme ist an die Tories gegangen«, erklärt er leise.

»*Andy*!« rufe ich bestürzt, beinahe verzweifelt.

»Schocktherapie.« Er grinst, mehr zu William als zu mir.

»Wie konntest du das nur tun?« Ich schüttle den Kopf und reiche die Tüte an William weiter.

Andy schaut übertrieben nachdenklich drein. »Ich glaube, es war diese Werbekampagne, die mich dazu gebracht hat. Ich weiß nicht, ob ihr die gesehen habt: ›Labour bringt's nicht‹ lautete sie. Ein geiler Slogan; knapp, einprägsam, wirkungsvoll, sogar witzig. Ich hab das Plakat in meiner Bude hängen. Hast du diese Werbekampagne je gesehen, William?«

William nickt. Er beobachtet mich aus den Augenwinkeln und grinst mich an. Ich versuche, mich nicht aus der Reserve locken zu lassen, aber es fällt mir schwer.

Andy schaut mich an. »Ach, Cameron, komm schon.« Sein Tonfall liegt irgendwo zwischen Sympathie und Gereiztheit. »Es ist passiert. Finde dich damit ab. Vielleicht geht ja alles besser aus, als du gehofft hast.«

»Erzähl das all denen, die keinen Job mehr haben«, knurre ich und verschwinde Richtung Küche. Dann zögere ich und bleibe stehen. »Will einer von euch beiden Tory-Schweinen noch was zu trinken?«

* * *

Ich liege in meinem Zimmer in meiner WG, eine Etage unter der Wohnung von William und Yvonne. Ich habe etwas Speed genommen, das ein Freund mitgebracht hat, und jetzt kann ich nicht einschlafen. Mein Magen ist auch nicht ganz auf der Höhe; wahrscheinlich ein Wodka-Bitter-Lemon zuviel, und der Punsch auf der Party war das reinste Teufelsgebräu. Unsere WG-Wohnung blickt genau zur anderen Seite als ihre; über die Zufahrtsstraße und den Rasen zur alten Einfriedungsmauer und den hohen alten Bäumen, die auf dem Kamm dahinter stehen. Das Fenster steht offen, und ich kann das Rauschen des Windes in den Ästen hören. Bald wird die Morgendämmerung anbrechen. Ich höre, wie die Vordertür der Wohnung auf und zu geht, dann öffnet sich ein paar Augenblicke später die Tür zu meinem Zimmer. Mein Herz fängt an zu hämmern. Eine dunkle Gestalt kniet sich neben mein Bett, und ich kann Parfum riechen.

»Cameron?« sagt sie leise.

»Yvonne?« flüstere ich.

Sie schiebt eine Hand unter meinen Kopf, dann preßt sie ihre Lippen auf die meinen. Ich bin schon mitten im Kuß, als mir klar wird, daß ich das vielleicht nur träume, aber augenblicklich weiß ich, daß ich es nicht tue. Ich lege eine Hand in ihren Nacken, dann auf ihre Schulter. Sie streift ihren Morgenmantel ab und schlüpft zu mir in das schmale Einzelbett, warm und nackt und schon feucht.

Sie liebt mich eilig, fordernd, beinahe stumm. Ich versuche, ebenfalls leise zu sein, und komme nicht allzu schnell – vorhin habe ich mir noch kurz einen runtergeholt. Als sie kommt, stößt sie einen kurzen, leisen Schrei aus, mehr ein Zwitschern, und gräbt ihre Zähne in meine Schulter. Es tut ganz schön weh. Sie bleibt ein paar Minuten keuchend auf mir liegen, den Kopf auf meiner Schulter, dann stemmt sie sich hoch, so daß ich aus ihr herausrutsche, und ihre harten kleinen Brustwarzen streichen über meine Brust. Sie legt ihre Lippen an mein Ohr.

»Ich hab dich ausgenutzt, Cameron«, schnurrt sie kaum hörbar.

»Kein Problem«, flüstere ich. »Ich bin leicht zu haben.«

»William hat zuviel getrunken; er ist mal wieder einfach eingeschlafen.«

»Aha. Nun, ich helfe immer gern aus.«

»Mhm-mhm. Das eben ist nie passiert, in Ordnung?«

»Das Geheimnis wird diese vier Wände nie verlassen.«

Sie küßt mich, dann ist sie weg, streift sich ihren Morgenmantel über und tappt davon und zieht leise die Tür hinter sich zu.

Leises Schnarchen dringt aus dem Nebenzimmer zu mir herüber; einer meiner Mit-WGler. Die einzige zusätzliche Schalldämpfung auf dem Rigips zwischen unseren Zimmern sind zwei, drei Schichten Farbe, was wahrscheinlich der Grund dafür ist, weshalb Yvonne so leise war.

Ich hebe den Kopf und schaue zum Fußende meines Bettes, wo Andy eingerollt in seinem Schlafsack liegt, nicht zu erkennen in der Dunkelheit, was der Grund dafür ist, weshalb *ich* so leise war.

»Andy?« flüstere ich ganz leise, in der Hoffnung, daß er vielleicht schläft und nichts mitbekommen hat.

»Du mieses Glücksschwein«, sagt er in normaler Lautstärke.

Ich lasse mich zurück aufs Kissen fallen und lache leise in mich hinein.

Ich kann Blut auf meiner Schulter fühlen, wo ihre Zähne durch die Haut gedrungen sind.

***

Ein neuer Morgen, ein neues Interview, Verhör, Plauderstündchen...

Ich setze mich auf den grauen Plastikstuhl in dem schmucklosen Raum, wo McDunn und ein Mann von der Waliser Polizei bereits auf mich warten; der Waliser ist ein massiger blonder Bursche mit dem Nacken eines Rugby-Spielers und riesigen Pranken, die er auf dem Tisch verschränkt hat, so daß sie daliegen wie ein Gewirr aus Fleisch und Knochen.

McDunns Augen sind verkniffene schmale Schlitze. Er macht dieses schmatzende Geräusch mit seinen Zähnen. »Was haben Sie mit Ihren Augen gemacht, Cameron?«

Ich schlucke, seufze tief und schaue ihn an. »Geweint«, erkläre ich ihm. Er scheint überrascht. Das walisische Muskelpaket wendet den Blick ab.

»Sie haben geweint, Cameron?« fragt McDunn und runzelt die Stirn.

Ich hole tief Luft, ringe nach Fassung. »Sie sagten, Andy sei tot. Andy Gould. Er war mein bester Freund. Er war mein bester Freund, und ich habe ihn... verdammt noch mal... nicht umgebracht, zufrieden?«

McDunn mustert mich immer noch leicht verwirrt. Der Waliser fixiert mich mit seinem durchdringenden Blick, so als würde er meinen Kopf am liebsten als Rugby-Pille benutzen.

Ich hole wieder tief Luft. »Also habe ich um ihn getrauert.« Und noch mal. »Sind Sie jetzt zufrieden?«

McDunn nickt ganz langsam, ganz leicht, doch sein Blick scheint eher abwesend, als würde er gar nicht zu dem nicken, was ich gerade gesagt habe; als hätte er nicht ein Wort von dem gehört, was ich gesagt habe, um genau zu sein.

Der Waliser räuspert sich und hievt seinen Aktenkoffer auf den Tisch. Er nimmt einige Papiere und einen weiteren Cassettenrecorder heraus. Er reicht mir ein DIN-A4-Blatt. »Lesen Sie doch mal die Worte auf diesem Zettel laut vor, in Ordnung, Colley?«

Ich lese es mir erst einmal durch; sieht so aus, als wäre es der Wortlaut des Bekenneranrufs, den unser Mann getätigt hat, nachdem er Sir Rufus über offenem Feuer geröstet hatte; angeblich haben Waliser Rechtsextremisten die Verantwortung dafür übernommen.

»Irgendeine besondere Stimme?« frage ich. »Michael Caine, John Wayne, Tom Jones?«

»Warum versuchen wir's nicht zuerst mit Ihrer eigenen?« sagt Stahlauge. »Dann werden wir uns mal Ihren walisischen Akzent anhören.« Er lächelt; so muß es aussehen, wenn ein Rugby-Stürmer dich angrinst, kurz bevor er dich unter sich zermalmt.

***

»Zigarette?«

»Danke.«

Nachmittagssitzung. Wieder McDunn, der sich inzwischen als Colley-Experte zu etablieren scheint. Er steckt eine Zigarette in seinen Mund und zündet sie für mich an. Er reicht mir die Zigarette. Ich schiebe sie mir zwischen die Lippen, und sie schmeckt gut. Ich huste ein wenig, aber sie schmeckt immer noch gut. McDunn sieht mich mitfühlend an. Ich muß tatsächlich feststellen, daß ich ihm dankbar dafür bin. Ich weiß, was man ihnen auf der Polizeischule beibringt, ich weiß genau, wie wichtig der Aufbau von Vertrauen und dieser ganze Scheiß für sie ist (und ich fühle mich fast geschmeichelt, daß sie nicht diese alte Guter-Cop-böser-Cop-Schau abgezogen haben, oder vielleicht machen sie das sowieso nicht mehr, weil das jeder aus dem Fernsehen kennt), aber ich mag McDunn wirklich: Er ist meine Rettungsleine zurück in die Realität, mein Licht der Vernunft in diesem Alptraum. Ich versuche, nicht zu abhängig von ihm zu werden, aber das ist schwer.

»Also?« sage ich und lehne mich auf dem grauen Plastikstuhl zurück. Ich trage ein blaues Gefängnishemd – natürlich ohne Krawatte – und die Jeans, die ich anhatte, als ich verhaftet wurde. Ohne Gürtel paßt sie nicht so gut; der Hintern beutelt ein bißchen, um ehrlich zu sein, aber modisches Aussehen ist dieser Tage nicht gerade meine größte Sorge.

»Nun«, sagt McDunn und blickt in sein Notizbuch,

»wir haben Leute gefunden, die glauben, sich zu erinnern, Sie am Sonntagabend, den fünfundzwanzigsten Oktober, als Sir Rufus ermordet wurde, im Broughton Arms Hotel gesehen zu haben.«

»Gut, gut«, nicke ich.

»Und der Zeitrahmen für den Überfall auf Oliver in London war doch recht knapp, insbesondere wenn man in Betracht zieht, wann Sie in den Toiletten an der Tottenham Court Road gesehen wurden; an dem Tag hatten alle Flüge von Edinburgh nach Heathrow Verspätung... um ehrlich zu sein, war das im Grunde so gut wie unmöglich.«

»Toll«, sage ich und wiege mich auf meinem Stuhl vor und zurück. »Phantastisch.«

»Wenn Sie nicht«, fährt er fort, »ein Double in Edinburgh haben oder eine ganze Menge Leute lügen, bedeutet das, daß Sie einen Komplizen in London gehabt haben müssen; jemanden, den Sie angeheuert haben, um... äh... das Gewünschte zu besorgen.« McDunn sieht mir in die Augen. Ich durchschaue ihn immer noch nicht; ich bin außerstande zu sagen, ob er eine solche Möglichkeit für wahrscheinlich hält oder nicht, ob er das für einen handfesten Beweis für meine Unschuld hält oder noch immer glaubt, daß ich es war, ohne dabei fremde Hilfe in Anspruch zu nehmen.

»Nun, hören Sie«, sage ich, »lassen Sie eine Gegenüberstellung machen...«

»Immer mit der Ruhe, Cameron«, beschwichtigt mich McDunn väterlich. Das ist etwas, was ich schon früher vorgeschlagen habe, etwas das ich immer wieder vorschlage, weil es das einzige ist, was mir einfällt. Wird der seiner Gliedmaßen beraubte Mr. Azul glauben, ich sei der Kerl, den er an seiner Haustür gesehen hat? Was ist mit den Toilettenstrichern an der Tottenham Court Road? Die Cops finden, daß ich die richtige Statur habe, und sie vermuten, daß der Gorilla-Mann manchmal eine Perücke und einen falschen Schnurrbart trägt, vielleicht sogar falsche Zähne. Sie haben mit einer Monsterkamera einige sehr sorgfältig inszenierte Fotos gemacht, und ich vermute – aufgrund der einen oder anderen achtlos fallengelassenen Bemerkung –, daß diese Schnappschüsse die Grundlage für einige Computer-Manipulationen sein werden, um zu sehen, ob die Beschreibungen auf mich passen. Jedenfalls, langer Rede, kurzer Sinn, McDunn findet nicht, daß es schon Zeit für eine Gegenüberstellung ist. Er sieht mich weise und väterlich an und sagt: »Ich denke nicht, daß wir uns damit belasten wollen, oder?«

»Kommen Sie, McDunn, geben Sie mir eine Chance. Ich tue alles, was Sie wollen. Ich will hier raus.«

McDunn tippt die Zigarettenschachtel nachdenklich auf dem Tisch auf, läßt sie zwei, drei Rotationen über ihre Längskanten vollführen. »Nun, das liegt ganz bei Ihnen, oder nicht, Cameron?«

»Hä? Was meinen Sie damit?«

Oh, jetzt hat er mich; ich zeige Interesse, ich beuge mich vor, die Ellenbogen auf dem Tisch, das Gesicht vorgereckt. Gebannt, mit anderen Worten. Was immer er mir unterzujubeln versuchen wird, ich kaufe es.

»Cameron«, setzt er an, als hätte er sich gerade zu einer bedeutsamen Entscheidung durchgerungen, und saugt Luft durch seine Zähne, »Sie wissen, daß ich nicht glaube, daß Sie es waren.«

»Na, großartig!« sage ich und lache. Ich lehne mich zurück und lasse meinen Blick über die kahlen Wände und den Constable neben der Tür schweifen. »Was, zum Teufel, mache ich dann noch...«

»Es liegt nicht allein bei mir, Cameron«, erklärt er geduldig. »Das wissen Sie.«

»Was also...«

»Lassen Sie mich offen zu Ihnen sein, Cameron.«

»Oh, seien Sie so offen wie Sie wollen, Detective Inspector.«

»Ich glaube nicht, daß Sie es waren, Cameron, aber ich glaube, daß Sie wissen, wer dahintersteckt.«

Ich fasse mir an die Stirn, senke den Blick und schüttle den Kopf, dann seufze ich theatralisch und schaue ihn an. »Nun, ich weiß nicht, wer es ist, McDunn; wenn ich es wüßte, würde ich es Ihnen sagen.«

»Nein, Sie können es mir noch nicht sagen«, erklärt McDunn ruhig und gelassen. »Sie wissen, wer es ist, aber... Sie wissen nicht, daß Sie es wissen.«

Ich starre ihn an. McDunn will mir jetzt offensichtlich metaphysisch kommen. O Scheiße. »Sie wollen damit sagen, daß es jemand ist, den ich kenne.«

McDunn spreizt seine Finger und lächelt verkniffen. Er zieht es vor, wieder seine Zigarettenschachtel auf der Tischplatte rotieren zu lassen, statt mit mir zu sprechen, also ergreife ich das Wort. »Nun, ich bin mir da nicht so sicher, aber es ist zweifelsohne jemand, der *mich* kennt. Ich meine, ich denke, diese Karte mit meiner Handschrift darauf beweist das wohl. Oder es hat etwas zu tun mit diesen Typen...«

»Lake District«, seufzt McDunn. Meine Theorie, daß der Geheimdienst mir die Sache in die Schuhe zu schieben versucht, hält er für reine Paranoia. »Nein.« Er schüttelt den Kopf. »Ich denke, es ist jemand, den Sie kennen, Cameron; ich denke, es ist jemand, den Sie gut kennen. Sehen Sie, ich denke, Sie kennen diese Person so gut... nun, fast so gut... wie diese Person Sie kennt. Ich denke, Sie wissen, wer es ist, davon bin ich wirklich überzeugt. Sie müssen nur ernsthaft nachdenken.« Er lächelt. »Das ist alles, was ich von Ihnen verlange. Nur ernsthaft nachdenken.«

»Nur ernsthaft nachdenken«, wiederhole ich. Ich nicke dem DI zu. Er nickt zurück. »Nur ernsthaft nachdenken«, sage ich noch einmal. McDunn nickt.

Sommer in Strathspeld: Der erste wirklich heiße Tag des Jahres, die Luft warm und schwer vom Kokosnußgeruch des Stechginsters – der überall auf den Hügeln sonnengelb leuchtete – und der durchdringenden Süße des Kiefernharzes, das in zähen Tropfen auf den rauhen Stämmen glitzerte. Insekten summten, und Schmetterlinge übersäten die Lichtungen mit lautlosen Farbklecksen; über dem grünen Gras flog und jagte eine Wiesenknarre, während ihr seltsamer, lockender Ruf stotternd durch die duftschwangere Luft hallte.

Andy und ich waren runter zum Fluß und dem Loch gegangen, kletterten über die Felsen stromaufwärts, dann wieder zurück, beobachteten die Fische, die träge draußen auf dem stillen Loch sprangen oder von unten nach den Insekten schnappten, die die spiegelglatte Oberfläche sprenkelten. Wir erklommen einige Bäume auf der Suche nach Nestern, aber wir fanden keine.

Wir zogen unsere Schuhe und Socken aus und wateten durch die Binsen entlang der verborgenen Bucht, wo sich der Bach, der sich aus dem Zierteich nahe dem Haus speiste, rauschend in den Loch ergoß, knapp hundert Meter das Ufer hinauf vom alten Bootshaus entfernt. Wir durften nun schon allein mit dem Boot rausfahren, solange wir Schwimmwesten trugen, und wir hatten eventuell vor, das nachher noch zu tun; vielleicht ein bißchen angeln, oder einfach nur so auf dem Loch herumrudern.

Wir erklommen die niedrigen Hügel nordwestlich des Lochs und lagen im hohen Gras unter den Kiefern und Birken und schauten hinaus über das kleine Tal zu dem bewaldeten Hügel auf der anderen Seite, wo der alte Eisenbahntunnel war. Jenseits davon, hinter einem weiteren baumbestandenen Kamm, ungesehen und nur gelegentlich gehört, wenn der Wind aus dieser Richtung kam, lag die Hauptverbindungsstraße nach Norden. Noch weiter dahinter erhoben sich die südlichsten Gipfel der

Grampians grün und goldbraun in den blauen Himmel.

Später am Abend fuhren wir alle nach Pitlochry ins Theater. Ich war nicht sonderlich beeindruckt davon – ich wäre lieber ins Kino gegangen –, aber Andy fand es toll, also klatschte ich genauso begeistert wie er.

Andy war vierzehn; ich war gerade dreizehn geworden und stolz auf meinen neuerworbenen Status als Teenager (und, wie gewöhnlich, auf die Tatsache, daß ich für die nächsten zwei Monate nur ein Jahr jünger als Andy war). Wir lagen im Gras und schauten hinauf zum Himmel und den raschelnden Blättern der Birken, kauten an unseren Schilfhalmen und redeten über Mädchen.

Wir gingen auf verschiedene Schulen; Andy ging auf ein Knabeninternat in Edinburgh und kam nur an den Wochenenden nach Hause. Ich war auf der örtlichen Highschool. Ich hatte meine Mum und meinen Dad gefragt, ob ich auf ein Internat gehen könnte – auf das in Edinburgh, zum Beispiel, wo Andy war –, aber sie sagten, es würde mir nicht gefallen, und außerdem würde es eine Menge Geld kosten. *Und* es würde dort keine Mädchen geben, machte mir das denn gar nichts aus? Die Frage war mir ein bißchen peinlich.

Der Einwand wegen der Kosten verwirrte mich; ich hatte uns immer für wohlhabend gehalten. Dad hatte eine Autowerkstatt und Tankstelle an der Hauptstraße von Strathspeld, und Mum führte eine kleine Geschenke- und Kaffeestube; Dad hatte sich nach dem Sechs-Tage-Krieg, als zeitweilig sogar Benzinmarken ausgegeben worden waren, Sorgen gemacht, aber das hatte nicht lange angehalten, und obwohl Benzin heutzutage teurer war, reisten und fuhren die Leute immer noch mit dem Auto.

Ich wußte, daß unser kleiner Bungalow am Stadtrand nicht so imposant wie das Haus von Andys Mum und Dad war, das praktisch schon als Schloß durchgehen konnte. Auf dem riesigen Anwesen gab es Teiche, Bäche, Statuen,

Lochs, Flüsse, Hügel, Wälder, sogar eine alte Eisenbahnstrecke, die an einer Ecke hindurchführte; genaugenommen war es ein einziger großer Garten, und schlicht gigantisch verglichen mit unserem halben Hektar Rasen und Büsche. Aber ich hatte nie geglaubt, daß wir uns wirklich so sehr über Geld Sorgen machen müßten; ich war durchaus daran gewöhnt, mehr oder weniger zu bekommen, was ich wollte, und betrachtete das im Grunde auch als mein Anrecht, so wie es Kinder gern tun, wenn ihre Eltern nicht gerade offen bösartig ihnen gegenüber sind.

Es wäre mir nie in den Sinn gekommen, daß andere Kinder nicht zwangsläufig ebenso verwöhnt waren wie ich, und es sollte noch Jahre dauern, bis ich verstand, daß die Kosten für ein Internat nur als Ausrede herhielten, und daß die schlichte, sentimentale Wahrheit war, daß sie wußten, daß ich ihnen fehlen würde.

***

»Du hast nicht.«

»Wetten, doch.«

»Du nimmst mich auf den Arm.«

»Tue ich nicht.«

»Wer war es?«

»Das geht dich nichts an.«

»Ah, du hast es dir nur ausgedacht, du mieser Bastard; du hast gar nicht.«

»Es war Jean McDuhrie.«

»Was? Willst du mich verarschen?«

»Wir waren in dem alten Bahnhof. Sie hatte den von ihrem Bruder gesehen, und sie wollte wissen, ob sie alle so aussehen, also hat sie mich gefragt, und da habe ich ihr meinen gezeigt, aber nur, wenn sie mir auch ihrs zeigt, und das hat sie gemacht.«

»Du dreckiger Hund. Hast du's angefaßt?«

»Angefaßt?« sagte ich überrascht. »Nein!«

»Ah! Na dann!«

»Was?«

»Es gehört dazu, daß du es anfaßt.«

»Nein, tut es nicht, nicht wenn du es dir nur *angucken* willst.«

»Natürlich gehört's dazu.«

»Quatsch!«

»Egal, wie hat es denn nun ausgesehen? Waren da Haare dran?«

»Haare? Igitt. Nein.«

»Nein? Wann war das?«

»Ist nicht lange her. Letzten Sommer vielleicht. Vielleicht vorher. Nicht so lange. Ich habe es mir nicht ausgedacht, ehrlich.«

»Hah.«

Es gefiel mir, daß wir über Mädchen redeten, weil ich fand, daß dies ein Thema war, bei dem Andys zwei Jahre mehr keine Rolle spielten; ich war prinzipiell gleichaltrig mit ihm, und vielleicht wußte ich sogar mehr als er, weil ich jeden Tag mit Mädchen zu tun hatte und er nur seine Schwester Clare kannte. Sie war an jenem Tag mit ihrer Mutter zum Einkaufsbummel nach Perth gefahren.

»Hast du je Clares gesehen?«

»Sei nicht eklig.«

»Was ist eklig? Sie ist deine Schwester!«

»Eben deshalb.«

»Was soll das heißen?«

»Du hast überhaupt keine Ahnung, oder?«

»Ich wette, ich weiß mehr als du.«

»Blödsinn.«

Ich nuckelte eine Weile an meinem hohlen Halm und starrte hinauf in den Himmel.

»Hast du denn Haare an deinem?« sagte ich.

»Ja.«

»Hast du nicht!«

»Willst du's sehen?«

»Hä?«

»Ich zeig's dir. Er ist auch ziemlich groß, weil wir über Frauen geredet haben. Das muß so sein.«

»He, ja; guck dir mal deine Hose an! Ich kann ihn sehen! Was für 'ne Beule!«

»Schau her...«

»Aah! Igitt! Mann!«

»Das nennt man eine Erektion.«

»Mann! Gott, meiner wird nie *so* groß.«

Ich stierte auf Andys Ständer, der riesig und golden und purpur aus seinem Hosenstall ragte wie eine leicht geschwungene Pflanze, irgendeine exotische Frucht, die sich ins Sonnenlicht reckt. Ich sah mich um und betete, daß niemand in der Nähe war und zuschaute. Wir waren nur von der Hügelkuppe aus zu sehen, wo der Eisenbahntunnel war, und gewöhnlich ging da niemand hin.

»Du kannst ihn anfassen, wenn du willst.«

»Ich weiß nicht...«

»Ein paar von den Jungs in der Schule fassen sich an. Es ist natürlich nicht dasselbe wie mit einem Mädchen, aber manche Leute tun es. Besser als nichts.«

Andy leckte über seine Finger und fing an, sie an seinem geschwollenen Schwanz rauf und runter gleiten zu lassen. »Fühlt sich klasse an. Machst du das auch schon?«

Ich schüttelte den Kopf, während ich darauf starrte, wie die Spucke auf dem strammen Ständer im Sonnenlicht glänzte. Ich hatte einen Kloß im Hals und ein ganz mulmiges Gefühl im Bauch; ich konnte spüren, wie mein eigener Schwanz pulsierte.

»Komm schon, lieg nicht einfach nur so da«, sagte Andy gelassen. Er ließ seinen Schwanz los, legte sich zurück, schob einen Arm unter seinen Kopf und starrte hinauf in den Himmel. »Mach was.«

»O Gott, also gut«, sagte ich mit einem abfälligen Seufzer, aber in Wirklichkeit zitterte meine Hand wie Espenlaub. Ich rieb an seinem Schwanz rauf und runter.

»Ganz sanft!«

»In Ordnung!«

»Nimm etwas Spucke.«

»Herrgott, ich weiß nicht...« Ich spuckte auf meine Finger und faßte ihn wieder an, dann merkte ich, daß seine Vorhaut lose genug saß, daß ich sie über der Eichel vor und zurück schieben konnte, und das tat ich dann für eine Weile. Andys Atem ging schwer, und seine freie Hand wanderte zu meinem Kopf und streichelte mein Haar.

»Du könntest ihn in deinen Mund nehmen«, sagte er mit bebender Stimme. »Ich meine, wenn du willst.«

»Hmm. Na, ich weiß nicht. Was ist verkehrt an... aah!«

»Oh, oh, oh...«

»Igitt! Was für eine Schweinerei!«

Andy holte tief Luft und tätschelte kichernd meinen Kopf. »Nicht schlecht«, lobte er mich. »Für einen Anfänger.«

Ich wischte meine Hand an seiner Hose ab.

»He!«

Ich schob mein Gesicht ganz dicht vor seins. »*Ich* habe Clares gesehen«, verkündete ich ihm.

»Was! Du mieser...«

Ich sprang auf und rannte lachend durch das Gras und die Büsche, runter ins Tal. Er sprang ebenfalls auf, dann fluchte und hüpfte er herum und zog hektisch seinen Hosenschlitz zu, bevor er die Verfolgung aufnehmen konnte.

9 Wucherungen

Ich erinnere mich daran, erinnere mich an sein warmes, abkühlendes, in der Sonne glitzerndes Sperma auf meiner Hand, erst schlüpfrig, dann klebrig, aber ich kann nicht mehr daran denken, ohne an den Gorilla-Mann zu denken und an diesen kleinen Kerl, der an den Stuhl gefesselt ist. Ich denke, sie waren überrascht, als ich mich übergeben habe; ich hoffe, sie waren es, ich hoffe, sie waren überrascht und haben bei sich gedacht: »Aha, dann war er's also doch nicht; er ist nicht der Schurke, man hat es ihm in die Schuhe geschoben, um Himmels willen... Mit anderen Worten, ich hoffe, mein Magen hat einen besseren Leumund für mich abgegeben als mein beschissenes Gehirn.

Nicht schuldig, ich hab's nicht getan, deshalb ist mir von dem Gorilla-Mann schlecht geworden; kein Blut, nun kaum Blut, buchstäblich nur ein Tropfen, ein Tröpfchen, ein winziges Pünktchen auf dem Bildschirm, und das einzige, was sich ins Fleisch bohrte, war eine Nadel, ganz klein und dünn, keine Kettensäge oder eine Axt oder ein Messer oder sowas; aber es ist dieses Bild, diese Vorstellung, diese alte verfluchte *meme*, von der ich träume, die mir Alpträume verursacht, und ich bin es, der da gefesselt ist, ich bin der Mann auf dem Leder-und-Chrom-Schwinger, und er ist da, mit seinem Gorillagesicht und seiner quäkenden Babystimme, und erklärt der Kamera, daß das, was er in dieser Flasche und in der Spritze hat, Sperma ist; dieses verrückte Schwein hat Sperma in die Spritze aufgezogen Mann es sieht aus wie 'ne halbe Milchflasche von dem Zeug und er wird es in die Venen des kleinen Kerls injizieren und er bindet etwas um den nackten Oberarm des armen Bastards der an den Stuhl gefesselt ist und zieht fest und wartet darauf daß die Vene sich zeigt während der kleine Kerl greint und schreit wie ein Kind und versucht den Stuhl zu zerbrechen oder zu zerschlagen, aber die Fesseln sitzen zu gut es gibt keinen Millimeter Spielraum keinen Ansatzpunkt und dann tut der Mann mit der Gorillamaske es einfach; schiebt die Nadel unter die Haut des kleinen Kerls und entleert die gesamte Spritzenladung in ihn. Ich kotze auf den Boden, und sie halten das Video für mich an, und jemand holt einen Mob zum Aufwischen.

Nachdem ich aufgehört habe zu würgen und zu röcheln lassen sie das Video weiterlaufen und es kommt die andere Szene und der hohe Krankenhausstuhl und wieder der kleine Kerl mit den leeren Augen und McDunn sagt seinen Spruch über den persistierenden komatösen Zustand auf.

Ja, so kann man es wohl auch nennen. Sie haben diesen genetischen-Fingerabdruck-Test gemacht und herausgefunden, daß er eine ganze Busladung von Leuten in sich hatte, haben es zu irgendeinem Typen zurückverfolgt, der am Tag zuvor in den Toiletten unter Centre Point war und Stricher angeheuert hat aber er wollte nicht das Übliche wollte nur daß sie in seine Flasche wichsen vielen Dank für Ihre Spende junger Mann jedes noch so kleine Bißchen hilft es kommt auch sicher in gute Hände vielen Dank geben Sie auf sich acht…

***

Ich denke nach.

»Ah ja, das ist also der Kettenreaktionseffekt in Aktion?«

»Nein, das ist der Prahl-und-Protz-Effekt in Aktion«, erklärt Clare mir. Sie muß schreien, um sich über den Lärm hinweg verständlich zu machen. Jeder andere im Saal scheint zu jubeln. Andy und William stehen auf einem Stuhl; Andy beugt sich über einen Tisch voller Gläser, in der einen Hand eine Sektflasche, während sein anderer Arm von William festgehalten wird, der sich als Gegengewicht in die andere Richtung lehnt.

Auf dem Tisch, über dem Andy so gefährlich schwankend hängt, sind mehrere hundert Sektgläser zu einer funkelnden Pyramide aufgetürmt, die gut zwei Meter über der Tischplatte aufragt. Andy füllt das einzelne Glas an der Spitze der Pyramide mit Sekt; es läuft über und füllt die drei Gläser darunter; dann laufen diese drei über und füllen die Gläser auf der Ebene darunter, die wiederum auf die nächst niedrigere Ebene überlaufen; Andy ist bei seiner achten Magnumflasche. Er blickt hinunter auf die unterste Gläserebene.

»Wie sieht's aus?« donnert er.

»William!« ruft jemand aus der Menge. »Fünfzig Mäuse, wenn du ihn einfach losläßt!«

»Wag das ja nicht, Sorrell!« ruft Andy lachend und hält die Flasche senkrecht über das oberste Glas, damit auch der letzte Tropfen hinausläuft.

»Nicht für mickrige fünfzig Mäuse«, lacht William, während er und Andy sich gegenseitig aufrecht halten, und Andy wirft jemandem in der Menge die leere Flasche zu und bekommt eine neue Magnum von seinem Partner beim Gadget Shop gereicht, einem Ex-Werbekollegen, der ein paar Jahre älter als Andy ist. Es schießt mir durch den Sinn, daß der Symbolismus dieses ganzen Akts stärker wäre, wenn er und Andy dort oben auf dem Stuhl balancieren würden, aber ich habe den Eindruck, Andys Partner ist nicht so fürs Extravagante.

»Halt mich fest, Will!« brüllt Andy.

»Also, mich kribbelt's schon in den Fingerspitzen«, brüllt William zurück und lehnt sich zurück, damit Andy sich wieder über die Gläserpyramide beugen kann.

»Es ist so kindisch«, bemerkt Clare kopfschüttelnd.

»Worum geht's?« fragt Yvonne, die sich mit einer weiteren Sektflasche den Weg zu uns bahnt.

»Das da. Einfach kindisch«, erklärt Clare und deutet mit einem Nicken auf die Gläserpyramide. Sie sieht die Flasche in Yvonnes Hand. »Oh, wohl getan, gute Frau.« Sie streckt ihre Sektflöte hin. Yvonne schenkt das Glas voll.

»Cameron?«

»Danke.«

Sie füllt ihr eigenes Glas und stellt sich neben Clare und mich und schaut zu, wie Andy Sekt über die Spitze der Pyramide gießt. Yvonne trägt einen knappen schwarzen Fummel, der für mein ungeschultes Auge aussieht, als könnte er zehn, aber ebensogut tausend Mäuse gekostet haben; Clare ist bedeutend auffälliger in einer kurzen, glitzernden, scharlachroten Kreation, die aussieht, als wolle sie mal ein Abendkleid werden, wenn sie groß ist. Andy und William sind in Monochrom gekleidet, haben die Smokingjacken abgelegt während der Schampus-Wasserfall-Operation.

Yvonne grinst. »Jungs sind nun mal so«, sagt sie; sie klingt wie eine leidgeprüfte liebende Mutter.

Ich schaue mich um. Als Andy mich zur Eröffnung vom Gadget Shop einlud, hatte ich – naiv, wie ich bin – angenommen, sie würde im Laden selbst, in Covent Garden, stattfinden. Aber das war nicht der richtige Rahmen für Andys heißgeliebte publikumswirksame Inszenierungen; es war nicht bombastisch genug, nicht dramatisch genug, und nicht einmal groß genug. Statt dessen hat er das Science Museum angemietet, zumindest einen Teil davon, und das hat das Interesse der Leute geweckt. Ein Laden ist nur ein Laden, und selbst ein Laden, der kostspielige Managerspielzeuge verkauft, ist immer noch nur ein Laden, aber ein Museum ist, nun ja, etwas wirklich Ausgefallenes. Die meisten Leute denken wohl, das Natural History Museum wäre am ausgefallensten – im Schatten all dieser Dinosaurier in diesen riesigen Sälen abzufeiern ist wirklich gigantisch –, aber für den Gadget Shop war natürlich das Science Museum der passendste Veranstaltungsort, mal ganz davon abgesehen, daß es auch billiger zu haben war. Außerdem war jeder, der etwas auf sich hielt, schon mal auf irgendeiner Fete im Natural History Museum gewesen; das hier ist etwas Neues.

Direkt über uns hängt ein ausgewachsenes Hovercraft an Drahtseilen von der Decke; ein fast kreisrundes Ding mit einer winzigen Kabine und einem riesigen Lufteinzug in der Mitte. Ich kann mich noch vage daran erinnern, daß ich als Kind mal ein Airfix-Modell von dem Ding gebastelt habe. Es schwebt über uns, schimmert in der Dunkelheit, als würde es von einer Wolke aus Unterhaltung und Alk getragen, während darunter die Leute umherschwärmen und plaudern und Andy anfeuern; der Sekt – der schon aus übergeschwappten Lachen über die Tischkante auf den Boden tropft – hat fast die Gläser auf der vorletzten Ebene erreicht.

»Mehr! Mehr!« brüllen die Leute.

»Oh, weniger, weniger«, murmelt Clare schniefend.

»Reicht es schon?« grölen alle.

Ich schaue sie mir an. Das sind Leute wie ich. Himmel. Leute aus den Medien, Leute von der Werbeagentur, die Andy gerade verlassen hat, ein paar Politiker – zumeist Tories oder Social Democrats, obwohl da auch ein paar Labour-Typen sind –, Banker, Anwälte, Unternehmensberater, Investmentberater, Schauspieler, Leute vom Fernsehen – wenigstens ein Filmteam, auch wenn ihre Scheinwerfer für den Moment abgeschaltet sind –, verschiedene andere Städtergattungen, eine Handvoll Leute, die, nun, von Beruf prominent sind, und der Rest scheint entweder Teil irgendeiner gigantischen umherziehenden Meta-Party zu sein oder wurde über irgendeine Agentur angeheuert, um Leute zu imitieren, die sich königlich amüsieren: Rent-A-Fete oder sowas ähnliches. Ich bin ein wenig überrascht, daß wir kein Kiss-o-Gramm hatten, aber vielleicht ist das ein bißchen zu billig für Andy. Clare hat mir erzählt, daß es – nachdem er sich einmal entschieden hatte, diese etwas protzige Sektpyramiden-Nummer überhaupt abzuziehen – *eine Menge* Überredungskraft gekostet hätte, es nicht mit richtigen Sektflöten zu versuchen, sondern statt dessen mit Senfgläsern; ansonsten wäre die Pyramide zu hoch, zu instabil geworden.

»Du bist so still, Cameron«, bemerkt Yvonne und lächelt mich an.

»Ja«, erwidere ich hilfreich.

»Wahrscheinlich«, sagt Clare schniefend, »mißbilligt Cameron das Ganze.«

Clare ist eine hochgewachsene Frau mit kastanienbraunem Haar und denselben attraktiven, scharfgeschnittenen Zügen, die auch ihren Bruder auszeichnen, doch während Andy muskulös durchtrainiert und sonnengebrannt aussieht, ist Clare einfach nur dünn und leuchtend blaß. Ich vermute, daß ihr Kokskonsum zu hoch ist und daß sie zuviel Zeit in Clubs verbringt, aber vielleicht bin ich auch nur neidisch; mein Jungreporter-Status beim *Caley* und das damit einhergehende Minimalgehalt machen solch kostspielige Hobbys unmöglich. Clare war sich den Ansprüchen ihrer aristokratischen Abstammung immer schon mehr bewußt als Andy, der diese klassenlose Pfundskerl-Ausstrahlung besitzt, die gemeinhin nur die von Geburt an Reichen überzeugend zur Schau stellen können.

Clare arbeitet für eine Immobilienfirma, die so exklusiv ist, daß dort zumeist nur Anwesen betreut werden, keine simplen Häuser, egal wie groß; wenn nicht ein, zwei Lachsflüsse, ein paar Quadratmeilen Wald und ein paar Hügel, Lochs oder Seen dazugehören, ist es für sie einfach uninteressant.

»Cameron«, fährt Clare fort, »gefällt sich darin, hier den Zuschauer zu spielen, selbstgerechte sozialistische Mißbilligung zu verströmen und sich vorzustellen, wie wir nach der Revolution alle Pflüge ziehen, rohe Zwiebeln essen und bis spät in die von Kerzen erhellte Nacht hinein an unendlichen Selbstkritik-Sitzungen auf der Kolchose teilnehmen müssen, stimmt's, Cameron?«

»Man zieht Pflüge nicht«, gebe ich zurück. »Man schiebt sie.«

»Ich weiß, mein Teuerster, aber ich meinte damit, daß wir kapitalistischen Parasiten den Platz der Ochsen einnehmen würden, nicht den der schwielenhändigen Salz-der-Erde-Typen, die dann die Peitsche knallen lassen.«

»Nun, tut mir leid, dich enttäuschen zu müssen«, erkläre ich ihr, »aber ich fürchte, daß du von einer weit gemäßigteren Revolution ausgehst als der, die ich mir vorstelle. Ich hatte dich eigentlich schon als Knochenmehl abgeschrieben, wenn der Tag schließlich kommt.« Ich zucke mit den Achseln und schaue zu, wie Andy die – nach allgemeinem Konsens – wohl letzte Magnumflasche ausgießt, die nötig ist, um die Gläserpyramide endgültig zu füllen.

Clare blickt zu Yvonne. »Cameron hat in diesen Angelegenheiten schon immer einen sehr unnachgiebigen Standpunkt vertreten«, erklärt sie ihr. »Nun ja, dann sollten wir uns wohl besser amüsieren, solange wir noch können, bevor die Kommissare ihre hämische Rache an uns üben. Ich gehe mal meine Nase pudern – kommst du mit?«

Yvonne schüttelt den Kopf. »Nein, danke.«

»Dann lasse ich dich mit unserem kleinen Trotzkikopf allein«, sagt Clare; sie klopft Yvonne auf die Schulter und zwinkert mir zu, während sie sich durch die jubelnde Menge schiebt. Die Pyramide ist immer noch nicht ganz gefüllt.

»Noch eine Flasche! Noch eine Flasche!« rufen alle.

Ich drehe mich zu Yvonne um. »Nun, wie läuft das Risikokapitalgeschäft dieser Tage?«

»Risikoreich«, erwidert Yvonne und wirft ihr schulterlanges schwarzes Haar zurück. »Wie läuft das Käseblattgeschäft?«

»Es stinkt.«

»Oh; ha ha.«

Ich sehe sie schulterzuckend an. »Nein, es macht mir Spaß. Es gibt nicht viel Geld, aber manchmal steht mein Name auf der ersten Seite, und dann komme ich mir für ein paar Tage so erfolgreich vor, daß ich auf solche Parties wie diese hier gehe.« Ich deute mit einem Nicken zu Andy hinüber, der gerade eine weitere Magnum nimmt und sich über die aufgetürmten Gläser beugt. Seine Aufgabe ist fast erfüllt; die Pyramide ist beinahe voll.

Yvonne wirft einen verächtlichen Blick auf die Pyramide. »Oh, laß dir von dieser Scheiße nicht den Kopf verdrehen«, sagt sie.

Ihr Tonfall überrascht mich. »Ich dachte immer, dir würde das alles gefallen«, erkläre ich ihr.

Sie läßt ihren Blick langsam durch den Saal schweifen. »Hmm«, sagt sie und legt eine beunruhigende Tiefe an eisiger Zweideutigkeit in diesen einzelnen Laut. »Aber sehnst du dich nicht manchmal auch nur einfach nach einer Neutronenbombe?«

»Immerzu«, erkläre ich ihr nach einer Pause.

Sie nickt, dann zuckt sie mit den Achseln und dreht sich grinsend zu mir um. »›Trotzkikopf‹?« fragt sie und schaut Clare hinterher, die noch immer majestätisch schlank durch die dickste Menschentraube auf die Damentoilette zuhält.

»Jeder macht mal Fehler«, gestehe ich. »Ich hab einmal versucht, Clare in mein Bett zu kriegen.«

»Cameron! *Wirklich*?« Yvonne ist begeistert. »Was ist passiert?«

»Sie hat nur gelacht.«

Yvonne stößt einen verächtlichen Laut aus. Sie schaut sich um. »Ich hätte dir eine Empfehlung schreiben können, Cameron«, sagt sie leise.

Ich lächle und trinke meinen Sekt, während ich mich daran erinnere, wie Andy vor fünf Jahren zu Yvonnes und Williams Party nach Stirling kam. Es scheint weit länger her zu sein.

»Hast du William je davon erzählt?« frage ich sie.

Yvonne schüttelt den Kopf. »Nein«, erwidert sie. »Vielleicht, wenn wir älter sind.«

Ich überlege, ihr zu erzählen, daß Andy damals da war, in seinem Schlafsack, und die ganze Zeit zugehört hat, aber während ich das noch überlege, passiert etwas; eins der Gläser muß einen Sprung gehabt haben, oder vielleicht ist auch nur das Gewicht zu groß, aber plötzlich knackt es laut, und die eine Seite der Pyramide bricht ein und läßt eine klirrende, splitternde und spritzende Lawine aus fallenden Gläsern und schäumendem Sekt vom Tisch auf den Boden darunter niedergehen.

Andy stößt ein »Aaaah...« aus und reißt die Arme hoch.

Die Leute jubeln.

* * *

Ich denke immer noch nach.

* * *

Vier Jahre später verbrachten Clare und ihr neuester Verlobter das Wochenende auf Strathspeld, als sie an einem Herzinfarkt starb. Ich erfuhr die Nachricht von einem Bekannten, der immer noch in dem Dorf lebte. Ich konnte es nicht glauben. Ein Herzinfarkt. Übergewichtige Manager, die sich hinter das Lenkrad ihres Mercedes quetschen – die starben an Herzinfarkt. Nicht junge Frauen Mitte Zwanzig. Verdammt noch mal, sie war zu der Zeit sogar *fit*; sie hatte dem Koks abgeschworen und statt dessen mit Joggen und Schwimmen angefangen. Es *konnte* kein Herzinfarkt gewesen sein.

Und genau das war es auch, was der Arzt dachte; genau das war es, was sie umgebracht hatte. Der örtliche Doktor – der Typ, der geholfen hatte, als Andy all diese Jahre zuvor beinahe unter dem Eis gestorben wäre – war gerade im Urlaub, und ein *locum tenentes*, ein Aushilfsarzt, hatte die Vertretung übernommen, obwohl die Einheimischen später tuschelten, daß er seinen Aufenthalt in Strathspeld ebenfalls als Ferien betrachtet und mehr Zeit mit der Angelrute am Flußufer denn mit dem Stethoskop in der Hand bei seinen Patienten verbracht hätte. Die Familie rief ihn, als Clare am späten Nachmittag anfing, sich über Schmerzen in der Brust zu beklagen, aber er kam nicht vorbei. Er erklärte ihnen, sie hätte sich wahrscheinlich nur gezerrt und daß sie etwas Ruhe bräuchte. Sie riefen ihn noch zweimal an, und schließlich schaute er am Abend vorbei, nachdem man ihm erklärt hatte, daß die Familie eine derartige Behandlung nicht gewohnt sei. Er konnte immer noch nichts finden und ging wieder.

Als Clare das Bewußtsein verlor und ihre Lippen sich blau färbten, riefen sie den Krankenwagen, aber da war es zu spät.

Andy und sein Partner hatten im Jahr zuvor die Gadget-Shop-Kette verkauft; Andy überlegte immer noch, was er als nächstes tun wollte – jetzt, wo er reich war –, und war mitten in der Wüste auf einer Trans–Sahara–Expedition, als Clare starb. Die Beerdigung fand in aller Stille im engsten Familienkreise statt; Andy kam gerade noch rechtzeitig zurück. Ich rief eine Woche später auf Strathspeld an und sprach mit Mrs. Gould, die mir erzählte, daß Andy immer noch dort wäre. Sie meinte, daß er mich wohl gerne sehen würde.

* * *

Ein grauer Tag in einem kalten April, einer jener Winterende-Tage, wenn das Land erschöpft und ausgezehrt aussieht und es scheint, als ob alle Farbe aus der Welt gewichen wäre. Die Wolkendecke hing tief und wurde träge von einem klammen, eisigen Wind vorangetrieben; eine bleischwere Fläche, die den Himmel und den Schnee auf den Hügeln in der Ferne verbarg. Die Bäume, Büsche und Felder hatten dieselbe triste Farbe, so als wäre eine dünne Schicht Erde über sie versprüht worden, und wo immer man hinschaute, sah man faulendes Laub oder kahle, abgestorben aussehende Äste. Wenn ich gerade aus der Sahara hierhergekommen wäre, wäre ich schnellstmöglich wieder zurückgefahren, familiäre Pflichten hin oder her, ging es mir durch den Sinn.

Ich läutete am Haus, um Mr. und Mrs. Gould mein Beileid auszusprechen. Mrs. Gould war mit Mehl bedeckt und roch leicht nach Gin. Sie war eine große, nervöse, früh ergraute Frau; sie trug immer eine dicke Brille auf der Nase und war für gewöhnlich in Tweed gekleidet. Ich hatte sie nie ohne eine Perlenkette gesehen, an der sie beständig herumfingerte. Sie entschuldigte sich für das Durcheinander, wischte sich die Hände an ihrer Schürze ab und schüttelte mir dann die Hand. Sie schaute sich geistesabwesend in der Eingangshalle um, so als würde sie überlegen, was sie als nächstes tun sollte, als die Tür zur Bibliothek aufging und Mr. Gould herausspähte.

Er war etwa ebenso groß wie seine Frau, doch jetzt wirkte er gebeugt, und er trug einen Morgenmantel; normalerweise war er ein Musterbeispiel des rustikalen Landadels, ein archetypischer Laird in dreiteiligem Anzug, klobigen Schuhen, kariertem Hemd und Mütze; wenn das Wetter richtig schlecht wurde, griff er zu einem zerschlissenen Barbour. Ich hatte ihn nie in etwas so weich Aussehendem, so *Menschlichem* wie dem Paar abgewetzter Hosen, dem offenen Hemd und dem Morgenmantel gesehen, was er jetzt trug. Sein kantiges Gesicht wirkte gepeinigt, und sein schütteres braunes Haar war ungekämmt. Als er mich sah, kam er herüber, schüttelte mir die Hand und sagte ein paar Mal »Tragisches Unglück, tragisches Unglück«, während aus der offenstehenden Tür der Bibliothek Beethoven dröhnte und seine Frau mißbilligend dabeistand und versuchte, sein zerzaustes Haar zu glätten. Sein Blick war immer rechts oder links über meine Schulter gerichtet, er sah mich nie direkt an, und ich hatte den Eindruck, daß er genau wie seine Frau beständig darauf wartete, daß irgend etwas Wichtiges geschah, daß jeden Moment jemand kam, so als könnten sie beide nicht glauben, was passiert war, und es wäre alles nur ein Traum oder ein grausamer Streich, und sie würden nur darauf warten, daß Clare zur Vordertür hereingeschlendert kam, ihre schlammverschmierten grünen Gummistiefel abstreifte und lautstark nach Tee verlangen würde.

* * *

Andy war draußen und schoß Tontauben. Ich konnte die Schrotflinte donnern hören, während ich durch den schummrigen, triefenden Wald vom Haus heraufkam, wobei ich mich neben dem matschigen Pfad hielt und lieber über das plattgedrückte, erschöpft aussehende Gras daneben marschierte, damit mir der Schlamm nicht in die Schuhe lief.

Die Wiese war von Bäumen umgeben und blickte über den Fluß oberhalb des Lochs. Der Fluß war nicht zu sehen, aber über die Woche hatte es stark geregnet, und eine Ecke der Wiese war überflutet, und es hatte sich ein flacher zeitweiliger Teich gebildet, dessen spiegelglatte Oberfläche das dunkle Silber der Wolken reflektierte.

Zu diesem Ende der Wiese hin gab es einen halbrunden Kiesstreifen, eingegrenzt von Brettern; sechs Pfosten standen entlang des vorderen Rands des Kiesstreifens, und auf jedem Pfosten war ein kleines flaches Holzbrett angebracht, wie ein Tablett. Zwanzig Meter vor dem Kiesstreifen war ein niedriger Erdwall, wo die Abschußvorrichtung für die Tontauben untergebracht war. Zu beiden Seiten und in etwa derselben Entfernung davon waren zwei weitere Erdwälle. Ich konnte den kleinen Generator im Innern des mittleren Erdwalls summen hören, als ich näher kam, aus dem Wald trat und zu der Stelle hinüberschaute, wo Andy stand. Ich beobachtete ihn ein Weile.

Andy trug Cordhosen, Hemd und Pullover; über einem der Pfosten hing seine Mütze. Seine Haut war dunkelbraun von der Sonne. Eine Schachtel mit Patronen stand offen auf dem Pfosten vor ihm; ein Fußschalter am Ende eines langen Spiralkabels bediente das Katapult in der Grube. Er schob sechs Patronen in das langläufige Pump-Action-Gewehr und drehte sich zum Zielen um.

Er trat einmal mit dem Fuß auf, und die Tontaube sauste aus dem Schutz des Erdwalls hoch und zischte wie ein orangefarbener Schatten in den bleigrauen Himmel. Das Gewehr donnerte los, und die Tontaube zersprang draußen über der Wiese in tausend Stücke. Beim genauen Hinschauen konnte ich jede Menge kleiner orangefarbener Splitter im nassen Gras und der feuchtglänzenden braunen Erde der Wiese verstreut liegen sehen.

Der Generator jaulte, während er Strom für die automatische Abschußvorrichtung lieferte; es war irgendein Zufallsmechanismus in die Zielsteuerung eingebaut, denn die Tontauben kamen jedesmal in einem anderen Winkel herausgeschossen. Andy erwischte sie alle mit dem ersten Schuß, bis auf die letzte. Er versuchte sogar, schnell genug nachzuladen, um noch einen Schuß anzusetzen, aber die Tontaube klatschte in das nasse Heidekraut nahe dem Fluß, bevor er die Patrone ins Gewehr schieben konnte.

Er zuckte mit den Achseln, legte die Patrone zurück in die Schachtel, überprüfte das Gewehr und drehte sich zu mir um. »Hallo Cameron«, begrüßte er mich, und da wußte ich, daß er sich meiner Anwesenheit schon die ganze Zeit bewußt gewesen war. Er legte das Gewehr vorsichtig in eine Waffentasche, die auf dem Kies stand.

»Hallo«, sagte ich und ging zu ihm hinüber. Er sah müde aus. Wir schüttelten uns unbeholfen die Hände, dann umarmten wir einander. Er roch nach Pulverdampf.

* * *

»Diese Scheiß-Sauf-und-Waffenbruder-Mentalität; dieser abgefuckte Maggie-Kult und Pitbulls und den starken Mann markieren, und besaufen wir uns mit Lager und recken alle unsere blanken Ärsche aus dem Busfenster und Bomberjacken auf der Hauptstraße und Ey-Kampfsport-is-echt-geil-was? Ich bin kein verdammter Nazi, ich sammle nur Militaria, ich bin kein verdammter Rassist, ich hasse nur Schwarze, und Waffenmagazine statt Magazine für Waffen, und ich wette, sie holen sich über den Hochglanzfotos von verchromten Lugern einen runter; die Hälfte von denen glaubt, Elvis sei noch am Leben, das ist ein Haufen gehirnamputierter dreckiger *Schweine*! Diese miesen kleinen Dreckskerle verdienen es, daß die verfluchten Micks sie in Asche verwandeln; hab mal das Innere von einem Panzerwagen gesehen; war von 'ner Mine gesprengt worden; wurde dreißig Meter in die Luft geschleudert und ist dann einen Hügel runtergerollt; wir haben einer nach dem anderen reingeschaut, bloß um mal zu zeigen, daß wir echte Männer waren; sah aus wie das Innere von einem gottverdammten Schlachthaus...«

Ich saß da und hörte mir Andys Tirade an. Wir tranken Whisky. Er hatte ein großes Zimmer im zweiten Stock des Hauses in Strathspeld; wir hatten hier als Kinder zusammen gespielt, gebastelt und Kriege mit Spielzeugsoldaten, Airfix-Panzern und Lego-Forts ausgefochten; wir hatten mit unseren Chemiebaukästen experimentiert, waren Rennen mit unseren Scalextric-Autos gefahren, hatten Papierflieger aus dem Fenster hinunter auf den Rasen segeln lassen und aus demselben Fenster mit unseren Luftgewehren auf Zielscheiben im Garten geschossen und ein paar Vögel erlegt und klammheimlich einige Schachteln Zigaretten gequalmt. Und wir hatten hier mit Kumpeln aus dem Dorf und mit Clare unzählige Joints geraucht und dabei Musik gehört.

»Warum sind die Leute nur so beschissen *unfähig*?« schrie Andy unvermittelt und schleuderte sein Whiskyglas quer durchs Zimmer. Es prallte gegen die Wand neben dem Fenster und zersplitterte. Ich erinnere mich an die einstürzende Pyramide aus Sektgläsern im Science Museum, nur vier Jahre zuvor. Der Whiskyrest hinterließ einen hellbraunen Fleck an der Wand. Ich starrte auf die Flüssigkeit, während sie langsam an der Tapete hinunterlief.

»Tut mir leid«, murmelte Andy, aber es klang auch nicht ansatzweise so, als ob es ihm leid täte. Er erhob sich auf wackligen Beinen aus seinem Sessel und ging hinüber zu den Glassplittern auf dem Teppich. Er bückte sich und machte sich daran, sie aufzuheben, dann ließ er sie wieder auf den Boden fallen, hockte einfach nur da und fing mit in den Händen vergrabenem Gesicht an zu weinen.

Ich ließ ihn eine Weile weinen, dann ging ich zu ihm hinüber, hockte mich neben ihn und legte meinen Arm um seine Schultern.

»Warum sind die Leute so beschissen *nutzlos*?« schluchzte er. »Die lassen dich immer hängen, die können noch nicht mal ihren verdammten *Job* richtig machen! Scheiß-Halziel; Scheiß-Captain Michael Scheiß-Lingary DSO – alles Wichser!«

Er stieß mich weg, stand auf und wankte hinüber zu einer Kommode, riß die oberste Schublade einfach heraus, so daß sie auf den Teppich krachte und eine Ladung Pullover herausfiel. Er kniete sich auf den Boden, und ich hörte das Ratschen von Klebeband.

Als er wieder aufstand, hielt er eine Automatik-Pistole in der Hand und versuchte, ein Magazin in den Griff zu rammen. »Auf dich wartet eine gottverdammte Gehirn-Ektomie, Doktor Halziel«, zischte er. Unter Tränen versuchte er, das Magazin in die Waffe zu schieben.

Halziel, dachte ich. Halziel. Ich kannte Lingarys Namen aus Andy Erzählungen über den Falkland-Krieg; er war Andys Kommandierender Offizier gewesen, der, dem Andy die Schuld am Tod einiger seiner Männer gab. Aber Halziel... O ja, natürlich: der Name dieses Vertretungsarztes, der Clare hatte sterben lassen. Der Kerl, von dem die Einheimischen meinten, er hätte mehr Interesse am Angeln als an der Medizin.

»Laß dich endlich laden, du Drecksding!« schrie Andy die Pistole an.

Ich stand auf, und plötzlich war mir eiskalt. Als ich ihn beim Tontaubenschießen beobachtet hatte, wäre mir nie in den Sinn gekommen, vor ihm Angst zu haben. Jetzt hatte ich Angst. Ich war mir ganz und gar nicht sicher, ob ich das Richtige tat, aber ich stand auf und ging zu ihm hinüber, während er im selben Moment endlich das Magazin in die Waffe gerammt bekam und einrasten ließ.

»He, Andy«, sagte ich. »Mann, komm schon...«

Er blitzte mich wütend an; sein Gesicht war rot und fleckig und tränenüberströmt. »Fang gar nicht erst an, Colley, du mieser Arschwichser, du hast mich auch hängenlassen, weißt du noch?«

»He, he«, wiegelte ich ab. Ich streckte meine Hände aus und wich zurück.

Andy stürzte wankend zur Tür und riß sie auf. Ich folgte ihm die Treppe hinunter, hörte ihn fluchen und brüllen; in der Eingangshalle versuchte er, sich eine Jacke überzuziehen, aber er konnte sie nicht über die Hand mit der Waffe kriegen. Er riß die Haustür mit solcher Wucht auf, daß das Glaspaneel darin zersplitterte, als sie gegen den Türstopper krachte. Ich schaute mich benommen nach Mr. und Mrs. Gould um, aber es war keine Spur von ihnen zu entdecken. Andy rammte seinen Handballen gegen die Hälfte der Sturmtür, die noch geschlossen war, dann stolperte er hinaus in die Nacht.

Ich lief ihm nach; er steuerte geradewegs auf den Land Rover zu. Ich stand neben ihm, während er die Schlüssel verfluchte und gegen die Seitenscheibe trommelte. Er steckte sich die Pistole seitlich in den Mund, um beide Hände frei zu haben, und ich überlegte kurz, sie ihm zu entreißen, aber ich befürchtete, daß ich vermutlich nur einen von uns beiden töten würde, und selbst wenn ich das nicht tat, hatte ich ihm doch nichts entgegenzusetzen, und er würde sie mir nur einfach wieder abnehmen.

»Andy, Mann«, sagte ich und versuchte, ganz ruhig zu klingen, »komm schon; das ist doch verrückt. Komm schon. Dreh doch jetzt nicht durch, Mann. Dieses Arschloch Halziel umzulegen, bringt Clare auch nicht zurück –«

«Halt's Maul!« brüllte Andy; er warf die Schlüssel auf die Erde, packte mich am Kragen und rammte mich mit dem Rücken gegen die Seite des Land Rovers. »Halt dein verdammtes Maul, du elender Scheißer! Ich *weiß* verdammt gut, daß sie nichts wieder zurückbringen wird! Ich weiß das!« Er schlug meinen Kopf gegen die Seitenscheibe des Rovers. »Ich will nur sicherstellen, daß es einen unfähigen Wichser *weniger* auf der Welt gibt!«

»Aber –«, sagte ich.

»Ach, verpiß dich!«

Er schlug mir mit der Pistole ins Gesicht; ein harmloser Schlag, hinter dem mehr chaotischer Zorn als zielgerichtete Bösartigkeit steckte; ich sackte zu Boden, aber eher weil ich das Gefühl hatte, ich müßte es tun, als daß ich wirklich etwas abgekriegt hätte. Es tat trotzdem weh. Ich lag auf dem Kies, das Gesicht nach oben gewandt. Erst jetzt bemerkte ich, daß es regnete.

Irgendwo in meinem Hinterkopf regte sich die Sorge, ich könnte von einer Kugel getroffen und getötet werden. Dann knallte Andy die Pistole mit der flachen Seite gegen den Land Rover und versetzte der Wagentür einen Tritt.

»Verdammt!« schrie er. Er trat wieder gegen die Tür. »Verdammt!«

Ich wurde naß. Ich konnte fühlen, wie sich der Rücken meines Pullovers mit Wasser vollsog.

Andy beugte sich herunter und schaute mich an. Seine Augen kniffen sich fragend zusammen.

»Ist mit dir alles in Ordnung?«

»Ja«, gab ich matt zurück.

Er legte den kleinen Hebel der Pistole um und steckte sie sich hinten in den Hosenbund, dann hielt er mir seine Hand hin. Ich ergriff sie. Ich erinnerte mich an William und Andy, wie sie auf dem Stuhl unter dem alten Hovercraft balancierten.

Er zog mich hoch. »Tut mir leid, daß ich dir eins verpaßt habe«, sagte er.

»Tut mir leid, daß ich so ein Arschloch war.«

»O Mann, verfluchte Scheiße...« Er legte seinen Kopf

auf meine Schulter. Sein Atem ging schwer, aber er weinte nicht. Ich streichelte ihm tröstend den Kopf.

* * *

Ich denke immer noch nach.

* * *

Yvonne und ich vor zwei Jahren im Sommer in South Queensferry, vis-à-vis vom Hawes Inn an der Helling unter den hohen Steinpfeilern der Eisenbahnbrücke. Der breite Fluß glitzerte vor uns, Leute promenierten die Bürgersteige entlang und den Pier hinunter, und gelegentlich wehte der Geruch von gebratenen Zwiebeln zu uns herüber, von dem Imbiß neben der Bude der Küstenwacht. Wir waren hier, um Zeuge zu werden, wie William seinen brandneuen Jet-Ski meisterte; dieser Prozeß schien hauptsächlich daraus zu bestehen, aufzusteigen, loszubrausen, eine zu schnelle Wendung zu versuchen und eine gigantische Bauchlandung zu machen. Sein blonder Schopf tauchte aus dem Wasser auf, schüttelte sich einmal und dümpelte im Wasser, während er zu seiner Maschine schwamm. Drei weitere Jet-Skis sausten auf diesem Abschnitt des Flusses herum, ebenso wie ein paar Wasserskiläufer mit ihren PS-starken Speedbooten, und sie machten einen Heidenlärm, aber wir konnten William trotzdem lachen hören; der verdammte Sack hielt es für einen riesigen Spaß, ein erschreckend teures Gerät zu kaufen und die meiste Zeit damit zuzubringen, von dem Gerät runter ins Wasser zu fallen.

»Wofür benutzt man diese Dinger eigentlich wirklich?« fragte ich.

»Was, Jet-Skier?« gab Yvonne zurück. Sie lehnte sich an die Kaimauer und ließ das Eis in ihrem Fruchtsaft klirren. »Zum Vergnügen.« Sie schaute zu, wie William zu einer Wende ansetzte, fast mit einem andern Jet-Ski zusammenkrachte und ins Kielwasser eines Wasserski-Bootes pflügte, wodurch er – als neue Variation seines Repertoires an Stürzen – eine Rolle über den Lenker des Jet-Skis machte und mit einem gigantischen Rückenklatscher auf dem Wasser aufschlug. Sein Gelächter erhob sich schallend über den donnernden Motoren. Er winkte, um zu zeigen, daß ihm nichts passiert war, dann schwamm er noch immer lachend zurück zu seiner führerlos umherdümpelnden Maschine. Yvonne setzte ihre Sonnenbrille auf. »Sie sind zum Vergnügen gedacht; das ist ihr einziger Zweck.«

»Zum Vergnügen«, sagte ich nickend. William lachte noch immer. Ich beobachtete Yvonne dabei, wie sie ihn beobachtete. Er winkte noch einmal, als er wieder auf den Jet-Ski aufstieg. Sie winkte zurück. Lustlos, wie ich fand.

Yvonne war schlank und muskulös in Shorts und T-Shirt. Ihre Brüste wurden von der Mauer hochgedrückt, an der sie lehnte. Unsere Affäre dauerte jetzt schon ein Jahr. Sie schüttelte gutmütig den Kopf, als William wieder Gas gab. Ich lehnte mich neben sie an die Mauer.

»Hast du je darüber nachgedacht, ihn zu verlassen?« fragte ich sie leise.

Sie schwieg einen Moment, drehte sich dann zu mir um, zog ihre Sonnenbrille den Nasenrücken herunter und sah mich über den Rand hinweg an. »Nein«, erwiderte sie.

Ich hörte eine Frage in ihrer Antwort mitschwingen; die Frage, warum ich ihr eine solche Frage stellte.

Ich zuckte mit den Achseln. »Wollt's nur mal wissen.«

Sie wartete, bis eine eiscremeschleckende Familie vorbeigegangen war, dann sagte sie: »Cameron, ich habe nicht die Absicht, William zu verlassen.«

Ich zuckte abermals mit den Achseln. Ich bereute es bereits, gefragt zu haben. »Wie ich schon sagte, es war mir nur gerade so in den Sinn gekommen.«

»Nun, dann vergiß es wieder.« Sie schaute zu William hinüber, der begeistert über die Wellen hüpfte. Sie streckte ihre Hand aus und berührte kurz meinen Arm. »Cameron«, sagte sie, und ihre Stimme klang zärtlich, »du bist das Abenteuer in meinem Leben; du tust Dinge für mich, die William sich nicht einmal vorstellen könnte. Aber er ist mein Mann, und selbst wenn wir hin und wieder straucheln, wir werden immer zusammenbleiben.« Sie kniff gedankenverloren die Augen zusammen und fügte dann hinzu: »... vermutlich.« Sie blickte wieder zu ihm hinüber, während er eine langsamere Wende absolvierte, schwankend, aber aufrecht. »Ich meine, wenn ich je AIDS von ihm bekomme, bekommt er von mir die kolumbianische Krawatte...«

»Uuuh«, sagte ich. Ich hatte ein Foto davon gesehen; sie schneiden dir die Kehle durch und ziehen deine Zunge durch den Schlitz. Überraschend groß, die menschliche Zunge. »Hast du ihm das gesagt?«

Sie lachte kurz auf. »Ja. Er sagte, wenn ich ihn verlasse, will er das Sorgerecht für den Mercedes.«

Ich drehte mich um und schaute auf den schnittigen, viel bestaunten 300er an der Bordsteinkante, dann unterzog ich Yvonne einer eingehenden Musterung von Kopf bis Fuß.

Ich hob die Schultern. »Fairer Vergleich«, erklärte ich, dann drehte ich mich um, schaute hinaus aufs Wasser und trank mein Bier. Sie trat mir vors Knie.

Später, als wir William halfen, den Jet-Ski aus dem Wasser zu holen, kamen ein paar fürchterlich lärmende Leute – alle mit schwarzen Lederjacken mit BMW-Logos – mit einem glänzend schwarzen Range Rover und einem großen schwarzen Wasserski-Boot angefahren. Sie machten ein Riesentheater, damit sie ihr Boot zu Wasser lassen konnten, während die erfahrenen Freizeitkapitäne, die die Flut ausgenutzt hatten, schon ihre Gefährte an Land holten. Ihr dreimotoriges Wasserski-Boot hatte den Ausgang zur Straße blockiert, und als ein paar Leute sie baten, es zur Seite zu schieben, fingen die BMW-Typen Streit an. Ich hörte sogar einen von ihnen behaupten, sie hätten die Helling gemietet.

Etwa zehn Minuten lang gab es kein Vor und Zurück. Wir schafften den Jet-Ski auf den Anhänger, aber Williams Mercedes war einer der Wagen, die auf der Helling festsaßen; William versuchte es im Guten mit den BMW-Typen, dann setzte er sich in den Wagen und schmollte. Yvonne schien innerlich zu kochen, dann verkündete sie plötzlich, sie würde zu der Bude der Küstenwacht gehen und irgendwelchen Souvenir-Mist oder was auch immer kaufen.

»Einkaufen hilft immer«, erklärte sie uns und schlug die Wagentür zu.

William saß mit verkniffenem Mund da und beobachtete im Rückspiegel, wie der Streit auf der Helling weiterging. »Dreckskerle«, zischte er. »Die Leute können sich einfach nicht benehmen.«

»Man sollte sie alle erschießen«, bemerkte ich und überlegte, auszusteigen und eine zu rauchen (auf den champagnerfarbenen Ledersitzen des Mercedes herrschte striktes Rauchverbot).

»Ja«, pflichtete William mir bei, und seine Hände kneteten das Lenkrad. »Die Leute wären vielleicht etwas höflicher, wenn jeder eine Waffe tragen würde.«

Ich blickte ihn an.

Nach einigem Durcheinander und einer Menge böser Worte fand sich schließlich eine Lösung für das Dilemma; die BMW-Typen schoben ihr Boot nach vorn, damit Autos und Anhänger daran vorbei zur Straße konnten. Wir sammelten Yvonne am Kopf der Helling neben der RNLI-Bude ein, wo sie irgendwelchen Plunder verkauften, um mit dem Erlös ein Rettungsschiff finanzieren zu können.

Yvonne schien nicht viel gekauft zu haben; als sie in den Wagen stieg, warf sie mir eine Schachtel Streichhölzer hin. »Hier«, sagte sie.

Ich betrachtete die Streichholzschachtel. »Manometer. Das wäre aber wirklich nicht nötig gewesen.«

Während wir den Hügel hinauf Richtung Edinburgh brausten, schaute ich noch einmal zurück. Unten an der Helling herrschte abermals helle Aufregung; die BMW-Typen gestikulierten hektisch und zeigten auf die Reifen auf der einen Seite des Anhängers, auf dem das große Boot festgemacht war und der sich jetzt in die angezeigte Richtung zu neigen schien. Es sah aus, als würde es da unten gleich wieder mächtig heiß hergehen; dann versperrten uns die Bäume die Sicht. Ich war sicher, gesehen zu haben, wie die ersten Fäuste flogen.

Ich drehte mich wieder um und sah, daß Yvonne grinsend an mir vorbei in dieselbe Richtung schaute. Dann sah sie plötzlich wieder ganz unschuldig aus und lehnte sich summend in ihrem Sitz zurück.

Ich erinnerte mich daran, wie Andy und ich mal aus allen Reifen am Wagen seines Vaters die Luft rausgelassen hatten, indem wir Streichhölzer zerknickt und sie in die Reifenventile gesteckt hatten. Ich öffnete die Streichholzschachtel, die Yvonne mir gegeben hatte, aber es war nicht zu erkennen, ob welche fehlten oder nicht.

»Sieht aus, als hätten die dahinten irgendein Problem mit ihrem Anhänger«, bemerkte ich.

»Gut«, sagte William.

»Vermutlich einen Platten«, seufzte Yvonne. Sie blickte zu William. »Wir haben an diesem Ding doch *abschließbare* Reifenventile, oder?«

***

William im Wald, am Stadtrand von Edinburgh, beinahe in Sichtweite der Villensiedlung, wo sein und Yvonnes neues Haus steht, in der Hand eine Farbpistole. Wieder eins von diesen gnadenlosen Manchmal-macht's-ja-auch-richtig-Spaß-Kriegsspielen für die nie Erwachsenen (die Jungs und Mädels seiner Computerfirma gegen die Elitetruppe der *Caledonian*-Nachrichtenredaktion). Meine Pistole hatte Ladehemmung, und William erkannte mich und kam lachend aus seiner Deckung gelaufen und feuerte Schuß um Schuß auf mich ab, während ich mit den Armen wedelte und auszuweichen versuchte und diese gelben Farbgeschosse *platsch, platsch* auf meine geliehene Tarnzeugmontur und auf meinen Helm mit dem Visier klatschten und ich William mit den Armen Zeichen gab und er nur einfach immer weiter auf mich zukam und auf mich schoß; der Mistkerl hatte seine eigene Farbpistole, und er hatte sie wahrscheinlich frisiert; so wie ich William kannte, war das so gut wie unausweichlich. Platsch! Platsch! Platsch! Er kam immer näher, und mir zuckte durch den Sinn: Scheiße, weiß er das mit mir und Yvonne? Ist er selbst dahintergekommen, hat es ihm jemand erzählt, ist es das, worum es hier geht?

Es war verdammt ärgerlich, selbst wenn es nicht darum ging; ich wollte es diesem Schweinehund unbedingt zeigen, weil wir diesen blöden Streit gehabt hatten, bevor das Spiel losging, über Williams Theorie, daß Gier etwas Gutes sei, nicht zuletzt ausgelöst durch seine Enttäuschung darüber, wie wenig überzeugend der armselige Gordon Gecko in *Wall Street* diesen Standpunkt vertreten hatte.

»Aber sie *ist* gut«, protestierte William und fuchtelte mit seiner Pistole. »Daran mißt sich heutzutage die Überlebensstärke.« Wir wurden auf dem Farbgefechtsgelände herumgeführt, und uns wurden die Fahnenmaste und Baumstammbarrikaden und all dieser Mist gezeigt. »Es ist etwas *Natürliches*«, beharrte William. »Es ist Evolution; als wir noch in Höhlen lebten, da sind wir raus zum Jagen gegangen, und wer immer das Mammut oder was auch immer mit zurückbrachte, bekam das beste Fleisch zu essen und durfte die Weiber vögeln, und all das war *gut* für die menschliche Rasse. Jetzt ist es ein bißchen abstrakter, und wir benutzen Geld anstelle von Tieren, aber das Prinzip ist das gleiche.«

»Aber es waren nicht nur Einzelne, die auf die Jagd gingen; das ist genau der Punkt«, erklärte ich ihm. »Es ging dabei vor allem um Kooperation; die Leute arbeiteten zusammen und haben am Ende den Gewinn geteilt.«

»Da stimme ich zu«, stimmte William zu. »Kooperation *ist* etwas Großartiges. Wenn die Leute nicht kooperieren würden, könnte man sie nicht so leicht *führen.*«

»Aber...«

»Und man braucht immer Anführer.«

»Aber Gier und Selbstsucht...«

»... haben alles geschaffen, was du um dich herum siehst«, fiel mir William ins Wort und fuchtelte wieder mit seiner Pistole.

»Exakt!« rief ich aus und riß die Arme hoch. »Kapitalismus!«

»Ja! Exakt!« äffte William mich nach und gestikulierte ebenfalls mit seinen Händen. Und wir standen da, ich mit einem finsteren Stirnrunzeln auf dem Gesicht und wie vor den Kopf geschlagen, daß William nicht erkennen konnte, worauf ich hinauswollte... und William lächelnd, aber offenkundig ebenso verwirrt, daß ich nicht zu verstehen schien, was *er* meinte.

Ich schüttelte verärgert den Kopf und hielt meine Farbpistole hoch. »Laß uns kämpfen«, sagte ich.

William grinste. »Was soll ich noch sagen?«

Ich wollte es diesem Schweinehund wirklich zeigen – vorzugsweise mit der Kooperation meiner Teamkameraden, um zu beweisen, daß ich recht hatte –, aber die beschissene Technik ließ mich hängen, und ich war ihm hilflos ausgeliefert, während er Schuß um Schuß auf mich abfeuerte, und schließlich fand ich mich damit ab, daß gegen die Ladehemmung nichts zu machen war, und setzte an, die Pistole nach ihm zu werfen, obwohl ich kaum noch etwas sehen konnte, weil mein ganzes Visier mit gelber Farbe verschmiert war, aber er duckte sich und stolperte und ließ sich auf einen Baumstamm fallen und hielt sich den Bauch, und der Schweinehund lachte sich scheckig, weil ich wie eine riesige triefende Banane aussah, aber in dem Moment bemerkte ich, daß die Pistole gar keine Ladehemmung hatte, sondern nur gesichert war. Ich mußte wohl irgendwo damit angestoßen sein oder sowas, und ich hatte noch ein paar Schüsse übrig, und ich hätte das Schwein erschießen sollen, aber ich konnte nicht, nicht während er da saß und sich totlachte.

»Elender Mistkerl!« schrie ich ihn an.

Er ließ seine Farbpistole um einen behandschuhten Finger kreiseln. »Evolution!« rief er. »Du lernst 'ne ganze Menge, wenn du mit einem Liquidator zusammenlebst!« Er fing wieder an zu lachen.

Später beim Mittagsbuffet im großen Zelt hatte er sich mit den Worten »Ich halte nichts vom Schlangestehen!« einfach nach vorn gedrängt, und als eine Frau hinter ihm sich beschwerte, überzeugte er sie mit einer gewissen bedauernden Verschämtheit, daß er Diabetes hätte und deshalb *jetzt sofort* etwas essen müßte. Ich zuckte innerlich zusammen, lief rot an und wandte den Blick ab.

***

Ich denke immer noch nach; denke nach über all die Male, wo ich erlebt habe, wie irgendwelche Leute etwas aus Rache getan haben oder etwas Rachsüchtiges oder Heimtückisches oder Schlaues getan oder auch nur gedroht haben, es zu tun. Zum Teufel, jeder, den ich kenne, hat irgendwann einmal so etwas getan, aber das macht noch niemanden zum Mörder; ich denke, McDunn muß verrückt sein, aber ich kann ihm das nicht sagen, denn wenn er mit seiner Theorie falsch liegt, und ich falsch liege, daß es mit diesen Typen zu tun hat, die vor ein paar Jahren im Lake District abgekratzt sind, dann bleibt nur ein Verdächtiger übrig, und das bin ich. Das Problem ist, daß meine Theorie auf immer wackligeren Füßen steht, weil McDunn mich überzeugt hat, daß es tatsächlich nur ein Ablenkungsmanöver ist: Es gibt kein Ares-Projekt, es hat nie ein Ares-Projekt gegeben, und Smout in seiner Gefängniszelle in Bagdad hat nichts mit den Typen zu tun, die gestorben sind; da hat sich nur jemand eine schlaue Verschwörungstheorie ausgedacht, um mich an entlegene Orte zu locken und mir jegliches Alibi zu nehmen, während der Gorilla-Mann irgend jemand anderem irgendwo anders etwas Abscheuliches antat. Natürlich weist McDunn immer wieder darauf hin, daß ich trotzdem der Mörder sein könnte; ich könnte mir die ganze Geschichte ja schließlich ausgedacht haben: Ich könnte die Anrufe des mysteriösen Mr. Archer aufgenommen und zur Redaktion weitergeleitet haben, während ich dort war. Sie haben den größten Teil der Gerätschaften, die man dazu braucht, in meiner Wohnung gefunden: einen Anrufbeantworter, meinen PC und das dazugehörige Modem; noch ein, zwei Einzelteile, und es wäre ein Kinderspiel gewesen, eine solche Schaltung zu installieren.

McDunn will mir wirklich helfen, das kann ich sehen, aber er steht auch unter Druck; die Indizienbeweise gegen mich sind so erdrückend, daß die Leute, die die Feinheiten des Falles nicht kennen, ob der mangelnden Fortschritte langsam ungeduldig werden. Abgesehen von der verdammten Visitenkarte haben sie keine direkten Beweise; keine Waffen, keine blutbefleckten Kleidungsstücke oder auch nur kleinste Dinge wie Haare oder Fasern, um mich mit irgendeinem der Überfälle in Verbindung zu bringen. Ich vermute, daß sie nicht glauben, daß mich einer der Zeugen identifizieren würde, denn sonst hätte es schon längst eine Gegenüberstellung gegeben, trotzdem weist alles so augenscheinlich in meine Richtung: Ich muß es gewesen sein. Linkem Journalist knallt 'ne Sicherung durch, und er legt ein paar Rechte um. Offensichtlich habe ich einige gute Schlagzeilen verpaßt, seit ich hier drin bin. Um genau zu sein, habe ich schon einige gute während des zweitägigen Urlaubs verpaßt, den ich mir genommen habe; wenn ich mir nur die Mühe gemacht hätte, einen einzigen verdammten Zeitungskiosk aufzusuchen, nachdem ich Stromeferry verlassen hatte, hätte ich die ersten Aufmacher über diesen Typen gesehen – »Der Rote Panther«, wie die Boulevardblätter ihn nannten –, der all die rechtslastigen Stützen der Gesellschaft umbrachte.

McDunn will mich nicht wegen irgendeines der anderen Morde anklagen, aber sie werden in allernächster Zeit eine Entscheidung treffen müssen, denn die erlaubte Dauer der Untersuchungshaft gemäß dem Anti-Terror-Gesetz ist beinahe überschritten, und das Innenministerium wird keine Verlängerung genehmigen; ich werde bald vor Gericht gestellt werden müssen. Zum Teufel, vielleicht bekomme ich sogar einen Anwalt.

Ich habe noch immer fürchterliche Angst, auch wenn McDunn auf meiner Seite steht, weil ich sehen kann, daß er keine großen Hoffnungen mehr hat, und wenn sie ihm diesen Fall wegnehmen, dann kriege ich vielleicht die bösen Cops, die, die nur ein Geständnis wollen, und verdammt noch mal, ich bin in England, nicht in Schottland, und trotz der McGuire- und Guildford-Fiaskos haben sie das Gesetz noch immer nicht geändert: hier unten kannst du immer noch aufgrund eines nicht bestätigten Geständnisses verurteilt werden, selbst wenn du später versuchst, es zu widerrufen.

Ich werde langsam paranoid deswegen, bin fest entschlossen, absolut nichts zu unterschreiben, mache mir Sorgen, daß ich es vielleicht schon getan habe, als sie mich hierher brachten und gesagt haben, es wäre nur die Quittung für meine persönlichen Sachen oder ein Antrag auf Rechtsbeistand oder was auch immer, und ich mache mir Sorgen, daß sie mich vielleicht dazu kriegen, etwas zu unterschreiben, wenn ich müde bin und sie mich in Schichten verhört haben und ich nur noch ins Bett und schlafen will, ach, komm schon; es ist nur eine Formalität, du kannst später immer noch widerrufen, dich anders entscheiden, aber du kannst es doch nicht, weil sie dir nichts als Lügen auftischen; ich mache mir sogar Sorgen darüber, daß ich etwas im Schlaf unterschreiben könnte oder daß sie mich hypnotisieren und mich auf diese Weise dazu kriegen; zum Teufel, ich habe keine Ahnung, was sie sich noch alles einfallen lassen.

* * *

»Cameron«, sagt McDunn. Es ist der fünfte Tag; morgens. »Sie wollen Sie übermorgen wegen der Morde und Überfälle anklagen und vor Gericht bringen.«

»O mein Gott.« Ich nehme eine von seinen Zigaretten; McDunn zündet sie für mich an.

»Sind Sie sicher, daß Ihnen nichts einfällt?« fragt McDunn. »Irgend etwas?« Er macht wieder dieses schmatzende Geräusch mit seinen Zähnen. Es fängt an, mir zusehends auf die Nerven zu gehen.

Ich schüttle den Kopf und reibe mir mit den Händen übers Gesicht, ohne mich darum zu kümmern, daß der Rauch von der Zigarette in meine Augen und mein Haar zieht. Ich huste ein bißchen. »Tut mir leid. Nein. Nein, mir fällt nichts ein. Ich meine, mir sind eine Menge Sachen eingefallen, aber…«

»Aber Sie erzählen es mir nicht, oder, Cameron?« sagt

der Inspector. Er schüttelt den Kopf. »Cameron, Herrgott noch mal, ich bin der einzige, der Ihnen helfen kann. Wenn Sie auch nur den leisesten Verdacht haben, müssen Sie mir davon erzählen; Sie müssen mir die Namen nennen.«

Ich huste abermals und blicke auf den Kachelboden des Raums.

»Dies könnte Ihre letzte Chance sein, Cameron«, erklärt McDunn mir leise.

Ich hole tief Luft.

»Wenn Ihnen irgend jemand einfällt, Cameron, dann geben Sie mir den Namen«, sagt McDunn. »Es wird vermutlich einfach sein, die Betreffenden aus den Ermittlungen auszuschließen; wir werden nicht versuchen, es jemandem anzuhängen oder jemanden zu schikanieren oder irgendwelche schweren Geschütze aufzufahren.«

Ich starre ihn an, noch immer unsicher. Mein Gesicht ist noch immer in meinen gespreizten Fingern vergraben. McDunn fährt fort: »Da sind, oder waren, sehr gute, gewissenhafte Männer mit diesem Fall betraut, die von ganzem Herzen Polizisten sind, aber das einzige, was sie im Moment von ganzem Herzen wollen, ist, Sie wegen der restlichen Überfälle anzuklagen und Sie endlich vor Gericht zu bringen. Ich habe die Leute an den wichtigen Stellen überzeugen können, daß ich der beste Mann bin, um gemeinsam mit Ihnen Licht in diese ganze Sache zu bringen, aber ich bin wie ein Fußballtrainer, Cameron; ich kann von heute auf morgen gefeuert werden, und ich bin nur so gut wie das letzte Ergebnis, das ich erzielt habe. Im Moment kann ich keinerlei Ergebnisse vorweisen, und ich kann jeden Moment durch jemand anderen ersetzt werden. Und glauben Sie mir, Cameron, ich bin der einzige Freund, den Sie hier haben.«

Ich schüttle den Kopf, zu verängstigt, um zu sprechen, weil ich dann ganz zusammenbrechen könnte.

»Namen; ein Name; irgend etwas, das Sie vielleicht retten kann, Cameron«, sagt McDunn geduldig. »Ist Ihnen irgend jemand eingefallen?«

Ich fühle mich wie ein Arbeiter im stalinistischen Rußland, der seine Genossen verrät, aber ich sage: »Nun, mir sind zwei meiner Freunde eingefallen…« Ich blicke McDunn an, um zu sehen, wie ich mich mache. Ein besorgt aussehendes Stirnrunzeln liegt auf seinem dunklen, fleischigen Gesicht.

»Ja?«

»William Sorrell, und… nun, es klingt dumm, aber… seine Frau, ähm, Yvo –«

»Yvonne«, sagt McDunn. Er nickt bedächtig und lehnt sich zurück, steckt sich eine Zigarette an. Er sieht traurig aus. Die Zigarettenschachtel rotiert wieder auf der Tischplatte.

Ich weiß nicht, was ich denken oder fühlen soll. Doch, ich weiß es: Mir ist übel.

»Haben Sie eine Affäre mit Yvonne Sorrell?« fragt McDunn.

Ich starre ihn an. Jetzt weiß ich *wirklich* nicht, was ich sagen soll.

Er winkt ab. »Nun, vielleicht spielt es keine Rolle. Aber wir haben Mr. und Mrs. Sorrell überprüft, diskret, versteht sich, als wir erfahren haben, daß sie mit Ihnen befreundet sind.« Er lächelt. »Man muß immer die Möglichkeit in Betracht ziehen, daß mehr als eine Person dahintersteckt, Cameron, besonders wenn man es mit einer Serie von Verbrechen zu tun hat, die über ein so großes Gebiet verstreut verübt werden, und dann noch recht komplizierte.«

Ich nicke. Überprüft. Ich frage mich, wie diskret diskret ist. Mir ist mehr und mehr nach Heulen zumute, denn ich glaube, ich gestehe mir gerade ein, daß – egal, was passiert – mein Leben nie wieder wie vorher sein wird.

»Wie sich herausgestellt hat«, fährt McDunn fort, während die Zigarettenschachtel weiter *tapp, tapp* macht, »sind die beiden zwar sehr häufig unterwegs, doch es ist zweifelsfrei belegt, wo sie sich an den betreffenden Daten aufgehalten haben; wir wissen ziemlich genau, was sie während jedem der Überfälle gemacht haben.«

Ich nicke wieder, während ich mich fühle, als würden mir die Gedärme herausgerissen. Also habe ich sie verraten, und es wäre noch nicht einmal nötig gewesen.

»Ich habe über Andy nachgedacht«, erzähle ich dem Fußboden, schaue dorthin, um McDunns Blick auszuweichen. »Andy Gould«, sage ich, denn einmal – abgesehen von allem anderen – war Andy während des Sommers bei mir, etwa um die Zeit, als die Karte mit meiner Handschrift verlorenging. »Ich dachte, er könnte es vielleicht gewesen sein, aber er ist tot.«

»Die Beerdigung ist morgen«, sagt McDunn, schnippt Asche ab und inspiziert dann das glühende Ende seiner Zigarette. Er fährt damit am Rand des Alu-Aschenbechers entlang, bis die Zigarettenspitze ein perfekter Kegel ist, dann raucht er vorsichtig weiter. Meine Asche fällt auf den Boden, und ich verwische sie schuldbewußt mit dem Fuß.

Gott, ich könnte etwas Dope gebrauchen; ich muß mich entspannen, mich beruhigen. Ich freue mich beinahe auf das Gefängnis; da drin gibt's jede Menge Dope, wenn mir erlaubt wird, mit den anderen Häftlingen Kontakt zu haben. Mein Gott, es wird wirklich so weit kommen. Ich akzeptiere es, ich gewöhne mich an den Gedanken. Mein Gott.

»Morgen?« sage ich und schlucke. Ich versuche, nicht zu weinen, und ich versuche, auch nicht zu husten, weil ich dann weinen würde.

»Ja«, bestätigt McDunn und streift wieder sorgfältig die

Asche von seiner Zigarette. »Sie begraben ihn morgen, auf dem Familiensitz. »Wie heißt er noch mal?«

»Strathspeld«, sage ich ihm. Ich blicke ihn an, aber ich kann nicht sagen, ob er den Namen wirklich vergessen hat oder nicht.

»Strathspeld.« Er nickt. »Strathspeld.« Er läßt sich den Namen auf der Zunge zergehen, so als würde er einen edlen Whisky genießen. »Strathspeld auf Carse of Speld.« Er saugt wieder Luft durch seine Zähne. Ich wünschte, er würde mal sein Gebiß nachsehen lassen; gibt es spezielle Polizeizahnärzte, oder müssen sie zu denselben gehen wie alle anderen und hoffen, der Zahnarzt hegt keinen... hegt keinen alten Groll... keinen alten Groll gegen...

Einen Moment mal.

Einen verdammten Moment mal...

Und ich weiß es.

Es ist, als würde ein Staubkörnchen herunterschweben und sich mir ins Auge setzen, und ich schaue hoch, um zu sehen, wo es herkam, und plötzlich fällt mir eine Ladung Mauersteine auf den Kopf; mit genau derselben Gewalt trifft es mich. Ich sitze einen Augenblick lang da und denke: Nein, es kann nicht sein... Aber es ist so; und es läßt sich nicht wieder verdrängen, und ich weiß es, und ich weiß, daß ich es weiß.

Ich weiß es, und mir ist übel, aber es ist wunderbar, sich endlich wieder einer Sache so sicher zu sein. Ich kann nicht das geringste beweisen, und ich verstehe es noch immer nicht, aber ich *weiß* es, und ich weiß, daß ich dort sein muß, daß ich nach Strathspeld fahren muß. Ich könnte ihnen einfach sagen, daß sie dorthin fahren, dabei sein, ein Auge offenhalten sollen, weil er ganz sicher dort sein wird, dort sein *muß*, nirgendwo anders sein kann. Aber so kann ich es nicht geschehen lassen, kann es nicht so aus den Händen geben, und ob sie ihn nun schnappen oder nicht – und ich bezweifle, daß sie das tun werden –, ich muß dabei sein.

Also räuspere ich mich und blicke McDunn in die Augen und sage: »Na schön. Zwei andere Namen.« Pause. Ich schlucke, denn etwas hat sich in meiner Kehle verkeilt. Mein Gott, werde ich das wirklich laut aussprechen? Ja, ja, ich tue es: »Und ich habe noch etwas für Sie.«

McDunn neigt den Kopf leicht zur Seite. Seine Augenbrauen sagen: »Ja?«

Ich hole tief Luft. »Aber ich will als Gegenleistung etwas von Ihnen.«

McDunn runzelt die Stirn. »Und was wäre das, Cameron?«

»Ich will morgen dabei sein, bei der Beerdigung.«

Die Falten auf McDunns Stirn vertiefen sich. Er schaut auf die Zigarettenschachtel und tippt sie noch zwei, dreimal auf dem Tisch herum. Er schüttelt den Kopf. »Ich denke nicht, daß ich das machen kann, Cameron.«

»Doch, Sie können es«, erkläre ich ihm. »Sie können es wegen dem, was ich für Sie habe.« Ich mache eine Pause, hole noch einmal Luft, und der Atem staut sich in meiner Kehle. »Es ist auch dort.«

McDunn schaut verwirrt drein. »Und was wäre das, Cameron?«

Mein Herz hämmert wie eine Dampframme, meine Hände sind zu Fäusten geballt. Ich schlucke, meine Kehle ist wie ausgetrocknet, Tränen springen in meine Augen, und schließlich presse ich die Worte heraus:

»Eine Leiche.«

10 Carse of Speld

Ich laufe den Hügel hinunter in das sonnenüberflutete Tal und dann auf der anderen Seite wieder hinauf, während Andy hinter mir durch das Gestrüpp, das Heidekraut und den Farn bricht. Ich schüttle den größten Teil seines Spermas von meinen Fingern und ziehe meine Hand im Laufen über die Blätter und Grashalme, um den Rest abzuwischen. Ich lache. Andy lacht auch, aber er brüllt mir auch Drohungen und Beleidigungen hinterher.

Ich renne den Hügel hinauf. Ich sehe vor mir eine Bewegung und nehme an, daß es ein Vogel oder ein Kaninchen oder sowas ist, und renne beinahe geradewegs einem Mann in die Arme.

Ich bleibe wie erstarrt stehen, während ich höre, wie Andy hinter mir den Hügel erklimmt, durch das Gestrüpp bricht und Flüche grölt.

Der Mann ist in Wanderstiefel, braune Cordhosen, ein Hemd und eine grüne Wetterjacke gekleidet. Auf dem Rücken trägt er einen braunen Rucksack. Er hat rotes Haar, und er sieht wütend aus.

»Was fällt euch Burschen denn ein?«

»Was? Hä? Äh...«, stammle ich und schaue nach hinten zu Andy, der hinter mir herankommt, plötzlich langsamer wird und mißtrauisch herüberschaut, als er den Mann sieht.

»Du!« schreit der Mann Andy an. Seine Stimme läßt mich zusammenfahren. Ich verstecke meine klebrige

Hand hinter meinem Rücken, als wäre sie durch ein Brandmal gezeichnet. »Was hast du da mit dem Jungen gemacht, na? Was hast du gemacht?« brüllt er. Er schiebt seine Daumen unter die Schulterriemen seines Rucksacks und reckt seine Brust und sein Kinn vor. »Komm schon! Was hast du dir dabei gedacht, na? Antworte mir, Junge!«

»Das geht Sie nichts an«, gibt Andy zurück, aber seine Stimme zittert. Ein merkwürdiger Geruch steigt mir in die Nase. Ich fürchte, daß er von meiner klebrigen Hand kommt, und ich habe Angst, daß der Mann ihn auch riechen kann.

»Red ja nicht so mit mir, Junge!« donnert der Mann und schaut sich wieder um. Er spuckt, wenn er brüllt.

»Sie haben kein Recht, hier zu sein«, entgegnet Andy. »Dies ist Privatbesitz.«

»Ach, ist es das?« sagt der Mann. »Privatbesitz? Und das gibt dir das Recht, schmutzige, perverse Dinge zu tun, ja?«

»Wir...«

»Halt den Mund, Bürschchen.« Der Mann macht einen Schritt nach vorn, blickt über meinen Kopf hinweg Andy an. Der Mann ist so nah, daß ich ihn berühren könnte. Noch immer steigt mir dieser Geruch in die Nase, wird immer stärker. O Gott, jetzt muß er es auch riechen. Ich merke, wie ich versuche zu schrumpfen, mich in mir selbst zu verkriechen. Der Mann tippt sich mit einem Finger gegen die Brust. »Nun, dann will ich dir mal was sagen, Kleiner«, erklärt er Andy. »Ich bin *Polizist.*« Er nickt. »Ay«, sagt er und kneift die Augen zusammen. »Du hast allen Grund, so ängstlich zu gucken, Junge, denn du steckst wirklich in verdammt großen Schwierigkeiten.«

Er schaut zu mir herab. »Also gut; hier entlang, los jetzt!«

Er macht einen Schritt zurück. Ich zittere und kann mich nicht von der Stelle rühren. Ich schaue nach hinten und sehe, wie Andy unsicher zu uns herüberblickt. Der Mann packt mich am Arm und zerrt mich mit sich. »Ich sagte, *los jetzt,* Junge!«

Er schleift mich hinter sich her durch den Wald. Ich fange an zu weinen und versuche, mich aus seinem Griff zu winden.

»Bitte, Mister, wir haben nichts gemacht!« heule ich. »Wir haben nichts gemacht! Bitte! Bitte lassen Sie uns gehen, bitte, bitte lassen Sie uns gehen, wir werden es nie wieder tun, ehrlich; bitte, bitte, bitte…«

Ich blicke durch meine Tränen hindurch zurück zu Andy, der uns mit verzweifeltem Gesicht durch das Gestrüpp folgt und in seine Fingerknöchel beißt.

Wir nähern uns der Kuppe des Hügels, tief im Gebüsch unter dem spärlichen Blätterdach der Bäume; der Geruch ist sehr stark, und meine Knie fühlen sich an, als hätten sich die Knochen aufgelöst. Wenn mich die Hand des Mannes nicht festhalten würde, während er mich durch den Farn zerrt, würde ich sicher hinfallen.

»Lassen Sie ihn los!« schreit Andy, und ich denke, er wird gleich ebenfalls in Tränen ausbrechen. Vor ein paar Minuten hatte er so erwachsen gewirkt, und jetzt ist er wieder wie ein kleines Kind.

Der Mann bleibt stehen, wirbelt mich herum und drückt mich gegen seine Brust. Er fühlt sich sehr warm an, und der Geruch ist jetzt sogar noch stärker.

Andy kommt bis auf ein paar Meter heran.

»Komm her!« brüllt der Mann. Ich kann Speicheltropfen über mich hinwegfliegen sehen, als er brüllt. Andy schaut zu mir; ich kann sehen, wie sein Kiefer bebt.

»Komm *her*!« kreischt der Mann. Andy kommt ein paar Schritte näher. »Zieh deine Hose aus!« zischt er Andy an. »Mach schon; ich hab dich gesehen! Ich hab gesehen, was du gemacht hast! Zieh deine Hose aus!«

Andy schüttelt den Kopf, weicht zurück.

Ich fange an zu schluchzen.

Der Mann schüttelt mich. »Also gut!« sagt er. Er beugt sich über mich, greift mit seinen dicken Fingern nach dem Reißverschluß meiner Jeans und fängt an, ihn herunterzuziehen. Ich strample und schreie, aber ich komme nicht frei. Der Geruch ist überall um mich herum; der Mann ist es; es ist sein Schweiß, sein Geruch.

»Lassen Sie ihn los, Sie Schwein!« schreit Andy. »Sie sind kein Polizist!« Ich kann nicht sehen, was Andy tut, weil mir der Körper des Mannes im Weg ist, aber dann kracht Andy plötzlich in ihn hinein, wirft ihn nach hinten, und er schreit, und ich winde mich zwischen ihnen heraus; ich krabble auf allen vieren durch den Farn, dann halte ich an und schaue zurück, und der Mann hat Andy gepackt, er ringt mit ihm, hält ihn fest, drückt ihn auf den Boden, und Andy keucht, grunzt, versucht, sich zu befreien. »Sie Schwein! Lassen Sie mich *los*! Sie sind kein Polizist! Sie sind kein Polizist!«

Der Mann sagt nichts; er bekommt eine Hand frei und versetzt Andy einen Schlag ins Gesicht. Andy sackt leblos zusammen, aber dann regt er sich schwach; der Mann atmet schwer, und als er mich anschaut, liegt ein starrer Ausdruck in seinen weit aufgerissenen Augen. »Du!« keucht er. »Rühr dich nicht vom Fleck! Du bleibst, wo du bist, verstanden?«

Ich zittere so stark, daß ich kaum noch klar sehen kann. Tränen springen in meine Augen.

Der Mann zieht Andy die Hose herunter; ich kann sehen, wie Andy sich benommen umschaut. Sein Blick bleibt an mir hängen.

»Hilf mir«, krächzt er. »Cameron… hilf mir…«

»So, Cameron heißt du also«, sagt der Mann und schaut zu mir herüber, während er seine eigene Hose herunterzieht. »Nun, rühr dich nicht von der Stelle, Cameron; du bleibst, wo du bist, klar?«

Ich schüttle den Kopf und weiche zurück.

»Cameron!« schreit Andy; der Mann kämpft mit seiner Unterhose, während Andy versucht, sich unter ihm herauszuwinden. Ich stolpere nach hinten, falle beinahe hin; ich muß mich umdrehen, um mich abzufangen, und aus dem Umdrehen wird ein Laufen, und ich kann nicht stehenbleiben, ich muß einfach wegrennen; ich laufe durch den Wald davon, während mir heiße Tränen über das Gesicht rinnen und ich hysterisch schluchze und mein Atem pfeift und rasselt und verzweifelt und panisch in meiner Kehle brennt; Farne peitschen gegen meine Beine, und Zweige zerkratzen mir das Gesicht.

***

Ich habe McDunn letzte Nacht die beiden Namen gegeben und ihm die Berufe ihrer Inhaber genannt, dann habe ich kein weiteres Wort darüber verloren, habe mich einfach geweigert, noch irgend etwas über sie oder die Leiche zu sagen. Es ging weiter mit dem Zahnschmatzen, während er versuchte, mehr aus mir herauszubekommen, und das war beinahe komisch, wenn man bedenkt, daß mich dieses Schmatzen überhaupt erst auf den Gedanken gebracht hat. Der Zahnarzt! Ich erinnerte mich daran, wie ich nach Kyle gefahren war, während ich in Stromefirry-nofirry war, und an jene Alptraumvision des verkohlten Mannes nach der Gasexplosion – Sir Rufus mit seinen schwarzen Knochen, seinen schwarzen Nägeln und seinem herabhängenden schwarzen Kiefer, den man nur noch anhand seiner Zahnarztunterlagen identifizieren konnte –, und all das führte mich zu der Frage: *Wie haben sie Andy identifiziert?*

Sie sprangen sogar besser auf die Namen an, als ich erwartet hatte. Ich sehe jetzt einen Ausweg. Ich fühle mich wie Judas, aber es gibt einen Ausweg; keinen besonders ehrenvollen vielleicht, aber ich habe die letzten paar Tage sehr ernsthaft über mich nachgedacht, und ich mußte mir eingestehen, daß ich nicht ganz der Klasse-Typ bin, als den ich mich immer gern gesehen habe.

Ich habe mir mich selbst in Situationen wie dieser vorgestellt, habe im Geiste flammende Reden verfaßt, Reden über Wahrheit und Freiheit und Informantenschutz, Reden, von denen ich mir vorstellte, wie ich sie vom Zeugenstand aus hielt, kurz bevor der Richter mich wegen Mißachtung des Gerichts zu neunzig Tagen oder sechs Monaten oder was auch immer verurteilte, aber ich habe mir nur selber etwas vorgemacht. Selbst wenn es stimmt, daß ich ins Gefängnis gehen würde, um jemand anderen zu schützen oder irgendeinen zweifelhaften Grundsatz über die Pressefreiheit zu vertreten, so weiß ich doch, daß ich es nur tun würde, um dabei gut auszusehen. Ich bin wie jeder andere: selbstsüchtig. Ich sehe einen Ausweg, und ich packe die Gelegenheit beim Schopf, und die Tatsache, daß es eine Art Verrat ist, spielt keine sonderliche Rolle.

Außerdem bezahle ich für den Verrat, indem ich ihnen von der Leiche erzähle. Für sich allein genommen, beweist sie gar nichts, aber es ist meine Art, die Polizei dazu zu bringen, mit mir zur Beerdigung nach Strathspeld zu fahren; ich kann McDunn in die Augen sehen und ihm die Wahrheit erzählen, und er weiß, daß es die Wahrheit ist, und er wird mich hinbringen. Denke ich.

Und vielleicht kann ich mich mit diesem Verrat endlich von der Bürde des tief vergrabenen Grauens freikaufen, das mich vor zwanzig Jahren an Andy band, so daß ich – dieser Tat enthoben – frei bin, ihn jetzt wieder zu verraten.

***

McDunn ist sehr früh dran heute morgen; wir sitzen in demselben alten Verhörzimmer. Der Raum ist vertraut, wird zu einem Zuhause, hat beinahe schon etwas Gemütliches. McDunn steht hinter dem Tisch und raucht. Er bedeutet mir mit einer Geste, mich auf den Stuhl zu setzen, und ich folge gähnend seiner Weisung. Ich habe in der letzten Nacht doch tatsächlich ziemlich gut geschlafen; zum ersten Mal, seit ich hierhergebracht worden bin.

»Sie sind beide verschwunden«, sagte McDunn. Er starrt auf den Tisch. Er zieht an seiner B&H. Ich hätte auch gern eine Zigarette, auch wenn es noch früh am Morgen ist und ich gerade mal eben meinen morgendlichen Hustenanfall hinter mir habe, aber McDunn scheint seine Manieren vergessen zu haben.

»Halziel und Lingary«, sagt er und starrt mich an. Zum ersten Mal sieht er wirklich mitgenommen aus, besorgt und zermürbt und müde; ja, Veränderung auf ganzer Linie hier in Paddington Green. »Sie sind beide verschwunden«, erklärt der Inspektor mir, und es klingt beunruhigt. »Lingary erst gestern, Doktor Halziel vor drei Tagen.«

Er zieht den Stuhl zurück und setzt sich. »Cameron«, sagt er. *»Wessen Leiche ist es?«*

Ich schüttle den Kopf »Bringen Sie mich dorthin.«

McDunn saugt an seinen Zähnen und wendet den Blick ab.

Ich sitze einfach nur da. Endlich halte ich wieder die Fäden in der Hand. Ich nehme an, theoretisch könnte ich das Blaue vom Himmel lügen und einen ganz anderen Grund dafür haben, nach Strathspeld fahren zu wollen – vielleicht habe ich einfach nur Heimweh nach Schottland –, aber ich bin überzeugt, daß er weiß, daß ich nicht lüge und daß es eine Leiche gibt; ich glaube, er kann es in meinen Augen sehen.

McDunn funkelt mich wütend an. »Sie wissen es, stimmt's? Sie wissen, wer es ist.« Er saugt an seinen Zähnen. »Ist es der, den ich im Auge habe?«

Ich nicke. »Ja, es ist Andy.«

McDunn nickt grimmig. Seine Stirn legt sich in Falten. »Und wer war das dann in dem Hotel? Da oben ist niemand als vermißt gemeldet worden.«

»Das wird noch kommen«, erklärte ich ihm. »Ein Typ namens Howie... Ich kann mich nicht an seinen Nachnamen erinnern; fängt mit G an. Am Tag, als ich weg bin, sollte er nach Aberdeen fahren, um eine Stelle auf irgendeiner Bohrinsel anzutreten. Jedenfalls, in der Nacht haben wir uns mit ein paar Leuten in dem Hotel besoffen, und anscheinend hat es einen Streit gegeben; das war, nachdem bei mir der Film gerissen ist und sie mich ins Bett gebracht haben. Andy hat mir erzählt, Howie und zwei andere Burschen aus der Gegend wären über zwei Hippies hergefallen, die auch auf der Party gewesen waren. Der Dorfpolizist wurde gerufen, und er hat nach Howie gesucht.« Ich strecke meine Hände aus. »Ich meine, das sind alles Dinge, die Andy mir erzählt hat, also könnte es alles erfunden sein, aber ich möchte wetten, bis zu diesem Punkt ist alles wahr. Ich denke, Andy hat Howie angeboten, sich im Hotel zu verstecken, solange die Cops nach ihm suchten, und alle anderen haben einfach angenommen, Howie wäre schon draußen auf dieser Bohrinsel.« Ich trommle mit den Fingern auf den Tisch und schaue, als Wink mit dem Zaunpfahl, stier auf McDunns Zigarettenschachtel. »Grissom«, sage ich, weil es mir plötzlich wieder einfällt. Die ganze Nacht habe ich mir den Kopf darüber zerbrochen, und jetzt ist es mir einfach so wieder eingefallen, nur weil ich das alles erzählt habe. »So hieß er. Howie Grissom; sein Nachname war Grissom.«

Ich habe ein scheußlich flaues Gefühl in der Magengegend, und mir ist schlecht. Meine Hände zittern wieder, und ich stecke sie zwischen meine Beine. Ich lache kurz auf. »Ich habe sogar den Dorfpolizisten draußen vor der

Zahnarztpraxis gesehen, an dem Tag der Party. Ich habe einfach angenommen, er wäre dort, um sich einen Zahn füllen zu lassen oder sowas, aber Andy muß damals dort eingebrochen sein und die Unterlagen vertauscht haben.«

»Wir vergleichen das Gebiß der Leiche mit den zahnärztlichen Unterlagen der Army«, sagt McDunn nickend. Er schaut auf seine Uhr. »Müßten heute morgen was hören.« Er schüttelt den Kopf. »Warum diese beiden? Warum Lingary und Doktor Halziel?«

Ich erzähle dem Inspector, warum; ich erzähle ihm von zwei weiteren Verrätern; von dem kommandierenden Offizier, der Männer in den Tod schickte, um seine eigene Unfähigkeit zu verbergen (oder zumindest hatte Andy das so gesehen, und das war alles, was zählte), und von dem Vertretungsarzt, der keine Zeit für eine Patientin opfern wollte und dann, als er schließlich doch einen Hausbesuch machte, annahm, daß ihre Schmerzen nichts Ernstes wären.

Endlich bietet McDunn mir eine Zigarette an. Freude, schöner Götterfunken. Ich nehme sie und inhaliere gierig, worauf ich husten muß. »Ich vermute«, erkläre ich ihm, »er wird jetzt persönlich, weil seine üblichen Opfer inzwischen auf der Hut sind.« Ich zucke mit den Achseln. »Vielleicht hat er sich auch ausgerechnet, daß ich Sie auf seine Spur bringen werde oder daß Sie von selbst dahinterkommen, also kümmert er sich um alte Rechnungen, solange er sie noch begleichen kann.«

McDunn starrt auf den Boden und dreht die goldene B&H-Schachtel auf dem Tisch herum und herum. Er schüttelt den Kopf. Ich habe den Eindruck, er stimmt dem zu, was ich sage, daß er seinen Kopf nur ob des schieren Ausmaßes menschlicher Heimtücke und Rachsucht schüttelt. Auf eine seltsame Art und Weise tut McDunn mir leid.

Es gibt eine Pause, als ein junger Constable Tee hereinbringt; der Mann an der Tür bekommt seinen Becher, und McDunn und ich nippen an unseren.

»Also, Detective Inspector«, sage ich und lehne mich auf meinem Stuhl zurück. Zum Teufel, ich genieße das Ganze beinahe, Übelkeit hin oder her. »Fahren wir jetzt dorthin oder nicht?«

McDunn saugt an seiner Lippe und schaut mich gequält an. Er nickt.

***

Ich stolpere über irgend etwas im Farn, drehe mich in der Luft, während mein Knöchel unter mir wegknickt und ich rücklings zu Boden krache. Ich ringe nach Atem, in panischer Angst, daß der Mann kommt und mich holt, während ich hier hilflos liege; dann höre ich einen Schrei.

Ich springe auf die Füße.

Ich blicke nach unten, um zu sehen, worüber ich gestolpert bin; ein abgebrochener Ast, etwa so dick wie ein Männerarm. Ich starre darauf, und meine Gedanken wandern durch all die Jahre zurück zu jenem eisigen Tag am Fluß.

Hol einen Ast.

Wieder ein Schrei.

Hol einen Ast.

Ich starre noch immer auf den Ast; es ist so, als würde mein Gehirn mich im Innern meines Kopfes anschreien; mein Gehirn schreit mich an *Lauf weg! Lauf weg!,* aber die Botschaft dringt nicht durch, irgend etwas anderes blockiert ihr den Weg, irgend etwas anderes zieht mich zurück, zurück zu Andy und zurück zu jenem gefrorenen Flußufer; ich höre Andy schreien, und ich kann noch immer sehen, wie er die Hand nach mir ausstreckt, und jetzt wird er mir wieder entgleiten, und ich kann nichts tun… aber ich kann, diesmal kann ich; ich kann etwas tun, und ich werde es tun.

Ich packe den Ast und zerre ihn mit aller Kraft aus dem Gras und dem Farn. Ich laufe wieder los, den Weg zurück, den ich gerade gekommen bin, den Ast mit beiden Händen vor mir ausgestreckt. Ich kann Andys erstickte Rufe hören; einen Moment lang fürchte ich, ich hätte mich verirrt und wäre irgendwie an ihnen vorbeigelaufen; dann sehe ich sie, beinahe direkt vor mir. Der Mann bewegt sich über Andy auf und ab; sein Hintern hebt sich massig und weiß gegen das Grün des Farns ab; er trägt immer noch seinen Rucksack und es sieht gleichzeitig merkwürdig, beängstigend und lächerlich aus. Er hat eine Hand fest auf Andys Gesicht gepreßt; sein Kopf ist von mir abgewandt; rote Strähnen sind über sein Ohr gefallen. Ich hole beidhändig mit dem Ast über meine rechte Schulter aus, während ich auf die beiden zulaufe, springe über einen kleinen Busch und dann, als ich neben ihnen lande, lasse ich den Ast herabsausen. Er trifft mit einem dumpfen, hohlklingenden Geräusch auf dem Kopf des Mannes auf und reißt ihn zur Seite; der Mann grunzt und versucht, wieder auf die Beine zu kommen, dann sackt er schlaff zusammen. Ich stehe über ihn gebeugt da.

Andy ringt röchelnd nach Luft; er zieht sich unter dem Mann heraus; auf seinem Hintern kann ich verschmiertes Blut sehen. Er stößt den Mann weg; der Mann kippt reglos zur Seite, dann rollt er wieder stöhnend in Bauchlage.

Andy starrt mich keuchend an; er zieht seine Hose hoch, dann streckt er seine Hand aus und nimmt mir den Ast weg. Er hebt ihn über seinen Kopf und läßt ihn mit aller Kraft auf den Hinterkopf des Mannes herabsausen; einmal, zweimal, dreimal.

»Andy!« schreie ich. Er hebt wieder den Ast, dann läßt er ihn fallen. Er steht zitternd da, dann schlingt er die Arme um seinen Körper, das Kinn an die Brust gedrückt, und starrt auf den Mann, während er am ganzen Leib zittert.

Aus dem Hinterkopf des Mannes, unter seinem roten Haar, sickert Blut hervor.

»Andy?« frage ich ihn. Ich strecke meine Hand aus, doch er zuckt zurück.

Wir stehen beide da und starren auf den Mann und auf das Blut, das sich zwischen seinen roten Haaren ausbreitet.

»Ich glaube, er ist tot«, flüstert Andy.

Ich strecke meine zitternde Hand aus und drehe den Mann herum. Seine Augen sind halb geöffnet. Ich halte eines seiner Handgelenke und versuche, einen Puls zu finden.

»Was sollen wir jetzt tun?« frage ich, während ich den Mann wieder auf sein Gesicht rollen lasse. Sonnenschein sprenkelt das Gras und den Farn um uns herum. Vögel rufen in den Bäumen über uns, und in der Ferne kann ich den Verkehrslärm von der Hauptstraße hören, der durch den Wald herüberschallt.

Andy schweigt.

»Wir sollten es besser jemandem sagen, meinst du nicht auch? Andy? Wir sollten es jemandem sagen, ja? Wir sollten es deiner Mum und deinem Dad sagen. Wir müssen zur Polizei gehen; selbst wenn er... selbst wenn er wirklich... ich meine, es war Notwehr, so nennt man es doch, es war Notwehr: Er, er, er, er wollte uns umbringen, dich umbringen; es war Notwehr, das können wir sagen, die Leute werden uns glauben, daß es Notwehr war; Notwehr –« Andy dreht sich zu mir um, das Gesicht entschlossen und bleich. »Halt endlich dein verdammtes Maul.«

Ich halte mein Maul. Ich kann nicht aufhören zu zittern.

»Was sollen wir denn sonst tun?« jammere ich.

»Hör mir gut zu«, sagt Andy.

In einem zivilen Granada nach Heathrow. London an einem sonnigen Novembermorgen. Menschen und Autos und Gebäude und Geschäfte. Ich sehe das wahre Leben draußen vorbeiziehen wie etwas aus einem SF-Film; ich kann kaum glauben, wie fremd alles aussieht, wie sonderbar und unerklärlich. Ein bizarres Gefühl von Verlust und Sehnsucht erfüllt mich. Ich beobachte Männer und Frauen, die sich auf den Bürgersteigen drängen oder in ihren Autos und Transportern und Bussen und Lastern sitzen, und ihre Freiheit scheint kostbar, abenteuerlich und berauschend. Mein Gott, ich bin kaum eine Woche von dem allen fort, und ich fühle mich wie jemand, der nach dreißig Jahren aus dem Gefängnis kommt.

Und ich weiß, daß diese Menschen sich nicht frei fühlen, ich weiß, sie alle eilen vorwärts oder sitzen da und machen sich Sorgen über ihre Jobs oder ihre Hypotheken oder daß sie zu spät kommen oder daß in dem Papierkorb dahinten eine IRA-Bombe liegt, aber ich sehe sie an und werde von diesem furchtbaren Gefühl des Verlusts übermannt, weil ich denke, daß ich all das aufgegeben habe; die Alltäglichkeit des Lebens, die Fähigkeit, einfach Teil davon zu sein. Ich hoffe, daß ich nur melodramatisch bin und alles wieder so werden wird, wie es einmal war, bevor dieses Grauen begann, aber ich bezweifle es. Tief in meinem Innern fühle ich, selbst wenn sich alles für mich zum Besten wendet, ist mein Leben völlig und unwiderruflich verändert.

Aber zum Teufel damit; wenigstens bin ich wieder zurück in der realen Welt, und das mit einem kleinen Quentchen Kontrolle.

Ich bin diskret mit Handschellen an Detective Sergeant Flavell gekettet – McDunn hat den Schlüssel –, und es sitzen zwei vierschrötige Polizisten in Zivil mit im Wagen, von denen ich stark vermute, daß sie bewaffnet sind, aber es wirkt alles nicht mehr ganz so einschüchternd. Ich denke nicht, daß ich noch Verdächtiger Numero Uno bin; ich denke, wenigstens McDunn glaubt mir, und das genügt für den Moment. Captain – später Major – Lingary (a.D.) und Doktor Halziel haben mir sehr geholfen damit, unter so mysteriösen Umständen zu verschwinden. Ich versuche, nicht daran zu denken, was Andy vielleicht mit ihnen machen könnte. Ich versuche noch angestrengter, nicht daran zu denken, was er vielleicht mit mir macht, wenn er je die Chance dazu haben sollte.

Wir fahren gerade auf dem so vertrauten, höher gelegenen Abschnitt der M4, wo die Laster so gern liegenbleiben, als ein Anruf für McDunn kommt; er nimmt den Hörer, lauscht und saugt ein bißchen an seinen Zähnen, dann sagt er: »Danke.« Er hängt den Hörer ein und sieht mich an. »Das Archiv der Army«, sagt er. Er dreht sich wieder nach vorn, während wir uns durch den Vormittagsverkehr schlängeln. »Die Leiche im Hotel war nicht die von Andy Gould.«

»Haben Sie die Unterlagen mit denen in Howies Akte verglichen?« frage ich.

McDunn nickt. »Sie passen zu Gould. Nicht haargenau; es ist seitdem was an seinen Zähnen gemacht worden, aber sie sagen, sie wären zu neunzig Prozent sicher. Die Unterlagen wurden vertauscht.«

Ich lehne mich lächelnd zurück; eine Weile habe ich ein warmes Gefühl im Bauch, das die Übelkeit verdrängt. Eine Weile lang.

McDunn läßt sich über Telefon mit jemandem von der Tayside-Polizei verbinden und weist sie an, mit den Goulds Kontakt aufzunehmen und die Beerdigung zu stoppen.

Mittagessen für fünf in fünfunddreißigtausend Fuß Höhe, dann Edinburgh aus der Luft: majestätisch grau und ein bißchen neblig. Wir landen kurz nach ein Uhr und steigen geradewegs in einen XJ. Der XJ braust in nördlicher Richtung über die Straßenbrücke, ohne Blaulicht oder Sirene, aber wir sausen nur so dahin, und es ist die glatteste Autobahnfahrt, die ich je erlebt habe; es heißt einfach mit Vollgas drauflos, und nicht eine einzige Sorge, daß irgendwo am Fahrbahnrand eine Zivilstreife lauern könnte, und *Juhuuu*, der Verkehr vor uns löst sich einfach in Luft auf, Mann, alles geht in die Eisen, schwenkt willfährig nach links und bremst wieder; ich habe noch nie in meinem Leben Protz-BMWs der 5er-Serie so schnell ausweichen sehen; es ist, als würden sie alle Enten fahren. Es ist einfach wunderbar.

***

Wir packen jeder ein Bein und schleifen den Mann mit dem Gesicht nach unten durch den Farn zum nordöstlichen Ende des Hügels. Seine Cordhosen hängen noch immer unten um seine Fußknöchel und sind ständig im Weg, und wir müssen anhalten und ihn umdrehen, seine Hose wieder hochziehen und einen Knopf zumachen. Sein Schwanz ist jetzt klein, und getrocknetes Blut hat sich darauf verkrustet. Wir schleifen ihn unter die Bäume; in seiner anderen Hand hält Andy noch immer den Ast, mit dem wir auf ihn eingeschlagen haben.

Wir kommen zu einem Dickicht unter den Bäumen; ein Gestrüpp aus Rhododendron- und Brombeerbüschen. Andy bahnt uns einen Weg durch das Unterholz, und wir ziehen den Mann unter den Dornen und den weichen Früchten der Brombeersträucher und den glänzenden Blättern des Rhododendrons hindurch in die grüne Dunkelheit; sein Rucksack verfängt sich in den herabhängenden Ästen, und Andy schnallt ihn ab und schiebt ihn vor uns her.

Wir kommen zu einem klobigen Zylinder aus unverputzten Mauersteinen; der zweite der beiden Luftschächte von dem alten Eisenbahntunnel unter dem Hügel.

Wir kommen auch auf der Landstraße gut voran; die Leute *helfen dir doch tatsächlich beim Überholen*, wenn du in einem Bullenwagen sitzt. Unglaublich. Ich wünsche mir fast, daß ich Bullenwagenfahrer statt Journalist geworden wäre; das Fahrgefühl ist einfach *umwerfend*. Aber wer weiß, ob man dann noch den gleichen Spaß hat.

In Gilmerton, wo einst die drei blauen Fiat 126 ihr Zuhause hatten, steht am Straßenrand der Kreuzung ein orange-weißer Sapphire Cosworth; er blinkt uns mit seiner Lichthupe an, als wir vorbeifahren. An der Abzweigung nach Strathspeld steht ein weiterer Streifenwagen.

»Die treiben einen ganz schönen Aufwand wegen uns, was?« frage ich McDunn.

»Mhm-hmm«, ist alles, was er sagt.

Wir kommen zum Dorf. Ich werfe einen Blick auf unser altes Haus; die Büsche und Bäume sind höher. Satellitenschüssel. Wintergarten an einer Seite. Ich sehe die vertrauten Geschäfte und Häuser vorbeiziehen; Mums alte Geschenkestube (jetzt eine Videothek); The Arms, wo ich mein erstes Bier getrunken habe; Dads alte Werkstatt, noch immer im Geschäft. Ein weiterer Streifenwagen, geparkt auf dem Marktplatz.

»Werden die Goulds zugegen sein?« frage ich.

McDunn schüttelt den Kopf. »Sie sind in dem Hotel, an dem wir gerade vorbeigekommen sind.«

Ich bin erleichtert. Ich glaube nicht, daß ich wüßte, was ich ihnen sagen sollte. Hallo; die gute Nachricht ist, ich habe Ihren Sohn nicht umgebracht; um genau zu sein, er ist überhaupt nicht tot, aber die schlechte Nachricht ist, er ist ein mehrfacher Mörder.

Fünf Minuten später sind wir am Haus.

Der runde Kiesplatz vor dem Haus sieht aus wie der Parkplatz bei einem Cop-Kongreß. Als McDunn aus dem XJ steigt, höre ich ein Rattern in der Luft, und ich schaue an den Bäumen hoch zum bedeckten Himmel. Der Teufel soll mich holen, sie haben sogar einen Hubschrauber hier.

McDunn spricht mit einigen hochrangigen Uniformierten auf den Stufen vor der Eingangstür. Ich schaue mir den alten Kasten an; die Fensterrahmen sind gestrichen worden, die Blumenbeete sehen ein wenig ungepflegt aus. Sonst hat sich nichts verändert; ich bin seit jenem Tag eine Woche nach Clares Tod nicht mehr hier gewesen, und damals hatte alles genauso verwachsen ausgesehen.

McDunn kommt wieder auf den Wagen zu, blickt zu Flavell und winkt ihn herüber. Wir steigen aus und folgen McDunn ins Haus.

Drinnen hat sich auch nicht viel verändert; alles sieht noch immer genauso aus wie früher: gebohnerter Parkettboden; edle, aber ausgeblichene alte Teppiche; eine Anzahl zumeist sehr alter Möbel; jede Menge Hauspflanzen auf den Fußböden und patinaüberzogene Landschaften und Porträts an den getäfelten Wänden. Wir gehen durch den Durchgang unter der Haupttreppe ins Eßzimmer. Der Raum wimmelt von Polizisten; auf dem Tisch liegt eine Karte des Anwesens, deckt ihn fast ab. McDunn stellt mich den anderen Polizisten vor. Noch nie in meinem Leben habe ich so viele durchdringende, argwöhnische Blicke auf mich gezogen.

»Also, wo ist die Leiche?« fragt einer der Uniformierten von der Strathclyde-Truppe.

»Noch immer hier«, erkläre ich ihm. »Im Gegensatz... im Gegensatz zu dem Mann, den Sie suchen.« Ich schaue zu McDunn, dem einzigen nicht ganz so unfreundlichen Gesicht im Raum und dem einzigen, den ich ansehen kann, ohne mich wie ein Fünfjähriger zu fühlen, der sich gerade in die Hose gemacht hat. »Ich dachte, der Plan wäre gewesen, die Beerdigung stattfinden zu lassen; er wäre sicher dort gewesen. Vielleicht hätten Sie ihn da geschnappt.«

McDunns Gesicht ist wie versteinert. »Das schien uns

nicht die beste Vorgehensweise in dieser Angelegenheit«, sagt er und klingt dabei zum erstenmal wie ein Polizeisprecher.

Das Rascheln maßgeschneiderter schwarzer Uniformen erhebt sich im Raum, und von der allgemeinen Atmosphäre und einigen ausgetauschten Blicken gewinne ich den Eindruck, daß dies ein strittiger Punkt ist.

»Wir warten noch immer auf diese Leiche«, sagt der Mann mit dem Abzeichen aus Tayside; das sind die Jungs, die hier offiziell das Kommando haben. »Mr. Colley«, fügt er hinzu.

Ich blicke hinunter auf die Karte des Anwesens. »Ich bringe Sie hin«, erkläre ich den Versammelten. »Sie werden ein Stemmeisen oder sowas, etwa fünfzig Meter Seil und eine Taschenlampe brauchen. Eine Säge könnte auch ganz nützlich sein.«

***

Andy greift nach dem Eisengitter und zieht daran.

»Das hier sitzt lose«, keucht er; seine Stimme zittert immer noch.

Ich helfe ihm; wir heben das rostige Gitter an einer Ecke hoch, aber die andere Seite ist noch immer mit einem Eisenbolzen festgemacht, und wir können es nicht weiter hochziehen.

Andy nimmt den Ast, mit dem wir auf den Mann eingeschlagen haben, und verkeilt ihn unter dem Gitter; ein Teil des Asts ragt hindurch, aber da ist ein Knoten, wo ein kleinerer Zweig abgebrochen ist, und das Gitter bleibt darauf liegen, etwa einen halben Meter über dem Rand des Mauerwerks.

Andy wirft den Rucksack des Mannes in den Schacht, dann bückt er sich, faßt den Mann unter einer Achselhöhle und versucht, ihn hochzuhieven.

»Komm schon!« zischt er.

Wir zerren den Mann hoch, so daß sein Rücken am Mauerwerk des Luftschachts lehnt und sein Kopf schlaff auf seine Brust sackt. Auf den Mauersteinen des Abzugs ist ein bißchen Blut. Andy klemmt sich die Waden des Mannes unter seine Achselhöhlen und hebt an, während ich die Schultern des Mannes hochstemme; sein Kopf rutscht über die Steinkante des Luftschachts, unter das Gitter. Wir schieben und zerren, und die Schultern des Mannes schaben über den Rand; seine Arme folgen, während Andy keuchend schiebt und seine Füße auf dem alten Laub und der Erde immer wieder den Halt verlieren. Ich drücke den Hintern des Mannes hoch, hebe ihn mit all meiner Kraft an. Die Hose des Mannes verfängt sich an den Steinen und schiebt sich langsam wieder nach unten, doch dann verrutscht der Ast, auf dem das Gitter ruht, und das Eisengitter kracht auf die Brust des Mannes herunter.

»Scheiße«, flucht Andy leise. Mühsam stemmen wir das Gitter wieder hoch und verkeilen abermals den Ast darunter. Der Kopf des Mannes baumelt über den Rand des Luftschachts. Wir packen seine Beine, aber sie knicken an den Knien ab, so daß wir sie beim Schieben hoch über unsere Köpfe halten müssen, damit sie gerade bleiben; wir drücken und stoßen, und seine Hose rutscht an der Steinkante herunter, und dann fallen seine Arme über den Schachtrand, und das Schieben geht plötzlich viel leichter. Er gleitet uns aus den Händen und rutscht mit einem scharrenden Geräusch in den Schacht. Seine Hosen baumeln wieder um seine Knöchel, dann bleiben sie an seinen Stiefeln hängen und verschwinden über dem Rand des Abzugschachts; im letzten Moment schlagen die Füße aus und treffen das Gitter; der Ast rutscht weg, und das Gitter saust herab. Der Ast poltert durch das Gitter in den Schacht und fällt dem Mann hinterher. Wir stehen einige Augenblicke lang da. Dann ertönt – wenn wir es uns nicht nur einbilden – ein sehr leises Klatschen. Andy schreckt aus seiner Erstarrung auf und klettert auf den Rand des Mauerwerks. Er späht durch das Gitter hinunter in die Dunkelheit.

»Kannst du ihn sehen?« frage ich.

Andy schüttelt den Kopf. »Aber laß uns trotzdem noch ein paar Zweige reinwerfen«, sagt er.

Er stützt das Gitter mit einem anderen Ast ab, und wir verbringen die nächste halbe Stunde damit, überall auf dem Hügel abgebrochene Zweige und Äste zu sammeln und sie in den Schacht zu werfen; wir brechen abgestorbene Äste von Bäumen und Sträuchern und reißen lebende ab; wir rechen ganze Armladungen trockenen Laubs zusammen und werfen es ebenfalls über den Rand des gemauerten Zylinders; alles verschwindet in der Tiefe des Schachts. Wir können noch immer nichts dort unten sehen.

Schließlich verkeilt sich ein großer Ast mit vielen kleineren Zweigen und einem Haufen Blättern daran – praktisch ein halber Busch – nach nur wenigen Metern im Schacht, und wir halten inne, atemlos, verschwitzt und zitternd von der Anstrengung und dem verzögerten Schock. Wir lassen das Gitter wieder an seinen Platz fallen und werfen den letzten Ast hinunter in die Dunkelheit; er verfängt sich in den oben im Schacht hängengebliebenen Zweigen. Wir lassen uns auf das tote Laub am Fuß des Abzugszylinders sinken, die Rücken gegen das Mauerwerk gelehnt.

»Ist alles in Ordnung mit dir?« frage ich Andy nach einer Weile.

Er nickt. Ich strecke eine Hand nach ihm aus, aber er zuckt wieder zusammen.

Wir sitzen eine ganze Zeit da, aber ich schaue immer wieder hoch und werde nach und nach von der panischen Angst gepackt, daß der Mann irgendwie doch nicht tot ist oder zu einem Zombie geworden ist und jetzt durch den Schacht zu uns heraufklettert, um das Gitter hochzudrücken und seine schon verwesenden Hände auszustrecken und uns beide an den Haarschöpfen zu packen. Ich stehe auf und blicke Andy an. Meine Beine zittern noch immer, und mein Mund ist so ausgetrocknet, daß ich kaum schlucken kann.

Andy steht ebenfalls auf. »Schwimmen«, sagt er.

»Was?«

»Laß uns...« Andy schluckt. »Laß uns schwimmen gehen. Unten am Loch, im Fluß.« Er wirft einen Blick auf den Schacht hinter sich.

»Ja«, sage ich und versuche, fröhlich und unbekümmert zu klingen. »Laß uns schwimmen gehen.« Ich schaue auf meine Hände, die zerkratzt und schmutzig sind. Es klebt Blut an ihnen. Sie zittern immer noch. »Gute Idee.«

Wir kriechen aus dem Unterholz in den sonnigen Tag hinaus.

***

Ein paar Minuten lang, vielleicht nicht mehr als drei oder vier, bin ich einem verwirrenden Sturm von Hoffnung, Freude, Verständnislosigkeit und Furcht ausgesetzt, als sie die Leiche am Grund des Schachts nicht finden.

Wir sind durch die Gärten und den Wald dorthin marschiert, vorbei an dem Hügel, wo Andy und ich vor so vielen Sommern im Sonnenschein gelegen haben, hinunter in das kleine Tal, dann hinauf durch Büsche und kastanienbraunen Farn zu den Bäumen auf der Kuppe des kleinen Hügels. Ein feuchter Wind von Westen rüttelt Tropfen von den hohen, kahlen Bäumen und weht den Lärm der Hauptstraße fort.

Wir müssen so an die zwanzig Leute sein, darunter ein halbes Dutzend Constables mit allen möglichen Gerätschaften. Ich weiche nicht von Sergeant Flavells Seite. In meiner Naivität hatte ich gedacht, sie könnten irgendeine verdeckte Operation abziehen, um Andy zu schnappen, während er seiner eigenen Beerdigung zuschaut; ich hatte mir vorgestellt, wie Cops sich durch das Unterholz pirschen, in ihre Sprechfunkgeräte flüstern und das Netz langsam immer enger ziehen. Statt dessen wieseln jetzt alle hier oben durchs Gehölz, um eine Leiche zu finden.

Nur daß sie nicht dort ist. Ich sage ihnen, daß sie es ist; ich sage ihnen, da liegt eine Männerleiche am Fuß des Luftschachts, und sie glauben mir. Sie brauchen ziemlich lange, um sich einen Weg zu dem gemauerten Zylinder des Luftschachts zu bahnen, denn sie müssen erst etliche Rhododendronäste absägen und Brombeersträucher und anderes Gestrüpp ausreißen; dann hebeln sie mühelos das Eisengitter über dem Schacht hoch, und einer der jüngeren Cops, mit Overall und Schutzhelm, bindet sich ein Seil um – ein richtiges Bergsteigerseil, das sie im Kofferraum eines der Land Rover hatten – und seilt sich in die Dunkelheit ab.

McDunn lauscht an einem kleinen Funkgerät.

Es knistert. »Jede Menge Äste«, sagt der Cop am Ende des Seils. Dann: »Ich bin unten.«

Über uns rattert der Hubschrauber. Ich frage mich gerade, wo Andy wohl mittlerweile sein mag, als ich den Typ im Schacht sagen höre: »Hier ist nichts.«

Was?

»Nur ein Haufen Äste und so'n Zeug«, sagt der Cop.

McDunn reagiert nicht. Ich schon; ich starre auf das Funkgerät. Wovon redet der Kerl? Mir ist schwindelig. Ich weiß, daß es passiert ist. Ich erinnere mich daran. Ich habe seit damals damit gelebt, hatte es seit damals immer im Hinterkopf. Ich habe das Gefühl, daß sich der Wald um mich herum zu drehen beginnt; vielleicht würde ich hinfallen, wenn ich nicht noch immer mit Handschellen an den Sergeant gekettet wäre. (Und ich erinnere mich daran, wie der Mann spricht, kann mich genau an seine Stimme erinnern, höre ihn wieder, wie er sagt: »Ich bin *Polizist*!«

Einige der anderen Cops, die sich um den Luftschacht versammelt haben, tauschen vielsagende Blicke aus.

»Einen Moment mal«, sagt der Cop im Tunnel.

Mein Herz setzt aus. Was hat er gefunden? Ich weiß nicht, ob ich will, daß er ihn findet oder nicht.

»Hier liegt ein Rucksack«, knistert die Stimme aus dem Funkgerät. »Groß, braun... scheint einiges drin zu sein. Ziemlich alt.«

»Sonst nichts?« fragt McDunn.

»Nur Äste... kann weder rechts noch links das Ende des Tunnels sehen. Da ist ein Lichtschimmer in der Ferne... östliche Richtung.«

»Das ist der andere Luftschacht«, erkläre ich McDunn. »Da runter.« Ich zeige in die Richtung.

»Soll ich mich mal umschauen, Sir?«

McDunn blickt zum Tayside-Chief, der nickt. »Ja«, sagt McDunn. »Aber nur, wenn Sie sicher sind, daß es nicht gefährlich ist.«

»Nicht sonderlich gefährlich, denke ich, Sir. Ich binde mich jetzt los.«

McDunn schaut mich an. Er saugt an seinen Zähnen. Ich weiche den Blicken der anderen Cops aus. McDunns Augenbrauen ziehen sich ganz leicht nach oben.

»Er war da«, erkläre ich ihm. »Andy und ich haben's getan. Dieser Kerl hat uns überfallen; er hat Andy mißbraucht. Wir haben mit einem Ast auf ihn eingeschlagen. Das schwöre ich.«

McDunn scheint nicht überzeugt. Er späht über den Rand des Mauerwerks hinunter in den Schacht.

Mir ist immer noch schwindelig. Ich lege eine Hand auf die Steine des Luftschachtabzugs, um mich abzustützen.

Wenigstens ist der Rucksack da. Es ist *passiert*, verdammt noch mal; es war keine Halluzination. Der Kerl war vermutlich schon tot, als wir ihn in den Schacht geworfen haben – damals hatten wir das einfach angenommen, doch je älter ich wurde, desto weniger war ich mir da sicher –, aber selbst wenn er es nicht war, dann *muß* der Aufprall auf den Boden ihn getötet haben; es ging mindestens dreißig Meter weit runter.

Konnte Andy vielleicht irgendwann entschieden haben, daß die Leiche doch nicht gut genug versteckt war? Hatte er sie hochgeholt und weggebracht und vergraben? Wir hatten nie wieder über jenen Tag gesprochen, und wir waren nie wieder in die Nähe des alten Luftschachts gegangen; ich weiß nicht, was er vielleicht seit damals getan haben könnte, aber ich hatte immer angenommen, daß es ihm wie mir ging und er die ganze Sache einfach nur vergessen wollte, so tun wollte, als wäre es nie passiert.

Vergessen. Zum Teufel, manchmal ist es am besten so.

»Hören Sie mich noch?« knistert das Funkgerät.

»Ja?« sagt McDunn.

»Hab ihn gefunden.«

***

Es wird eine Weile dauern, bis sie die Leiche endgültig dort herausholen; sie müssen erst noch mehr Cops runterschicken, Fotos machen; der übliche Mist. Wir kehren zum Haus zurück. Ich weiß nicht, wie zum Teufel ich mich fühlen soll. Endlich ist es vorbei, es ist raus, Leute wissen es, andere Leute wissen es; die Polizei weiß es, es ist nicht länger ein Geheimnis zwischen mir und Andy, es ist allgemein bekannt. Ich fühle mich erleichtert, egal, was jetzt noch passiert, aber ich habe trotzdem das Gefühl, Andy verraten zu haben, egal, was er getan hat.

Die Leiche des Mannes war unter dem anderen Luftschacht. Das arme Schwein muß den ganzen Weg dorthin gekrochen sein, hundert Meter oder mehr zu diesem zweiten Flecken Licht; unser schlauer Einfall, Äste runterzuschmeißen, um ihn damit zuzudecken, war sinnlos gewesen; all diese Jahre über hätten nur ein paar Kinder mit Taschenlampen oder irgendwelchen brennenden Papierfetzen daherkommen müssen, um die Leiche zu entdecken. Sie nehmen an, daß schon ein ganzer Haufen heruntergefallener Äste da unten lag, bevor wir den Kerl hinuntergeworfen haben; nach Aussage des jungen Cops, der als erster unten war, sah es aus, als wäre er mitten aus dem Laubberg hervorgekrochen. Trotzdem weiß ich nicht, wie er den Sturz überlebt hat; Gott weiß, was er sich alles gebrochen hat, wie sehr er gelitten hat, wie lange er brauchte, um dort zu dem anderen Flecken Zwielicht zu kriechen; wie lange es dauerte, bis er starb.

Ein Teil von mir empfindet Mitleid für ihn, egal, was er uns antun wollte, was er uns angetan hat. Gott weiß, vielleicht hätte er Andy am Ende umgebracht, hätte uns beide umgebracht, aber niemand verdient es, so zu sterben.

Andererseits gibt es da einen Teil von mir, der überglücklich ist, der froh ist, daß er auf diese Weise bezahlt hat, daß die Welt wenigstens einmal so funktioniert hat, wie sie sollte, und den Bösen bestraft hat... aber dann steigt wieder dieses Gefühl von Traurigkeit und Übelkeit in mir auf, denn ich denke, so muß Andy sich die ganze Zeit fühlen.

* * *

Es ist schon sonderbar, wieder auf Strathspeld zu sein, ohne Mr. und Mrs. Gould gesehen zu haben. Einige der Cops sind weg; auf der Kiesauffahrt stehen nur noch zehn Wagen und Transporter. Der Hubschrauber ist zum Auftanken geflogen, zurückgekommen und hat noch eine Weile lärmend seine Kreise gezogen, dann ist er zurück nach Glasgow entschwunden. Offenkundig haben sie auf den Straßen in der ganzen Gegend Sperren errichtet, und sie haben das Anwesen abgesucht. Na dann viel Glück, Jungs.

Wieder im Haus, in der Bibliothek, erzähle ich einem DI aus Tayside alles, was an jenem Tag vor zwanzig Jahren passiert ist. McDunn hört auch zu. Es ist nicht so schmerzlich, wie ich erwartet hatte. Ich erzähle es genauso, wie es passiert ist, von dem Punkt an, wo ich den Hügel hinauf und dem Mann beinahe in die Arme gelaufen bin; ich lasse aus, was Andy und ich kurz vorher getan haben, auch den Satz des Mannes über schmutzige, perverse Sachen. Das kann ich nicht erzählen, während McDunn dabeisitzt; das wäre so, als würde ich es meinem Vater erzählen. Um ehrlich zu sein, vermute ich, daß ich es niemandem erzählen möchte, nicht weil ich mich dessen schäme, sondern weil es sehr persönlich ist; ein allerletztes Geheimnis zwischen mir und Andy, das ich für mich behalten kann, so daß ich das Gefühl habe, daß es wenigstens eine Sache gibt, bei der ich ihn nicht gänzlich verraten habe.

Sergeant Flavell ist von mir losgekettet worden, um mitzuschreiben; ich bin jetzt an mich selbst gekettet, beide Gelenke in Handschellen. Die alten, elegant in Leder gebundenen Bände der Gouldschen Familienbibliothek lauschen mit verstaubter Abscheu der grausigen Geschichte, die ich zu erzählen habe. Draußen ist es dunkel.

»Denken Sie, daß man mich anklagen wird?« frage ich die beiden DIs. Ich weiß bereits, daß es bei Mord keine Verjährungsfrist gibt.

»Das kann ich Ihnen nicht beantworten, Mr. Colley«, sagt der Tayside-Typ und sammelt sein Notizbuch und seinen Cassettenrecorder ein.

McDunn zieht die Mundwinkel herunter; er saugt Luft durch seine Zähne, und aus irgendeinem Grund gibt mir das Mut.

Sie haben beim Strathspeld Arms etwas zu essen bestellt; dasselbe Essen, das die Beerdigungsgäste auf die Gabel bekommen hätten. Eine Gruppe von uns mampft im Eßzimmer. Ich bin jetzt an eines der Londoner Muskelpakete gekettet, und wir müssen beide einhändig essen. Ich hatte gehofft, sie würden mir die Handschellen ganz abnehmen, aber ich vermute, sie finden, daß die Leiche im Luftschacht für sich allein noch kein Beweis ist und daß Andy trotzdem tot sein könnte, oder er könnte am Leben sein, und er – oder jemand anders – könnte Halziel und Lingary entführt haben, um mir ein Alibi zu verschaffen.

McDunn kommt herein, als ich gerade ein paar Stücke meiner Quiche mit der Gabel über den Teller jage.

Er tritt zu mir, nickt dem Muskelpaket zu und schließt die Handschellen auf.

»Kommen Sie mit«, befiehlt er mir, während er die Handschellen in seine Tasche steckt. Ich wische mir den Mund ab und folge ihm zur Tür.

»Was ist los?« frage ich ihn.

»Ist für Sie«, erwidert er und marschiert durch die Eingangshalle zum Telefon, dessen schnurloser Hörer daneben auf dem Tisch liegt. Ein Polizist bringt gerade ein kleines, wie ein Saugnapf aussehendes Gerät an dem Apparat an; ein Kabel führt von dem Saugnapf zu einem Profi-Walkman. Der Polizist schaltet auf Aufnahme, und die Spulen beginnen sich zu drehen. McDunn blickt über die Schulter zu mir, bevor er neben dem Apparat stehenbleibt und mit einem Nicken darauf deutet. »Es ist Andy.«

Er reicht mir das schnurlose Telefon.

11 Funde

»Andy?«

»Hallo, Cameron.«

Es ist seine Stimme, kultiviert und kontrolliert; bis zu diesem Moment habe ich in einem hintersten Winkel meines Herzens immer noch geglaubt, er sei tot. Ein Schaudern überläuft mich, und meine Nackenhaare kribbeln. Ich lehne mich zurück an die Wand und blicke zu McDunn, der mit verschränkten Armen einen Meter entfernt steht. Der junge Polizist, der den Walkman bedient, reicht McDunn Kopfhörer, die in das Gerät eingestöpselt sind. McDunn hört mit.

Ich räuspere mich. »Was geht hier vor, Andy?«

»Tut mir leid, daß ich dich da mit reinziehen mußte, alter Junge«, sagt er im Plauderton, so als würde er sich für eine gedankenlose Bemerkung oder einen mißglückten Verkupplungsversuch entschuldigen.

»Ach ja? Tut es das?«

McDunn macht eine kreiselnde Bewegung mit einem Finger; laß ihn reden. Mein Gott, jetzt geht es schon wieder los. Sie wollen, daß ich ihn reden lasse, damit sie den Anruf zurückverfolgen können. Ein weiterer Betrug.

»Nun, ja«, sagt Andy und klingt dabei so, als würde es ihn überraschen festzustellen, daß es ihm tatsächlich leid tut, wenn auch nur ein bißchen. »Ich fühle mich wirklich ein bißchen schuldig, aber gleichzeitig fand ich, daß du es verdient hast. Nicht daß ich geglaubt hätte, daß du dafür ins Gefängnis wanderst; das hätte ich dir nicht angetan, aber... nun, ich wollte dich eine Weile leiden sehen. Ich nehme an, daß sie diese Karte gefunden haben, die ich im Wald in der Nähe von Sir Rufus' Haus zurückgelassen habe.«

»Ja, das haben sie. Vielen Dank, Andy. Ja – klasse. Ich dachte, wir wären *Freunde.*«

»Das waren wir, Cameron«, erwidert er gelassen. »Aber du bist zweimal abgehauen.«

Ich stoße ein kurzes verzweifeltes Lachen aus und blicke wieder zu McDunn. »Das zweite Mal bin ich zurückgekommen.«

»Ja, Cameron«, sagt er gelassen. »Deshalb bist du noch am Leben.«

»Oh, vielen Dank.«

»Aber egal, Cameron, du bist immer noch Teil des Ganzen. Du hast deine Rolle darin gespielt, genau wie ich, wie wir alle. Wir sind alle schuldig, meinst du nicht auch?«

»Was soll das jetzt?« frage ich stirnrunzelnd. »Willst du mir was über die Erbsünde erzählen? Wirst du jetzt Katholik oder sowas?«

»Oh, nein, Cameron; ich glaube daran, daß wir frei von Sünde und frei von Schuld geboren werden. Es ist nur so, daß wir uns alle irgendwann damit anstecken: Es gibt keine sterilen Kammern für moralisch einwandfreies Verhalten, keine Jungen, die in schuldfreien keimfreien Zonen gehalten werden. Es gibt Klöster, und Leute werden zu Einsiedlern, aber selbst das ist nur eine elegante Art des Kapitulierens. Seine Hände in Unschuld zu waschen hat vor zweitausend Jahren nichts genützt, und es nützt auch heute nichts. Engagement, Cameron, Einsatz.«

Ich schüttle den Kopf und starre auf das kleine Fenster des Walkmans, unter dem sich die Bandspulen geduldig drehen. Das Seltsame ist, es *ist* so, als würde ich mit einem Toten sprechen, weil er wie der Andy klingt, den ich mal gekannt habe. Andy der Macher und Erschaffer, der Andy vor Clares Tod, bevor er alles aufgab und zum Einsiedler wurde; es ist diese Stimme, ruhig und gelassen, die ich jetzt höre, nicht die Stimme des Mannes, den ich in dem düsteren, verfallenen Hotel kennengelernt habe, tonlos vor Resignation oder hörbar verächtlich in einer Art zynischer Verzweiflung.

McDunn sieht ungeduldig aus. Er schreibt etwas in sein Notizbuch.

»Hör zu, Andy«, sage ich und schlucke. Mein Mund ist trocken. »Ich habe ihnen von dem Kerl im Wald erzählt; sie waren unten im Luftschacht. Sie haben ihn gefunden.«

»Ich weiß«, erwidert er. »Ich hab's gesehen.« Er klingt beinahe bedauernd. »Sie hätten mich auch fast erwischt«, erzählt er. »Das wird mich lehren, meine eigenen Regeln zu brechen und der Beerdigung eines meiner Opfer beizuwohnen. Aber dann wiederum sollte es ja schließlich meine eigene darstellen. Egal, du hast es ihnen erzählt, ja? Hab mir irgendwie schon gedacht, daß du das tun würdest, irgendwann. Das hat dir eine ganz schöne Last von der Seele genommen, stimmt's, Cameron?«

Ich öffne die Augen, als McDunn mich anstupst und mir zwei Namen zeigt, die er in sein Notizbuch geschrieben hat.

»Ja«, erkläre ich Andy. »Ja, es hat mir eine Last von der Seele genommen. Hör zu, Andy, sie wollen wissen, was mit Halziel und Lingary passiert ist.«

»Oh, ja.« Er klingt amüsiert. »Deshalb habe ich angerufen.«

McDunn und ich tauschen Blicke aus. »Hör zu, Andy«, sage ich. Ich lache nervös. »Ich finde irgendwie, du hast erreicht, was du wolltest, verstehst du? Du hast einer Menge Leute eine Heidenangst eingejagt –«

»Cameron, ich habe eine Menge Leute *ermordet.*«

»Ja, ja, ich weiß, und eine ganze Menge mehr haben Angst, an die Tür zu gehen, wenn's klingelt, aber der Punkt ist, du hast es erreicht, Mann; ich meine, du kannst diese Typen genausogut gehen lassen, verstehst du? Laß... laß sie einfach gehen, und, und, und du weißt schon; ich bin sicher, wenn wir mal richtig über diese Sache reden, ich meine –«

»Darüber *reden*?« entgegnet Andy lachend. »Ach, hör auf zu labern, Cameron.« Es klingt völlig entspannt. Ich fasse es einfach nicht, daß er so lange redet. Er muß doch wissen, wie schnell heutzutage Anrufe zurückverfolgt werden können. »Was kommt als nächstes?« fragt er amüsiert. »Willst du mir vorschlagen, daß ich mich freiwillig stellen soll und daß ich dann einen fairen Prozeß bekommen werde?« Er lacht wieder.

»Andy, ich sage ja nur, daß du diese Typen gehen lassen und mit dieser ganzen Scheiße aufhören sollst.«

»Also gut.«

»Ich meine... was?«

»Ich sagte, also gut.«

»Du läßt sie gehen?« Ich blicke McDunn an. Er hat die Augenbrauen hochgezogen. Ein uniformierter Cop kommt zur Vordertür herein und flüstert McDunn etwas zu, der sich einen der Kopfhörer aus dem Ohr stöpselt, um zuzuhören. Er schaut verärgert drein.

»Ja«, sagt Andy. »Sie sind zwei langweilige Arschlöcher, und ich vermute, sie haben genug gelitten.«

»Andy, meinst du das ernst?«

»Natürlich!« sagt er. »Ihr bekommt sie unbeschadet zurück. Aber für ihre geistige Verfassung kann ich natürlich nicht garantieren; mit etwas Glück haben die Scheißkerle bis ans Ende ihrer Tage Alpträume, aber...«

McDunn verzieht gequält das Gesicht. Er macht wieder diese kreiselnde Laß-ihn-reden-Geste.

»Hör zu, Andy. Ich meine, ich bin schon dahintergekommen, daß du Mr. Archer warst...«

»Ja, ich habe einen Stimmen-Synthesizer benutzt«, erklärt Andy geduldig.

»Aber diese ganze Ares-Geschichte – war das alles...«

»Ein Ablenkungsmanöver, Cameron, mehr nicht. He«, er lacht, »vielleicht steckt *tatsächlich* eine teuflische Intrige hinter dem Tod dieser fünf Männer, aber wenn das so ist, habe ich keine Ahnung davon, und soweit ich weiß, gibt es keine Verbindung zwischen ihnen und Smout und Azul. Aber es war schon eine hübsche kleine Verschwörungstheorie, findest du nicht auch? Ich weiß, ihr Zeitungsfritzen fliegt auf solche Sachen.«

»O ja, zumindest ich bin dir auf den Leim gegangen.« Ich lächle gequält zu McDunn hinüber, der mir ein Zeichen gibt, weiterzureden.

»Aber woher hast du...« Ich muß wieder schlucken, um die aufsteigende Übelkeit zurückzudrängen. Ich habe das Gefühl, daß sich auch noch ein Hustenanfall anbahnt. »Woher kanntest du diese IRA-Codeworte? Ich habe sie dir nie gesagt.«

»Aus deinem Computer, Cameron; deinem PC. Du hattest sie in einer Datei auf deiner Festplatte. Hat alles viel einfacher gemacht, als du dir das Modem gekauft hast. Ich glaube nicht, daß ich dir je erzählt habe, daß ich in meiner Freizeit Hobby-Hacker geworden bin, oder?«

Mein Gott.

»Und das eine Mal, als ich dich im Hotel angerufen habe und du zurückgerufen hast, während du in Wales gewesen sein mußt...?«

»Ja, Cameron«, sagt er geduldig und klingt amüsiert. »Anrufbeantworter im Hotel, verbunden mit einem Pieper; hab den Anrufbeantworter abgehört, deine Nachricht bekommen und dich zurückgerufen. So einfach geht das.«

»Und du hast mit mir in derselben Maschine nach Jersey gesessen?«

»Vier Reihen weiter hinten; mit einer Perücke, einer Brille und Schnurrbart. Hab mir ein Taxi genommen, während du noch immer nach dem Mietwagenschalter gesucht hast. Aber wie dem auch sei«, sagt er, und ich bilde mir ein, ich könnte hören, wie er sich seufzend reckt, »ich muß jetzt machen, daß ich loskomme; hochinteressant, die ganzen technischen Aspekte, aber ich habe so den leisen Verdacht, daß sie dich angewiesen haben, mich am Reden zu halten. Ich spreche über ein Handy, was auch der Grund dafür ist, weshalb sie den Anruf noch nicht zurückverfolgen konnten; ich bin hier in einer ziemlich großen Zelle. He, das ist ein Zufall, was Cameron? Du warst letzte Woche in einer Zelle, jetzt bin ich in einer... Nun, vielleicht auch nicht. Aber egal, wie ich schon sagte, es ist eine ziemlich große Zelle, aber wenn ich weiter plaudere, bin ich sicher, daß sie mich über kurz oder lang auch hier aufspüren werden, also...«

»Andy...«

»Nein, Cameron, hör mir nur zu; ich werde Halziel und Lingary heute abend freilassen, in Edinburgh. Da ist eine Doppeltelefonzelle im Grassmarket vor dem Last-Drop-Pub; ich will, daß du um sieben Uhr in der Münzfernsprecherzelle stehst. Du höchstpersönlich, neunzehn Uhr heute abend, Münzfernsprecher vor dem Pub The Last Drop, Grassmarket, Edinburgh. Bis dann!»

Die Leitung ist tot. Ich blicke zu McDunn, der nickt. Ich lege das schnurlose Telefon zurück auf den Tisch.

* * *

Edinburgh an einem kalten Novemberabend; der Grassmarket, neonhell unter einem Vorhang aus Nieselregen unterhalb der Burg, ein runder, flutlichtbestrahlter Umriß in der orange angehauchten Dunkelheit darüber.

Der Grassmarket ist eine Art langgezogener Platz in der Senke südöstlich der Burg, gesäumt von zumeist alten Gebäuden; ich kann mich noch daran erinnern, als es ein heruntergekommener, zwielichtiger Ort voller Penner war, aber über die Jahre ist die Gegend immer feiner geworden, und jetzt ist es ein richtig cooles Viertel; schicke Restaurants, gute Bars, Boutiquen und Geschäfte, die auf Dinge wie Drachen oder Mineralien und Fossilien spezialisiert sind, auch wenn es um die Ecke immer noch ein Obdachlosenheim gibt.

Der Last-Drop-Pub steht am Ende des Grassmarket, nahe der Kurve von Victoria Street, der Heimstatt weiterer Fachgeschäfte, darunter eines, das sich unerklärlicherweise allein durch den Verkauf von Bürsten, Besen und Schnurknäueln über Wasser zu halten scheint.

Der Name des Pubs ist weniger witzig und weit geistreicher, als er zuerst klingt; direkt davor war ehemals der städtische Richtplatz.

Es sind keine auffälligen Cop-Wagen zu sehen. Ich sitze – mit Handschellen an Sergeant Flavell gekettet – mit McDunn und zwei in Zivil gekleideten Burschen aus Lothian in einem neutralen Senator. Ein weiterer Zivilwagen steht am anderen Ende des Grassmarket, etliche andere in der Nähe, und zwei Transporter voller Cops in Uniform parken in den Seitenstraßen; dazu kommen noch verschiedene umherfahrende Streifenwagen, die über die ganze Gegend verteilt sind. Sie sagen, sie hätten die Telefonzelle und alle möglichen Verstecke überprüft, aber ich mache mir trotzdem Sorgen, daß Andy noch nicht mit mir fertig ist, daß er mir die Hucke vollgelogen hat, und wenn ich in die Telefonzelle trete, bekomme ich eine Gewehrkugel in den Kopf. Ein Zivilbulle steht in der Zelle und tut so, als würde er telefonieren, damit sie frei ist, wenn Andy anruft. Die Geräte sind schon angeschlossen, so daß sie alles mitschneiden können. Ich betrachte die Fassade des Last Drop. In Reichweite ist ein neues indisches Restaurant, ganz in der Nähe, wo früher das alte Traverse Theatre war.

Ein Pint und ein großer Teller Curry. Mein Gott. Mir läuft das Wasser im Munde zusammen. Cowgate und das Kasbar sind ebenfalls gleich um die Ecke.

McDunn schaut auf seine Uhr. »Es ist sieben«, sagt er. »Ich frage mich…« Er bricht ab, weil der Cop in der Telefonzelle uns zuwinkt.

McDunn schnaubt verächtlich. »Militärische Pünktlichkeit«, bemerkt er, dann nickt er Flavell zu; wir steigen aus dem Wagen aus, während der Fahrer einen Knopf am Funkgerät dreht, bis ein Klingeln ertönt, synchron mit dem, das ich aus der Telefonzelle höre.

Flavell zwängt sich mit mir in die Zelle, während ein weiterer Cop draußen Posten bezieht.

»Hallo?« sage ich.

»Cameron?«

»Ja, ich bin hier.«

»Es hat eine kleine Änderung des Plans gegeben. Heute früh um drei Uhr, selber Ort; dann bekommst du sie zurück.« Klick. Die Leitung ist tot. Ich blicke zu Flavell.

»Drei Uhr, hat er gesagt?« Flavell sieht eingeschnappt aus.

»Denken Sie an die Überstunden«, erkläre ich ihm.

Sie bringen mich auf die Revierwache in der Chambers Street, etwa eine Minute mit dem Auto entfernt. Ich werde gefüttert und getränkt und in eine Zelle gesteckt, die feucht aussieht und nach Desinfektionsmittel riecht. Das Essen, das sie mir geben, ist der letzte Dreck; knorpeliges Stew, Kartoffelmus und Rosenkohl.

Aber es geschieht auch etwas Wunderbares.

Sie haben mir meinen Laptop zurückgegeben. War McDunns Idee. Ich versuche, nicht zu unterwürfig dankbar zu sein.

Ich überprüfe zuerst die Dateien; nichts fehlt. Ich überlege eine halbe Sekunde lang, in *Xerion* zu gehen und den Pilzwolken-Aufsteige-Trick auszuprobieren, den Andy mir gezeigt hat, aber es bleibt wirklich bei dieser halben Sekunde; statt dessen gehe ich direkt in *Despot*.

Ich kann nicht glauben, daß es dasselbe Spiel ist. Ich merke, wie meine Kinnlade herunterklappt.

Es ist nur verbrannte Erde geblieben. Mein Königreich ist dahin. Das Land ist noch da, einige Leute auch und die Hauptstadt, erbaut in der Form zweier riesiger Halbmonde aus Gebäuden um zwei Seen herum, so daß es aus der Luft gesehen »CC« ergibt... aber es scheint etwas Furchtbares geschehen zu sein. Die Stadt ist vom Zerfall bedroht und größtenteils verlassen; Aquädukte sind eingestürzt, Wasserreservoire aufgerissen und ausgetrocknet, ganze Viertel überflutet, andere abgebrannt; das Treiben, das sich noch innerhalb des Stadtgebietes abspielt, ist etwa so rege, wie man es von einer Kleinstadt erwarten würde. Das Land darum herum hat sich entweder in Wüste oder Sumpf verwandelt oder ist wieder zu Wald geworden; riesige Gebiete sind verödet, und Landwirtschaft gibt es nur noch in Form von winzigen kargen Feldern und ein paar kleinen Dörfern tief in den Wäldern oder am Rand des Brachlands. Die Häfen sind unter Wasser oder Schlick begraben, die Straßen und Kanäle sind dringend reparaturbedürftig oder schlichtweg verschwunden, die Minen sind eingestürzt oder überflutet, alle großen und kleinen Städte sind geschrumpft, und alle Tempel – alle *meine* Tempel – sind nur noch düstere, verlassene Ruinen. Banditen durchstreifen das Land, fremde Stämme fallen in den Provinzen ein, die Pest geht um, und die Bevölkerung ist stark dezimiert und weniger produktiv, ebenso wie sich die individuelle Lebenserwartung stark verkürzt hat.

Die Zivilisation im Süden, mit der ich so viele Probleme hatte, scheint ebenfalls auf dem Rückzug zu sein, aber das ist auch die einzige gute Nachricht. Das Schlimmste ist, daß es keinen Anführer, keinen Despoten, mich nicht mehr gibt. Ich kann mir das alles anschauen, aber ich kann nichts *tun*, nicht in dieser Größenordnung. Um das Spiel wieder von vorn anzufangen, müßte ich diesen allwissenden, doch allohnmächtigen Blickwinkel eintauschen gegen den irgendeines... weiß Gott was, Stammeskriegers, Dorfältesten, Bürgermeisters oder Banditenhauptmanns.

Ich ziehe eine Weile meine Kreise über dem Spielfeld und schaue mir alles an, zutiefst entsetzt. Jemand muß das Spiel gestartet haben, nur um es sich mal anzusehen, und dann hat er es laufen lassen, während er alle anderen Dateien und Programme überprüft hat, oder vielleicht hat er auch seine Finger nicht davonlassen können, das Spiel gespielt, es aber nicht kontrollieren können... Es sei denn, er wollte es genau *so* haben, hatte es sich genau *so* vorgestellt; ich vermute, ein radikaler Grüner oder Herzblut-Ökologe würde das hier für ein recht cooles Ergebnis halten.

Der Akku-Alarm fängt an zu piepsen. Hätte ich mir auch denken können, daß sie das verdammte Ding nicht richtig aufgeladen haben.

Ich betrachte weiter mein einstmals hehres Reich, bis das Gerät wahrnimmt, daß es zu wenig Strom zum Arbeiten hat, und selbsttätig abschaltet. Der Bildschirm meldet sich mit einer Vogelperspektiven-Ansicht meiner Hauptstadt ab; ich sehe, wie sich meine pompöse, »CC«-förmige Stadt still und leise in Dunkelheit auflöst. Ein paar Minuten später schalten sie die Zellenbeleuchtung aus.

Ich schlafe auf der schmalen kleinen Metallpritsche ein, meinen Laptop in den Armen.

Drei Uhr in der Früh; es ist jetzt trocken, aber kalt. Der Fahrer des Polizeiwagens läßt den Motor laufen, und unsere Auspuffgase wabern auf einer eisigen Brise zur Seite weg. Auf dem Grassmarket ist alles still. Im Wagen nicht; das Funkgerät meldet sich von Zeit zu Zeit piepsend, und ich kann nicht aufhören zu husten.

Punkt drei Uhr winkt der Cop in der Telefonzelle.

»Ecke West Port und Bread Street, bald«, sagt Andy, dann legt er auf.

Man kann von hier locker zu Fuß hingehen, aber wir nehmen trotzdem den Wagen und halten vor der Cas-Rock-Café-Bar. Hier ist nicht viel los; Bürogebäude, auf der anderen Straßenseite Läden. Ein weiterer ziviler Streifenwagen ist in der Bread Street geparkt. Die Transporter mit den uniformierten Polizisten stehen immer noch auf Abruf bereit, und die verschiedenen Streifenwagen durchstreifen weiterhin das Viertel.

McDunn geht ein bißchen umher, dann kommt er zum Wagen zurück.

Wir trinken Kaffee aus großen Thermosflaschen. Das Gebräu hilft ein bißchen gegen meinen Husten.

»Bald«, sagt McDunn nachdenklich, während er in seinen Plastikbecher blickt, als wolle er aus dem nicht vorhandenen Kaffeesatz lesen.

»Das hat er gesagt«, erkläre ich ihm und räuspere mich.

»Hmm.« McDunn beugt sich zu den beiden Typen auf dem Vordersitz. »Ihr raucht nicht, oder, Jungs?«

»Nein, Sir.«

»Dann steige ich kurz aus, um mir die Lunge zu verpesten.«

»Sie können ruhig hier rauchen, Sir.«

»Nein; ich will mir sowieso mal die Beine vertreten.« Er blickt mich an. »Colley; 'ne Zigarette?«

Ich huste wieder. »Kann's auch nicht schlimmer machen.«

Mit Handschellen an den Inspektor gekettet: Ich vermute, das ist so eine Art Beförderung. Wir zünden unsere Glimmstengel an und machen einen kleinen Spaziergang, am Pub vorbei und über die Straße, um in das Schaufenster eines Second-Hand-Buchladens zu gucken, dann vorbei an einer Videothek, einer Schlachterei und einem Sandwich-Laden, alle dunkel und verlassen. Ein Taxi auf der Suche nach Fahrgästen rumpelt Richtung Grassmarket vorbei. Wir stehen an das Fußgängergeländer am Bordstein gelehnt da. Die Mietshäuser wirken heruntergekommen, und von hier aus kann ich den viktorianischen Klotz des alten Co-op-Gebäudes sehen, das dieses Jahr dicht gemacht hat, und das nach dem Zeitgeschmack der Sechziger erbaute Goldberg's-Kaufhaus, das im Jahr zuvor die Pforten geschlossen hat.

Es riecht nicht besonders gut hier; direkt hinter uns ist ein Fischhändler, und ein Stück die Straße runter, aber in Windrichtung, befindet sich ein Imbiß; selbst der Bürgersteig sieht schmierig aus. Kann mir nicht vorstellen, daß sie die europäischen Staatsoberhäupter auf einen Black Pudding zum Abendessen und ein schmutziges Video hierher chauffieren. Mein Gott; dieser Rummel ist schon in drei Wochen. Ich wette, die Jungs von der Lothian-Truppe genießen diesen kleinen Ausflug, wo sie sich auf diesen Politiker-Aufmarsch freuen können. Ich sollte jetzt eigentlich damit beschäftigt sein, eine Menge Im-Vorfeld-des-Euro-Gipfels-Artikel für die Zeitung auszustoßen. Ach, was soll's.

»Ihr Freund war laut seiner Dienstakte ein guter Soldat«, sagt McDunn nach einer Weile.

»Das war Lieutenant Calley auch«, gebe ich zu bedenken. Der DI läßt es sich durch den Kopf gehen. Er studiert den Glutkegel seiner Zigarette, die jetzt fast bis auf den Filter heruntergeraucht ist. »Glauben Sie, daß Ihr Freund politische Motive hat? Bis jetzt sieht es so aus.«

Ich starre High Riggs hinauf, während ein weiteres Taxi auf uns zugerumpelt kommt. McDunn drückt seine Zigarette sorgfältig auf dem Geländer aus, an dem wir lehnen.

»Ich denke nicht, daß es um etwas Politisches geht«, erkläre ich McDunn. »Ich denke, es hat etwas mit Moral zu tun.«

Der DI schaut mich an. »Moral, Cameron?« Er saugt Luft durch seine Zähne.

»Er ist desillusioniert«, sage ich. »Früher hatte er jede Menge Illusionen, und jetzt hat er nur noch eine: daß das, was er tut, etwas verändern wird.«

»Hmm.«

Wir drehen uns zum Gehen um; ich lasse meine Zigarette auf den schmierigen Bürgersteig fallen und trete die Kippe mit meinem Schuh aus, dann schaue ich hoch. Die Scheinwerfer des Taxis, das von der High Riggs abbiegt und West Port hinunterrumpelt, schwenken hinter uns vorbei.

Mein Blick wird starr. McDunn sagt etwas, aber ich kann es nicht hören. Da ist so ein komisches Geräusch in meinen Ohren. McDunn zerrt mit den Handschellen an meinem Handgelenk. »Cameron«, höre ich ihn sagen, irgendwo in der Ferne. Er sagt noch etwas anderes, aber ich kann es nicht verstehen; da ist dieses merkwürdige Rauschen in meinen Ohren; schrill, aber donnernd. »Cameron?« sagt McDunn, aber es nützt immer noch nichts. Ich mache meinen Mund auf. McDunn tippt mir auf die Schulter, dann faßt er mich am Ellbogen. Schließlich reckt er seinen Kopf vor mich, schiebt sein Gesicht zwischen mich und den Fischladen. »Cameron?« sagt er. »Ist alles in Ordnung mit Ihnen?«

Ich nicke, dann schüttle ich den Kopf. Ich nicke wieder, zeige nach vorn, aber als er hinschaut, kann er nichts sehen; der Laden ist dunkel, und die Straßenlaternen beleuchten das Innere nicht.

»Ha...«, setze ich an. »Haben Sie eine Taschenlampe?« frage ich ihn.

»Eine Taschenlampe?« fragt er. »Nein, nur mein Feuerzeug. Was ist denn?«

Ich deute abermals mit einem Nicken auf das Schaufenster des Fischgeschäfts.

McDunn läßt sein Feuerzeug aufflammen. Er späht hinein, das Gesicht dicht an das Schaufenster gedrückt. Er hält sich die andere Hand schützend über die Augen und reißt dabei meine Hand mit.

»Kann nichts erkennen«, sagt er. »Ist ein Fischgeschäft, oder?« Er blickt hoch zum Ladenschild.

Ich deute mit einem Nicken zurück zum Wagen. »Sagen Sie denen, sie sollen in die Lauriston Street zurücksetzen und das Fernlicht einschalten. Hier drauf«, sage ich.

McDunn schaut mich mit zusammengekniffenen Augen an, dann scheint er etwas in meinem Gesicht zu sehen. Er winkt zum Wagen hinüber. Sie lassen das Fenster herunter, und er gibt ihnen die Anweisungen.

Der Wagen setzt aufheulend in die Lauriston Street zurück, die Scheinwerfer eingeschaltet.

Auf Fernlicht; wir wenden uns von dem gleißenden Lichtkegel ab und stellen uns seitlich neben das Schaufenster.

Der Fischladen hat ein hochschiebbares Schaufenster. Dahinter befindet sich ein Tresentisch – der wie grüner Granit aussieht und ein bißchen schräg gesetzt ist –, auf dem die Fische liegen, wenn das Geschäft geöffnet ist. Er hat niedrige, abgerundete Trennwände zu beiden Seiten und eine kleine Rinne am unteren Ende, nahe dem Schaufenster.

Auf dem Tresen liegen einige Stücke Fleisch, nicht Fisch. Ich erkenne eine Leber – rötlich schokoladenbraun und seidig glänzend –, Nieren wie dunkle, groteske Pilze, etwas, das vermutlich ein Herz ist, und verschiedene andere Fleischstücke, in Steaks, Würfeln und Streifen. Oben, in der Mitte des Tresens, liegt ein großes Gehirn, milchig-grau.

»O mein Gott«, flüstert McDunn. Komisch, aber es ist das, was mich erschaudern läßt, nicht der Anblick, nicht nach diesem ersten flüchtigen Blick und dem Erkennen im Lichtkegel der Taxischeinwerfer.

Ich blicke zurück auf das saubere, beinahe blutlose Tableau. Ich vermute, selbst ein *Sun*-Leser würde erkennen, daß nichts davon von einem Fisch stammt; ich bin *ziemlich* sicher, daß es menschliche Teile sind, doch um gar nicht erst Zweifel aufkommen zu lassen, liegen unten in der Mitte des Tresens die Genitalien eines Mannes; der unbeschnittene Penis klein und zusammengeschrumpft und grau-gelb, das Skrotum verschrumpelt und braunpink und die beiden Hoden ausgebreitet, einer zu jeder Seite, kleine eiförmige Dinger wie winzige glatte Gehirne, durch dünne knäuelförmige Leiter verbunden mit dem Hodensack, so daß der Gesamteindruck seltsam an ein Diagramm von mit einer Gebärmutter verbundenen Eierstöcken erinnert.

»Halziel oder Lingary, was meinen Sie?« sagt McDunn, und seine Stimme klingt ein bißchen krächzend.

Ich schaue hoch zum Ladenschild. Fisch.

Ich seufze. »Der Vertretungsarzt«, erkläre ich ihm. »Halziel.« Ich fange an zu husten.

Die Scheinwerfer hinter uns flammen auf, gerade als ich um eine weitere Zigarette bitten will. Der Wagen kommt eilig quer über die Straße auf uns zu, biegt so ein, daß die Schnauze Richtung West Port zeigt, und das Beifahrerfenster senkt sich herab.

»Sie haben einen von ihnen gefunden, Sir«, sagt Flavell. »North Bridge.«

»O mein Gott«, entfährt es McDunn, und er fährt sich mit seiner freien Hand über den Hinterkopf. Mit einem

Nicken deutet er die Straße hinunter zu dem zweiten Wagen. »Holt die Jungs hierher; der andere liegt hier in diesem Fischgeschäft, zerstückelt.« Er blickt zu mir. »Kommen Sie«, sagt er überflüssigerweise, da wir immer noch mit Handschellen aneinandergekettet sind.

Im Wagen schließt er wortlos die Handschellen auf und steckt sie in seine Tasche.

* * *

Und so geht's zur North Bridge, die sich über die Bahnsteige und Glasdächer von Waverley Station erstreckt; frisch gestrichen, angestrahlt von Flutlicht, das Verbindungsglied zwischen der alten und der neuen Stadt und kaum einen Steinwurf weit vom Redaktionsgebäude des *Caley* entfernt.

Es sind schon zwei Streifenwagen dort, als wir ankommen. Sie stehen nahe dem hohen Ende der Brücke, auf der Westseite, wo man über den Bahnhof und Princes Street Gardens zur Burg blickt.

Auf dieser Seite beherbergt die geschmückte Steinbalustrade der Brücke zwei große Sockel, einen zu jeder Seite. Im Osten, wo man während des Tages Salisbury Crags, die Hügel und Wiesen von Lothian und die Forth-Küstenlinie zwischen Musselburgh und Prestonpans sehen kann, trägt der Sockel ein Denkmal für The King's Own Scottish Borderers; eine Gruppenskulptur von vier riesigen Steinsoldaten. Auf der Westseite gibt es einen ebensolchen Sockel, da, wo die Polizisten sind und das Blaulicht über die Balustrade und den dreckigen hellen Stein des Sockels zuckt. Bis jetzt ist dieser Sockel unbesetzt gewesen, wenn er nicht gerade mal wieder als zeitweiliger Abstellplatz für von Scherzbolden entführte Verkehrshütchen oder als Plattform für einen abenteuerlustigen Rugby-Fan diente, der von dort aus seine Künste im Höhenpissen demonstrieren wollte.

Heute nacht jedoch fällt ihm eine andere Rolle zu; heute nacht ist er die Bühne für Andys Tableau von Major Lingary (a.D.), in der Paradeuniform eines Majors, aber mit abgerissenen Ehrenabzeichen und seinem zerbrochenen Schwert neben sich.

Er ist zweimal in den Hinterkopf geschossen worden.

McDunn und ich stehen eine Weile da und schauen ihn an.

***

Am Morgen, in der Chambers Street, spendieren sie mir ein recht anständiges Frühstück und geben mir meine Klamotten zurück. Ich habe den Rest der Nacht wieder in derselben Zelle verbracht, aber diesmal war die Tür nicht abgeschlossen. Nach ein paar weiteren Aussagen lassen sie mich gehen.

Das Verhörzimmer in der Chambers Street ist kleiner und älter als das in Paddington Green; grün gestrichene Wände, Linoleumboden. Ich entwickle mich zu so etwas wie einem Connaisseur von Verhörzimmern, und dieses würde ganz entschieden keinen Stern bekommen.

Zuerst ist da ein CID-Typ aus Tayside, der die ganze Geschichte über den Mann im Wald hören will, der nun zur Leiche im Tunnel geworden ist. Gerald Rudd war der Name des Mannes; er hat seit zwanzig Jahren auf der Vermißtenliste gestanden, nachdem er auf einer vermeintlichen Wandertour in den Grampians verschwunden war, und ironischerweise war er tatsächlich Polizist, wenn auch nur aushilfsweise. Er war ein Special Constable und Pfadfindergruppenführer aus Glasgow, gegen den bereits ermittelt worden war, weil er sich an einen der Pfadfinder herangemacht hatte.

Um elf gibt's Kaffee – sie schicken sogar jemanden los, um mir Zigaretten zu holen –, dann wieder eine Aussage, unterbrochen von meinem Husten. Zwei CID-Burschen aus Lothian wollen wissen, was ich ihnen über Halziel und Lingary erzählen kann.

Die letzte Nacht hat ihnen kaum Spuren gebracht. Im Inneren des Fischgeschäfts hatte sich das Tableau sogar noch bizarrer gestaltet – Andy hatte mit den Fingern und dem Blut des Arztes REINGELEGT auf dem Ladentresen ausgelegt –, und jemand hatte kurz vor der Entdeckung von Lingarys Leiche einen weißen Escort von dem Sockel an der North Bridge wegfahren sehen. Der Wagen wurde später auf dem Leith Walk verlassen aufgefunden. Momentan untersuchen sie das Fischgeschäft und den Wagen auf Fingerabdrücke, aber ich erwarte nicht, daß sie welche finden.

Gegen halb zwölf kommt McDunn mit einem weiteren Burschen in Zivil herein. Er stellt den anderen Cop als Detective Inspector Burall von der Lothian-Truppe vor. Sie behalten weiterhin meinen Reisepaß ein, und sie verlangen weiterhin, daß ich sie über jeden einzelnen meiner Schritte informiere, für den Fall, daß der Procurator Fiscal sich entscheidet, im Rudd-Fall Anklage zu erheben. Ich muß für meinen Reisepaß quittieren. Ich huste stark.

»An Ihrer Stelle würde ich mal einen Arzt aufsuchen«, sagt McDunn. Er klingt besorgt. Ich nicke, während mir vom Husten die Augen tränen.

»Ja«, röchle ich. »Gute Idee.« Vielleicht, denke ich, aber erstmal ein ausgiebiger Spaziergang und ein paar anständige Pints.

»Mr. Colley«, sagt der Lothian-Cop. Er ist ein bißchen älter als ich, mit ernstem Gesicht, sehr blasser Haut und schütterem schwarzen Haar. »Sie verstehen sicher, daß wir uns darüber Sorgen machen, daß Andy Gould noch in der Stadt sein könnte, insbesondere in Anbetracht des bevorstehenden europäischen Gipfels. Detective Inspector McDunn glaubt, daß Andy Gould versuchen könnte, mit

Ihnen Kontakt aufzunehmen oder daß er sogar versuchen wird, Sie zu überfallen oder zu entführen.«

Ich blicke zu McDunn, der mit verkniffenem Mund nickt. Ich muß gestehen, daß der Gedanke, daß Andy mir einen Besuch abstatten könnte, mir nach dem REINGELEGT auch schon gekommen ist. Burall fährt fort: »Wir hätten gern Ihre Erlaubnis, für eine Weile zwei Polizisten in Ihrer Wohnung postieren zu dürfen, Mr. Colley; wir würden Sie in einem Hotel unterbringen, wenn Ihnen das recht ist.«

McDunn saugt Luft durch seine Zähne, und beinahe möchte ich bei dem Geräusch jetzt laut auflachen. Ich tue es nicht; statt dessen huste ich.

»Ich würde Ihnen raten, zuzustimmen, Cameron«, sagt McDunn und schaut mich stirnrunzelnd an. »Natürlich werden Sie zuerst ein paar Kleidungsstücke und persönliche Dinge aus der Wohnung holen wollen, aber –«

Die Tür schwingt auf, und ein Uniformierter stürzt herein, wirft mir einen Blick zu und flüstert etwas in McDunns Ohr. McDunn schaut mich an.

»Was für ein Geschenk könnte er für Sie in Torphin Dale hinterlassen?«

»Torphin Dale?« sage ich. O Gott. Ich habe das Gefühl, als hätte mir jemand voll in die Eier getreten. Ich muß alle Kraft aufwenden, um meinen Mund zu bewegen. »Dort leben William und Yvonne; die Sorrells.«

McDunn starrt mich einen Moment lang an. »Adresse?« fragt er.

»Nummer vier, Barberton Drive«, erkläre ich ihm.

Er blickt zu dem uniformierten Cop. »Haben Sie das?«

»Ja, Sir.«

»Schicken Sie umgehend ein paar Wagen dorthin, und besorgen Sie auch einen für uns.« Dann ist er auch schon von seinem Stuhl aufgesprungen und nickt Burall und mir zu. »Kommen Sie.«

Ich stehe auf, aber meine Beine wollen nicht so recht, während wir mit schnellen Schritten aus der Revierwache in den klaren, kalten Nachmittag hinauseilen. Vor uns her läuft ein uniformierter Fahrer, zieht sich hastig seine Jacke über und öffnet schon mal mit dem elektronischen Türentriegler die Schlösser eines neutralen Cavalier.

Ein Geschenk für mich, in Torphin Dale. Gott im Himmel, nein.

***

»*Weg da*! Aus dem *Weg*!«

»Ganz ruhig, Cameron«, beschwichtigt mich McDunn.

Burall legt das Funkhandy an seinen Platz zurück. McDunn hat mich nach der Telefonnummer von William und Yvonne gefragt; sie rufen von der Chambers Street jetzt gerade dort an, und sie werden uns Bescheid sagen, wenn sie jemanden erreichen.

»*Weg da*!« dränge ich flüsternd, während ich versuche, die anderen Verkehrsteilnehmer mit meiner schieren Willenskraft von der Straße zu verscheuchen.

Der Fahrer tut sein Bestes. Die Sirene heult, das Blaulicht blinkt hinter dem Kühlergrill; wir rasen als Kolonnenspringer durch den Verkehr und gehen etliche Wagnisse ein, aber es ist einfach *zuviel Verkehr*. Was *tun* all diese Leute auf der Straße? Warum sind sie nicht auf der Arbeit oder zu Hause oder benutzen öffentliche Transportmittel? Können diese Saftsäcke denn nicht zu Fuß gehen?

Wir rasen mit jaulender Sirene über die rote Ampel bei Tollcross, um den Verkehr auf der Kreuzung in allen Richtungen von der Fahrbahn zu treiben, nehmen die rechte Abzweigung zur Home Street, schlingern um eine kleine alte Lady auf dem Zebrastreifen an der Bruntsfield und brausen durch den ausdünnenden Verkehr die Colinton Road hinunter. Das Funkgerät brabbelt unablässig; ich beuge mich vor, versuche etwas aufzuschnappen. Ein Streifenwagen ist jetzt beim Haus; keine Spur von irgend jemandem. Meine Hände tun weh; ich schaue hinunter und sehe, daß ich sie so fest zu Fäusten geballt habe, daß die Sehnen an meinen Handgelenken vorstehen. Ich lehne mich zurück, werde zur Seite geschleudert, als wir einem Wagen ausweichen, der unvermittelt aus einer Seitenstraße kommt. Das Funkgerät teilt uns mit, daß die Garagentore des Hauses offenstehen. Die Streifenpolizisten bekommen an der Haustür keine Antwort.

Wir brausen über die Umgehungsstraße. Ich lasse mich zurücksinken und starre auf die Innenverkleidung des Wagendachs, huste hin und wieder. Ich habe Tränen in den Augen. O mein Gott, Andy, bitte nicht.

Wir brettern zwischen den hohen Sandsteinpflastern hindurch in die Villensiedlung; im Barberton Drive sieht alles genauso aus wie sonst, abgesehen von den Streifenwagen, die in der kurzen Auffahrt am Ende der Sackgasse stehen. Alle drei Garagentore stehen offen. Ich weiß nicht, warum bei ihrem Anblick ein flaues Gefühl in meiner Magengegend aufsteigt.

Williams Mercedes ist da; Yvonnes 325er nicht.

Wir halten in der Auffahrt. Ich brauche einen Augenblick, um mich zu erinnern, daß ich nicht mehr an jemanden gefesselt bin. Der Fahrer bleibt im Wagen sitzen und spricht ins Funkgerät.

Ein uniformierter Cop kommt die Auffahrt herunter und nickt Burall und McDunn zu.

»Bis jetzt ist niemand an die Tür gegangen, Sir. Wir sind noch nicht drin gewesen; mein Partner ist hinter dem Haus und sieht sich im Garten um.«

»Gibt es eine Tür von der Garage ins Haus?« fragt McDunn.

»Sieht so aus, Sir.«

McDunn blickt mich an. »Sie kennen diese Leute,

Cameron; lassen sie das Haus öfter unbeaufsichtigt zurück?«

Ich schüttle den Kopf. »An sich sind sie sehr auf Sicherheit bedacht«, erkläre ich ihm.

McDunn saugt an seinen Zähnen.

Wir treten unter den hochgeschwenkten Toren hindurch in die Garage. Das übliche Garagengerümpel, wenn man zu den Stinkneureichen gehört; Umzugskisten, Golfausrüstung, der Jet-Ski auf seinem Anhänger, eine Arbeitsbank, an der Wand ein Gitter mit sorgfältig angeordneten Auto- und Gartenwerkzeugen, die meisten glänzend und unbenutzt, Skistiefeltaschen und Skitaschen paarweise an Haken an der Wand, ein Dampfreiniger, ein kleiner Mini-Traktor-Rasenmäher, eine große grauschwarze Plastiktonne auf Rädern und zwei Mountain-Bikes. Die Dreiergarage ist riesig, aber dennoch bis oben hin vollgestopft; wenn Yvonnes Wagen hier wäre, würde es eindeutig eng werden.

McDunn klopft an der Tür zum Rest des Hauses. Er runzelt die Stirn und wirft einen Blick zurück zu Burall. »Haben wir Gummihandschuhe dabei?«

»Im Auto«, sagt Burall und ist bereits unterwegs zum Wagen.

»Sie waren schon mal hier, oder, Cameron?« fragt McDunn.

»Ja«, erwidere ich hustend.

»Also gut; Sie können uns doch sicher alle Ecken und Winkel zeigen, oder?«

Ich nicke. Burall kommt mit einer Handvoll Gummihandschuhe zurück, wie man sie an Tankstellen kaufen kann. Jeder von uns bekommt ein Paar, sogar ich. McDunn öffnet die Tür, und wir treten in die Waschküche. Nichts in den Schränken der Waschküche; nichts in der Küche.

Wir vier verteilen uns im Haus; ich bleibe bei McDunn.

Wir nehmen uns das große Wohnzimmer vor, spähen hinter die Gardinen, die Sofas, unter die Tische, selbst hoch in die Abzugshaube des offenen Kamins. Wir gehen nach oben. Wir durchsuchen eines der nach hinten gehenden Gästezimmer. Der Polizist im Garten sieht uns; er winkt und zuckt mit den Achseln, die Handflächen ausgestreckt, schüttelt den Kopf.

McDunn inspiziert die Schubladen, die in die Bettcouch eingebaut sind. Ich sehe in dem eingebauten Kleiderschrank nach, schiebe mit hämmerndem Herzen mein Spiegelbild zur Seite.

Klamotten. Nur Klamotten, Hüte und ein paar Schachteln.

Wir gehen in das eheliche Schlafzimmer. Ich versuche, nicht daran zu denken, was wir getan haben, als ich das letzte Mal in diesem Zimmer war. Ich habe wieder dieses Rauschen in meinen Ohren, und ich fühle mich, als würde ich jeden Moment umkippen. Ich komme mir wie ein Eindringling vor, während ich so mit dem Detective Inspector durch die kostbar intime Häuslichkeit dieser Villa schnüffle, ohne daß William oder Yvonne hier sind.

Ich schaue mich im Ankleidezimmer um, während McDunn unter dem Bett nachsieht und dann hinaus auf den Balkon blickt. Ich öffne die Kleiderschränke des Ankleidezimmers. Jede Menge Klamotten. Ich schiebe sie mit zitternden Händen zur Seite.

Nichts. Ich schließe die Spiegeltüren wieder und gehe zum Badezimmer hinüber. Ich lege meine Hand auf die Klinke; ein fahles, pastellfarbenes Licht scheint aus dem Badezimmer, als die Tür langsam aufgeht.

»Cameron?« ruft McDunn aus dem Schlafzimmer. Ich gehe durch das Ankleidezimmer zu ihm hinüber, die Badezimmertür hinter mir halb geöffnet. Er schaut aus dem Fenster auf die Auffahrt hinunter. Er wirft mir einen Blick zu, nickt. »Da kommt ein Wagen.«

Ich gehe ans Fenster; ein roter BMW 325. Yvonnes Wagen.

Es scheint, als würde der Fahrer des Wagens direkt vor der Auffahrt zögern, abgeschreckt von dem Streifenwagen und dem neutralen Cavalier, die vor der Garage stehen.

Dann stellt er sich quer vor die Auffahrt, blockiert uns und hält sich gleichzeitig den eigenen Fluchtweg frei. McDunn schaut sich das Ganze mißtrauisch an, aber ich bin erleichtert. Wenn Andy hier war, ist er längst weg; das ist eine Yvonne-Aktion.

Und sie ist es. Lieber Gott im Himmel, sie ist es, sie ist es, sie ist es. Sie steigt aus dem Wagen, in der Hand eine wohl einen halben Meter lange schwarze Taschenlampe, die Stirn gerunzelt. Sie trägt Jeans und eine Lederjacke über einem Sweatshirt. Sie war wieder beim Friseur. Ihr scharfgeschnittenes Gesicht ist ungeschminkt und blickt aggressiv-mißtrauisch drein. Sie sieht wunderschön aus.

»Ist das Mrs. Sorrell?« fragt McDunn leise.

»Ja«, hauche ich erleichtert, während sich etwas in mir entspannt. Ich möchte am liebsten auf der Stelle losheulen. Yvonne schaut die Auffahrt hinauf, während ein weiterer Streifenwagen auftaucht. Sie legt die Taschenlampe weg, als der Wagen anhält und zwei uniformierte Polizisten aussteigen. Sie geht zu ihnen und deutet mit einem Nicken zum Haus hinüber.

»Lassen Sie uns mal runtergehen und hören, was sie zu sagen hat, ja?«

Wir gehen an der Ankleidezimmertür vorbei. »Einen Moment noch«, sage ich. McDunn wartet, während ich durch das Ankleidezimmer gehe. Ich drücke die Tür zum Badezimmer auf. Das fahle Licht scheint zu mir heraus.

Nichts. Ich sehe in der Dusche, dem Whirlpool, der Wanne nach. Nichts. Ich schlucke, hole tief Luft und kehre zu McDunn zurück, um mit ihm nach unten zu gehen.

»Cameron!« ruft Yvonne aus, als wir den Fuß der Treppe erreichen. Sie stellt zwei Flaschen Milch auf dem Telefontischchen ab. Die beiden Polizisten aus dem zweiten Streifenwagen sind hinter ihr. Sie wirft einen Blick auf McDunn, dann kommt sie zu mir, umarmt mich, hält mich fest. »Ist alles in Ordnung mit dir?«

»Mir geht's gut. Und dir?«

»Ja«, sagt sie. »Was ist eigentlich los? Jemand in der Redaktion hat gesagt, du wärst der Mann, den sie wegen all dieser Morde festgenommen haben.« Sie dreht sich um, einen Arm noch immer um meine Taille gelegt. »Was macht die Polizei hier?« Sie blickt zu McDunn.

»Detective Inspector McDunn«, stellt er sich vor. »Guten Tag, Mrs. Sorrell.«

»Hallo.« Sie schaut mich an, tritt einen Schritt zurück, hält aber noch immer meine Hand, während sie in meinem Gesicht nach einer Antwort sucht. »Cameron, du siehst...« Sie schüttelt den Kopf, saugt an ihrer Lippe. Sie sieht sich um und fragt: »Wo ist William?«

McDunn und ich tauschen einen Blick aus. Detective Inspector Burall kommt die Treppe herunter und verkündet gerade, »Da oben ist nichts...«, als er Yvonne sieht.

Sie läßt meine Hand los, weicht einen Schritt zurück und schaut von einem zum anderen, während der Cop aus dem ersten Streifenwagen aus dem Arbeitszimmer in die Diele tritt, und ich sehe, wie ihr Blick auf meine durchsichtigen Handschuhe fällt und auf die Handschuhe der anderen Männer.

Für einen Augenblick sehe ich sie plötzlich als eine junge Frau in ihrem eigenen Heim, umzingelt von all diesen Männern, die darin eingedrungen sind, die einfach uneingeladen aufgetaucht sind; alle größer als sie, alles Fremde, bis auf den einen, von dem man ihr erzählt hat, daß er vielleicht ein Serienmörder wäre. Sie sieht ängstlich, wütend, trotzig aus, alles gleichzeitig. Mir ist, als würde mir gleich das Herz schmelzen.

»War Ihr Mann hier, als Sie weggefahren sind, Mrs. Sorrell?« fragt McDunn mit tröstend natürlicher Stimme.

»Ja«, sagt sie. Ihr Blick wandert immer noch von einem zum anderen, bleibt dann an mir hängen, abschätzend, fragend, bevor sie wieder zu McDunn schaut. »Er war hier; ich bin höchstens eine halbe Stunde unterwegs gewesen.«

»Ich verstehe«, sagt McDunn. »Nun, er ist vermutlich nur mal auf einen Sprung weg, aber wir haben einen Hinweis bekommen, daß es hier möglicherweise ein Problem gibt. Wir haben uns die Freiheit genom –«

»Er ist nicht im Garten?« fragt sie.

»Anscheinend nicht, nein.«

»Nun, von dieser Anlage ist man nicht nur mal so 'auf einen Sprung weg, Detective Inspector«, erklärt Yvonne. »Die nächsten Geschäfte sind zehn Minuten mit dem Auto entfernt, und sein Wagen ist noch hier.« Sie blickt zu Burall: »Haben Sie oben nach ihm gesucht?«

McDunn ist der Charme in Person. »Ja, Mrs. Sorrell, das haben wir, und ich möchte mich für dieses Eindringen in Ihre Privatsphäre entschuldigen; ich trage die volle Verantwortung dafür. Der Fall, in dem wir gerade ermitteln, ist sehr ernst, und der Tip, den wir erhalten haben, kam aus einer Quelle, die sich in der Vergangenheit als sehr verläßlich erwiesen hat. Da hier offenkundig niemand zu Hause war und da wir Grund zu der Annahme hatten, daß hier ein Verbrechen verübt worden sein könnte, hielt ich es für richtig, nachzusehen, aber...«

»Also haben Sie ihn nicht gefunden«, fällt Yvonne ihm ins Wort. »Sie haben nichts gefunden?« Sie wirkt plötzlich sehr zart und verängstigt. Ich kann sehen, wie sie dagegen ankämpft, und ich liebe sie dafür und möchte sie in die Arme nehmen, sie beruhigen, sie trösten, aber ein anderer Teil von mir ist von der schrecklichen verzweifelten Eifersucht erfüllt, daß die Person, um die sie sich sorgt, William ist, nicht ich.

»Noch nicht, Mrs. Sorrell«, sagt McDunn. »Was hat er gemacht, als Sie das Haus verlassen haben?«

Ich sehe, wie sie schluckt, sehe, wie die Sehnen an ihrem Hals hervortreten, während sie versucht, die Fassung zu wahren. »Er war in der Garage«, erwidert sie. »Er wollte den Honda – den kleinen Traktor – rausholen und das Laub im Garten zusammenrechen.«

McDunn nickt. »Nun, dann wollen wir dort mal nachsehen, ja?« Er blickt zu den beiden Cops, die gerade angekommen sind, und hält eine Hand hoch, wackelt mit den Fingern. »Handschuhe, Jungs.«

Die beiden Cops nicken und gehen wieder zur Haustür zurück.

Der Rest von uns trottet durch die Diele und die Küche zur Garage. Meine Füße fühlen sich an, als würden sie durch Molasse waten, und das Rauschen kehrt zurück. Ich versuche, nicht in den nächsten Hustenanfall auszubrechen.

Vor der Tür zur Waschküche bleibt McDunn stehen; er schaut ein wenig verlegen drein. »Mrs. Sorrell«, sagt er lächelnd, »ich könnte Sie wohl nicht bitten, einen Kessel Wasser aufzusetzen?«

Yvonne steht da und sieht ihn an. Ihr Blick ist durchdringend und argwöhnisch. Sie dreht sich auf dem Absatz um und geht zu der Arbeitsfläche, auf der der Kessel steht.

McDunn öffnet die Tür zur Garage, und ich sehe den Mercedes, und auf einmal schießt es mir durch den Sinn: der Wagen; der Kofferraum des Wagens. Ich sehe die Umzugskisten; mein Gott, bis jetzt hat sie keiner beachtet.

Mir ist nicht wohl. Ich fange an zu husten. McDunn und

die Polizisten schauen in den Umzugskisten und dem Wagen nach, und es scheint fast so, als würden sie die große schwarze Plastiktonne gar nicht bemerken. Ich lehne an der Wand und lausche ihren Unterhaltungen, beobachte, wie sie alles aufmachen und hochheben und überall hineinspähen, und diese große schwarze Tonne steht einfach da, von niemandem beachtet, eine massige dunkle Silhouette gegen das Tageslicht draußen, wo ein leichter Wind weht, Staub und Laub in die Luft wirbelt und ein paar Blätter auf den Garagenboden bläst.

Burall und der andere Cop stapeln einige Umzugskisten und Teekisten gegen die Wand, um sich die darunter stehenden vorzunehmen. Die beiden Cops aus dem zweiten Streifenwagen kommen die Auffahrt herauf; sie ziehen sich im Gehen Gummihandschuhe an.

Als ich es nicht länger ertragen kann, stoße ich mich von der Wand ab, gerade als Yvonne aus dem Haus in die Garage kommt; ich schwanke hinüber zu der dicken, brusthohen Tonne. Ich kann die Blicke der anderen in meinem Rücken fühlen, und spüre Yvonne hinter mir. Ich huste, während ich meine Hand um den glatten Plastikgriff des Deckels lege. Ich ziehe ihn hoch.

Ein fauliger, fischiger Gestank strömt heraus, schwach und mit anderen Gerüchen vermischt. Die Tonne ist leer.

Ich starre hinein und taumle nach hinten, geschockt auf eine perverse Art und Weise.

Ich lasse den Deckel fallen.

Ich pralle gegen Yvonne, und sie hält mich fest. Die Brise weht wieder durch die offenstehenden Garagentore herein; eines der offenstehenden Garagentore knarrt. Dann zerreißt auf einmal etwas an der Decke über uns, und das mittlere Tor schwingt unvermittelt herab, den beiden Polizisten vor die Nase, die gerade die Auffahrt heraufkommen, und ich zucke zusammen und weiche einen Schritt zurück, und als der mittlere Abschnitt des

Lichts abgeschottet wird und die Tür scheppernd in einer Staubwolke einrastet und Yvonne einen kurzen, erstickten Schrei ausstößt, sehe ich William; William, mit Klebeband und Schnur um seine Handgelenke und Knöchel festgebunden am inneren Metallstützgerüst des Tors, sein Kopf in einem schwarzen Müllbeutel, der um seine Kehle mit weiterem Klebeband befestigt ist, sein Körper schlaff.

Ich wende mich ab, klappe vornüber und huste und huste; plötzlich kommt Blut aus meinem Mund, spritzt rot auf den weißen Garagenboden, während ich in jenem speziellen Augenblick der Einsamkeit durch meine Tränen hindurch sehe, wie McDunn vortritt und eine Hand auf Yvonnes Schulter legt.

Sie kehrt ihm und William und mir den Rücken zu und vergräbt ihr Gesicht in den Händen.

12 Die Straße nach Basra

Das kleine Speedboot zieht um die flache Insel. Die Insel ist mit Stechginster und Brombeerbüschen und ein paar verkrüppelten Bäumen bedeckt, zumeist Eschen und Birken. Grauschwarze Mauern und dachlose Ruinen und ein paar schief stehende Grabsteine und Ehrenmäler sind durch die Büsche und Bäume auszumachen, umgeben von braun werdendem Farn und gelbem Gras, zugedeckt von braunen, abgefallenen Blättern. Ein kanonengrauer Himmel blickt auf das Ganze herab.

Loch Bruc verjüngt sich hier – inmitten der niedrigen, kahlen Hügel nahe der See –, bis er nur noch hundert Meter breit ist; die kleine Friedhofsinsel nimmt fast die gesamte Breite der Wasserenge ein.

William läßt den Motor aufheulen, und das Speedboot braust auf die kleine Mole zu, die schräg in das stille, dunkle Wasser abfällt. Die Findlinge, aus der die Mole gebaut ist, sind alt. Sie sind verschieden groß, zumeist riesige Brocken, und auf diesen befindet sich eine Schicht aus glattem, verputztem Stein, in die abgegriffene, rostige Eisenringe eingelassen sind. Am Ufer hinter uns ist eine identische Helling, die am Ende eines Waldwegs durch die Bäume und das reetdurchsetzte Gras ins Wasser ragt.

»Eilean Dubh; die dunkle Insel«, verkündet William, während er das Boot auf die Mole der Insel zutreiben läßt. »Alte Familiengrabstätte... mütterlicherseits.« Er läßt seinen Blick über die sanft gedünten Hügel und die höheren, steileren Berge im Norden schweifen. »Früher hat ihnen 'ne ganze Menge davon gehört.«

»War das vor oder nach dem Inkrafttreten der Enteignungsgesetze, William?« frage ich.

»Sowohl als auch«, grinst er.

Andy trinkt Whisky aus seinem Flachmann. Er bietet mir welchen an, und ich nehme an. Andy schmatzt und schaut sich um; es sieht aus, als würde er die Stille trinken. »Nettes Plätzchen.«

»Für einen Friedhof«, bemerkt Yvonne. Sie hat die Stirn gerunzelt und scheint zu frieren, obwohl sie ihre Skikleidung trägt: eine dicke Daunenjacke und große Gore-Tex-Fäustlinge.

»Ja«, sage ich in einer mittelprächtigen Imitation eines breiten amerikanischen Akzents. »Irgendwie 'n bißchen morbid für'n Friedhof, was, Bill, alter Junge? Kann man da nicht 'n bißchen Leben in die Bude bringen, du weißt schon? Ein paar Neon-Grabsteine, sprechende Hologramme der teuren Verblichenen, und, he, wie wär's mit so 'nem Blumenstand, wo sie total echt aussehende Plastikkränze verscherbeln? Dazu 'ne Geisterbahn für die Kleinen; Necro-Burger aus echtem *toten Fleisch* in sargförmigen Pappschachteln; Speedboot-Ausflüge in der Beerdigungsbarkasse, die sie bei *Wenn die Gondeln Trauer tragen* benutzt haben, wenn ihr euch an den Streifen erinnert.«

»Wirklich komisch, daß du das gerade erwähnst«, sagt William; er wirft sein blondes Haar zurück und beugt sich über den Bootsrand, um mit der Hand die Steine der Mole auf Abstand zu halten. »Früher hab ich Ausflugsfahrten vom Hotel hierher organisiert.« Er stülpt zum Schutz des Boots zwei weiße Plastikfender über den Schandeckel, dann springt er hinüber auf die Helling, in der Hand die Fangleine.

»Haben die Einheimischen es gut aufgenommen?« fragt

Andy. Er steht auf und zieht das Heck des Boots näher an die Mole.

William kratzt sich am Kopf. »Eigentlich nicht.« Er macht die Fangleine an einem der Eisenringe fest. »Einmal tauchte eine Beerdigungsgesellschaft auf, als hier 'ne Gruppe gerade 'ne Grillfete veranstaltet hat; gab einige unschöne Szenen.«

»Du meinst, der Friedhof hier wird immer noch *genutzt*?« fragt Yvonne, während sie Williams angebotene Hand ergreift und von ihm auf die Helling hinübergezogen wird. Sie stößt ein mißbilligendes Schnauben aus und wendet kopfschüttelnd den Blick ab.

»Oh, ja, natürlich«, ruft William aus, während auch Andy und ich aussteigen; auf etwas unsicheren Beinen, wie ich gestehen muß, denn wir waren noch nicht wieder ganz nüchtern, als wir gegen Mittag im Haus von Williams Eltern hoch oben über dem Loch aufgewacht sind, und dann haben wir uns auf der Zwanzig-Kilometer-Fahrt über den Loch zuerst an meinem und dann an seinem Flachmann festgetrunken. »Ich meine«, sagt William und fuchtelt mit den Armen, »deshalb hab ich euch ja hergebracht, damit ihr es euch anschaut. Hier möchte ich begraben werden.« Er lächelt seine Frau selig entrückt an. »Du auch, mein Herz, wenn du es möchtest.«

Yvonne starrt ihn an.

»Wir könnten hier gemeinsam liegen«, erklärt William und klingt wie ein glückliches Kind.

Yvonne runzelt grimmig die Stirn und geht an uns vorbei. »Du würdest ja nur wieder oben liegen wollen, wie üblich.«

William lacht schallend, dann schaut er kurz geknickt drein, während wir Yvonne auf das Gras folgen und auf die eingestürzte Kapelle zugehen. »Ich meine Seite an Seite«, erklärt er bettelnd.

Andy kichert und schraubt den Verschluß seines Flachmanns zu. Er wirkt hager und irgendwie gebeugt. Der Besuch an der Westküste war meine Idee gewesen. Ich hatte mich und Andy für ein langes Wochenende mit William und Yvonne in Williams Haus an den Ufern des Lochs eingeladen, nicht so sehr um meines eigenen Vergnügens willen – ich werde immer eifersüchtig, wenn ich mit William und Yvonne zusammen bin und sie in ihrer Wochenend-Herumalber-Laune sind –, sondern weil es meine erste Idee für einen kleinen Urlaub war, die Andy nicht von vornherein abgelehnt hat. Clares Tod lag sechs Monate zurück, und abgesehen von einem Monat voller Nachtclub-Besuche und Feten in London – der ihn anscheinend noch depressiver als zuvor und eindeutig weniger wohlhabend und gesund zurückgelassen hatte – hatte Andy Strathspeld seitdem nicht mehr verlassen; ich habe wohl ein Dutzend Versuche gestartet, ihn für eine Weile von dem Anwesen wegzulocken, aber dies war der erste, der irgendein Interesse bei ihm geweckt hat.

Ich denke, Andy mag Yvonne einfach rundweg und ist schon fast krankhaft fasziniert von William, der einen großen Teil der Fahrt über den Loch damit zugebracht hat, uns seine unethische Investitionspolitik zu erklären: das planmäßige Investieren in Rüstungsfirmen, Tabakkonzerne, ausbeutenden Bergbau, den Regenwald abrodende Nutzholzunternehmen, solche Sachen halt. Er hat die Theorie, daß, wenn das klug angelegte, aber ethische Geld aussteigt, die Dividenden für das klug angelegte, aber skrupellose Geld, das an dessen Stelle tritt, größer werden müssen. Ich nahm an, er würde einen Scherz machen. Yvonne tat so, als würde sie nicht zuhören, aber Andy nahm ihn richtig ernst, und nach Williams anerkennender Reaktion zu urteilen, vermute ich, daß er keinesfalls einen Scherz gemacht hatte.

Wir schlendern zwischen Grabsteinen unterschiedlichsten Alters entlang; einige sind erst ein oder zwei Jahre alt, viele sind aus dem letzten Jahrhundert, und einige stammen sogar von Siebzehn- und Sechzehnhundertschieß-mich-tot; andere sind von den Elementen glattgeschliffen worden, ihre Inschriften ausgelöscht und zurückgetrieben bis auf die körnige Oberfläche des Steins.

Ich schaue mir einige längliche, flache Grabplatten an, in die krude Skelette eingemeißelt sind; andere zeigen Schädel und Sensen und Stundengläser und gekreuzte Knochen. Die meisten der horizontalen Steine sind mit grauen, schwarzen und hellgrünen Flechten und Moosen bedeckt.

Es gibt zwei, drei Familiengräber, wo wohlhabendere Einheimische Stücke der Insel mit Mauern abgetrennt haben; imposantere Grabsteine aus Marmor und Granit stehen stolz und aufrecht da, wenn sie nicht von Gestrüpp überwuchert sind. Auf einigen der jüngeren Gräber liegen noch kleine, in Zellophan eingewickelte Sträuße; etliche zieren kleine Blumentöpfe aus Granit, abgedeckt von gelöcherten Metalldeckeln, die sie wie riesige Pfefferstreuer aussehen lassen, und in einigen davon stecken vertrocknete, ausgeblichene Blumen.

Die Mauern der eingestürzten Kapelle haben kaum Schulterhöhe. An einem Ende, unter einer Wand mit einer Öffnung oben in der Giebelspitze, wo früher vielleicht die Glocke gehangen haben mag, steht ein kleiner steinerner Altar; nur drei schlichte Steinplatten. Auf dem Altar steht eine kleine Metallglocke, grünschwarz vom Alter und mit einer Kette an der Wand dahinter festgemacht. Das Ding erinnert an eine alte Schweizer Kuhglocke.

* * *

»Angeblich haben in den Sechzigern mal irgendwelche Leute die alte Glocke geklaut«, erzählte uns William gestern abend im Wohnzimmer seines Elternhauses, während wir Karten spielten und Whisky tranken und darüber sprachen, mit dem Speedboot über den Loch zur dunklen Insel zu fahren. »Studenten aus Oxford oder so; jedenfalls, die Einheimischen erzählen sich, daß die Kerle nachts nicht schlafen konnten, weil sie immer das Läuten der Glocke gehört haben, und schließlich konnten sie es nicht mehr ertragen und kamen zurück und brachten die Glocke in die Kapelle zurück, und alles war wieder in Ordnung.«

»Was für ein Quatsch«, bemerkte Yvonne. »Zwei.«

»Zwei«, sagte William. »Ja, wahrscheinlich.«

»Ach, ich weiß nicht«, warf Andy kopfschüttelnd ein. »Für mich klingt das ziemlich gruselig. Eine, bitte. Danke.«

»Für mich klingt das eher nach Ohrensausen«, erklärte ich. »Drei. Danke.«

»Der Geber nimmt zwei«, sagte William. Er stieß einen Pfiff durch die Zähne. »O Baby; seht euch nur mal diese Karten an...«

* * *

Ich hebe die alte Glocke hoch und lasse sie einmal läuten; ein dumpfer, hohlklingender, angemessen trauriger Ton. Ich stelle sie vorsichtig wieder auf den Steinaltar und lasse meinen Blick über das von Mauern eingefaßte Rechteck aus Hügeln, Bergen, Loch und Wolken schweifen.

Stille: Keine Vögel, kein Wind in den Bäumen, niemand, der redet. Ich drehe mich langsam einmal ganz herum und betrachte dabei die Wolken. Ich glaube, es ist der friedlichste Ort, den ich je gesehen habe.

Ich gehe hinaus zu den alten, verzierten Steinen und sehe Yvonne dastehen und auf einen hohen Grabstein starren. Euphemia McTeish, geboren 1803, gestorben 1822, und ihre fünf Kinder. Gestorben im Kindbett. Ihr Ehemann war zwanzig Jahre später gestorben.

Andy kommt herübergeschlendert; er trinkt aus seinem Flachmann, grinst und schüttelt den Kopf. Er deutet mit einem Nicken zu William, der an der Mauer der Kapelle steht und mit einem kleinen Feldstecher über den Loch schaut. »Er wollte hier mal ein Haus bauen«, sagt Andy. Er schüttelt den Kopf.

»*Was*?« ruft Yvonne aus.

»Hier?« sage ich. »Auf einem *Friedhof*? Ist er übergeschnappt? Hat er denn nie Stephen King gelesen?«

Yvonne blickt kühl zu ihrem abseits stehenden Mann hinüber. »Er hat davon gesprochen, hier oben ein Haus zu bauen, aber ich wußte ja nicht, daß es... *hier* sein sollte.« Sie wendet den Blick ab.

»Hat versucht, die örtlichen Behörden mit einem *echt guten Deal* für ein paar Computer zu bestechen«, erklärt Andy kichernd. »Aber sie haben nicht mitgespielt. Für den Moment muß er sich damit begnügen, daß er sich hier beisetzen lassen darf.«

Yvonne richtet sich auf. »Was früher geschehen kann, als er erwartet«, bemerkt sie und marschiert zur Kapelle hinüber, wo William steht und kopfschüttelnd in das Innere der Ruine starrt.

* * *

Prasselnder Regen an einem melancholischen Tag; er fällt vom bleigrauen Himmel herab, unablässig und wie aus Kübeln, und läßt es im Gras und den Büschen und den Bäumen um uns herum rascheln und rauschen.

Williams Leiche ist in der schweren, torfigen Erde der dunklen Insel zur Ruhe gebettet worden. Laut des Berichts des Pathologen war er erst bewußtlos geschlagen und dann erstickt worden.

Yvonne, wunderschön und bleich in schlankem Schwarz, das Gesicht hinter einem Schleier verborgen, nickt zu den Trauergästen und ihren leisen Beileidsworten und murmelt ihrerseits einige Floskeln. Der Regen trommelt auf meinen Schirm. Sie blickt zu mir, sieht mir zum ersten Mal, seit ich hierher gekommen bin, in die Augen. Ich habe es gerade noch rechtzeitig geschafft; ich hatte heute morgen einen Termin im Krankenhaus – weitere Untersuchungen – und mußte wie ein Irrer quer durchs Land fahren, Richtung Rannoch und Westen. Aber ich habe es geschafft, bin zum Haus der Sorrells gefahren, habe Williams Vater und Bruder getroffen und flüchtig Yvonne gesehen, auch wenn ich keine Gelegenheit hatte, mit ihr zu sprechen, bevor wir uns alle auf die umständliche Fahrt um die Berge herum aufgemacht haben, zum anderen Ende des Lochs und dem Hotel dort, und dann den Weg hinauf zu der Helling gegenüber Eilean Dubh und den beiden kleinen Booten, die uns und den Sarg hinüberbringen würden.

Der Pastor hält die Predigt wegen des Regens kurz, und dann ist es vorbei, und wir stehen auf der Helling Schlange, während die kleinen Ruderboote uns immer zu viert zurück zum Festland bringen, und Yvonne steht auf diesen alten, glatten Steinen des ins Wasser abfallenden Piers und nimmt die Beileidsbekundungen der anderen Gäste entgegen. Ich stehe da und beobachte sie. Wir sehen alle etwas lächerlich aus, weil wir zu unseren förmlichen schwarzen Trauerkleidern Gummistiefel – einige schwarz, die meisten grün – tragen, um gegen das matschige, glitschige Gras der Insel gewappnet zu sein. Irgendwie gelingt es Yvonne, selbst darin würdevoll und attraktiv auszusehen. Aber vielleicht ist das nur meine Sicht der Dinge.

Es liegen komische Tage hinter mir; ich bin in die Redaktion zurückgekehrt und habe versucht, dort die Fäden wieder aufzunehmen, hatte ein langes persönliches Gespräch mit einem äußerst mitfühlenden Eddie, mußte das peinliche Rückenklopfen der Kollegen über mich ergehen lassen und feststellen, daß Frank mittlerweile die lustigen Spell-Check-Verballhornungen schottischer Ortsnamen für mich ausgegangen sind. Ich habe bei Al und seiner Frau in Leigh gewohnt, während die Polizei meine Wohnung observiert, aber Andy hat sich bislang nicht blicken lassen.

In der Zwischenzeit bin ich beim Arzt gewesen und für verschiedene Untersuchungen ans Royal Infirmary überwiesen worden. Bis jetzt hat noch niemand das K-Wort ausgesprochen, aber ich fühle mich plötzlich sehr verletzlich und sterblich und sogar *alt*. Ich habe das Rauchen aufgegeben. (Nun ja, Al und ich haben letztens mal ein, zwei Pfeifchen Dope gequalmt, nur so um der alten Zeiten willen, aber dabei war kein Tabak im Spiel.)

Jedenfalls huste ich immer noch viel, und hin und wieder ist mir übel, aber seit jenem Nachmittag, als wir William fanden, habe ich noch nicht wieder Blut gehustet.

Ich schüttle Yvonnes Hand, während ich auf das Ruderboot warte, das mich wieder von der Insel fortbringen wird. Der zarte schwarze Schleier, gesprenkelt mit schwarzen Noppen, läßt sie gleichzeitig geheimnisvoll distanziert und drängend verführerisch aussehen, Regen und Gummistiefel hin oder her.

Durch die Bäume auf dem Festland hindurch kann ich sehen und hören, wie die Autos zurücksetzen und wenden und über den Waldweg zum Dorf und dem Hotel rumpeln. Die Tradition verlangt, daß Yvonne, als Witwe, als letzte in das letzte Boot steigt; so ähnlich wie beim Kapitän und dem sinkenden Schiff, vermute ich.

»Geht es dir gut?« fragt sie mich, die Augen zusammengekniffen. Ihr durchdringender, abschätzender Blick huscht über mein Gesicht.

»Ich überleb's. Und du?«

»Dasselbe«, erwidert sie. Sie sieht zerbrechlich aus. Ich möchte sie so gern in meine Arme nehmen und an mich drücken. Ich fühle Tränen in mir aufsteigen. »Ich verkaufe das Haus«, erklärt sie mir und blickt kurz zu Boden; ihre langen schwarzen Wimpern flattern. »Die Firma eröffnet eine europäische Niederlassung in Frankfurt; ich werde Teil des Teams dort sein.«

»Oh.« Ich nicke, unsicher, was ich sagen soll.

»Ich schicke dir meine neue Adresse, wenn ich mich eingelebt habe.«

»Ja; gut, in Ordnung.« Ich nicke. Hinter mir platscht und spritzt es, dann ertönt eine leises, hohles Wummern, als das Boot an der Mole anlegt. »Nun«, sage ich, »wenn du mal wieder in Edinburgh bist...«

Sie schüttelt den Kopf und wendet den Blick ab, dann lächelt sie tapfer und deutet mit einem Kopfnicken hinter mich. »Das ist dein Boot, Cameron.«

Ich stehe einfach da und nicke dämlich, während ich nach den richtigen Worten suche, die ich sagen könnte, um all dies zu ändern, es wieder gut zu machen, es besser zu machen, es am Ende doch noch glücklich für uns ausgehen zu lassen, aber doch wissend, daß es diese Worte nicht gibt und es keinen Sinn hat, danach zu suchen, und so stehe ich einfach nur da und nicke stumm, meine Lippen gefangen zwischen meinen zusammengebissenen Zähnen, den Blick auf den Boden gesenkt, außerstande, ihr in die Augen zu sehen, und ich weiß, das ist es, das ist das Ende, Lebwohl... bis sie mich nach diesen schier endlosen Sekunden von meinem Leiden erlöst und ihre Hand ausstreckt und leise sagt: »Lebwohl, Cameron.«

Und ich nicke und schüttle ihre Hand, und nach einer Weile schaffe ich es, meinen Mund zu bewegen, und er sagt: »Lebwohl.«

Ich halte ein letztes Mal ihre Hand, nur für einen Augenblick.

Das Hotel am Ende des Lochs ist voll von toten ausgestopften Fischen in Glaskäfigen und räudig aussehenden präparierten Ottern, Wildkatzen und Adlern. Ich kenne kaum einen der Trauergäste, und ich habe das Gefühl, Yvonne weicht mir aus, also genehmige ich mir einen einzigen Whisky, dann verschwinde ich.

Draußen prasselt immer noch dieser schottische Monsun herab; ich habe meinen Scheibenwischer auf Stufe zwei gestellt, aber trotzdem wird er kaum mit den Wassermassen fertig. Die Nässe aus meinem Regenschirm und Mantel, die triefend auf dem Rücksitz liegen, liefert sich einen ziemlich ausgeglichenen Kampf mit der Heizung und dem Gebläse, um die Scheiben von innen beschlagen zu lassen.

Ich schaffe es etwa fünfzehn Meilen weit auf der einspurigen Straße um die Berge, als der Motor plötzlich zu stottern beginnt. Ich schaue auf die Anzeigen; Tank noch halbvoll, keine blinkenden Warnlämpchen.

»O nein«, stöhne ich. »Komm schon, Baby, komm schon, laß mich jetzt nicht im Stich; komm schon, komm schon.« Ich tätschle zärtlich und aufmunternd das Armaturenbrett. »Komm schon, komm schon...«

Ich schaffe es gerade noch eine kleine Anhöhe hinauf zu einem Straßenabschnitt durch eine Schonung der Forstbehörde, als der Motor eine passable Imitation von mir am Morgen hinlegt – er hustet und röchelt und hat keinen richtigen Zug. Dann ist er gänzlich tot.

Ich lasse den Wagen eilig auf eine Ausweichbucht rollen. »Herrgott noch mal... Scheiße!« fluche ich und schlage auf das Armaturenbrett, dann komme ich mir wie ein Idiot vor.

Der Regen prasselt wie Maschinengewehrfeuer auf das Dach.

Ich starte den Motor, aber unter der Haube dringt nur ein weiterer röchelnder Hustenanfall hervor.

Ich ziehe den Hebel der Motorhaube, schlüpfe wieder in meinen Mantel, greife mir den triefnassen Schirm und steige aus.

Der Motor macht leise metallische, knackende, tickende Geräusche. Dampf steigt auf, als Regentropfen auf den Verteilerkopf pladdern. Ich überprüfe die Zündkerzen, such nach etwas so Offensichtlichem wie einem losen Kabel. Es scheint nichts Offensichtliches zu sein. (Ich glaube nicht, jemals gehört zu haben, daß jemand in einer solchen Situation *je* eine offensichtliche Ursache gefunden hätte.) Ich höre einen Motor, schaue hinter der aufgestellten Haube hervor und sehe einen Wagen auf mich zukommen. Ich weiß nicht, ob ich versuchen soll, ihn anzuhalten oder nicht. Ich beschränke mich schließlich darauf, einfach nur flehentlich auf den herankommenden Wagen zu blicken; es ist ein einzelner Mann in einem zerbeulten Micra.

Er läßt die Lichthupe aufflammen und hält hinter meinem Wagen.

»Hallo«, sage ich, als er seine Tür öffnet und aussteigt. Er wirft sich einen Anorak über und setzt sich eine Jägermütze auf. Er ist rothaarig, mit Bart. »Er ist einfach stehengeblieben«, erkläre ich ihm. »Ich hab noch Benzin, aber er hat einfach den Geist aufgegeben. Könnte am Regen liegen, vermute ich...« Meine Stimme erstirbt, als mir plötzlich durch den Sinn schießt: Mein Gott, das könnte er sein. Das könnte Andy sein; das könnte er sein, verkleidet; und er ist gekommen, um mich zu holen.

Was mache ich hier eigentlich? Warum bin ich nicht an den Kofferraum gegangen und habe mir auf der Stelle den verdammten Radmutterschlüssel rausgeholt, als der Wagen stehengeblieben ist? Warum habe ich keinen Baseballschläger oder eine Dose Mace oder irgendwas sonst dabei? Ich starre den Typen an und denke: Das ist er, oder nicht? Er hat die richtige Größe, die richtige Statur. Ich starre auf seine Wangen und seinen roten Bart, versuche, einen verräterischen Übergang und Klebe zu entdecken.

»Ay«, sagt er. Er vergräbt seine Hände in den Anoraktaschen und blickt die Straße hinunter. »Ham Se WD40 dabei, Kumpel?« Er deutet mit einem Nicken auf den Motor. »Sieht aus, als könnt Ihr Kleiner da was davon brauchen.«

Ich starre ihn an. Mein Herz hämmert wie wild. Da ist wieder dieses donnernde Rauschen in meinen Ohren, und ich kann ihn kaum verstehen. Seine Stimme klingt anders, aber er konnte schon immer gut Dialekte und Akzente nachmachen. Mein Magen fühlt sich an, als hätte ich einen Eisbrocken darin, und es kommt mir vor, als würden meine Beine jeden Moment unter mir wegknicken. Ich starre den Mann noch immer an. O Gott, o Gott, o Gott. Ich würde ja weglaufen, aber meine Beine wollen nicht gehorchen, und außerdem war er immer schon schneller als ich.

Er sieht mich stirnrunzelnd an, und ich habe das Gefühl, ich würde plötzlich an Tunnelsicht leiden; ich sehe nur sein Gesicht, seine Augen, seine Augen, genau die richtige Farbe, genau der richtige Ausdruck... Dann verändert er sich irgendwie, scheint sich aufzurichten und zu entspannen, und er sagt in einer Stimme, die ich kenne: »Aah. Gut erkannt, Cameron.«

Ich sehe nicht, womit er mir den Schlag versetzt; ich sehe nur, wie sein Arm ausholt und auf mich herabsaust, blitzschnell und verwischt wie eine zubeißende Schlange. Der Schlag trifft mich über dem rechten Ohr und fällt mich, schickt mich hinunter in eine Galaxis aus flackernden Sternen und einem schier gigantischen, donnernden Rauschen, so als würde ich durch die Luft auf einen großen Wasserfall zustürzen. Ich drehe mich im Fallen herum und krache auf den Motor, aber es tut nicht weh, und ich rutsche davon herunter auf die Erde und die

Pfützen und die Straße, und ich schlage auf der Straße auf, aber das spüre ich auch nicht.

* * *

O Gott hilf mir hier auf dieser Insel der Toten mit den Schreien der Gequälten, hier mit dem Todesengel und dem stechenden Gestank von Kot und Aas der mich zurück in die Dunkelheit und das fahle Licht jenes Ortes holt an den ich nie wieder zurückkehren wollte, die von Menschenhand erschaffene irdische schwarze Hölle und der kilometerlange menschliche Schrottplatz. Hier unten inmitten der toten Männer, umgeben von den zerrissenen Seelen und ihren irren, unmenschlichen Schreien; hier mit dem Fährmann, dem Steuermann, meine Augen verbunden und mein Hirn ein tobendes Chaos, hier mit diesem Fürsten des Todes, diesem Propheten der Vergeltung, dieser eifersüchtigen, rachsüchtigen, erbarmungslosen Ausgeburt unseres Huren-Commonwealths der Gier; hilf mir hilf mir hilf mir...

* * *

Mein Kopf schmerzt, als würde er unter einer Dampframme stecken; mein Gehör scheint... verschwommen. Das ist nicht das richtige Wort, aber es trifft es. Augen geschlossen. Vorhin haben sie sich angefühlt, als wären sie von etwas, *durch* etwas verschlossen, aber jetzt nicht mehr, zumindest glaube ich das nicht; ich ahne Licht hinter meinen Augenlidern. Ich liege auf etwas Hartem, Kaltem, Körnigem. Ich friere, und meine Hände und Füße sind gefesselt und mit Klebeband zusammengebunden. Ich zittere wie Espenlaub und kratze mir die Wange an dem eisigen Boden auf. Ich habe einen schlechten Geschmack im Mund. Die Luft riecht salzig, und ich höre...

Ich höre die toten Männer, höre ihre gehäuteten Seelen, deren gemarterte Schreie der Wind einzig an mein Ohr trägt, obwohl auch ich sie nicht verstehen kann. Das Sichtfeld hinter meinen Augenlidern wechselt von Rosa über Rot und Purpur zu Schwarz und wird dann urplötzlich übertönt von einem furchtbaren, zerreißenden Donnern, das den Boden erbeben läßt, das die Luft erfüllt, meine Knochen bis ins Mark erschüttert, Finsternis wird Finsternis, schwarze stinkende Hölle, o Mum o Dad o nein nein bitte bringt mich nicht dorthin zurück.

* * *

Und ich bin dort, an dem einen Ort, den ich vor mir selbst verborgen habe; nicht jener kalte Tag nahe dem Loch im Eis oder der andere Tag in dem sonnendurchfluteten Wald nahe dem Loch im Berg – Tage, die nicht zählen, weil ich noch nicht zu dem geworden war, der ich jetzt bin –, sondern gerade mal vor achtzehn Monaten; die Zeit meines Versagens und meiner schlichten, beschämenden Unfähigkeit, die offensichtliche Macht dessen, was ich sah, zu ernten und umzusetzen; der Ort, der meine Inkompetenz offenbarte, meine hoffnungslose Untauglichkeit, Zeugnis abzulegen.

Weil ich dort war, ich war Teil davon, vor gerade mal anderthalb Jahren, nach Monaten und Abermonaten, in denen ich Sir Andrew in den Ohren gelegen, ihn bedrängt und angebettelt hatte, ließ er mich endlich gehen, als der Termin immer näher rückte und die Laster und Kettenfahrzeuge und Panzer kurz vor dem Ausrücken standen, erfüllte sich mein Wunsch, ich durfte hinfahren, ich bekam die Chance, meine Sache durchzuziehen und zu zeigen, aus welchem Holz ich geschnitzt war, ein waschechter Frontlinien-Reporter zu sein, ein wirklicher und wahrhaftiger Kriegsberichterstatter, der die manische Subjektivität des gesegneten St. Hunter an die ultimative Schwelle beängstigenden Menschenwerks trägt: der modernen Kriegsführung.

Und die Tatsache vergaß, daß die Drinks selten und in großen Abständen kamen und daß der ganze mediendirigierte Zirkus so unsportlich einseitig war und zumeist weit entfernt von irgendwelchen Reportern geschah; Wünschen und Wollen hin und her, als es soweit war – und es kam soweit, ich bekam meine Chance, sie war direkt vor meiner Nase und schrie mich förmlich an, *verdammt noch mal irgend etwas zu schreiben* –, konnte ich es nicht; konnte nicht berichten wie ein Berichterstatter; ich stand einfach nur da, vor Ehrfurcht stumm, vor Entsetzen stumm, nahm die erschreckende Gewalt des Ganzen mit meiner unzulänglichen und unvorbereiteten *persönlichen* Menschlichkeit auf, nicht meiner öffentlichen professionellen Rolle, nicht mit meinem Können, nicht dem Gesicht, das ich mühevoll aufgesetzt hatte, um diesem Gesichtermeer, das sich die Welt nennt, ins Gesicht zu sehen.

Und so wurde ich erniedrigt, gedemütigt, in meine Schranken verwiesen.

Ich stand in der sonnenlosen Wüste, unter einem Himmel, der sich schwarz von Horizont zu Horizont spannte, einem erdrückenden, schwefelgeschwängerten Himmel, massiv und befleckt, aufgedunsen von den zähen, stinkenden Auswürfen, die aus den vergewaltigten Eingeweiden der Erde hervorbrachen, und in jener mittäglichen Dunkelheit, jenem geplanten, wohlüberlegten Desaster mit dem infernalischen Feuerschein der brennenden Quellen, deren schmutzige, flackernde Flammen in der Ferne loderten, wurde ich auf eine taube, stumme Erkenntnis unseres grenzenlos einfallsreichen Talents für blutigen Haß und irre Verschwendung reduziert, doch der Mittel beraubt, dieses Wissen zu beschreiben und mitzuteilen.

Ich kauerte auf der teerschwarzen körnigen Klebrigkeit des geplünderten Sands, in Sengweite einer der zerstörten Quellen, und beobachtete, wie der abgebrochene schwarze Metallstumpf in der Mitte des Kraters in kurzen, bebenden, sich augenblicklich auflösenden Fontänen und Blasen aus braunschwarzer Flüssigkeit einen Hochdruckschaum aus Öl und Gas in den wütenden, fauchenden Flammenturm darüber spie; eine dreckige hundert Meter hohe Zypresse aus Feuer, die den Boden wie ein unendliches Erdbeben erschütterte und ein wahnsinniges ohrenbetäubendes Düsenjäger-Kreischen ausstieß, das meine Knochen und meine Zähne und meine Augäpfel in ihren Höhlen zittern ließ.

Mein Körper bebte, meine Ohren klingelten, meine Augen brannten, meine Kehle war wundgescheuert von dem säurebitteren Gestank des verdampften Rohöls, doch es war so, als würde die schiere Gewalt des Erlebnisses mich entmannen, mich auslöschen und mich unfähig machen, es mitzuteilen.

Später, auf der Straße nach Basra, an jener schier endlosen Trasse des Massakers, jenem kilometer- und aberkilometerlangen Schrottplatz der Vernichtung, der sich ebenfalls von Horizont zu Horizont über das flache farblose Angesicht jenes staubigen Landes erstreckte, wanderte ich an den verkohlten, durchlöcherten Wracks der Autos und Transporter und Laster und Busse entlang, die übriggeblieben waren, nachdem die A10s und die Cobras und die TOWs und die Granaten und die Dreißig-Millimeter-Kanonen und die Streumunition sich hemmungslos an ihrer unbewaffneten Beute ausgetobt hatten, und sah das braun-verbrannte Metall, die wenigen blasigen Reste rußigen Lacks, die zerfetzten Fahrgestelle und die aufgerissenen Karosserien all jener Hondas und Nissans und Leylands und Macks, die Reifen schlaff und platt oder ganz weg, abgebrannt bis auf das Stahlgeflecht in ihrem Innern; ich betrachtete die besudelten Schrapnelle dieser allumfassenden Zerstörung, die überall im Sand verstreut lagen, und ich versuchte mir vorzustellen, wie es gewesen sein mußte, hier gestellt worden zu sein, geschlagen, auf dem Rückzug, auf der verzweifelten Flucht in diesen dünnhäutigen zivilen Fahrzeugen, während die Raketen und Granaten wie Überschallhagel herabregneten und das explodierende Feuer überall aufloderte. Ich versuchte mir auch vorzustellen, wie viele Menschen hier gestorben waren, wie viele zerfetzte, verkohlte Leiber und Körperteile von den Aufräumkommandos in Säcke gepackt, fortgeschafft und verscharrt worden waren, bevor uns erlaubt wurde, dieses Sinnbild des Massakers jenes langen Tages zu sehen.

Ich saß eine Weile auf einer niedrigen Düne, vielleicht fünfzig Meter entfernt von der Verwüstung auf diesem Abschnitt gesprengter, geschmolzener Straße, und versuchte, das alles in mir aufzunehmen. Der Laptop ruhte auf meinen Knien; im Display spiegelte sich der graue Himmel, der Cursor blinkte träge in der oberen linken Ecke des leeren Bildschirms.

Ich saß eine halbe Stunde da, aber es wollte mir einfach nichts einfallen, das auch nur annähernd beschrieb, wie es aussah oder wie ich mich fühlte. Ich schüttelte den Kopf, stand auf und beugte mich nach hinten, um den Sand von meinen Hosen zu klopfen.

Der schwarze, verkohlte Stiefel lag vielleicht zwei Meter entfernt, begraben im Sand. Als ich ihn aufhob, war er überraschend schwer, weil noch der Fuß darin steckte.

Ich rümpfte die Nase ob des Gestanks und ließ ihn fallen, doch das half auch nichts, durchbrach den Schreibblock nicht, gab meinem Gehirn keinen Kick-Start (haha).

Nichts schaffte das.

Ich schickte vom Hotel aus ein Minimum an uninspirierten Krieg-ist-die-Hölle-aber-das-ist-der-Frieden-auch-wenn-du-hier-draußen-eine-Frau-bist-Stories nach Hause und rauchte eine Menge unglaublich starkes Dope, das ich mir von einem freundlichen palästinensischen Gehilfen besorgte, der schließlich – sobald die Reporter weg waren – von den kuwaitischen Behörden verschleppt, gefoltert und in den Libanon deportiert wurde.

Als ich zurückkam, erklärte mir Sir Andrew, daß er ganz und gar nicht beeindruckt von den Artikeln war, die ich geschickt hatte; sie hätten für weit weniger Geld und mit genau der gleichen Wirkung AP-Stories abdrucken können. Ich konnte nichts dagegenhalten, und so mußte ich dasitzen und eine halbe Stunde lang die verbalen Tiefschläge des Alten über mich ergehen lassen. Und obwohl ich wußte, daß es falsch war, daß es ein ungerechtfertigter und feiger, verabscheuungswürdiger Anfall selbstgefälligen Selbstmitleides war, fühlte ich mich doch unter jenem vernichtenden Sturzbach professioneller Verachtung eine Weile wie etwas, das inmitten des Staubs und der fettigen Asche auf der Straße nach Basra gestellt und pulverisiert wurde.

* * *

Ich höre die Schreie der toten Männer über das donnernde Kreischen der zerstörten Quellen, und ich rieche das zähe, widerliche braun-schwarze Öl und den süßlichen, ekelerregenden Gestank von Fäulnis; dann verwandeln sich die Schreie in das Kreischen von Möwen, und der Gestank in den Geruch der See, mit einer beißenden Beimischung von Vogelscheiße.

Ich bin noch immer gefesselt. Ich öffne die Augen.

Andy sitzt mir gegenüber, an eine unverputzte Betonwand gelehnt. Der Fußboden unter uns ist Beton, ebenso wie das Dach. Links von Andy befindet sich ein Durchgang; ich kann weitere Betongebäude sehen, alle verlassen, und einen schlanken Betonturm, besudelt mit Möwendreck. Jenseits davon erkenne ich aufgewühlte Wellen mit gischtigen weißen Kämmen und einen kaum zu erkennenden Streifen Land in der Ferne. Der Wind streicht seufzend über kleine Steine und Glasscherben auf dem Boden; ich kann die Wellen an die Felsen schlagen hören. Ich blicke blinzelnd zu Andy.

Er lächelt.

Meine Hände sind hinter meinem Rücken gefesselt; meine Knöchel sind mit Klebeband zusammengebunden. Ich robbe mich zu der Wand hinter mir und schiebe mich an der Mauer hoch, bis auch ich sitze. Ich kann jetzt draußen noch mehr Wasser sehen, und in der Ferne erblicke ich eine Ansammlung von Häusern, zwei Bojen, die auf dem windgedünten Wasser dümpeln, und einen kleinen Kümo, der von uns weg steuert.

Ich bewege meine Kiefer; da ist ein widerlicher Geschmack in meinem Mund. Ich blinzle und will meinen Kopf schütteln, um die Benommenheit zu vertreiben, doch dann lasse ich es lieber. In meinem Schädel pocht der Schmerz.

»Wie fühlst du dich?« fragt Andy mich.

»Verdammt beschissen, was hast du denn erwartet?«

»Könnte schlimmer sein.«

»Oh, da bin ich sicher«, gebe ich zurück, und plötzlich ist mir sehr kalt. Ich schließe die Augen und lehne meinen Kopf vorsichtig gegen die eisige Betonwand. Mein Herz fühlt sich an, als würde es Luft pumpen; die Schläge sind zu schnell und schwach, um etwas so Dickes wie Blut anzutreiben. Luft, schießt es mir durch den Sinn; mein Gott, er hat mir Luft gespritzt, ich werde sterben, mein Herz wird verzweifelt schaumige Luftbläschen pumpen; mein Gehirn wird absterben, weil es keinen Sauerstoff bekommt, lieber Gott, nein... Aber ein, zwei Minuten verstreichen, und auch wenn ich mich noch immer ziemlich mies fühle, so sterbe ich doch nicht. Ich mache wieder die Augen auf.

Andy sitzt immer noch da; er trägt braune Cordhosen,

eine Kampfjacke und Wanderstiefel. Vor ihm steht eine halbvolle Flasche Mineralwasser, und einen halben Meter zu seiner Linken lehnt ein großer Army-Tornister an der Wand. Neben seiner rechten Hand liegt ein Handy; neben seiner linken eine Pistole. Ich verstehe nicht viel von Handfeuerwaffen, kann gerade mal eben einen Revolver von einer Automatik unterscheiden, aber ich glaube, ich erkenne diese graue Pistole wieder; ich glaube, es ist die, die er in jener Nacht eine oder zwei Wochen nach Clares Tod hatte, als er fest entschlossen war, gleich auf der Stelle Rache an Doktor Halziel zu üben. Vielleicht hätte ich es ihn tun lassen sollen, denke ich jetzt.

Ich trage noch immer die Klamotten, in denen er mich entführt hat: Schwarzer Anzug, jetzt schmutzig und fleckig, und ein weißes Hemd. Er hat mir die Krawatte abgenommen. Mein Drizabone liegt ordentlich zusammengefaltet, aber speckig aussehend einen Meter zu meiner Rechten.

Andy streckt ein Bein aus, und sein Stiefel berührt die Wasserflasche. Er tippt dagegen. »Wasser?« fragt er.

Ich nicke. Er steht auf, schraubt den Verschluß ab und hält mir die Flasche an die Lippen. Ich nehme ein paar Schluck, dann nicke ich, und er nimmt die Flasche weg. Er kehrt zu seinem Platz zurück.

Er holt eine Patrone aus seiner Kampfjacke und fängt an, sie in seinen Fingern zu drehen. Er holt seufzend Luft und sagt: »Also, Cameron.«

Ich versuche, es mir bequem zu machen. Mein Herz hämmert noch immer wie wild und läßt es in meinem Schädel pochen; meine Gedärme drohen schreckliche Dinge an, und die Angst frißt mich auf, aber der Teufel soll mich holen, wenn ich vor ihm zu winseln anfange. Um ehrlich zu sein, wird mich wahrscheinlich sowieso der Teufel holen, egal was ich tue, und ich werde vermutlich betteln wie ein kleines Kind, wenn es soweit kommt – ich bin Realist genug, um mir das einzugestehen –, aber für den Moment kann ich auch genausogut den Harten mimen.

»Sag du es mir, Andy.« Ich halte meine Stimme neutral. «Was passiert jetzt? Was hast du dir für mich ausgedacht?«

Er verzieht das Gesicht und schüttelt den Kopf, während er nachdenklich auf die Patrone in seiner Hand starrt. »Oh, ich werde dich nicht töten, Cameron.«

Ich kann nicht anders; ich lache. Es ist kein sonderlich beeindruckendes Lachen; mehr ein Keuchen mit Größenwahn, aber ich fühle mich gleich besser. »Ach ja?« sage ich. »So wie du auch Halziel und Lingary unbeschadet zurückbringen wolltest?«

Er zuckt mit den Achseln. »Das war nur Taktik, Cameron«, erklärt er gelassen. »Sie sollten von Anfang an sterben.« Er lächelt und schüttelt den Kopf über meine Naivität.

Ich mustere ihn. Er ist glattrasiert und sieht fit aus. Jünger als er ist; eine ganze Ecke jünger; jünger als er war, als Clare starb.

»Nun, wenn du mich nicht umbringen willst, Andy, was dann?« frage ich ihn. »Hmm? Willst du mich mit AIDS anstecken? Mir die Finger abhacken, damit ich nicht mehr tippen kann?« Ich hole tief Luft. »Ich hoffe, du hast die Fortschritte bei der Computer-Stimmerkennung bedacht; tastaturlose Texteingabe dürfte schon in naher Zukunft möglich sein.«

Andy grinst, aber es liegt etwas Kaltes in diesem Grinsen. »Ich werde dir nicht wehtun, Cameron«, erklärt er, »und ich werde dich nicht umbringen, aber ich brauche etwas von dir.«

Ich starre ihn an. »Mhm-hmm. Und was?«

Er schaut wieder auf die Patrone. »Ich möchte, daß du

mir zuhörst«, sagt er leise. Es klingt beinahe so, als wäre er verlegen. Er zuckt mit den Achseln und blickt mir in die Augen. »Das ist eigentlich alles.«

»In Ordnung«, sage ich. Ich bewege meine Schultern und schneide eine Grimasse. »Müssen meine Hände zum Zuhören gefesselt sein?«

Andy schürzt nachdenklich die Lippen, dann nickt er. Er zieht ein langes Messer aus seinem Stiefel. Es sieht aus wie in schlankes Bowiemesser; die Klinge ist spiegelblank. Er geht in die Hocke, während ich mich umdrehe und das Messer butterweich das Klebeband durchtrennt. Ich reiße die Reste ab, inklusive einiger Haare. Meine Hände kribbeln. Ich schaue auf meine Uhr.

»Himmel, wie hart hast du denn zugeschlagen?«

Es ist halb neun Uhr morgens, der Tag nach der Beerdigung.

»Nicht *so* hart«, erklärt Andy mir. »Ich hab dich 'ne Weile mit Äther betäubt, und dann hast du anscheinend einfach geschlafen.«

Er kehrt zu seinem Platz zurück und steckt das Messer wieder in seinen Stiefel. Ich strecke eine Hand aus und beuge mich zur Seite, um aus dem Durchgang zu schauen. Ich spähe mit zusammengekniffenen Augen in die Ferne.

»Mein Gott; das ist die verdammte Forth Bridge!« Irgendwie ist es eine Erleichterung, daß ich die Brücke sehen kann und weiß, daß mein Zuhause nur wenige Meilen entfernt ist.

»Wir sind auf Inchmickery«, sagt Andy. »Vor Cramond.« Er schaut sich um. »Das hier war in beiden Kriegen eine Geschützstellung; das sind alte Army-Gebäude.« Er lächelt wieder. »Gelegentlich versucht hier mal ein abenteuerlustiger Segler anzulanden, aber es gibt ein paar Schlupflöcher, die sie nie finden.« Er klopft gegen die Wand hinter sich. »Gibt 'ne gute Operationsbasis ab, jetzt wo ich das Hotel nicht mehr nutzen kann. Allerdings liegt die Insel unter der Einflugschneise zum Flughafen, und ich vermute, die Jungs vom Staatsschutz werden sie sich vor dem Europa-Gipfel mal ansehen, also verschwinde ich heute von hier, auf die eine oder andere Art.«

Ich nicke, versuche zurückzudenken. Dieses »auf die eine oder andere Art« gefällt mir gar nicht. »Hast du mich in einem Boot hergebracht?« frage ich.

Er lacht. »Nun, ich habe leider keinen Hubschrauber zur Verfügung.« Er grinst. »Ja. In einem Schlauchboot.«

»Hmm.«

Er schaut nach rechts und links, als wolle er überprüfen, ob die Pistole und das Telefon noch da sind. »Also: sitzt du bequem?« fragt er mich.

»Nun, nein, aber laß dich davon nicht abhalten.«

Er schmunzelt, aber das Schmunzeln verschwindet schnell wieder. »Ich werde dir nachher die Wahl lassen, Cameron«, sagt er ruhig und ernst. »Aber zuerst möchte ich dir erzählen, warum ich das alles getan habe.«

»Aha?« Am liebsten würde ich sagen: Es ist doch verdammt offensichtlich, warum du es getan hast, aber ich halte den Mund.

»Zuerst war es natürlich Lingary«, beginnt Andy und sieht jetzt noch jünger aus, während er auf seine Hand und die Patrone darin starrt. »Ich meine, ich hatte schon früher Leute getroffen, die mir zuwider waren, Leute, vor denen ich keinen Respekt hatte und von denen ich fand, daß die Welt *ohne sie* besser dran wäre. Aber ich weiß nicht, vielleicht war ich naiv und dachte, in einem Krieg, besonders in einem Berufsheer, würde es irgendwie besser sein; Leute würden über sich hinauswachsen; ihre persönlichen moralischen Grenzen neu abstecken, verstehst du?«

Ich nicke verhalten.

»Aber natürlich stimmt das nicht«, fährt Andy fort und reibt die Patrone zwischen den Fingern. »Der Krieg ist ein

Verstärker, ein Vervielfältiger. Anständige Menschen handeln noch anständiger; Schweine werden zu noch größeren Schweinen.« Er winkt ab. »Ich rede nicht von diesem ganzen Mist über die Banalität des Bösen – organisierter Völkermord ist was anderes –, ich meine nur die gewöhnliche Kriegsführung, wo die Regeln eingehalten werden. Und die Wahrheit ist, daß einige Menschen tatsächlich über sich hinauswachsen, aber andere sinken noch tiefer ab. Sie gewinnen nicht, sie glänzen nicht so, wie es einige andere Leute im Gefecht tun, und sie mauscheln sich noch nicht einmal so durch, wie es die meisten tun, die trotz ihrer Todesangst dennoch ihre Pflicht erfüllen, weil sie gut ausgebildet sind und weil ihre Kameraden sich auf sie verlassen; es werden einfach nur ihre Fehler und Schwächen offenbart, und unter gewissen Umständen, wenn diese Person ein Offizier ist und seine Unzulänglichkeiten von einer gewissen Art sind und er zu einem gewissen Rang aufgestiegen ist, ohne je auf einem richtigen Schlachtfeld gekämpft zu haben, können diese Schwächen zum Tod vieler Männer führen.

Wir alle tragen moralische Verantwortung, ob es uns nun gefällt oder nicht, aber für Menschen mit Macht – beim Militär, in der Politik, in der Arbeitswelt, wo auch immer – gilt ein moralischer Imperativ der Fürsorge oder wenigstens, eine offiziell akzeptable Entsprechung von Fürsorge an den Tag zu legen. Meine Taten haben sich gegen Menschen gerichtet, von denen ich wußte, daß sie diese Verantwortung mißbraucht hatten; das habe ich als meine... Befugnis genommen.«

Er zuckt mit den Achseln, runzelt die Stirn. »Bei Oliver, dem Pornoschieber, war die Lage etwas anders; das war teilweise, um sie in die Irre zu führen, und teilweise, weil ich einfach zutiefst verabscheut habe, was er tat.

Und der Richter, nun, er war nicht ganz so schuldig wie die anderen; ich war vergleichsweise nachsichtig mit ihm.

Der Rest... das waren alles mächtige Männer, alle reich – etliche von ihnen sogar sehr reich. Alle von ihnen besaßen alles, was sie sich im Leben wünschen konnten, aber sie alle wollten mehr – was ja in Ordnung ist, vermute ich, es ist nur eine Schwäche, du kannst Menschen nicht einfach nur deshalb umbringen –, aber sie alle behandelten andere Menschen wie Dreck, wortwörtlich wie Dreck; als etwas Abstoßendes, das entsorgt werden mußte. Es war so, als hätten sie ihre Menschlichkeit verloren und könnten sie nicht wiederfinden, und es gab nur einen Weg, sie wieder daran zu erinnern, nämlich ihnen ein Gefühl der Angst zu vermitteln, ein Gefühl der Verletzlichkeit und der *Machtlosigkeit*, so wie sie es die ganze Zeit über andere Menschen spüren ließen.«

Er hält die Patrone hoch und betrachtet sie. »Jeder von diesen Männern hatte schon mal Menschen getötet; indirekt, so wie es die Nazis von Nürnberg getan hatten, aber nachweislich und unbestreitbar, ohne auch nur den geringsten Zweifel.«

»Und Halziel«, fährt er fort und holt tief Luft. »Nun, über den weißt du ja Bescheid.«

»Mein Gott, Andy«, sage ich. Ich weiß, ich sollte den Mund halten und ihn einfach reden lassen, aber ich kann nicht anders. »Der Kerl war ein selbstsüchtiger Scheißkerl und ein lausiger Arzt; aber er war nicht bösartig, sondern einfach nur inkompetent. Er hat Clare nicht gehaßt oder gewünscht, daß sie –«

»Aber das ist es ja gerade«, fällt Andy mir ins Wort und breitet seine Hände aus. »Wenn ein gewisser Grad von Können – von Kompetenz – dir die Gnade verleiht, über Leben und Tod entscheiden zu können, dann wird es *Bösartigkeit*, wenn du dich einen Scheißdreck darum scherst, dieses Können einzusetzen, weil sich die Leute darauf verlassen, daß du genau das tust. Aber«, er hält eine Hand hoch, um meinen Einwand abzuwehren, und nickt, »ich gestehe in diesem Fall ein gewisses Maß persönlicher Rachsucht ein. Nachdem ich all die anderen erledigt hatte und mir klar war, daß ich nicht mehr lange offen operieren können würde, nun, da erschien es mir einfach das einzig Richtige zu sein.«

Er sieht mich an, ein beinahe naiv-fröhliches Lächeln auf seinem Gesicht. »Ich schockiere dich, stimmt's, Cameron?«

Ich sehe ihm eine Weile in die Augen, dann schaue ich durch den Durchgang auf das Wasser und die kleinen weißen Umrisse der kreisenden, kreischenden Vögel. »Nein«, erkläre ich ihm. »Nicht so sehr wie in der Minute, als mir bewußt wurde, daß du es warst, der Bissett aufgespießt hat und daß du das da hinter der Gorillamaske warst und daß du es warst, der Howie verbrannt hat und –«

»Howie hat nicht gelitten«, wirft Andy gelassen ein. »Ich hab ihm zuerst mit einem Holzscheit den Schädel eingeschlagen.« Er grinst. »Hab ihm vermutlich einen fürchterlichen Kater erspart.«

Ich starre ihn an. Mir ist schlecht, und ich bin den Tränen nahe ob der beiläufigen Art, mit der dieser Mann, den ich immer für meinen besten Freund gehalten habe, über Mord spricht, und außerdem fühle ich mich jetzt selbst ziemlich verletzlich und in Gefahr, egal was er gesagt hat.

Andy liest meine Gedanken in meinem Gesicht. »Er war 'ne Fotze, Cameron.« Er hält inne und blickt an die Decke. »Nein, das ist nicht fair, und außerdem sagt man das eigentlich zu Frauen; laß uns also sagen, er war ein Wichser, ein Arschloch; und ein gemeiner Wichser und ein rachsüchtiges tyrannisches Arschloch noch dazu. Über die Jahre hat er seiner Frau den Kiefer, beide Arme und das Schlüsselbein gebrochen; er hat ihr eine Schädelfraktur zugefügt, und er hat sie getreten, als sie schwanger war. Er war einfach durch und durch eine miese Drecksau von einem Kerl. Vermutlich wurde er als Kind selbst mißhandelt – er hat nie darüber gesprochen –, aber scheiß drauf. Dafür sind wir ja Menschen, damit wir uns entscheiden können, unser Verhalten zu ändern; er wollte es nicht selbst tun, also habe ich es für ihn getan.«

»Andy«, sage ich. »Um Gottes willen; es gibt Gesetze, es gibt Gerichte; ich weiß, daß sie nicht perfekt sind, aber –«

»Oh, *Gesetze*«, gibt Andy zurück, und seine Stimme trieft vor Spott. »Worauf basieren diese Gesetze denn? Mit welcher Befugnis?«

»Nun, wie wär's zum Beispiel mit der Demokratie?«

»Demokratie? Alle vier oder fünf Jahre eine Entweder/Oder-Wahl zwischen großer Scheiße und nicht ganz so großer Scheiße, wenn du Glück hast?«

»Das allein ist doch nicht Demokratie! Demokratie bedeutet weit mehr; sie bedeutet Pressefreiheit –«

»Und die haben wir ja auch«, lacht Andy. »Nur daß die Blätter, die frei sind, kaum gelesen werden, und die Blätter, die am meisten gelesen werden, nicht frei sind. Laß mich dich zitieren: ›Das sind keine Zeitungen, das sind Comics für die Halbgebildeten; Propagandablätter, die von ausländischen Milliardären kontrolliert werden, deren einziges Ziel es ist, soviel Geld zu scheffeln, wie technisch möglich ist, und ein politisches Umfeld zu erhalten, das diesem Ziel zuträglich ist.‹«

»Schon gut, ich stehe zu dem, was ich da geschrieben habe, aber es ist immer noch besser als nichts.«

»Oh, ich weiß, daß es das ist, Cameron«, sagt er. Er lehnt sich zurück und sieht ein wenig schockiert aus, daß ich ihn so mißverstanden habe. »Ich weiß, daß es das ist; und ich weiß, daß mächtige Menschen sich alles rausnehmen, was sie sich rausnehmen *können*, und wenn die Leute, die sie ausbeuten, das zulassen, nun, dann geschieht es ihnen in gewisser Weise nur recht. Aber verstehst du denn nicht?« Er tippt sich gegen die Brust. »Das schließt mich ein!« Er lacht. »Ich bin auch Teil davon; ich bin ein Produkt des Systems. Ich bin auch ein Mensch, ein bißchen besser als die meisten, ein bißchen schlauer als die meisten, vielleicht ein bißchen mehr vom Glück verwöhnt als die meisten, aber nur ein weiterer Teil der Gleichung, eine weitere Variable, die die Gesellschaft ausgekotzt hat. Also gehe ich los und tue, was *ich* mir rausnehmen kann, weil es mir passend erscheint, weil ich wie ein Geschäftsmann bin, verstehst du? Ich bin *noch immer* ein Geschäftsmann; ich decke einen Bedarf. Ich habe eine Marktlücke entdeckt, und ich fülle sie.«

»Warte, warte; einen Moment mal«, unterbreche ich ihn. »Ich glaube diesen Mist über das Decken des Bedarfs sowieso nicht, aber der Unterschied zwischen deiner Befugnis und der von allen anderen besteht doch darin, daß du einfach nur *du* bist; du hast dir dieses ganze... diesen ganzen rationalen Unterbau selbst ausgedacht. Wir anderen müssen irgendwie einen Kompromiß, einen Konsens finden; wir alle versuchen, miteinander auszukommen, weil das der einzige Weg ist, wie Menschen überhaupt gemeinsam existieren können.«

Andy lächelt verächtlich. »Also besteht der Unterschied in der Masse, ist es so, Cameron? Als die beiden größten Nationen der Erde – über eine halbe Milliarde Menschen – solche Angst voreinander hatten, daß sie ernsthaft bereit waren, den ganzen Planeten in die Luft zu sprengen, da hatten sie also *recht*?« Er schüttelt den Kopf. »Cameron, ich möchte wetten, es glauben mehr Menschen daran, daß Elvis noch lebt, als sich irgendwelche Leute der speziellen Geschmacksrichtung von säkularem Humanismus verschreiben, die für dich anscheinend den einzig wahren Weg für die Menschheit darstellt. Und außerdem, wohin hat uns denn dein so gepriesener Konsens gebracht?«

Er runzelt die Stirn, und seine Augenbrauen wölben sich wie Fragezeichen...

»Komm schon, Cameron«, tadelt er. »Du kennst die Beweise: Die Welt produziert schon jetzt ... *wir* produzieren schon jetzt genug Nahrung, um jedes verhungernde Kind auf der Erde zu ernähren, aber trotzdem geht ein Drittel von ihnen noch immer hungrig zu Bett. Und es *ist* unsere Schuld; dieser Hunger entsteht dadurch, daß Schuldnerländer ihren traditionellen Nahrungsmitteln den Rücken kehren müssen, um vermarktbare Produkte anzubauen, damit die Weltbank oder die IMF oder Barclays glücklich sind, oder um Schulden abzuzahlen, die von mordenden Schergen aufgetürmt wurden, die sich ihren Weg an die Macht freigemetzelt und für den Erhalt dieser Macht weitergemetzelt haben, gewöhnlich mit dem stillschweigenden Einverständnis und der Hilfe der einen oder anderen Hälfte der entwickelten Welt.

Wir *könnten* etwas recht Anständiges haben – kein Utopia, aber doch eine durchaus gerechte Welt, in der es keine Unterernährung und keine tödliche Diarrhöe gibt und in der niemand an so lächerlichen Krankheiten wie Masern stirbt –, wenn wir es alle wirklich wollten, wenn wir nicht so gierig, so rassistisch, so bigott, so verflucht egoistisch wären. Zum Teufel, selbst dieser Egoismus ist so absurd *dumm*; wir wissen, daß das Rauchen Menschen umbringt, aber trotzdem lassen wir zu, daß die Drogenbarone von BAT und Philip Morris und Imperial Tobacco ihre Milliarden scheffeln; kluge, gebildete Menschen wie wir wissen, daß Rauchen tötet, aber selbst *wir* rauchen trotzdem weiter!«

»Ich habe aufgehört«, erkläre ich ihm defensiv, obwohl ich im Moment meine rechte Hand für eine Zigarette geben würde.«

»Cameron«, sagt er und stößt ein fast verzweifeltes Lachen aus. »Kannst du es denn nicht sehen? Ich bin deiner

Meinung; ich habe mir über die Jahre all deine Argumente angehört, und du hast recht; das zwanzigste Jahrhundert *ist* unser größtes Meisterwerk, und wir *sind*, was wir geschaffen haben... und *sieh es dir an.*« Er fährt sich mit der Hand durchs Haar und saugt Luft durch seine Zähne. »Der Punkt ist, es gibt keine plausible Entschuldigung für das, was wir sind, für das, was wir aus uns gemacht haben. Wir haben uns entschieden, den Profit über die Menschen zu stellen, das Geld über die Moral, die Dividenden über die Anständigkeit, den Fanatismus über die Fairneß und unsere persönliche banale Bequemlichkeit über das unaussprechliche Leid der anderen.«

Er starrt mich durchdringend an, und seine Augenbrauen zucken. Ich nicke, denn ich erkenne seine Worte widerstrebend als etwas, das ich einmal geschrieben habe.

»Also«, fährt er fort, »in diesem Klima der Schuldhaftigkeit, dieser Perversion der moralischen Werte, ist nichts, aber auch gar nichts, was ich getan habe, unangebracht oder übertrieben oder falsch.«

Ich öffne den Mund, aber Andy winkt ab und sagt mit leiser Verachtung in der Stimme: »Ich meine, was sollte ich denn tun, Cameron? Darauf warten, daß die Revolution der Arbeiterklasse alles richtet? Das ist wie der Tag des Jüngsten Gerichts; der kommt auch nie, verdammt noch mal. Und ich verlange *jetzt* Gerechtigkeit; ich will nicht, daß diese Schweine sanft in ihren Betten entschlummern.« Er holt tief Luft und sieht mich fragend an. »Also, wie sieht's aus, Cameron? Hältst du mich für verrückt, oder was?«

Ich schüttle den Kopf. »Nein, ich halte dich nicht für vorrückt, Andy«, erwidere ich. »Du liegst einfach nur völlig falsch.«

Er nickt bedächtig und schaut auf die Patrone, die er unablässig in seinen Fingern dreht.

»In einem hast du recht«, erkläre ich ihm. »Du bist einer von ihnen. Vielleicht ist dieser Mist über das Entdecken einer Marktlücke gar nicht so blöd. Aber ist eine kranke Antwort auf ein krankes System wirklich das beste, was wir zustande bringen können? Du glaubst, du würdest gegen das System kämpfen, aber in Wirklichkeit haust du nur in die gleiche Kerbe. Sie haben dich vergiftet, Mann. Sie haben uns die Hoffnung aus unseren Seelen gerissen und sie durch etwas von ihrem eigenen gierigen Haß ersetzt.«

»Hast du ›Seele‹ gesagt, Cameron?« Er lächelt mich an. »Wirst du auf deine alten Tage etwa religiös?«

»Nein, ich meine nur den Kern, die Essenz dessen, was wir sind; sie haben es mit Verzweiflung infiziert, und es tut mir leid, daß dir keine bessere Antwort einfällt, als Menschen zu töten.«

»Nicht einmal, wenn sie es verdienen?«

»Nein; ich halte noch immer nichts von der Todesstrafe, Andy.«

»Nun, *sie* tun es«, seufzt er. »Und ich vermute, ich wohl auch.«

»Und was ist mit der Hoffnung; glaubst du daran?«

Er schaut verächtlich drein. »Wer bist du, Bill Clinton?« Er schüttelt den Kopf. »Oh, ich weiß, daß es auch das Gute in der Welt gibt, Cameron, und Mitleid und ein paar gerechte Gesetze; aber sie existieren vor einem Hintergrund der globalen Barbarei, sie treiben auf einem Ozean aus blutigem Schrecken, der jedes unserer armseligen sozialen Gefüge binnen eines Augenblicks in Stücke reißen kann. *Darauf* läuft es alles hinaus, das ist der wirkliche Rahmen, in dem wir alle agieren, auch wenn die meisten das nicht erkennen wollen.

Wir sind alle schuldig, Cameron; einige mehr als andere, einige um *etliches* mehr als andere, aber sag mir nicht, daß wir nicht alle schuldig sind.«

Ich widerstehe dem Drang zu sagen: Wer hört sich denn jetzt religiös an?

Statt dessen frage ich: »Und wessen hat William sich schuldig gemacht?«

Andy runzelt die Stirn und wendet den Blick ab. »All das zu sein, was er von sich behauptet hat«, erklärt er und klingt zum ersten Mal verbittert. »Mit William war das keine persönliche Sache wie mit Halziel oder Lingary: Er war einer von *ihnen*, Cameron; er hat alles ernst gemeint, was er je gesagt hat. Ich habe ihn besser gekannt als du, in den Bereichen, wo's wirklich drauf ankam, und er hat das mit seinen Ambitionen sehr ernst gemeint. Sich die Ritterwürde zu kaufen, zum Beispiel; er hat den Konservativen über die letzten zehn Jahre Geld zugeschustert – er hat letztes Jahr auch Labour Geld gegeben, nur weil er dachte, sie würden die Wahl gewinnen –, aber er hat seit einem Jahrzehnt beachtliche Summen in die Parteikasse der Tories fließen lassen und dabei immer ein Auge darauf gehalten, wieviel ein durchschnittlich erfolgreicher Geschäftsmann spenden mußte, um sich einen Ritterschlag zu sichern. Er hat mich einmal gefragt, welcher Wohltätigkeitsorganisation er am besten beitreten sollte, um die übliche Ausrede zu liefern; er suchte nach einer, die ihm keine Nassauer ins Haus holte.

Das war alles langfristig angelegt, aber so funktionierte Williams Gehirn nun mal. Er war *immer noch* entschlossen, ein Haus auf Eilean Dubh zu bauen, und er hatte sich sogar einen komplizierten Plan mit einer Strohfirma und einer angedrohten unterirdischen Giftmülldeponie ausgedacht, und wenn es funktioniert hätte, dann hätten ihn die dankbaren Einheimischen praktisch auf Knien angebettelt, die Insel zu übernehmen. Und ein paarmal, als er betrunken war, hat er davon gesprochen, Yvonne gegen ein eleganteres, benutzerfreundlicheres Modell einzutauschen, vorzugsweise eins mit eigenem Titel und einem

Daddy mit einem Posten im Aufsichtsrat irgendeiner großen Firma oder der Regierung. Sein unethisches Investitionsprogramm war auch kein Scherz; er hat es hemmungslos verfolgt.«

Andy zuckt mit den Achseln. »Es war nur Zufall, daß ich ihn kannte, aber ich denke nicht, daß irgendein Zweifel daran besteht, daß er sich zu genauso einem Mann entwickelt hätte wie die anderen, die ich getötet habe.«

Er rollt die Patrone auf seiner Handfläche herum, den Blick gesenkt. »Nun, jedenfalls, wenn die Tatsache, daß ich ihn umgebracht habe, die Sache mit dir und Yvonne kaputt gemacht hat, dann tut es mir leid, wenn dir das hilft.«

«Ach«, sage ich, »und das macht es dann alles wieder gut, ja?« Es soll sarkastisch klingen, aber es klingt einfach nur patzig.

Er nickt, ohne mich anzusehen. »Er war ein sehr charmanter, aber auch ein sehr schlechter Mensch, Cameron.«

Ich starre ihn eine Weile an; er reibt die Kugel zwischen seinen Fingern hin und her. Schließlich sage ich: »Ja, aber du bist nicht Gott, Andy.«

»Nein, das bin ich nicht«, pflichtet er mir bei. »Niemand ist das.« Er grinst. »Na und?«

Ich schließe die Augen, außerstande, seinen entspannten, spitzbübischen Gesichtsausdruck zu ertragen. Ich schlage sie wieder auf und schaue durch die leere Türöffnung hinaus, auf das Wasser und das Land und die unermüdlich kreisenden Vögel. »Ja. Ich verstehe. Nun«, sage ich, »ich denke nicht, daß es Sinn hat, mit dir darüber zu streiten, oder, Andy?«

»Nein, du hast vermutlich recht«, erwidert Andy, plötzlich ganz fröhliche Entschlossenheit. Er schlägt sich auf die Knie und springt auf. Er hebt seine Pistole auf und steckt sie hinten in seinen Hosenbund, greift sich den Tornister und schwingt ihn sich über eine Schulter. Dann deutet er mit einem Nicken auf das Handy auf dem Betonfußboden.

»Du hast jetzt die Wahl«, erklärt er mir. »Ruf an und liefere mich aus, oder laß es.«

Er wartet auf eine Reaktion von mir, also ziehe ich die Augenbrauen hoch.

Er zuckt mit den Achseln. »Ich geh jetzt runter zum Boot; bring die Reisetasche an Bord.« Er grinst mich an. »Laß dir ruhig Zeit, du mußt es nicht übers Knie brechen. Ich bin in zehn, fünfzehn Minuten zurück.«

Ich starre auf das Telefon auf dem verdreckten Boden.

»Es funktioniert«, versichert er mir. »Du hast die Wahl.« Er lacht. »Wie immer du dich entscheidest, mir soll's recht sein. Laß mich gehen, und... ich weiß auch nicht; vielleicht gehe ich jetzt in den Ruhestand, solange ich noch die Oberhand habe. Aber andererseits gibt's da draußen noch 'ne Menge Schweine. Mrs. T. zum Beispiel, falls das dein Interesse weckt, Cameron.« Er lächelt. »Und dann ist da natürlich immer noch Amerika; das Land der unbegrenzten Möglichkeiten. Andererseits, wenn ich im Gefängnis lande... da drin gibt's ebenfalls 'ne Menge Leute, die ich gern mal kennenlernen möchte; den Yorkshire Ripper zum Beispiel, wenn man überhaupt an ihn herankommt. Ich bräuchte nur ein kleines Messer und etwa fünf Minuten.« Er zuckt wieder mit den Achseln. »Wie auch immer. Bis gleich.«

Er tritt beschwingt in den Sonnenschein und den stürmischen Wind hinaus, springt immer zwei Stufen auf einmal nehmend hinunter zu einem Fußweg zwischen zwei Betongebäuden. Ich lehne mich zurück, als er fröhlich pfeifend aus meinem Blickfeld verschwindet.

Ich hocke mich auf meine mit Klebeband gefesselten Füße und hebe das Handy auf. Es scheint aufgeladen und funktionsbereit zu sein. Ich wähle die Nummer des alten Hauses meiner Eltern in Strathspeld; es meldet sich nur ein Anrufbeantworter; eine Männerstimme, schroff und kurzangebunden.

Ich schalte das Telefon ab.

Es dauert eine Minute, bis ich meine Knöchel von dem Klebeband befreit habe. Ich hebe meinen Drizabone vom Boden auf, staube ihn ab und ziehe ihn an.

Die Mantelschöße flattern um meine Beine, als ich in dem Durchgang stehe. Fife liegt zu meiner Rechten, die Bäume von Dalmeny Park und Mons Hill zu meiner Linken und die beiden Brücken direkt vor mir stromaufwärts; die eine schnurgerade, rostrot, und die andere von Stahlseilen gehalten und schlachtschiffgrau.

Der Firth ist aufgewühlt und blaugrau, die Wellen ziehen vorbei, der Wind kommt von hinten, aus dem Osten. Zwei Minensucher fahren stromaufwärts unter der Brücke hindurch Richtung Rosyth; ein riesiger Tanker liegt mit wenig Tiefgang und unbeladen am Hound-Point-Ölterminal, unter Aufsicht von zwei Schleppern; zwei gigantische Schleppkräne dümpeln ganz in der Nähe.

Ein kleiner Tanker ist beinahe auf Höhe der Insel, auf dem Weg zum offenen Meer; er liegt tief im Wasser, beladen mit irgendeinem Produkt der Grangemouth-Raffinerie. Im Norden liegt ein roter LPG-Tanker in der Braefoot Bay und wird aus Pipelines beladen, die mit der ein paar Kilometer weiter im Inland liegenden Mossmorrau-Fabrik verbunden sind, deren Standort durch weiße Rauchwolken markiert wird. Ich beobachte all diese maritimen Aktivitäten, verblüfft darüber, wie geschäftig, wie fortwährend betriebsam der alte Fluß ist.

Über mir und um mich herum hocken und fliegen die Möwen, schweben mit aufgerissenen Schnäbeln in der Luft und kreischen in den Wind. Die Betongebäude, Türme, Mannschaftsunterkünfte und Geschützstellungen auf der kleinen Insel sind mit Möwenscheiße bedeckt; weiß und schwarz, gelb und grün.

Ich reibe mir den Hinterkopf und zucke zusammen, als ich an die Beule komme. Ich schaue auf das Telefon in meiner Hand, atme die salzige Seeluft ein und huste.

Der Hustenanfall dauert eine Weile, dann legt er sich wieder.

Also, was soll ich tun? Noch ein Verrat, selbst wenn Andy diesen halb selbst zu wollen scheint? Oder praktisch sein Komplize werden und ihn gehenlassen, damit er weiter Gott weiß wen ermordet und verstümmelt, ein freies Radikal in dem nicht enden wollenden Verfall unseres Systems?

Was *soll* ich tun?

Schüttle deinen Kopf, Colley; laß deinen Blick über diese verwahrloste Betonhalde und diesen stürmisch geschäftigen Fluß schweifen und suche nach einer Inspiration, einem Fingerzeig, einem Zeichen. Oder einfach nach irgend etwas, das dich von einer Entscheidung ablenkt, die du sicher bereuen wirst, auf die eine oder andere Art.

Ich tippe die Nummer in das Telefon.

Verschiedene Töne und Piepser tuten in mein Ohr, während ich zuschaue, wie die Wolkendecke über mir aufreißt. Dann steht die Verbindung.

»Ja, hallo«, sage ich. »Doktor Girson, bitte. Hier ist Cameron Colley.« Ich schaue mich um, suche Andy, aber es ist keine Spur von ihm zu entdecken. »Ja. Cameron. Ja, genau. Ich habe mich nur gefragt, ob Sie schon die Untersuchungsergebnisse haben... Also haben Sie sie... Nun, wenn Sie sie mir einfach jetzt sagen könnten, das wäre wirklich... Nun, am Telefon, warum nicht?... Nun, eigentlich schon. Ich denke, daß es das ist. Nun, es ist mein Körper, oder nicht, Doktor?... Ich will es jetzt wissen... Hören Sie, lassen Sie mich Ihnen eine direkte Frage stellen, Doktor: habe ich Lungenkrebs? Doktor ... Doktor ... Nein, Doktor ... Hören Sie, ich hätte wirklich gern eine klare Antwort, wenn es Ihnen nichts ausmacht. Nein, ich finde nicht... Bitte, Doktor; habe ich Krebs? Nein, ich versuche nicht... Nein, ich will nur... Ich will nur... Hören Sie; habe ich Krebs?... Habe ich Krebs? Habe ich Krebs? Habe ich Krebs?«

Dem Doktor platzt schließlich der Kragen, und er tut das einzig Richtige – er legt auf.

»Bis morgen dann, Doc«, seufze ich.

Ich schalte das Telefon ab, setze mich auf die Stufen und blicke hinaus auf das Wasser und die beiden langen Brücken unter dem blauen, wolkenübersäten Himmel. Etwa fünfzig Meter weiter draußen reckt ein Seehund seinen Kopf aus den Wellen, schaut die Insel und vielleicht mich an, dann taucht er wieder im aufgedünten grauen Wasser ab.

Ich blicke auf die Tastatur des Handys und lege meinen Finger auf den Knopf mit der Neun.

Woher soll ich wissen, daß Andy nicht zurückkommt, fröhlich »Hallo« sagt und mir dann das Gehirn wegbläst, nur einfach so aus Prinzip?

Ich weiß es nicht.

Mein Finger schwebt über der Taste, dann zieht er sich zurück.

Nein, ich weiß es nicht.

Ich sitze eine Weile im Wind und Sonnenschein da, huste hin und wieder und lasse meinen Blick schweifen, während ich das Telefon fest mit beiden Händen umklammere.

13 Sleep When I'm Dead

Im Herzen der imposanten grauen Eleganz dieser festlichen Stadt gibt es eine real existente Finsternis, einen alten Abgrund der Krankheit, der Verzweiflung und des Todes. Unterhalb des im achtzehnten Jahrhundert errichteten Rathauses, eingepaßt in die steilen Hänge zwischen dem engen S der Cockburn Street und der kopfsteingepflasterten Breite der High Street gegenüber der St.-Giles-Kathedrale, gibt es einen Abschnitt der Altstadt, der vor vierhundert Jahren zugemauert wurde.

Mary King's Close wurde im sechzehnten Jahrhundert aufgegeben und zugedeckt, wurde so belassen, wie es gerade war, unberührt, weil in diesem Teil der übervölkerten Mietsbehausungen der alten Stadt so viele Menschen an der Pest gestorben waren. Die Leichen, diesem Massengrab überantwortet, zu dem ihre Heimstätten geworden waren, wurden einfach liegengelassen, um dort zu verwesen, und die Gebeine wurden erst viel später weggeschafft.

Und so verharrt bis heute in dem von Gletschern abgeschliffenen Schutt östlich des vulkanischen Pfropfens der Burgspalte, tief unter dem bürgerlichen Herzen dieser ruhenden Hauptstadt, jene alte, eisige Finsternis.

Und du bist hier gewesen.

Du bist vor fünf Jahren mit Andy und den Mädchen, mit denen ihr zu der Zeit zusammen wart, hergekommen. Andy kannte Leute im Stadtrat und hatte eine Besichtigung arrangiert, während er zur Eröffnung der Edinburgher Gadget-Shop-Filiale in der Stadt war; nur so aus Spaß, wie er sagte.

Es war kleiner, als du erwartet hattest, und dunkel, und es stank nach Moder, und von dem schwarzen Dach und den schwarzen Wänden rann glitzerndes Wasser. Das Mädchen, mit dem du gegangen bist, konnte es nicht aushalten und mußte einfach wieder zurück die Treppe hinauf in den darüberliegenden Gang, wohin auch der alte Hausmeister, der euch hereingeführt hatte, entschwunden war, und als ein paar Minuten später plötzlich das Licht ausging, herrschte eine Dunkelheit, die vollkommener und endgültiger war als alles, was du je zuvor erlebt hattest.

Andys Freundin stieß einen kurzen Schrei aus, aber Andy kicherte nur und zauberte eine Taschenlampe hervor. Er hatte das alles mit dem Hausmeister abgesprochen: ein Streich.

Doch in jenen Augenblicken der Finsternis hast du dagestanden, als ob du selbst aus Stein wärst wie die verkümmerten, begrabenen Gebäude um dich herum, und trotz deiner zynisch-materialistischen westlichen Männlichkeit und deiner brennenden Verachtung für allen Aberglauben fühltest du einen Hauch des wahren und absoluten Schreckens; eine zutiefst barbarische Angst vor der Dunkelheit, eine Angst, deren Wurzeln weit zurückreichten in eine Zeit, bevor deine Spezies wahrlich menschlich geworden war und zu sich selbst gefunden hatte, und in jenem urzeitlichen Spiegel der Seele, jenem Lichtstrahl beschämter Erkenntnis, der sowohl die Tiefe deiner kollektiven Geschichte als auch deines persönlichen individuellen Daseins ausleuchtete, konntest du – während jenes verlängerten, erstarrten Moments – einen flüchtigen Blick auf etwas werfen, das du warst und doch wieder nicht du, eine Bedrohung und doch wieder keine

Bedrohung, ein Feind und doch wieder kein Feind, aber mit einer innewohnenden endgültigen, zweckorientiert funktionalen Gleichgültigkeit, erschreckender als das Böse selbst.

* * *

Und so hockst du auf Salisbury Crags und erinnerst dich an diese noch immer gegenwärtige Finsternis, während du auf die Stadt hinunterschaust und dich in Selbstmitleid ergehst und deine eigene Dummheit verfluchst und die institutionalisierte Gedankenlosigkeit, die sanktionierte legale, letale Gier der Konzerne, der Regierungen, der Anteilseigner; sie alle.

Ein Tennisball.

Sie sagen, es wäre etwa so groß wie ein Tennisball. Du schiebst deine Hand unter deinen Mantel und dein Jackett und preßt sie unter die falsche Rippe auf deiner linken Seite. Schmerz. Du bist nicht sicher, ob du es wirklich fühlen kannst oder nicht, dieses Ding, die Wucherung; du hustest ein wenig, während du da drückst, und der Schmerz wird stärker. Du hörst auf zu drücken, und der Schmerz läßt nach.

Eine Operation, Spritzen; Chemotherapie. Übelkeit und vorzeitige Glatze, vermutlich nur zeitweilig.

Du kauerst dich zusammen, wiegst dich vor und zurück und schaust hinaus über die Türme und Dächer und Zinnen und Schornsteine und Bäume der Stadt und der Parks und des Landes dahinter zu den beiden Brücken. Wenn du deinen Blick nach rechts wendest, kannst du Cramond Isle, Inchcolm, Inchmickery und Inchkeith sehen. Inchmickery sieht klein und zugebaut aus; zwei Türme ragen heraus.

* * *

Andy kam nach einer Viertelstunde wieder pfeifend die Stufen herauf. Er fragte dich, was du gemacht hättest; du hast ihm erzählt, daß du deinen Arzt angerufen hast. Er lächelte, sagte dir, du könntest das Telefon behalten, und bat dich, ihm eine Stunde Vorsprung zu geben. Dann streckte er dir die Hand hin.

Du hast deinen Kopf geschüttelt, nicht seine Hand, und zu Boden geblickt. Er grinste und zuckte mit den Achseln und schien es zu verstehen. Er sagte: »Lebwohl«, und das war's; er lief die Stufen hinunter und war verschwunden.

Fünf Minuten später, von einem runden Geschützstand auf der Ostseite der Insel, umgeben von Vogelscheiße und belagert von lärmenden, kreischenden Möwen, hast du beobachtet, wie das kleine schwarze Schlauchboot Richtung Granton über die Wellen tanzte. Die Stadt und die Hügel im Süden ragten scharfumrissen und strahlend im Hintergrund auf.

Du hast ihm die Stunde gegeben. Zwanzig Minuten nachdem du 999 angerufen hattest, kamen zwei Polizeiboote durch die aufgewühlten Wellen der Insel; später kamen noch mehr Cops, nachdem eins der Boote zurück zum Hafen gefahren war, um sie abzuholen.

Sie entdeckten den Rest von Doktor Halziel in einem der Munitionsdepots, die tief in den Fels der Insel eingelassen sind.

Du hattest ein letztes Gespräch mit McDunn, währenddem du ihm erzählt und noch einmal erzählt hast, was auf Inchmickery und am Tag davor, auf der Rückfahrt von der Beerdigung, passiert war. Die Cops haben deinen Wagen untersucht; Andy hatte einen kleinen halbdurchlässigen Plastikbeutel voll Zucker in deinen Tank gesteckt, während du drüben auf der Friedhofsinsel warst.

Du hast McDunn erzählt, daß Andy das Handy in einem der Gebäude auf der Insel versteckt hatte und du eine Stunde gebraucht hättest, es zu finden. Du weißt nicht, ob er dir geglaubt hat oder nicht. Du hast ihm erzählt, daß Andy dir erlaubt hätte, deinen Arzt anzurufen – mit der Waffe an deinem Kopf –, um zu beweisen, daß das Telefon funktionierte, bevor er es versteckte. McDunn nickte wissend, als würden alle Puzzlesteine zusammenpassen.

Die Cops bleiben noch ein paar Tage in deiner Wohnung, immer noch in der vagen Hoffnung, daß Andy dort auftauchen könnte. In der Zwischenzeit scheint es Al und seiner Frau nichts auszumachen, dich bei sich in Leith wohnen zu lassen.

Du hast zwei-, dreimal versucht, *Despot* zu retten, aber nicht sehr ernsthaft und ohne bemerkenswerte Resultate. Du hast den Trick ausprobiert, den Andy dir bei *Xerium* gezeigt hatte, und er funktionierte. Aber im Moment interessieren dich Spiele nicht. Heute morgen kam ein nachgesandter Brief der Finanzierungsgesellschaft, in dem stand, daß sie den Laptop wieder zurückfordern würden, wenn du nicht deine Raten zahlst. Was soll's? denkst du bei dir.

In der Redaktion wissen sie, daß es dir nicht gut geht, und alle zeigen dir ihr Mitgefühl. Sie verlangen nicht zuviel von dir, aber Sir Andrew hat Eddie aus Antigua angerufen und vorgeschlagen, du könntest doch eine Serie von Artikeln über deine Erlebnisse schreiben; das endgültige Wort in der ganzen Sache. Andere Zeitungen sind auch daran interessiert; es gibt keinen Mangel an Angeboten, Möglichkeiten, Geld damit zu machen.

* * *

Du kannst Regen in der Luft sehen, der auf dem gedrehten Westwind wie aus Kübeln auf die Stadt herunterprasselt und nun auf dich zukommt, dir den Blick auf die Brücken versperrt und riesige geschwungene Schleier über die Inseln im Firth zieht. Könnte auch ein Graupelschauer sein, kein Regen.

Du bist gestern abend zum Cowgate gegangen und hast dir ein bißchen Koks besorgt, um dich für eine Weile aufzumuntern.

Du vergewisserst dich, daß niemand in der Nähe ist, dann beugst du dich vor, den Rücken zum Wind. Du ziehst schützend den Mantel um dich, holst die kleine Blechdose aus deiner Sakkotasche und öffnest sie. Der Stoff darin ist schon mit der Rasierklinge vorbereitet, und du hebst ein bißchen mit deinem Autoschlüssel heraus und ziehst es dir in die Nase, zwei winzigkleine Häufchen für jedes Nasenloch, dann drei und dann vier, als deine Kehle nicht ganz so taub wie geplant wird. Jetzt ist's besser.

Schniefend steckst du die Dose wieder weg. Du tippst gegen die andere Schachtel in deinem Sakko, dann zuckst du mit den Schultern, holst sie heraus und klappst sie auf. Die hast du ebenfalls gestern abend gekauft. Ach, zum Teufel damit. Scheiß auf die Welt, zur Hölle mit der Realität. St. Hunter würde es verstehen; Uncle Warren hat ein Lied darüber geschrieben.

Du zündest dir eine Zigarette an, schüttelst den Kopf, während du über die erhabene graue Stadt blickst, und lachst.

Sky Nonhoff

Der Architekt des Absurden

Neulich hatte ich das ziemlich gemischte, aber durchaus lehrreiche Vergnügen, einen späten Frühsommerabend mit zwei Autoren zu verbringen, denen so schnell keiner etwas vormachen konnte, was die moderne englische Literatur und ihre Exponenten angeht. Wortführer war ein eloquenter Exil-Engländer, den willfährigen Bestätiger seiner Theorien durfte ein kettenrauchendes Mitglied der deutschen Kultur-Intelligenz spielen. Martin Amis? »Ein völlig überschätztes Papasöhnchen, dem an allen Ecken und Enden Geld in alle möglichen Körperöffnungen geblasen wird.« Vikram Seth? »Ein egozentrischer Flegel, der seine Minderwertigkeitskomplexe mit hypertrophen Wälzern kompensieren will.« Lawrence Norfolk? »Vergiß Lawrence Norfolk.« Tja, und Iain Banks? »Ein unangenehmer Autor, wirklich höchst unangenehm. Nicht bedeutend, nein, eigentlich nur unerfreulich.« Und der Herr mit der leeren Camel-Packung lutschte an seinem Whiskey und nickte beifällig dazu.

Auf der britischen Insel wird Iain Banks seit langem als Erneuerer und Innovator der englischen Literatur gefeiert. Hierzulande dagegen ist er fast ausschließlich einem Publikum bekannt, dessen Vorstellungsvermögen sich zwischen Perry Rhodan und John Brunner erstreckt und das genrefremde Literatur gern unter dem Kürzel »Mainstream« abhakt. Zu verdanken hat Banks diesen Zustand dem Herausgeber von Deutschlands größter SF-Reihe, der dem schottischen Autor einen echten Bärendienst erwiesen hat, indem er Werke wie »Die Wespenfabrik« und »Die Brücke« im Kontext von Battletech- und Shadowrun-Romanen veröffentlicht hat, obendrein in Übersetzungen, die mit grob fahrlässigem Unsinn wie »Taschenbüchern mit durchgebogenem Rückgrat« oder einem »Schwert-und-Zauberei-Genre« aufwarten. Ist Iain Banks ein geistiger Weltraumflieger? Ist Thomas Pynchon Raketenkonstrukteur? Hätte Franz Kafka einen mittelmäßigen Tobsuchtsanfall bekommen, wenn »Die Verwandlung« im Rahmen futuristischer Lohnschreiberei erschienen wäre?

Iain Banks, 1954 im südlich von Edinburgh gelegenen Dunfermline geboren, hat seine Karriere mit einem Paukenschlag begonnen – mit der 1984 veröffentlichten und von einer Balzac-Kurzgeschichte inspirierten »Wespenfabrik«, einem gleichermaßen obszön beseelten wie kalt kalkulierten Feuilletonschocker, der dem Terminus »nasty« ungekannte Dimensionen erschloß und so polarisierend wirkte, daß er auf der einen Seite frenetische Jubelstürme hervorrief, auf der anderen hingegen nichts als krasse, angewiderte Ablehnung: »›Die Wespenfabrik‹ ist unvergleichlich ekelerregend«, so das Verdikt der konsternierten Kritikerin Margaret Forster, »und letztlich nichts weiter als das literarische Äquivalent eines Schundvideos.«

»Die Wespenfabrik« war ein Akt der Provokation, wie ihn auch Autoren vom Schlage eines Martin Amis mit seinem 1975 erschienenen »Dead Babies« oder hierzulande Peter Handke in Klagenfurt inszeniert haben. Der Roman erzählt die Aggression, Wahn und Vulgarität atmende Geschichte des sechzehnjährigen Francis Leslie Cauldhame, der mit seinem Vater in einem einsamen Haus an der schottischen Küste lebt und auf die Ankunft seines älteren Bruders Eric wartet, der aus einer psychiatrischen Klinik ausgebrochen ist. Während Francis einen Pubertätsblues der so ganz bestimmt noch nie vernommenen Art singt, enthüllt sich in immer wieder von perfide ausgeklügelten und maliziös-detailfreudigen Tierquälereien unterbrochenen Rückblenden eine von Mord, Qual und Irrsinn überschattete Familiengeschichte, die an Bizarrerien und psychischer Finsternis kaum zu überbieten ist und keinen Augenblick Zweifel daran läßt, was das eigentliche Ziel des dreißigjährigen Unruhestifters war – den Moment der Verstörung wieder in die Literatur zurückzubringen.

Banks zweiter Roman, »Barfuß über Glas« (1985), kam dagegen geradezu auf Zehenspitzen daher, vernetzte drei scheinbar völlig unzusammenhängende Stories und betritt surreales Terrain, das, auf den Spuren von Kafka, Jorge Luis Borges, William S. Burroughs und Alaisdar Grays »Lanark«, in »Die Brücke« (1986) weiter erforscht wird: Ein Mann findet sich nach einem Unfall ohne Identität in einer Welt wieder, in der sich alles Leben auf einem gigantischen Brückenkonstrukt abspielt, um verzweifelt nach einem Weg in die Außenwelt zu suchen. »Espedair Street« (1987) entwirft die Story eines ausgebrannten Rockstars, um nebenbei einmal mehr das Lebensgefühl der Siebziger zu beleuchten; »Canal Dreams« (1989) nimmt den Plot von »Die Hard II« vorweg, mit einer japanischen Cellistin in der Rolle von Bruce Willis, und »The Crow Road« (1991) erzählt von den Leichen im Keller eines schottischen Familienclans. Addiert man zu diesem Oeuvre Banks' zwischendurch entstandene Space Operas, wird vor allem eines deutlich: daß dieser Autor nicht bereit ist, zweimal denselben Roman zu schreiben.

Für Banks ist die Literatur ein Spielbrett, auf dem man unendlich viele Züge machen kann, und das Motiv des Spielens zieht sich auch als roter Faden durch sein gesamtes Werk. Die sinnlos-idiotischen Quizfragen des Vaters in der »Wespenfabrik«, die absurden und durch eine koan-ähnliche Kardinalfrage abgerundeten Endlosspiele zwischen Quiss und Ajayi in der Rätselburg in »Barfuß über Glas« oder das über Zukunft und Schicksal entscheidende »Spiel Azad« im gleichnamigen Roman: Bei Iain Banks wird pausenlos gespielt, mit literarischen Komponenten, mit der Sprache und mit den Genres. Alles ist ein Spiel, und alle Spiele sind manipuliert. So ausweglos diese Situation sein mag, generiert sie doch ein dynamisches Prinzip – die Möglichkeit, immer noch einen weiteren Stein ziehen zu können.

Auch »Verschworen« handelt wieder vom Spielen, leistet darüber hinaus aber zuallererst einmal die Pionierarbeit, den ersten politisch korrekten Serienkiller in die angelsächsische Literatur einzuführen – Andy bringt nur Leute um, um die es ganz und gar nicht schade ist –, in einem gallig-scharfen *morality tale,* das im scheinbar schlicht geschnittenen Gewand eines zugegebenermaßen hervorragend funktionierenden Thrillers daherkommt. Nicht zuletzt aber ist Banks' mittlerweile zwölfter Roman eine augenzwinkernde Hommage an Hunter S. Thompsons Kultroman »Angst und Schrecken in Las Vegas«, in dem sich ein durchgedrehter Gonzo-Journalist, begleitet von seinem Anwalt, auf eine narkotika- und halluzinogengeschwängerte Suche nach dem Amerikanischen Traum begibt, sozusagen eine Art Overdrive-»Easy Rider« im Auto ohne den sentimentalen Überbau, der »seiner Zeit immer noch um Jahre voraus ist« (Banks). Und so wie Captain America und St. Hunter einem Schemen hinterherjagen, wollen auch Cameron und Andy etwas zu fassen kriegen, was sich längst in Rauch aufgelöst hat. Den Englischen Traum, wenn man so will. Einen nationalen Traum, für den sich die Sozialistenfresserin Maggie Thatcher als Schlummerfee und Erfüllungsgehilfin angedient hatte, mit dem Unterschied, daß sie am Ende nur der Weckdienst war.

»Verschworen« ist ein Roman über eine Nation, für die das Granatfeuer auf den Falklands nicht laut genug war, um sie aus dem Schlaf zu reißen. So wie Banks in den Rückblenden in »Die Brücke« den verwehten Geist der Seventies beschwört und von denen erzählt, die das System selbst geworden sind, seziert er in »Verschworen« die politischen Chimären einer verlorenen Generation, die alle Hoffnungen auf eine konservativ gesteuerte Konsolidierung gesetzt hatte, um im Nachhinein zu erkennen, daß die Tories nichts als die soziale und ethische Atomspaltung bewirkt hatten. Die makabren Untertöne in Banks' Schwanengesang auf die Thatcher-Ära sind nur folgerichtig, nichts weiter als ein Würgereflex auf den politischen Zynismus der achtziger Jahre und den weitreichenden Einfluß der Regierungspartei, der dazu geführt hat, daß sich selbst der Vorsitzende der britischen Labour Party, Tony »Walks like a Tory, talks like a Tory« Blair, immer öfter anhört wie die Eiserne Lady selbst. »›Verschworen‹ ist ein bißchen wie die ›Wespenfabrik‹«, hat Banks angemerkt, »aber ohne das heitere Ende.« Nein, beschwingt kann man Banks' Bestandsaufnahme eines Jahrzehnts ganz bestimmt nicht nennen. Daß sein Held am Ende Lungenkrebs hat, ist dabei eher eins der kleineren Probleme. *Now, kids, that's scary.*

Als schottischer Autor blickt Iain Banks auf eine lange Tradition zurück, sicher weniger auf Robert Burns als auf Sir Walter Scott, vor allem aber auf das Erbe von Robert Louis Stevenson. Stevenson, heute vor allem als Schöpfer der »Schatzinsel« im kollektiven Gedächtnis, hatte ebenfalls ein Faible für die Abgründe, ein untrügliches Gespür für das Dunkel, wie Novellen wie »Dr. Jekyll und

Mr. Hide« oder »Der Junker von Ballantrae« beweisen, vor allem aber »Der Leichendieb«, inspiriert vom Fall der Edinburgher Leichenschänder Burke und Hare, die auf dem kleinen Friedhof St. Cuthbert unweit der Princes Street ihrer modrigen Profession nachgingen, bis sie sich aufs Morden verlegten, als der Nachschub an totem Fleisch die Nachfrage der Universitäten nicht mehr decken konnte. Das Bizarre, Verzerrte, Groteske war es, was Stevenson interessierte, und in noch einem Punkt gleicht der mittlerweile nicht mehr ganz unschuldige junge Wilde der schottischen Literatur dem Mann, der Long John Silver erfand: in seinem bedingungslosen Willen, verbindliche Geschichten zu erzählen, sich in ihnen immer wieder neu zu erfinden. Alles auseinandernehmen und wieder neu zusammensetzen, auch wenn es manchmal nicht funktioniert. Man kann es auch so ausdrücken: »Ein Mann ist bedeutungslos, solange er nicht alles versucht hat.« (Robert Louis Stevenson)

Stellen wir uns Iain Banks in zwei Bildern vor, den Mann und die Literatur. Auf einem Foto von Barry Lewis kann man Iain Menzies Banks sehen, bärtig, ernst, gefroren, hinter einer zersplitterten Glasscheibe, mit Augen wie Grotten, in denen ferne Lichter leuchten. Ein Portrait der Risse, innerlich wie äußerlich. Und dann ist da noch dieses Bild der Surrealistin Leonora Carrington. Ein Raum, und eine Tür in einen anderen Raum, und noch eine Tür. Rechts das Fabelwesen mit den Flügeln, und noch eine Tür. Das ist Literatur, und durch diese Fluchten hallt ihr Echo. Andere Räume, andere Stimmen.